大地之子

"十四五"安徽省重点出版物规划项目

农民科学家杨良金的传奇人生

崔卫阳◎著

安徽师范大学出版社
ANHUI NORMAL UNIVERSITY PRESS

·芜湖·

图书在版编目(CIP)数据

大地之子:农民科学家杨良金的传奇人生 / 崔卫阳著.—芜湖:安徽师范大学出版社,2023.8

ISBN 978-7-5676-5817-2

Ⅰ.①大… Ⅱ.①崔… Ⅲ.①报告文学—中国—当代 Ⅳ.①I25

中国版本图书馆CIP数据核字(2022)第178523号

大地之子——农民科学家杨良金的传奇人生

崔卫阳◎著

DADI ZHI ZI——NONGMIN KEXUEJIA YANG LIANGJIN DE CHUANQI RENSHENG

策　　划:张奇才　李　晋　　责任编辑:谢晓博　吴　琼
责任校对:祝凤霞　李　玲　　装帧设计:王晴晴　姚　远
责任印制:桑国磊
出版发行:安徽师范大学出版社
　　　　　芜湖市北京东路1号安徽师范大学赭山校区　邮政编码:241000
网　　址:http://www.ahnupress.com/
发 行 部:0553-3883578　5910327　5910310(传真)
印　　刷:安徽联众印刷有限公司
版　　次:2023年8月第1版
印　　次:2023年8月第1次印刷
规　　格:700 mm×1000 mm　1/16
印　　张:24.25
字　　数:364千字
书　　号:ISBN 978-7-5676-5817-2
定　　价:49.00元

凡发现图书有质量问题,请与我社联系(联系电话:0553-5910315)

写在中国大地上的赤子之心

（序一）

陈章良

　　杨良金是一位生活在安徽芜湖市郊的农民，只有小学文化水平，但他致力于农业科学技术的钻研，以无私奉献的精神，靠着认真思考、勤于实践、不断摸索探求总结出来的种田经验和技术帮扶了千万农民。他曾受到习近平总书记的接见、温家宝总理的复信鼓励，荣获"全国劳动模范""全国优秀科技工作者""全国科普惠农兴村带头人""全国精准扶贫先进个人""全国十佳农民""全国离退休干部先进个人"等百余项荣誉。可以说，他是一位从农业生产实践中走来、毕业于"农村实践大学"，又将毕生成果回馈给农民的农业科技工作者，是一位在新时代中国特色社会主义新农村建设中值得推崇的，真正具有"懂农业、爱农村、爱农民"情怀和精神的"农民科技能手"，是广大农业科技工作者、新时代青年农民和涉农学子在乡村振兴战略中学习的榜样。

　　科学规律的探索需要持之以恒、孜孜不倦的精神，需要克服重重困难、百折不挠的毅力。在国家对农业问题高度关注的背景下，受到国家"乡村振兴"战略的感召，杨良金依靠党和国家给予基层科研工作者提供的强大支持，在农业生产实践中不断探索总结，也收获了科研硕果和社会的高度肯定。我在中国科学技术协会工作时，就接触了解到他的事迹。他在家乡积极开展油菜优良品种引种，并推广到全芜湖种植区，摸

索出的杂交油菜"秦油2号""超稀植"高产高效栽培技术，获得每亩[①]250公斤[②]的成倍高产成绩。经他精心培植的"油菜王"，被评为世界上"最大的油菜"，获得了基尼斯世界纪录。他选育的早稻品种"良金1号"亩产近600公斤，成为芜湖稻作区的主栽品种，并在全省推广，粮食增产超过千亿斤[③]，价值千亿元。他巧妙调动水在水稻生产中的关键作用，总结出"控水落干"节水新技术，不仅节肥，还非常节水，提升了水稻栽培的节水效益。他培育的富硒大米，在第八届中国优质稻米博览交易会上荣获金奖，并获中国保健营养及微量元素博览会"优质产品金奖"。他总结出的"富硒水稻栽培方法"更获得国家发明专利。

几十年来，杨良金甘于奉献。他总结的油菜"超稀植"高产高效栽培技术在央视7套播出后，很快推广到全国各地，惠及超过1000万农户，采用该技术的农作物种植面积超过1000万亩，被安徽省委组织部列入"全省农村党员致富100招"，创造直接经济效益超过100亿元。他还深入全国贫困地区、革命老区传授农业生产经验，足迹遍及全国21个省、数百个市县，带动近60万人次的农民高产致富，走上科技脱贫致富的路子。"百亿财富因他而生"是农业部给他的颁奖词，也是对他多年奉献农业、扎根农村、情系农民最好的注解。

与此同时，他还积极参与国家"十五"科技攻关子专题项目、国家级重大星火计划，以及多项省、市科研项目，以农民身份多次参加国际学术会议，发表高水平论文，出版专著等，为当地乃至全国的农业生产发展和"乡村振兴"战略取得丰硕成果发挥了模范带头作用，是基层科技工作者的杰出代表。

本书通过长篇报告文学的形式，以纪实的手法，记述了杨良金同志积极响应国家号召，不忘初心、扎根农村，在艰苦的科研条件下探索农业生产技术，培育良种、总结良法，以农业科技引领带动农民致富，推

---

① 亩，1亩约为666.7平方米，是农作物栽种面积的常用计量单位。全书同。
② 公斤，1公斤即1千克，是粮食产量的常用计量单位。全书同。
③ 斤，1斤即500克，是粮食产量的常用计量单位。全书同。

动美丽乡村建设和乡村振兴的感人事迹。

作为中国农业大学的老校长、中国科学技术协会曾经的副主席，也是与杨良金同志相识多年的老朋友，在当前我国农业向现代农业转型发展、全国上下竭力推进乡村振兴的关键时期，在二十大胜利召开的伟大时刻，我愿意热情地向全国广大有志于培育更多优良品种、研究更好农业生产技术和方法的涉农青年学子和广大科技工作者推荐这本记述杨良金同志事迹、弘扬杨良金同志精神、符合时代特色、具有时代价值的好书。希望读者朋友能够通过学习杨良金同志的事迹和精神，勇于担当、砥砺前行，把奉献国家农业发展和中华民族伟大复兴的赤子之心书写在中国大地上，让中国肥沃的土地结出更多丰硕的果实。

（陈章良，美国圣路易斯华盛顿大学生物系植物分子生物学及基因工程专业博士研究生，曾任北京大学生物系教授、北京大学副校长、中国农业大学校长、广西壮族自治区人民政府副主席、中国科学技术协会副主席等职。）

在希望的田野上

——《大地之子》释放出的豪情与能量

（序二）

王志凯

欣闻毕业于美国圣路易斯华盛顿大学生物系植物分子生物学及基因工程专业的博士研究生，曾先后担任北京大学副校长、中国农业大学校长、中国科学技术协会副主席等要职的陈章良先生，作为最高学府的学贤，以师表风范与操守为《大地之子》写序，惊羡之际，可见杨良金先生的知名度，及其在学术界、科技界的影响力，同时也折射出《大地之子》这部30多万言50个篇章的长篇报告文学规格上的厚重与内容中的亮点。

素来好书的我获此信息，不等清样付梓，稿本刚定稿，便有幸拜读。读完全书，我更理解这位在农业与学术研究战线上的"布衣教授"，在希望的田野上花开满树，硕果累累的人生斗士，被称为"大地之子"当之无愧。这是对其人格和贡献的肯定。

《大地之子》的作者崔卫阳记者出身，非常擅长报告文学和纪实文学创作，圈内和相当数量的读者，均视其为写这类文体的翘楚。《大地之子》能否让苍天后土中成长起来的农民科学家杨良金的惊人之举和精神风貌引起更多人的关注，让更多人受教受益，这是值得作者深入思考的命题。

一个作家涉猎、着墨认知和感受上陌生的领域和环境，自己一定要轻装进入角色，走进圈内，尽快地了解、深谙其中的环节，直到无一处盲点，这样它就不视你为陌生，然后才谈得上悟道精深，晓起经纬。

杨良金先生虽是一介布衣，但在学术上、成果上、贡献与荣誉上，在他奋斗角逐竞技的领域，早已一飞冲天。面对这样一位人物，如果写不好他，那便是糟蹋他。要让表达的人物既神似又形似，不虚浮不神化，形态逼真，一定要心力与功力配合，这样才能确保作品没有说教和文意苍白的不足。

此书开篇和首叙，对杨良金的身世和苦难经历的介绍与描述，拉近了读者对他的情感。七十多年前一个不起眼的小生命，降生在易太的小乡村，落入娩盆的啼哭是那样嘶哑、孱弱、无助，看不到一点鸦巢凤生的吉相。在添人进口的喜悦中，父母在低声叹息中喃喃自语："孩子呵，来的路上应该把眼睛睁大一点，在这里落脚，日后的生计苦呵。"娩盆里良金回应的啼哭陡然增大……

紧接着厄运便相继袭来，母亲一生膝下13个孩子只活命2个，良金是唯一幸存的男孩，他2岁便随母要饭，10岁那一顿马兰头年夜饭，差一点将他撑死过去，母亲从死神手里拽回了他。这或许是天禀、命数、造化相佑，让人意会他的路还很长，还有大难要经历。父亲的早逝使他失去了童年的欢乐，家境的重苦造成求学的艰难。且喜天道惠顾，得益于有野菜杂粮相依，居然让这位几乎是天养的后生形成天资聪慧敏秀，对世事通达，性格自强，遇事执着，从不言败的秉性。

杨良金在求学路遇卡受阻的当儿，他另辟求知自学的通道，凭着早熟与悟性，得益于书本与实践的开导，心中开始孕育与萌生理想和抱负。

有关杨良金先生对人生路的选择，书上表现得并非很牵强，很突然，很生硬。初涉农业科技方面的书籍，使他渐读渐明，顿开茅塞，丰富了这方面的求知欲望。小小的年纪阅世还不是很深，就看出了农业发展的潜力与前景，更看出与农业现代化的距离和落差。泱泱食粮种粮的国度，粮贫则乱，他更懂得"食为政首，谷为民命"的要害。当初正值地沃技薄急需人力和智力去拓荒。农业的根本出路在于粮种和科技。这是他最精准的把脉。

从事水稻育种、油菜高产栽培技术研究与推广，当时也没什么条件供他试步与试飞。路在脚下，他的选择不是许多人已踩出的路，而是前人没走过的路，是挑战传统观念，探寻作物生长规律的路。其中要遇到多大的麻烦和困扰，需要付出多大的代价，谁心中都没底。让关注者为其忧心，多少有点少不更事。

人生就怕没有选择，不会选择或乱选择。一旦陷入见异思迁、朝秦暮楚的泥淖，那便难有成就。然而良金的成熟和沉着果然不同一般。这一步一跨出，稚嫩的心便坚硬起来，从此便九牛拽不回，永不更易。

从事农业对生在落后农村的良金来说，前路有沟、坎、坡、隘、涧、峡，那是必然的。攻克这些需要三件利器——自信、时间、毅力。尤其是自信，它是稳压器、激励源，达到奋斗目标的促进剂，去除杂念的净化剂。良金从农民到农技站工作，以保沙实验田作为事业的基点和起点，作者对其特别关注，笔墨顾及很到位。

虽是弹丸之地，不起眼的小平台，作者把它看成是良金奋斗的驿站，才子安心草屋。良金对这里赤心相守，作品以雄辩的描述告诉人们，成绩是奋斗出来的。

《大地之子》最美最感人最绚丽的画面，作者表述得使人很受鼓舞。希望的田野上只有进军的号角，攻关克难的厮杀。50年来，18000多天上下求索，摸爬滚打中，良金始终是弓张弦绷。用精气与热血博弈打拼，从不言败从不言退的奋进和攀登是半个世纪的纪实。这里最忌悲歌哀调、沮丧、气馁、偃旗息鼓。不管遇多大的难，受多大的挫，一蹶不振，畏首畏尾，顾影自怜，只能在自怨自艾中离岗。豪气、胆略、担待、饱满的情绪、旺盛的斗志，乐观向上，始终是这里的气场和主旋律。

天高任鸟飞，海阔凭鱼跃，那是大环境的引领，鼓舞人闯荡世界，

但鸟能飞多远多高多久，鱼能否穿越激流，还得靠自身的能量和本领。打铁贵在自身硬。鹰击长空，鱼翔浅底，如果自身羽力不济，缺乏冲击的爆发力，游弋中没有穿透力，永远也达不到理想之地。《大地之子》里的主人公，从成事的真谛与要津中脱颖而出，以"穿透力"和"爆发力"为极限去修炼和热身。苦寒孕异香，磨砺见锋刃。

良金实践上的作为，让作者很欣赏，加深了作者对良金的敬重。都说摸着石头过河，但作者觉得良金的科研工作没有石头可摸，而且水急浪骇，深浅难测，河底又泥淤坡滑，过这样的河有多么吃力。——这可不是不负责任，随便一说的议论。一语道破天机，其寓意凸显出良金的成果、奉献、辉煌。

得益于"老来青""矮脚南特号"故事的启示，良金开始了水稻的系统育种，最终培育出的"良金1号"通过户户相传，引种面积达400万亩，增产超过千亿斤。与安徽师范大学合作承担"油菜超稀植"课题，6年中良金采集科学数据10万多个，成果获"国际先进""国内领先"的认证。两项重大成果的突破，尤其是被命名为"良金1号"的良种横空出世，奠定了他在农业科技领域里的地位。

"秦优7号"成为世界上最大的油菜考种记录，其中单株主茎平均片数87.2片，总分枝数1012个，总角果数25346个，单株产量2059.6克。经赵合句先生的授意与点拨，良金决定对"秦优7号"申报基尼斯纪录，让自己的"油菜王"定格在世界的历史长河中。他的实验为油菜超低密度种植、高效高产栽培提供了宝贵的科学依据。

"稻克草"实验，李桥版的"隆中对"，关于水稻种植稀与密，他一连推翻了专家的三个核心定律，最后得到科学的结论。

良金的学术论文《秦优2号油菜超稀植超高产栽培》和《浅谈油菜高效栽培的技术途径》在国内权威杂志发表。对于只有小学文化程度的他，这是不敢想的梦。

培育"天然富硒米"，将失传的"再生稻"技术发扬光大，良金都付出一定心血，并获得了成功。身为芜湖人，曾为皇家贡米的乌嘴糯、燕口红、麻壳籼，良金将其视为心中的米神。为孤种的凤凰涅槃，为这些良种的复现和种植，他几乎废寝忘食……

读读这些完全可入驻或晋身"功德林"的成果与奉献，在鲜花、颂词，让人感动的背后，隐藏着许多不为人知的故事……

这些良种再生之后，关于最初的"准入"之累，便能让人焦头烂额。细数申报之中的环节，资质、资历、门槛、团队、科研经费、立项、审核、认证等，这些对于一个布衣出身，"没入流"的"杂牌军"来说，不啻寻道汉中涉足蜀道。要想先入咸阳，那是地地道道的"东风不与周郎便"。豁达的杨先生总是静气以待，以孤苦大于欣然自勉。

《大地之子》的字里行间，找不到有关主人公如何享受的笔墨。读到澳洲见闻的章节却给人节俭的印象。

1999年，杨良金出席第十一届国际油菜大会，澳洲油菜的现代化、世界各地的新思维，让杨良金大开眼界，带给他不一样的体会和启示。其中一个戏剧化的情节很耐人寻味。身在异国的良金，闲逛时在一家中餐馆准备弄点吃的，点餐中一个类似中国蛋炒饭一样的主食要200元，相对来说已是这里最便宜的了。当时他的月工资才194元，一顿简餐要一个月工资，作为苦水泡大的人，当然舍不得。可是每当他的贡献与成果转化为巨大的生产力，产生巨大的经济效益之际，从不见他在这上面聚财、敛财、索取与要价，向上伸手。其中有许多可以通过有偿服务渠道，知识产权和专利门槛去争取的，他也从不问津。地道的是吃的是草，挤的是奶，奉献的是精血和智慧。是傻是愚吗？不，是君子人品！须知他是有根基有家教的，这位关西杨氏，东陵始祖的后裔，秉承先祖"安贫乐道""清白传家"的遗训与家风，造就了他的品德。

论说，凭他的人生价值，完全可以住华屋、坐豪车，出入于富豪圈；家道殷实，手头富绰更不在话下；门前车水马龙，厅堂宾朋盈门那是常景……真要是这般景象，良金反而觉得不自在。信仰与价值追求的启示，使他还想沿着老步道，寻觅在哪里捡起接力棒。经验告诉他，脑子和思谋闲不住，在突然与偶然里浸久了，就会再生必然。这才恍然几

十年就是这么走过来，喜从续路中找到攻克的靶点，命程里释放出超常的夕阳红！

（王志凯，1945年3月生，著有《桃花深处月正圆》《西窗烛影》《苦乐随缘》《湾沚古貌印象十记》《我们的家园岁月不老》等散文、随笔文集8部，300余万字。）

目　录

1

第一篇
早年的坎坷岁月

10岁那年差点被"活埋"

一顿"马兰头"的年夜饭差点让杨良金被撑死过去，母亲将他从死神手中拽了回来

20世纪50年代末，江南。

农历腊月二十九，夹着小雨的雪纷纷扬扬地下着。晚上雨雪渐停，雪后的天气格外寒冷，大地死一般的沉寂。虽然离春节只有一天时间了，但却没有多少要过年的气氛。

离长江边20公里①的一个村庄被雨雪和贫寒笼罩着。天黑了，村西边一个只有8平方米的茅草屋里，一个香油灯的火头扑哧扑哧地闪着，似乎随时就要熄灭。

屋子里住着一位40岁出头的母亲和一双儿女。屋子里摆着一张破旧不堪的床，中间是一张破旧的小饭桌，将床和土灶两边大致分开，这是这个村最贫穷的一户人家。

茅草屋狭小得难以想象，3个相依为命的人住在里面倒有一分温馨。外面的寒风不经意地撩起这个歪歪倒的棚子，透过墙缝直往人身上袭，直往人被窝里钻。

累了一天的母亲早早地上了床，很快进入了梦乡。梦中，她看见了她先后死去的11个孩子。孩子们一个个摇摇晃晃地向她的眼前飘来，乖乖地坐在她的身旁，争抢着叫她"妈妈"，和她一起迎接新年。母亲激动地一个个叫着他们的名字，一次次哭出声来，直刺人心坎。

母亲虽然只有40岁出头，但不幸的命运让她显得不像中年妇女。她先后生了13个孩子，但在那样一个旧时政府留下的积贫积弱的中国，

①公里，距离单位，1公里即1千米。

前头10个孩子不是饿死，就是病死，或者生下来便先天不足而夭亡。母亲哭得早已没有什么眼泪了。老天有眼，又给她送来第11个孩子，就是眼前的男孩。男孩生下来，她枯竭的身体根本挤不出一滴奶水，但好在这个孩子命大，活了下来。接着她又生下了2个女儿，不久又夭折了1个。11个孩子的先后死亡让她的精神几近崩溃。

还没有睡下来的男孩听到母亲梦中的啼哭声，心中一酸，也流下泪来，对妹妹说："妈妈又梦到哥哥姐妹们了。"

说着，他走上前去，非常懂事地为母亲掖了掖没有盖好的被角，将搭盖在母亲被子上的破棉袄重新盖好。当他的手伸到母亲的手边时，母亲突然被惊醒，一把抓住了他的手，惊慌地大呼："儿子，儿子，你别走啊……"

片刻后，母亲又睡了下去，常年干瘪的眼角渗出了两滴泪水。男孩轻轻地为母亲擦去泪水，又轻轻地睡在母亲的脚头，将母亲露在被子外面的脚紧紧拥在自己的胸口。

腊月二十九的黑夜格外漫长，村子里没有太多过年应有的喜庆。黑夜中狗吠猫叫都听不见，甚至连老鼠跑动的声音也很少能听到。

一觉醒来，大年三十到了。这个日子在中国人的心中是无比神圣的。下午，母亲得到一个消息，过年了，生产队要给每个人发一两①米过年。这真是个天大的好消息。他们一家三口可领到三两米，这奢侈的待遇平时做梦也梦不到。

"儿子，妈妈上午要拾些柴火过年，你到生产队里去把米领回来。"母亲拿了一个小布袋子递给儿子。

"有米啦，过年有饭吃了，我和哥哥一道去。"妹妹听后也要跟着去。

已经10岁的儿子带着妹妹一道兴冲冲地跑到生产队去领米，很快就将米领了回来。

妹妹年龄小，不知道三两米能煮出多少饭，显得很高兴。可母亲看

---

① 两，计量单位，1两即50克。

到三两米，心里难过极了，觉得愧对面前的儿子和女儿。她有气无力地默默自语道："这三两米，怎么吃呀，怎么过年啊……"

"妈，你别急，我到田里摘些马兰头来，我们今天晚上煮马兰头饭吃。"长期处于饥饿状态的儿子明白这些米根本不够吃，他看到母亲伤心，安慰着母亲说。

母亲摇了摇头，半天说不出话来。

"好的，你去吧。"母亲最后无奈地开口，"去了，早些回来，吃年饭。"

虽然是饥荒时期，但野外田埂上的马兰花却格外茂盛，到处都是。儿子蹲在地里，一会儿就割了满满一篮子，匆匆地回家了。

母亲经常吃马兰头，对马兰头的做法非常熟悉。她将马兰头择净后放进锅里先用开水焯了一下，然后切碎。

按照正常的做法，是将仅有的三两米和马兰头混和在一起煮。但这次母亲没有这样做，而是将马兰头放在米上面煮。

饭煮熟了，一家人的"丰盛"年饭就是这些。母亲盛了三碗"饭"，一碗是米饭，另两碗全是马兰头。母亲先将米饭端给了儿子，把两碗粘了点饭粒的马兰头一碗端给了女儿，另一碗留给了自己。母亲伤心地对女儿说："女儿啊，哥哥平常还要帮着家里干活，又没得吃，瘦得皮包骨头。今天过年米饭就给他吃了，给他增加点营养。你平时胆子大，还能弄到些吃的，今天我们就吃这个吧！"

女儿有些泼辣，平时脖子上常套个母亲给她做的小布袋子，偶尔偷偷钻进地沟里，摘些蚕豆之类的东西吃。正是如此，她长得比哥哥要精神些。但毕竟是过年，妹妹听到母亲的话，没有说话，心里既失落又委屈。

儿子特别懂事，虽然饥肠辘辘，米饭的香味直扑他的鼻孔，但听到母亲说的话，泪水就下来了，立即将米饭推到母亲面前，换回马兰头，说："妈，您的胃不好，又经常拉肚子，这个您吃，我吃马兰头。"

母亲见儿子将米饭推过来，又推了回去："儿子，你吃，多少天你都没吃过米饭了，今天是吃年饭，你好好吃一顿吧！"

"不，妈，您还要挣工分，还要做事，您吃好了，更有力气。"儿子再次推了过去。

"儿啊，你吃，你吃，妈吃这个习惯了。没事的，你听话。"母亲用力挡着。

儿子从小性格有些倔强。母子俩推来推去，推了五六个来回，母亲终于犟不过儿子，不得不接受了米饭，但还是给儿子女儿各分了一勺。儿子又拒绝了。女儿看哥哥不吃，也坚决不吃。母亲无奈，只好罢了。母亲一边吃一边流泪，这是她几个月来吃得最好的一餐，这是懂事的儿子女儿让给自己的，她的心里不知有多甜。

马兰头作为一种野菜，非常涩嘴，难以下咽，吃多了还容易消化不良。但聪明懂事的儿子为了不让母亲看出来，津津有味地大口吃起来，不一会就吃得干干净净。

年饭吃完后，按照风俗要守岁，守岁代表着一个家的存在。父亲不在了，守岁的任务就落到10岁的儿子头上。妹妹也陪着哥哥守。母亲忙完家务后，便早早地上床睡去了。

守岁得要守到夜里12点以后。兄妹俩毕竟是小孩，坐在"火桶"上，快乐地聊着天。聊着聊着，两人便迷迷糊糊地睡着了。村子慢慢被寂静笼罩。夜里10点来钟，小睡中的哥哥突然大叫起来："痛，我肚子痛，好痛呀！"

妹妹被叫声惊醒，揉了揉眼睛，赶忙帮哥哥揉着肚子，但无济于事。

"痛死我啦，痛死我啦，怎么这么胀啊！我受不了啦……"哥哥大声叫喊着。

母亲听到叫声，一骨碌从床上坐起，无比惊慌地跑过来，嘴里大声喊着："儿啊，儿啊，你怎么啦，怎么啦……"

母亲一把将儿子抱到了床上，让他躺着。就在这一刹那，她明白过来，儿子一定是吃马兰头吃撑着了。母亲刚转身想给儿子倒杯水，他却已经痛得从床上滚到了地上，到处乱爬。他将肚子顶在一条凳子上，但也无济于事，那种钻心之痛无法摆脱。母亲和女儿都不知所措，只是一个劲地哭叫。当时在农村，人生了病也很少到医院看病，因为没钱看，只能硬扛下去。

母亲使劲地将儿子抱在怀里，用指甲在儿子的身上到处掐。因不见效果，她又拿来一根针在油灯上迅速烧了烧，在儿子的手指、脚趾上乱戳，依然无济于事。几十分钟后，儿子口中吐出白沫，昏迷过去了。

母亲见情况不妙，隐隐感到阎王爷又要来"讨债"了，她的这个儿子又要走了。过去她那些死去的孩子还没有哪个出现他这样严重的情况。她将已不再动弹的儿子抱在怀里，就像前面的孩子离开时一样，绝望地放声痛哭："儿啊，儿啊，妈叫你别吃马兰头，你就是犟，非要吃……儿呀，儿呀，你真不能丢下妈再走了……儿啊，是妈不是人啊，怎么就让你吃了那该死的马兰头……儿啊，你不能丢下你妈呀……儿啊，你就是走也要过了年大一岁再走啊……阎王爷啊，你可怜可怜我吧，你给我留下他吧，求求你啦……"

就在这哭喊声中，家里已聚来了许多村民，但都束手无策。他们看着这个贫穷破败的家又一个要走的孩子，只是直摇头，直落泪，直哒嘴。

母亲哭昏了过去，村民们将她扶到床上躺下，但她还是拽着儿子的破棉袄不松手。

天快亮的时候，围观的一位老人用手指探了探男孩的鼻息，甩了甩脑袋，对大伙儿说："唉，真的没气了，搞走吧！"

老人的声音并不大，但昏了过去的母亲听得十分清晰。就在这时，她突然直起身子，一把抱住了儿子，哭天抢地："我儿子没死，我儿子没死，我儿子不会死的，你们不能搞走啊……"

"王丫头，王丫头，别哭了，别哭了，小家伙已经走了。"母亲姓王，村民们一边安慰着，一边抢过孩子。大家拿筐子的拿筐子，挑稻草的挑稻草，准备用稻草包着孩子，装在筐子里，背出去埋了。

母亲见到他们要把儿子放进筐里，疯了一般飞步上前抢过儿子，一把抱进怀里，怎么也不放。村民们一边安慰，一边使劲地拨开母亲的手，再次夺过小孩，用稻草包裹起来，放进了筐里，往门外走去。母亲忍受不了孩子就这样被埋了，她依然不相信孩子真的死了，又飞步追了过去，一把掀开稻草，抱起了孩子。村民们又和她夺了起来，就在这一夺一拉的几个回合中，孩子突然轻轻地"哼"了一声。这声音虽然极其微弱，但母亲却听得清清楚楚。她突然停住抢夺，发出惊天的呼叫："我听到，听到儿子他'哼'了一声。他活过来啦，他没死，真的没死……"

众人看到母亲的异常，便也停了动作，屋子里瞬间一片安静，所有眼睛都注视着男孩。紧接着，男孩果然又发出了一点微弱的声音。

"他还有口气，他没死，他没死……"众人欢叫起来，一个个泪流满面。

在众人的期待中，男孩慢慢地缓过神来。村民们赶紧给他打来了热水，给他擦洗，给他喂水，还有好心人给他送来了一点米糊。

孩子渐渐地活了过来，母亲激动地呜呜直哭。村民们纷纷说："这孩子也真是命大，真是王丫头从阎王那边把他拽回来了。要不是她硬拽，就被活活埋掉了啊。"

母亲听到村民们的议论，停住了哭，转悲为喜，说："是的呀，我只要一松手，他就被埋掉了。"

孩子活过来了，这是一个母亲竭力挽救的结果，更是这个家庭的希望。这被母亲拼命挽救回来的希望成就了一个在农业科技上声名显赫的"农民科学家"。这个男孩的名字叫杨良金，母亲叫王传英，妹妹则是杨良金唯一幸存下来的妹妹，名叫杨来香。

背井离乡

母亲是个童养媳，以六箩子米被卖到杨家。她先后生了13个孩子，只活下2个，杨良金是唯一幸存的男孩

杨良金出生于安徽省原芜湖县易太公社庆太村，也就是今芜湖市湾沚区六郎镇中窑村。杨良金的祖籍在芜湖市湾沚区陶辛镇经营湾村，其祖父叫杨宾松，生于1887年。

杨宾松成长的时代正是最衰落的清末时期，政治黑暗，经济衰退，民不聊生。杨宾松所在的村子家家穷得难以维持生计，而杨宾松家更是穷困潦倒，因为他家不仅有时代带来的苦难，还有命运带来的灾难。杨宾松活到成年的孩子有4个，三男一女。大儿子叫杨在荣，20多岁因一场大病又无钱医治造成双目失明，二儿子杨在球从小感冒咳嗽无钱治疗患上痨病，病魔缠身，只有小儿子杨在富是个健康人。小女儿杨在桂，出嫁到三元大潘村，后在抗战时期被日本兵杀害。这样的一个负担沉重的家庭，仅仅靠一点薄田，其贫困程度可想而知。面对窘境，杨宾松总想寻找个新的出路，便于1928年从陶辛经营湾村迁居易太圩李桥村。

说起迁居的原因，还要说到当时的垦荒政策。20世纪二三十年代，当时的政府为了发展生产，开始大规模垦荒。当时，芜湖县的万春、咸保、保丰、方村等地纷纷被开垦出来，成为独立的十大官圩。这些圩口中间的一个大滩涂——易太湖没有被围起来，政府和百姓都有意要将这个地方开垦出来。1928年，易太圩围垦计划成熟，成立了易太圩堤工委员会，负责管理圩务，组建围垦队等。开垦荒地，要的是大量的青壮年劳力。为了吸引劳力，堤工委根据政府政策规定，开荒围田不仅能获得一定的自由田，一定时期内还可以免交国粮。消息传到了经营湾村，正

走投无路的杨宾松对此特别有兴趣，因为他什么都没有，唯有一身的力气。

据说民间当时认为围滩垦荒要具备两个重要条件，一是有"能打"的，二是有"能说"的。这是因为在几个圩之间开荒筑围，会影响到周边圩口的利益，势必会受到阻挠。因此，这项工程虽然是官方推动，但实际开垦的时候还必须要有这两方面能力的人才可以调解纷争。杨宾松虽然没有读过书，不识几个字，但他天生有一张能说会道的嘴，在当地小有名气。因此，他便成为应征者中"能说"的领头人。另一个重要成员叫李文炳，他是"能打"的领头人。据说李文炳不仅能打，还因为有正义感在群众中极具威信，许多事情只要他一牵头便一呼百应。就这样，一个以他们俩为核心的围垦队成立了。

陶辛距他们要去的垦荒地易太圩虽然只有几十里地，但在当时，交通极为落后，加上河沟阻隔，从陶辛到易太也是远离家乡了。这一天，41岁的杨宾松含着眼泪，道别了家乡父老。他挑着一担箩筐，带着家人，踏上开荒谋生之路。当时和他一道垦荒的还有他的弟弟杨宾喜。

垦荒的日子更加艰难。参加垦荒队的男男女女拖家带口，老小一共几十号人。开始的时候大家临时安置在几处用竹笆搭建的茅草屋内，夏天蚊蝇叮咬，他们只能咬牙忍耐，冬天寒风刺骨，他们架起篝火堆来取暖。经过最初几年的辛苦努力，圩口大致圈了起来，但离真正建成还有很大距离。

这时，一些人家已逐步盖上了草房，安家落户，本来这时也该有一个稳定的家园了。但1931年夏天，圩口的北埂东一号发生决堤，洪水滔天，刚落成的家园被瞬间吞没。杨宾松带着家人和所有垦荒的农民一样外逃乞讨或投亲求助，流离失所，无家可归。秋水退后，四处逃荒的人又相约回来继续修复堤坝，重建家园。但仅仅4年过去，也就是1935年6月，连续的暴雨让这个"锅底"①一夜成灾，严重的内涝让家园再次被吞没。杨宾松拖着一家老小再次逃荒。

---

① 指所建圩口的底部，即原来的易太湖滩。

虽然被老天接连蹂躏，但这些垦荒者也更加坚强。大家都有一个盼头，就是早日将圩口全面牢固地建起来，享受好日子。正是在他们这些人不顾生死的努力下，一年一个进展，直到20世纪30年代后期，这个历史上曾做过草料场，后来又成为水滩的易太湖才正式建成圩口。

到了20世纪40年代，杨宾松在这个圩内再次搭建了三间草房。本来圩筑好了，大家以为可以在这里摆脱困境，改变生活，然而洪涝灾害依然不断，在这个"锅底"里寻梦的人并没有迎来好的生活。

困境难以摆脱的原因不仅在于天灾，还在于"锅底"本身。他们筑起的这个"锅"，"锅沿"到"锅底"高低落差近2米。锅内沟渠系人工开挖，窄而浅，蓄水量小。因此，高田怕旱，低田易涝。每遇干旱年景高田蓄不到水，作物受旱。涝灾年景，低田不仅作物被淹，住户也只能蹚着没膝深的水行走，交通十分困难。加上牲口糟蹋庄稼的情况十分严重，每年大家虽然像拼命三郎一样，付出百倍的汗水，但收成却极低。杨宾松的愿望成了失望。他常常扶着烟袋喟然长叹：活着怎么这么难！

每每看到两个不幸的儿子，杨宾松的心就碎了。他想再回老家，但老家已没有家了，而且也无颜再见"江东父老"。苦对杨宾松来说早已不算什么了，只是他还有一个埋在心头的大事至今没有着落。在那辈人的心中，人活下去的意义大概就是传宗接代，否则对不起祖宗。但杨宾松自己已是年老体迈、随时入土的人了，膝下的三个儿子，一个都没成家，一个孙子都没有，这才是自己入土之前最牵挂的事。

时间年复一年地过去，杨宾松常常累得卧病不起。他偶尔躺在床上自言自语地说："我这一辈子也再没什么愿望了，只想什么时候能看到哪个儿子成个家，让我有个后。我死了，眼睛也能闭得紧紧的了。"儿孙绕膝——他几乎每天都在做着这个梦。

天无绝人之路。这一天上午，杨宾松正躺在病床上，一个多年不见的熟人周婆从远方给杨家带来了一个20岁不到的女子，想给他家做儿媳。

杨宾松一听说给自己做儿媳，病似乎瞬间就没有了。他一骨碌爬起

来，热情地招待来人。

周婆指着眼前的女人说："她是个无家可归的人。要的话，你给6斗米。"

当时6斗米对一般人家来说也不算太难，但对杨宾松这样的家庭来说确实不容易，尤其还得在短时间内筹出。但这毕竟是一个让大儿子杨在荣成家的天赐良机，他想都没想，说："我给，我给。"

周婆用目光扫了扫他那破落不堪的家，怀疑他能不能拿得出这么多米来。

"你等着，就是把我的老骨头卖了，也把这6斗米给你弄来。"杨宾松的病似乎完全没有了，那种当年上圩垦荒的干劲再次迸发了出来。

杨宾松人穷志不穷，平时不到万不得已不会低声下气求别人。但这次他挨家挨户，磨破嘴皮，说尽好话，甚至不惜要磕头求助。费尽周折，到了晚上，他终于筹借到了6斗米，顺利地换来了这个女子。

"这是我们老杨家祖上积了德啊！我的在荣有家了！"杨宾松觉得这真是上天的眷顾。

这个儿媳名叫王传英，同样是一个苦命的人，走进杨家确是天意。

王传英1918年出生，自幼家境贫寒，周岁的时候，父亲就去世了。母亲面对父亲丢下的几个孩子，不堪重负，被迫改嫁。王传英由于太小，不便带走，在他人的撮合下，被送到了十几里外的一个村，给一户人家做"押子"童养媳。那时的中国，遗风陋俗根深蒂固，王传英的命运也因此被几般摆布，颠沛流离。

这个村叫杨烈山村，户主姓孙。本来王传英的命运还是不错的，几个月后，孙家果然生了个儿子，这对王传英来说是"押中了"。这意味着她将来就可以嫁给这个儿子，成为孙家的主人。押中了儿子，孙家特别高兴，对王传英也不错。王传英算是度过了几年平安的日子。但不幸的是，这个男孩在10岁多的时候因病早夭。男孩的死对孙家来说是一个沉重的打击，王传英的命运也有了大逆转。孙家对她的态度一下变了，甚至把男孩的死怪罪到她身上，认为她是个"克星"。王传英成了累赘，在这个家里受尽了虐待。幼小的王传英不仅整天做着繁重的家务，洗衣担水做饭，还要下田干农活，吃的是剩饭剩菜，事情做得一不如意，便招来一顿打骂，还没有饭吃。在这个家里，她只能远远地站在一边吃饭，以致她后来形成了习惯：一辈子没有上桌吃饭。

这一天，王传英在家里烧开水。水刚刚烧起来，她又被唤到外面干活去了。等她匆匆赶回时，水早已烧干了，铜壶烧坏了。养父母回来后，将她一顿毒打。她的胳膊被养母的指甲掐得血痕斑斑，晚上还被赶出家门。深夜时分，有好心的村民经过时，看到她蜷缩在一个草堆旁，觉得十分可怜，便推开她家的门好心相劝。养父母念在她机灵，还能做不少家务事，暂时算是将她留了下来。

这次被打，让王传英心里十分害怕，害怕会随时被赶出家门，无家可归。她来到孙家的时候不到2岁，对亲生母亲没有任何记忆，更不知母亲到底在哪里。更让她伤心的是，她认为母亲是不会认自己的了，否则也不会将自己送出去。她身边没有一个亲人，感到无比的绝望，像一只被大雨淋透了的饿猫一样得不到任何人的垂怜。她常常一个人的时候就伤心地哭出声来，但一见到养父母，就吓得魂不附体，赶紧擦去眼泪，装作没事一样。因为养父母一旦知道，弄不好对她又是一顿打骂。

终于有一天，养父母真的不要她了。这一点她也有预感，因为她知道养父母家自从儿子生病以来，为了给他看病，什么都卖掉了，现在家里也穷得饭都吃不上。

祸不单行，在王传英十七八岁的时候，家乡又发生了一次水灾，孙家更是陷入困境。

深秋的一天，门外秋风呜咽，一片落寞凄凉。一大早，家里的门"吱"的一声被推开了。来人是周婆，这是她第二次上门来。养父母一见到她，二话没多说，便一口答应以几斗米的价格将王传英"卖"出去。

虽然在这个家里几乎得不到一点温暖，但突然要离开，王传英呜呜地哭了起来。她越哭越放肆，这似乎也是她难得的一次放声哭泣。

养母似乎也动了点恻隐之心，变得很温和，没有责骂她，而是走上前去，轻轻地摸了一下她的肩，说："丫头，你走吧，把你养这么大，也对得起你娘老子了。你去个好人家吧，也别怪我们心狠……"

养母说完，便用力一把将她推出屋外，随即"砰"的一声关上大门。王传英心里一颤，走出门外的两只脚仿佛没了着落。她想起悲苦的命运，哭声更加尖亮起来，似乎要哭出所有的委屈、所有的苦难。

呜咽的秋风横扫落叶，落叶簌簌地飘落。王传英像片飘零的秋叶，跟着周婆走了。一路上，她没有丝毫的反抗，似乎有人领着就是着落。

杨烈山距离易太有100多公里。她们走了两天两夜，直到第三天上午，到了杨宾松的家。

杨宾松没有做任何考虑，将这个天上掉下来的媳妇配给了大儿子杨在荣。虽然杨在荣是个盲人，但比起二儿子来毕竟是个健康的人，健康才是有后的最大保障。

杨在荣，生于1910年。王传英和他成亲的时候，他已经26岁了。一个盲人，在这个老大不小的时候成了家，杨在荣感觉像是"天上掉了馅饼"。杨宾松心里也乐开了花，这是他做梦也想不到的事情。他更加卖力地做活养家。不久，王传英怀孕并生下一个男孩，这更让杨宾松兴奋得不知如何是好。

然而，越是穷困的家庭，厄运越是接踵而来。由于生活环境恶劣，缺吃缺穿，孩子生下不久便夭折。这对杨宾松来说是五雷轰顶，但这还不算，接下来的十几年里杨在荣夫妻先后又生了8个孩子，一个也没活下来。

接下来又是天灾不断，房屋倒塌，农田颗粒无收，一家人陷入绝境。背负着精神的打击和苦难生活的压力，双眼漆黑的杨在荣突然又患上了"火瘤腿"病。由于无钱医治，病情一天比一天严重，大腿肿得比大碗口还粗，冬天连衣服都穿不起来。家里买不起布料，为了抵御严寒，他只得用稻草将"火瘤腿"捆绑起来。

此时的杨宾松已过花甲之年，长年的高负荷劳作和精神打击，已是精力耗尽，做什么事都力不从心了。他拖着病体，倒在床上，夜不能寐。他想到在荣连续夭折了9个孩子，"九"是一个尽头，是不可能再有第10个了。二儿子病入膏肓，马上就要死的人了，现在只能将希望寄托在小儿子在富的身上。这个时候，他突然有了私心，决定将仅有的一点家产——三间破草房给小儿子，希望能用这点"家产"为三儿子娶来媳妇，能在自己闭眼前续下香火。

将房子给小儿子前，杨宾松用稻草、树棍和树枝分别给大儿子和二儿子搭了个草棚，让他们各自住了进去，算是一个交代。

完成了这个心愿，杨宾松再次病倒。此时的他胡须根根银白，再也没有当年离家垦荒的干劲和勇气了。

时间到了1949年，国民党政府已经全面溃败，全国人民都在翘首企盼着当家作主的好日子。4月，解放军解放芜湖，不久杨家人更逢大喜，王传英在又失去了一个孩子后生下了第11个孩子，一个承载着全家希望的男孩。杨宾松的心情有多好就不用说了，因为这个孩子来得太珍贵，杨宾松给他取名杨良金。他取这个"金"字，并不是"黄金"之意，而是希望他有如金子般闪亮的品格，长大成人后有良知良心。杨宾松当年希望他的儿女荣华富贵（桂），晚年希望他的孙子有良知，心性坚固如金。

2 岁跟着母亲饱受生活磨难

杨在荣临死前说："良金这孩子天资聪颖，要是读书的话，一定是个好料啊，只可惜生在了我们家……"

杨良金的出生给这个被厄运折磨的家庭带来了一丝慰藉。他出生7天，因母亲没得吃，他没有一滴奶水喝。王传英顾不上刚刚生产而极度虚弱的身子，急不可待地下塘里去拉野菱角菜、苇草来吃。这些本来是猪吃的东西，但对他们家来说是保命的食粮。王传英觉得只有自己活下去，新生的儿子才有希望。为了让这个孩子不至夭折，她还用牲口来叫他的乳名，唤他"狗子"。

1949年7月，长江流域又发生特大洪水，水位高达11.66米，全县37个圩堤溃决。好在易太圩没有决堤，但内涝十分严重，庄稼大半淹没，减产大半。

本来就破烂不堪的草棚房历经风雨天灾已无法居住了。为了遮风挡雨，为了让孩子的居住环境好一点，杨在荣决定无论如何要建个新房。但此时的他火瘤腿病日益严重，正常走路都走不到一两里，平时都不能连续站几十分钟，加上自己是个盲人，又穷困潦倒，建新房谈何容易。但为了这个儿子，为了再也不能失去这第11个孩子，他觉得就是豁出命也要盖出一个房子来。

通常情况下，房子的墙是用泥土搭起来的。但作为一个男人，杨在荣没有这个劳动能力，只能搞草棚房。为了建好房子，王传英当上了主力，杨在荣打下手。王传英到外面用刀砍了树枝，拼着命咬着牙拖过来，在地基上插上一周，留道门，搭成一个房的框架，然后用事先搓好的草绳，将树干、树枝、树叶编织起来，四周外围再用稻草裹着遮风挡雨。两人费了九牛二虎之力，经过多个日夜，终于搭建起了一个不足8平方米的草棚房，这就是他们的新家。

小时候的杨良金就是在这里成长起来的，那段记忆也终生铭刻在心。他后来和他人说起此房的时候，提起一个顺口溜：

> 坐在中间打到墙，
>
> 站在中间抓到梁。
>
> 一间房子两米宽，
>
> 土灶墩子挨着床。
>
> 房顶盖了几把草，
>
> 蒙蒙小雨湿了帐。
>
> 若是刮风下大雨，
>
> 家里就是养鱼塘。
>
> 稻草一刮满天飞，
>
> 妹妹叫爹我叫娘。

新中国刚成立，杨良金的家里分了几亩田。由于地势低洼，家里又没有得力的劳动力去种，产量极低，生活依然无法维系，无米下锅、忍饥挨饿是常事。每每都是王传英转大半个村子借点米来填一下肚子。由于长期还不上，一两个来回，周边也借不到了。最紧张的时候，一家人常常连续两三天几乎无食下肚。有一天，杨良金和妹妹实在饿得不行，王传英突然发现自家的田头长了一些苎麻，便拽了一篮苎麻叶回来煮了吃。苎麻叶猪都不愿吃，但他们经常当作主食。在那个特殊的年代，即便苎麻叶也是有限的，一家人便常常吃了苎麻叶后还将苎麻根也煮着吃。

面对着孩子一天天长大，杨在荣十分心酸。他常常将孩子抱在怀里，眼泪滴到孩子的脸上。那时新中国刚刚成立，百废待兴，大家都铆足了干劲。杨良金虽然年幼，但也跟着母亲到处想办法讨生活，饱尝了

生活的辛酸。

年迈的爷爷杨宾松见孙子面黄肌瘦，心里像刀绞一样。他一阵阵地咳嗽："这是造孽啊，我当年是瞎了眼，要跑到这个地方来。在荣啊，我已经活不长了。我跟你说，良金要是再有个三长两短的，我死了都不会饶过你的。"

杨宾松说完，转身要回去，走了几步，又回头过来，对杨在荣说："良金这孩子天资聪颖，要是读书的话，一定是个好料啊，只可惜生在了我们家……"

杨宾松说完，带着满腹的不放心回自己的屋子去了。一夜过去，他离开了人世，带着不尽的遗憾和痛苦。

母亲改嫁

爷爷、父亲相继离世，为了一个"不做睁眼瞎"的承诺，母亲选择了改嫁

杨良金5岁的时候，已经成了母亲的得力助手。为了缓解家中的窘迫境况，小良金曾随母亲四处乞讨，求告乡邻接济一点。他小小年纪，就懂得心疼母亲，总要跟母亲抢重的提，要重的背。有时候母亲走不动了，他还要搀扶着母亲，生怕母亲累坏了身子。

夏日的一天，母亲和他在一片树荫下歇息。两人亲密地聊起天来。

"儿啊，妈妈天天带着你要饭，你愿意吗，怪妈妈吗？"母亲愧疚地问。

"不愿意，但我不怪妈妈。"杨良金回答得很干脆。

母亲一听儿子不愿意，心里很不是滋味，但又觉得儿子是个直性子人，说话不绕弯，便问："那为什么不愿意呢？"

"要饭只能越要越穷，要饭一辈子也要不来好日子。"杨良金脱口而出。

小小年纪突然冒出这句大人也难以说出来的话，王传英感到很突然。她又惊又喜，便问："那你现在最想做的是什么呢？"

"妈，我想读书。"一听到这个话，王传英又是一阵悲伤，因为她知道自己这样的家庭，哪能供得起他读书呢？再说整个村里读书的也没有几个孩子。趁着孩子突然跟自己说心里话的兴头上，王传英接着又问："那你读书将来想做什么呢？"

"我读书了，长大了，好好种水稻，希望所有的小孩都不要饭。"杨良金的这些话似乎都在他大脑里酝酿了很久，句句说得不像个小孩说出

的话。

冬去春来，转眼杨良金6岁了，村里的一些小同伴纷纷背起书包上学，杨良金也想上学，但他知道这是个十分奢侈的想法。

杨在荣和王传英想到了孩子爷爷临终的话，决定无论如何也要让良金去上学，哪怕读上一年两年，一天两天，一定不让他做睁眼瞎。就在这一年的9月1日，杨良金终于走进了学校，进了村里的庆太小学上一年级。

杨良金刚刚踏进校门不久，1958年下半年，杨在荣抵抗不住贫困和疾病的折磨，突然去世了，死的时候只有48岁。杨在荣是带着无尽的牵挂走的。临走前的一刹那，他拼尽最后一丝力气，把良金叫到床前，对良金说："儿子，爸要走了，你要听妈妈的话，好好读书，不能做睁眼瞎……"

父亲平静地离开了人世，杨良金哇的一声大哭起来，一连哭了几天，哭干了所有的眼泪。

杨在荣去世后，家里打不起棺材，无奈之下，村民们只好将他家床前用来放鞋子的一块一尺来宽的脚踏板移了出来，将杨在荣放在上面，然后再用稻草包一包，埋掉了。正值中年的杨在荣出生以来没有看到过一寸日光，历尽生活的苦难折磨。他走了，苦难还要继续蹂躏这个风雨飘摇的家庭。无助的王传英带着年幼的一儿一女，要在这破碎的矮草棚里苦苦支撑后面的日子。

祖父和父亲临终时对杨良金寄予了同一个期望，就是读书，不做睁眼瞎。这一点，幼小的杨良金印在心里。杨良金果然天生是个读书的好苗子，上学后，他的成绩特别好，老师也特别喜欢他。正是因为成绩好，杨良金上完二年级就直接跳到四年级。就在四年级这一年，碰上了饥荒最严重的时候。这一年的大年三十晚上，10岁的杨良金因吃了太多的马兰头，差点丢了性命。上完四年级，杨良金转到易太小学上五、六年级。进入高小，来到新的学校，杨良金本来想多学点知识，长大后做一个有用的人。但那时候，学校白天要求他们戴着红领巾站在芜屯公路上喊口号，晚上根据生产队安排带着镰刀到田里割稻子。孩子们割出十来米后，再将收割的稻子挪到一起堆放，然后睡在上面"望月亮"，一直要望到生产队钟声敲响才可以收工。完成了这个任务的每一个学生可以到生产队里领一个山芋作为犒赏。

也正是这一年，因家里再也供不起，读到六年级的杨良金被迫辍学了。

两三个月后，小学升初中的毕业考试开始了，杨良金听到这个消息也悄悄来到学校准备报名。他想，就是上不起初中也要考一下，考上了不上也不要紧。可班主任严老师通知全班每个人交五毛钱报考费。杨良金一听说要交报考费，心就凉了半截，因为他知道家里根本拿不出五毛钱。回到家里，他还是将这个事告诉了母亲。母亲沉吟了一会，泪流满面地说："儿子啊，妈做梦都想你能上初中，但你看看家里，有什么东西能值五毛钱？再说，你就是考取了，妈妈也真的没法子送你上初中啊！"

第二天，全班同学都交了钱，严老师问杨良金为什么不交钱。杨良金哭着将妈妈说的话向老师说了一遍。

班主任一听，全明白了，对杨良金说："好了，我知道了，你等着吧。"

随后，好心的班主任与算术老师商量："杨良金成绩这么好，他不参加毕业考试，是我们学校的损失，我们两个想想办法帮帮这孩子吧。"

算术老师一口答应了，两人分别掏了五毛钱，不但给杨良金交了报考费，还给了他五毛钱作为参加考试的饭钱。

杨良金能参加考试，喜出望外。他没有辜负老师的希望，以全校第二名的优异成绩考取了芜湖县一中。虽然考出了这么好的成绩，但如杨良金预料的一样，到了中学开学的时候，别人家孩子高兴地走进了学校，而他只能拿起镰刀，走向农田，为家里挣工分。

杨良金虽然辍学，但他依然热爱学习。村里别的孩子辍学后，课本很快就丢掉了，而他却把所有的课本当个宝。只要有时间，就拿出来翻看。不仅如此，他还从别人家借来中学课本挤出时间自学。

虽然杨良金成了家里的劳动力，但杨家的贫寒依旧如故。杨良金穿的鞋子破破烂烂，十个脚趾头有四五个是常年露在外面的，鞋子也没有后跟，像个拖鞋一样。寒冬季节，一双脚都生起了冻疮，肿得像红萝卜，一走路就疼。最令他难堪的是这么大了，穿的裤子还是破的，走起路来屁股露在外面，平时不敢出去，因为这个样子总是被村里人耻笑。

这一天，母亲到田里去了，杨良金独自一人在家。一会儿，村西头的老胡头慢慢悠悠地转到了他家里。老胡头40多岁了，看上去比实际年龄还老。他平时经常在村子里转悠，这次来到杨家门前，左看看右看看，见只有杨良金一个人在家里，便走了进去。13岁的杨良金本来懂事就早，自尊心又特别强，生怕外露的屁股被人看到。为了遮丑，他习惯性地缩靠到墙边，怯怯地看着来人。老胡头一步一步缓缓走到杨良金的跟前，见杨良金像个可怜虫一样，便露出鄙夷的目光。他左看看右瞅瞅，见杨良金神色有些慌张，便缓缓地伸出手来。杨良金以为他要过来摸摸自己的头，以示好意，也就没有躲让。但没有想到，老胡头的手伸到杨良金旁边时，突然对着他的头猛地一个巴掌，嘴里还说着侮辱的话："这小王八蛋，将来长大了是个孬子！"

由于猝不及防，这一巴掌打得杨良金眼冒金星，眼前一黑，什么都看不到了。

可怜的小良金一时不知所措，考虑到自己的屁股不能被看到，他双手捂着头，斜靠在墙上一动不动。他想不通自己平时与他无冤无仇，从没得罪过他，为什么他要这么狠狠地打自己一巴掌，是不是穷人家的孩子好欺负？

老胡头打过以后，脸上皮笑肉不笑，不慌不忙地扬长而去。走到不远处，遇到一个村民，他还炫耀起来："这个小孬包，还说聪明，我看就是个小孬包，看到了忍不住就要给他一下。"

杨良金无比委屈，老胡头走后，他一个人瘫坐在地上，双手依然捂在头上。半天，眼睛才恢复了正常。刹那间，他忍不住了，眼泪哗哗地流下来。

王传英从田里回来了，依然坐在地上的杨良金生怕自己受委屈的事被母亲知道了让母亲心疼。因为他清楚，母亲是拧不过他们的。他听到母亲到门口的声音，便一骨碌爬起来，急急忙忙地擦干眼泪。但杨良金的异常还是被母亲发现了，在母亲的一再追问下，他吐露了实情。母亲气得半死，她知道孩子的父亲是个瞎子，是个"火瘤腿"，是个没用的人，向来被人看不起，况且现在又死了，自家成了全村最弱势的一家子，谁都敢欺负他们。她一把抱住儿子，摸着儿子的头，眼泪吧嗒吧嗒直掉。她要追到老胡头家里去评理，杨良金生怕事情闹大，一把拽住了母亲的衣服。

夜晚，门外的寒风发出怪异的叫声，杨良金家的小草棚被卷得稀里哗啦直响。杨良金睡在床上，风声中仿佛到处都是老胡头的影子。

早上醒来，外面的喜鹊一阵叽叽喳喳。寒春的阳光射入房中，倒给这个家带来了一丝温暖。上午九点来钟，王传英的干娘笑嘻嘻地过来了，后头跟着一个陌生的中年男人。

干娘姓包，是南陵县东塘公社包村人，嫁到李桥。王传英家世不好，只有包氏同情她。特别是杨在荣去世后，包氏常到王传英家里来串串门，和王传英唠嗑，王传英觉得她人不错，便认她做了干娘。干娘觉得王传英孤儿寡母的不容易，就给她在娘家介绍了一个人，想让她再成个家。这个人就是她的一个侄子，叫包永丰。

"传英啊，传英啊，上次跟你说的人我带他过来了。"干娘一进家门就笑嘻嘻地说。

在此之前，干娘已多次找王传英谈过，但王传英思前想后一直没松口。这次干娘没征求王传英意见就直接将侄子带了过来，和王传英见面，希望两人见了面或许好事就成了。

王传英一听说这个事，又见一个陌生男人来了家里，有些扭捏起来，满脸羞涩。干娘是个热心肠，也会说话，三两句话就打破了尴尬的局面。王传英依然没有松口，干娘又将她拽到一边做思想工作。干娘的一番美意，王传英已难以拒绝，加上现实情况，特别是想到昨天发生在良金身上的事，终于松口同意了。

王传英同意了，但没想到杨良金一听说这个事，坚决不同意。杨良金觉得虽然家里穷，在村里受欺负，但再怎么说，这里是自己的家，即便受到欺负，也比寄人篱下好。

干娘没想到好不容易将王传英的思想做通了，她儿子却不同意，事情陷入了僵局。干娘想着无论如何要促成这桩事，因为一头是自己的干女儿，一头是自己的亲侄子，这是成人之美的好事。

但干娘没有硬劝下去，而是岔开了话题。不久，她似乎有了主意，将王传英和侄子拉到门外，嘀咕了一通。王传英忽然想到了什么，便对他们说："这孩子最想做的事是读书，如果能让他读书，那他可能会同意的。"

干娘一听王传英这么说，立即要求侄子保证做到这一点。包永丰一听，眉头一皱，因为他非常清楚，自己也没有能力供孩子读书。但干娘要求他无论如何也要做到，并对他说："这孩子读书成绩好，要求读书，本来也是好事，说不定家里还能出个秀才。"

包永丰也老大不小了，为了能有个家，他硬着头皮同意了，并保证一到包村就送他上学。

没想到这一招还真灵。杨良金听说能让自己上学，心一下被触动了。再经过一番劝说，他勉强同意了。

按照风俗，妇女改嫁是不能白天从村里走的。为了避嫌，这一年四月的一天深夜，外面伸手不见五指，他们母子三人，在包永丰的迎接下，在干娘这个唯一亲友的陪伴下，就像做贼一样，偷偷地离开了李桥。坎坷狭窄的一路上，他们不知摔了多少跤。王传英就这样改嫁到了包家。

本来以为包家情况一定比自家好，但让他们没想到的是包家比自家还要穷。自家好歹还有个茅草棚子，而这个作为杨良金继父的包永丰居然连个独立的家都没有，依然寄居在自己哥哥家里。

　　包永丰的哥哥叫包永高，在村子里条件一般，家有三间草房，旁边还搭建了一个比主房矮的侧房。侧房有主房大半间大，中间用篱笆墙隔了起来，一边是厨房，另一边就是包永丰的"家"。

　　包永高家有六口人，虽然大儿子当兵不在家，但剩下的五口人住在这几间房里也是拥挤不堪。王传英一家一来，一下又平添了三个人，居住显然就是个大问题了。长兄为父，包永高考虑到弟弟老大不小的，能成个家也是修来的福分，便尽了哥哥的本分，进行了合理调剂，把每个人挤进了相应的房间暂住了下来。

我要读书

以第一名考取南陵中学，在校仅20天便被迫辍学。读书是一个破碎的梦

根据事先约定，杨良金过来要上学读书。继父穷得一无所有，不想食言却又确实没能力把杨良金送到学校去。一天两天过去了，巨大的心理落差让杨良金觉得多待一分钟都受不了了。母亲和继父心里都焦急万分，生怕良金因为不能读书要回去。情急之下，包永丰只好硬着头皮到外面去借钱。当时村子里有钱的人非常少，即便有但不是特别的关系也不愿借，更何况包永丰这样的穷光蛋。所以，包永丰每到一家，还没开口，人家就一句话把他顶了回去。跑了几家，他一分钱都借不到，无奈之下，他只得又找到了唯一的救星——哥哥包永高，请他出面一道去借。

出面帮弟弟借钱，显然是要担风险的，但包永高见到弟弟苦着的脸，心一软又同意了。包永高是名共产党员，在村里还是有点脸面的，虽然家里也非常穷，但人家对他还是比较信任的，他过来了，人家多多少少也给个面子。就这样，两人跑亲访友，磨嘴磨舌，借钱筹物，终于将上学的钱借到了。好事做到底，包永高又亲自帮弟弟将插班入学之事联系好了，杨良金终于如愿地进入当地的池湖小学读书，直接插入六年级毕业班。池湖小学在东塘公社一个叫天井坝的祠堂里，离包家有十里路。这个学校的六年级总共只有17个学生，杨良金是这里的第18个学生。

插班之时，距离小学升初中的升学考试不到一个月了。杨良金已辍学三年，种了三年田。对一般的孩子来说，可能过去所学都丢掉了，直

接插进六年级参加升学考试肯定不情愿，但对杨良金来说，却是一次难得的机会。他一点不担心自己能否考得上，他的心中，只要有学上就行了。

包永丰之所以咬着牙借钱送杨良金上学，是因为他心里清楚，离升学考试这么近，杨良金在家都种了几年田了，肯定考不上初中的，到时自然也没话说了。

杨良金一家到包村时，饥荒已有了很大好转，但粮食依然不够吃，饿肚子还是常有的事。杨良金到了包家好几天，也没有好好吃过一顿饭，肚子始终饥肠辘辘。

这一天，杨良金正式到校上课了。他上午上完学后，肚子饥饿难耐。由于还没有办理住校，中午他只能回家吃饭。

十里路走下来，杨良金到家的时候已是12点多，家里人都吃过饭到田里去了，只有大伯包永高的媳妇在家做家务。饥饿难忍的杨良金上前便问："大嫂，你们吃过啦？"

"吃过了，吃过了，你去吃呀！"大嫂操着和杨良金家乡口音差异很大的南陵话回应着。

杨良金心急火燎地跑进厨房，揭开锅，一看锅里已经洗得干干净净，什么也没有了，嘀咕一句"这吃什么呀"，转身就跑出来了。大嫂见杨良金出来了，便问："你吃过啦？饭在'弯笺'里喂。"

大嫂说的"弯笺"是易太话的"筲箕"，而从未出过门的杨良金听不太懂，回到厨房到处找"弯笺"，还以为"弯笺"就是稻箩。

杨良金饿得实在受不了，一时找不到饭，心里像猫抓一般难受。因为不在自己家，又不好一直找，心里受了极大委屈，眼泪一下就喷涌而出。

厨房旁边有一个厕所，碍于面子不能被人看见自己流泪，杨良金一下钻进了厕所里面，呜呜地哭了起来，眼睛哭得红肿。他想即使自家再穷，也不会这样饿肚子，可到了这儿，整天要忍受饿肚子。

一番宣泄以后，反而没了饥饿感。再磨蹭下去，上学就要迟到了，

对他来说上学太宝贵了，丢了一分钟课比少吃一碗饭更严重。他擦了擦眼睛，饿着肚子背着还没有放下的书包，迫不及待地上学去了。他从厨房走出来的时候，正好被大嫂看见了。大嫂见厨房里没有吃过的碗，也没有筷子，知道杨良金还没有找到饭吃，便问：“你怎么不吃饭呢？饭就在'弯箩'里啊。”

杨良金听到"弯箩"两个字，听不懂方言带给他的寄人篱下的委屈滋味从心头泛起。他再也不回头找什么"弯箩"了，背着书包，一声不吭地向学校跑去。

一路上，他总感觉这里不是自己的家，自己跟这个家格格不入。走到学校之前，又一阵饥饿感向他袭来，他难以忍受，怕影响听课，便跑到一个塘里咕噜咕噜喝水"充饥"。

当天晚上回来后，他饿得头晕不已，随便搞了点吃的后，立即恳求继父：“这么远的路，你答应我住校的，我想明天就正式住校。”

这本来是计划中的事，继父同意了，第二天起他住校了。

由于是新插进来的，他对学校里的一切都是陌生的，老师是陌生的，同学是陌生的，周边的环境也是陌生的。他穿的都是粗布加补丁的衣服，一些同学甚至对他投过去异样的目光。课下他没有一个说话的人，除了学习就是学习。这一天晚上吃过饭，宿舍里的同学谈笑风生，说说笑笑，他感觉融不进去，只好去教室看书。班级里也有一些同学，在开开心心地打打闹闹，他同样也融不进去，只得闷着头看书。夜深人静的时候，同学都回宿舍了，他独自一人继续学习。突然之间，他看不进去书了，想起家来。

一会儿教室关门了，他不想回宿舍，仿佛自己是个外人，便独自一人走出校门。学校的周边都是坟，一般的孩子看到坟茔都十分害怕，而他却浑然不觉得怕。他站在坟边，一下想起自己的父亲，想起连口棺材都没得睡的父亲，如今都不知埋在哪里的父亲。这时，他的眼泪又控制不住地流出来。他心中一直觉得，如果有父亲在，怎么可能背井离乡到这里来呢？

由于难以融入班级，每天放学以后，他就习惯性地跑到这片坟茔附近，偷偷地痛哭一番，仿佛在这里他的哭声父亲能够听到。

仅仅补了27天课，他便参加了初中升学考试。本来他自己也不抱多大希望，因为毕竟辍学几年了，怎么能和没有辍过学的学生比呢？不久，考试结果出来了。令他没想到的是，池湖小学18个人参加考试，考上中学的只有一半，其中两人考上南陵县最好的中学——南陵中学，他就是其中之一并且是第一名。拿到录取通知书的时候，杨良金高兴得又蹦又跳。

然而继父听说他考取了南中，当着杨良金的面强挤出一丝微笑后，立即显出满脸的不悦和忧愁。在他的心中，杨良金肯定是考不上的，任何中学都考不上的。现在考上了，自己的那个诺言怎么兑现？在王传英母子三人为杨良金出乎意料的考试结果而开心的时候，包永丰悄悄转到了一旁犯愁，因为他实在没钱送这个继子继续读书。

王传英来到包永丰的跟前，对他说："这孩子考得这么好，你当初答应了，你要想想办法啊。"

面对一家人的喜悦，包永丰又实在没法泼冷水，他只是闷闷不乐地不说话，不说送他上学，也不说不送他上学。

当时上学不仅要钱，更重要的是要粮票，这两样对包永丰来说都是天大的难题。他知道哥哥那里对自己帮助已太多，哥哥家里也真的帮不了他什么了。

开学时间很快就要到了，杨良金的学费和生活费还一点没着落。眼看着报名已开始了，杨良金的心都碎了。他顾不得情面了，直接向继父提出："你当初说好的送我上学我们才过来的，如果在这里上不了学，我们就要回李桥去。"

继父无言以对，只得愧疚地低着头不说话。

母亲见儿子读书的心情如此迫切，心里十分难过，她也想再哀求哀求包永丰想想办法，但看到他为难的样子，实在开不了口。犹豫了半天，她悄悄地对包永丰说："这孩子就想读书，这次他要是考得不好我也就不勉强你了，只是他考了个第一名，你看看能有什么办法能把他搞进学校，哪怕只读一天两天，满足一下他上中学的愿望。到时真没钱送了好歹他也上过中学了，我想那时他也不会再怪我们了，你看怎么样？"

即使这样一个带着妥协的愿望，对包永丰来说也是无法实现的，因为他确实没任何能力，只得继续低着头，一声不吭。半天，他终于抬起头来说："传英啊，不是我不讲信用，更不是舍不得，你知道我送他到池湖小学的钱物都是借来的，到现在一个子儿都没得还，我这样的一个人还能到哪里再借得到钱啊，还有谁肯借给我呢？都怨我包永丰无能，谁要能借给我我给他磕多少个响头都行。南中在县城，我这样一个人，又能有什么朋友熟人，能把他搞进去呢？"

王传英一脸忧愁，说："良金这孩子自小在穷窝里长大，虽然穷，但他特别重信用，你当初亲口答应了他的，现在不同意，他性格倔，什么时候真的能一个人跑掉了，到时你叫我怎么办呢？他只有13岁呀！"

就在这时，干娘的另一侄儿包有木也凑过来，批评包永丰说："是的，人家不仅考上了，而且以全班第一的成绩考上的。你答应的事现在又反悔，换谁谁都不甘心，你就是把皮扒了也要兑现诺言。"

包永丰被说得神情木然，却怎么也拿不出办法来。

包有木看包永丰实在没办法，便说："他妈说得对，他要求也不高，哪怕你把他送去了，上个一天两天学。后面实在上不起了，我想他也不会怪你的，这也满足了他的一个愿望。"

"是的，没想到他考得这么好。这也就是一个迫切的愿望，也没有要求你必须要供他到初中毕业。"王传英接着话茬说。

这番话让在场的所有人都说不出话来。站在一旁的包永高一直没有吭声，听说不一定要读完初中，他把包永丰拉到了一边："孩子这么优秀，是要圆他这个梦，不然的话我们包家怎么对得起他娘仨。钱和粮票的事还是我来给你凑吧。"

最后又是包永高东拼西凑，凑出了十几元钱，十几斤粮票。

杨良金知道这点钱和粮票只能维持个十多天，但他也很满足很感激了。他心里很清楚，自己是不能上完初中再上高中的，能进中学的门就先进去再说，读一天是一天。

9月初，杨良金如愿以偿走进南陵中学，成了一名真正的中学生。当他跨进校门的时候，按捺不住的自豪感从心中升起。然而，一阵激动之后，他的心中又五味杂陈。在教室里，别的同学高高兴兴，他的心中想的却是这仅有的钱粮如何才能用得时间长一些。因为他清楚，"弹尽粮绝"时也就是自己离开这个校园的时候。

为了在这里多待一分钟一秒钟，从第一天开始，他就计划着用，最大化地节约着用。别人吃三餐，他只吃两餐，晚上饿得实在受不了就喝水充饥。但再怎么节约，不到两个星期，钱粮便所剩无几。他又改为吃一餐，早晚都以水充饥。当有同学问他为什么常常不吃时，他只能闪烁其词地说自己不饿。

学校里很少正式上课，每天总是搬椅子擦桌子搞卫生搞训练之类的，连日处于半饥饿状态中的杨良金连走路都摇摇摆摆，更别提干活出力气。

这一天夜间，他饿得头发晕，便跑到外面的塘里捧水喝。在塘边喝着喝着突然头一晕，整个人栽入塘中。好在塘里水浅，杨良金艰难地爬了上来，又接着趴在地上，把头伸进塘里喝水，眼泪往塘水里滴。

两个多星期熬过去了，学校里依然没正式上过几堂课。杨良金的心里比什么都苦，每天都渴望着老师能给他多讲些课，多学点知识，因为他知道自己快撑不住了，知道家里不可能会送钱粮来的。

到了第20天，他完全断粮，实在坚持不下去了，不得不离开学校。为了不让同学看到自己的狼狈样，这天夜里，等到宿舍里的同学们都睡了后，他又先到外面喝饱了"充饥"的水，然后悄悄地背上事先准备好的物品走出了宿舍，离开了他心里怎么也舍不得的学校。离开校门的一刹那，他伤心欲绝，泪如雨下。他想：自己果然还是回去了，这么大的一个学校，怎么就容纳不了自己呢？

学校在南陵县城，从县城到包村有20多公里，而且全是扭扭曲曲的小路。

天下着蒙蒙细雨，伸手不见五指，一路上到处是坟茔，只有 14 岁的杨良金却生不出怕意来。当初来的时候，是叔叔送来的，现在他独自一人回去，并不熟悉路，只能凭借一点记忆随意地走着。

迷迷糊糊中，也不知什么时候他从县城走到了城外。这时，雨似乎比先前下得更大了，雨水顺着他的头往脸上挂。

不知不觉他来到了漳公渡。漳公渡是他来时记忆最深的一个地方。此时已是深夜了，他饥饿难忍。路上湿滑，他脚上穿的一双破鞋早已沾满了烂泥。他干脆将鞋子脱了下来，在水凼子里摆了摆，提在了手上，然后迷迷糊糊，跟跟跄跄，一边伤心地哭着一边往前走。泪水雨水交织在一起，快要冲垮了少年的心。

漳公渡不算太宽，没有人摆渡，渡船两头拴了绳子在两岸，谁过渡谁自己拉绳。黑夜茫茫，雨后路滑，这个时间几乎没有人过渡了。

从圩埂头到渡口之间有一条光洁的小坡，他沿着坡一步步向下移。由于一点力气没有，当他快到渡口的时候，脚下一滑，人向船头方向滑了好几米，然后倒在了烂泥地上。他心里想爬但怎么也爬不起来，不能上学让他万念俱灰，想着干脆就这样死去吧，便任由自己趴在地上，闭上了眼睛……

第二天早上四点来钟，一个卖菜的人来到了渡口。渡船靠岸后，他从船头挑着菜往下一跨，一只脚绊到了杨良金的身上跌倒了，一担子菜洒了一地。他回过头来，发现地上躺着一个半大孩子。他赶紧摸了摸杨良金的身子，发现还有体温，就将他一把拉了起来，大声地问："孩子，孩子，你是怎么回事，怎么倒在了这里？"

杨良金慢慢醒了过来，但他根本没有力气回应。

卖菜的再一看，旁边还有个书包，书洒了出来。他知道这一定是个学生，便轻轻地拍了拍杨良金的胳膊，说："你是哪个学校的？你是不是在这里睡了一夜了？这幸亏是热天，要是冬天冻也冻死了。"

杨良金还是发不出声来。这时，圩埂上有人家亮灯了，卖菜的也不管菜了，赶紧将杨良金背上了圩埂，敲开了人家的门，要了点热水给他擦了擦脸和身子，然后又给他要了点吃的。杨良金在卖菜人的相救下，慢慢有了点力气。看到好心人，他又泪流满面。

接着，卖菜的又将杨良金送过了河，并教他怎么走回去。

回到家中，杨良金感觉自己这些天就像做了一场梦，突然之间梦醒了。他设法调整好自己的心态，决定一心好好种田，多挣工分。

脏臭的牛棚"我"的家

摸水菜，塘水里死去活来；住牛棚，牛蹄下死里逃生。牛棚里，唯有读书的兴致没有消减

杨良金上学以后，他的继父、母亲和妹妹一直挤在大伯包永高的家里。低矮的草房、狭小的空间，早已让包永高一家苦不堪言。此前，他们也想了许多办法，都无法解决居住问题。杨良金辍学回来后，两家人更是没办法住下去了。包永高兄弟俩只好又找到生产队的队长商量。生产队长最后给他们指出了唯一的办法：住到祠堂里去。

当时生产队的这个祠堂已成了个大牛棚，两个生产队的20多头牛全部拴在里面。无奈之下，包永丰一家四口只得搬进祠堂，住在了祠堂的东南角落里。

牛棚门前到处都是牛屎，有的落在牛脚踩出的泥坑里，有的落在门的正中间。牛棚里面更是肮脏不堪，阴暗潮湿。牛棚里的牛都是水牛，一解起大便来，噼里啪啦地掉在地上一大摊。本来大便就稀巴烂，一会儿，牛的小便又撒下来，将牛屎冲得到处都是。当时正是九月底，天气依然十分炎热，棚内臭气熏天，一里之外的塘村都能闻到浓烈的臭味。

他们一家进入棚内，浓烈的骚臭味让杨良金和妹妹杨来香感到一阵阵恶心，妹妹一直捏着鼻子不愿松手。

牛棚被两排柱子隔成三间，但都是相通的。继父和母亲在东南角用铁锹将牛屎铲走，在里面铺了几张床。他们还在里面搭了个土墩子灶，一日三餐都在里面。他们第一天住进去吃饭的时候，村里的老老少少许多人围在他家门口看热闹，看他们在这个臭牛棚里怎么吃得下去饭。

牛棚里除了浓烈的臭味，还有肥硕的牛屎苍蝇嗡嗡横飞，乌黑的蚊

子肆意叮扰，特别是蚊子，多到用双手在空中一捧，便能捧到一二十只。到了夜晚，破烂不堪的蚊帐无法抵挡它们的入侵。一夜醒来，蚊子一个个吸血吸得肚子滚圆。

不久，杨良金因恶劣的环境发起了高烧，由于无钱看病只能用身体硬扛着。母亲用毛巾敷着给他散热，经过几天和疾病的抗争，高烧基本退了，但嘴唇却因火气太旺破了，一直不能恢复。看着儿子的嘴唇，王传英对他说："儿子啊，你的火气这么大，听说水菜（河蚌）可以去火。你到水里去摸一点水菜，我来煲点汤给你喝。"

按照母亲的吩咐，中午生产队休息的时候，杨良金拿了个大澡盆去了水塘边。摸水菜要到对岸去，因为对面是一个浅滩，水菜特别多。杨良金不会游泳，便双手搭着盆沿，双脚推着水到了对岸。没想到，对岸的水菜特别多，他一会儿就摸了一大盆。过去的时候是空盆子，杨良金推起来十分顺利。回来的时候是满盆子，他推着盆回到水中央的时候，盆子突然翻了，向他头顶盖过来，把他压在了水里。母亲以前从来不让杨良金靠近水，所以他在水里一点经验都没有。好在水塘不深，塘的底部是沙土，比较硬，杨良金沉入水后，咕噜咕噜喝了几口水，脚碰到了水底，便本能地一蹬就浮上来了。浮出水面以后吸了一口气，又掉下去了，碰到了水底，他一蹬脚又上来了……就这样反复了数次，他终于体力不支，加上喝的水越来越多，最后就沉下去了。也不知沉下去多长时间，他又漂上来了。好在村里有个去田里干活的人正好路过这里，发现水面上漂了一个人，便迅速扑向水面，把杨良金拖上了岸。

拖上来的杨良金肚子鼓得滚圆，里面全部是水，几乎没有了呼吸。这时，两个生产队里老老少少来了很多人。有人搬来了一口大锅，帮他顶住肚子，压出肚里的水；有人叫来了赤脚医生，给他做人工呼吸。经过一番紧张的施救，杨良金喷出一口水，醒了过来，村民们也一阵欢呼。

加上渡口那一次，14岁的杨良金这一年之中，连续两次和死神擦肩而过，然而这一年他的厄运还没有过去。

这一年冬季，外面特别寒冷，由于棉被单薄，一家人睡在床上瑟瑟发抖。破烂的牛棚里，仿佛到处都是风。为了相互取暖，杨良金和继父睡在一起，妹妹和母亲睡在一起。这一天，外面零下好几度，继父有事一直没回来睡，杨良金一个人睡到半夜多次被冻醒。无奈之下，他突然想到了一头头酣睡的老牛，因为每每经过老牛身边，他都能感受到一股热量。他便抱起被子和一些稻草，挤到老牛肚子旁边，和老牛睡在一起，想蹭蹭牛身上的热量。没想到这个办法还真不错，老牛在夜里睡觉的时候安安静静，杨良金也睡得安稳。但当杨良金睡得正香时，突然听到一阵骚动，原来两头牯牛突然打起架来，将所有的牛都惊醒了。杨良金迅速爬了起来，准备跑开，却被正在激战中的牛撞倒了。好在这里的牛他大多放过，牛对他熟悉，没伤害他。杨良金准备再次爬起，手指却被对峙中的牛踩在了脚下抽不出来。听到杨良金的大叫，母亲和妹妹赶了过来，正好继父也回来了。他们看到双牛僵持着，而杨良金的手被踩在牛脚下，吓得魂不附体。母亲大哭起来，继父冲上前准备拉开一头牛，但怎么也拉不开。牛见人来便躲，另一只牛蹄又踩到了杨良金的一只脚上，痛得他哇哇直叫。母亲见状，跪在地上求"牛菩萨"饶过良金。

场面僵持着，继父、母亲和妹妹三人急得没办法。杨良金倒在了牛肚之下，一旦牛战再激烈起来，随时有生命的危险。

或许是命大，几分钟后，牛松开了脚，杨良金幸运脱险，除了手指、脚趾受了伤，并无大碍。

住牛棚的日子十分难挨，但就在这样的牛棚里，杨良金却始终记挂着一件事，这件事就是读书。完成学业这条道结束了，他要在另一条道上寻求希望。他搜集了一些报刊，但凡有农业方面的知识和信息他都特别感兴趣。白天一有时间他就读这些东西，晚上也不例外。有一天，他晚上读书读到深夜，将家里仅有的一点煤油全用完了。由于当时煤油要凭票购买，家里的票用完了，一连几天整个牛棚一片漆黑，他们一家人只得在里面摸黑生活。这一天，天下着大雨，继父从外面回家，一不小心踩到一摊牛尿上跌倒了，又正好倒在牛粪里，搞得一身臭。继父平时不骂人，这次实在忍不住了，破口大骂杨良金："你天天看什么鬼书，把家里的洋油烧得精光。村子里和你一样大的哪个像你这样，不上学了，还天天看这看那的，看了有什么出息啊！"

杨良金一声不吭，因为自己似乎确实犯了错。过了一段时间，终于发油票了，但杨良金都抢着白天的时间看书，晚上也是在一家人都需要点煤油的时候看，或者在月光下看。冬天的黑夜格外漫长，一家人呼呼大睡的时候，爱学习的杨良金却睡不着。他用积攒多日的钱偷偷地买了电池，晚上在被窝里打开手电筒偷偷地看书读报。

在那个特别的年代里，在那个闭塞落后的乡村里，一个不上学的孩子还爱读书就像一个"异类"。杨良金少时的酷爱学习，也是他日后投身农业科技研究，造福广大农民，助力中国农业发展的起点。他那时的梦想就是学习农业科技，把田种得好一点，多收粮食，让经历过饥饿与贫困的乡亲们不用再忍受这样的苦日子，让所有中国人都能吃饱饭。

第一次盖上新棉被

16岁那年，脚穿草鞋步行百里学种棉花技术，种出的棉花"白如霜"，四分田打出了三床被

1964年，杨良金15岁，按照当地习惯按虚岁来计算的话，就是16岁了。16岁其实还是个孩子，无论在心智上还是体力上都不能和成年人相比。但杨良金却是"少年英雄"，这一年在村里居然评上了10分工，也就是整工。包村人多地少，因此，村里评工分要求特别苛刻，农业生产上无论播种、插秧、收割，还是耕田、犁田、捞塘泥等十八般武艺得样样精通才能评上整工。继父包永丰种了一辈子田，因为不会插秧这一项，扣掉0.5分工，终身只评9.5分工。杨良金的一个堂兄结婚多年，由于三项能力不够，只评上8.5分工。村里女劳动力评的工分就更低了，一般只有5—6分工。杨良金16岁就评上10分工，除了得益于他在老家已提前种过几年田，更重要的是他在种田上有天赋，并且善于思考。

16岁小小年纪，又是一个外乡人，就是10分工，这在村里是很让人羡慕的。也正是这个"整工"让继父对他刮目相看，杨良金在这个家里说话也有了一定分量。

牛棚遇险之后，母亲再也不敢让杨良金去蹭牛的热量了，但是由于没有棉被盖，冬天实在难熬。杨良金出生在芜湖县，芜湖县有许多地方种棉花，于是他惦记起了家里的四分①自留地。有一天他向继父提出，要用这四分地种点棉花，弄两床棉被盖。

当时的农民思想观念落后，不怎么会种棉花，因此很少有人种植。继父虽然对杨良金种田能力没有怀疑，但对他种棉花却不以为然，便对

---

① 分，耕地面积计量单位。一分田相当于66.67平方米。

他说："棉花哪能种呢？你知道吗，一分地收不到3斤棉花。你难道没看到村子里那些田里的棉花，棵把长得像小树一样茂盛，但都不结桃子。我们这四分地到时候不知道还能不能弹个一床棉花，种什么都比种这个强。况且你也没种过棉花，你怎么可能比他们种过棉花的种得好呢？别把地给荒掉了吧！"

继父的话让杨良金有点不服气，他觉得事情隔行不隔理，自己插秧、割稻子干得比人家好，要是种起棉花来也一定比人家收得多，况且自己有文化，可以学习一些好的经验，一定能干得好。

杨良金没继续和继父顶嘴，但他有了想法就不愿放弃。等到村子里或外村那些种棉花的田里快长枝出果的时候，他便经常跑去看。通过一段时间的观察，他发现继父说得果然没错。他想，这棉花到底本来就是这么样的产量呢，还是种植技术或生长环境不利于棉花生长呢？他站在人家棉地里反复琢磨：为什么枝子长得这么好，却不结棉桃呢？

在观察的同时，他又向一些种过棉花的人询问种植情况，但从这些人口中他什么也问不到，只是跟他说了一个规律，很多时候桃子一长出来就掉了，而且枝子长得越好，桃子结得越少。

为了不让家里仅有的一点自留地因种棉花而低效益，让继父不开心，他没有贸然种棉花，而是决定找专业人员请教一下。

他先找到当地的公社，公社里虽然也有农技人员，但却没有种棉花的专业技术人员。

杨良金虽然没问到什么，但是越追究兴趣越大。他想身边人问不到，县城一定有专门懂这方面技术的人，自己在县城读过书，何不到县里去问问。

这一天，他专程赶到了县城，想找农业部门的技术员。为了能和人套近乎，他咬着牙，用积攒半年的钱买了包好点的香烟。到了农业部门，他信心满满，以为这下一定能问到一些基本的技术，但让他扫兴的是，这里虽有个别农技干部，但对棉花种植也都是外行，甚至他还被人一顿训斥："你一个乡巴佬，种田不跟村里的农民学，跑到这里来问什

么技术，讲了你也听不懂！"

杨良金被训斥得灰头土脸，但他没有灰心，继续询问着。他想："越是这样，我越要问！"只要自己学到了一点知识，或许明年自己种的棉花就不一样了。一直在那里转到下午四五点，必须要回去了，他还是不甘心，最后，在一间办公室又看到了一个老干部，便走过去询问他。

"你要想种棉花，我们这里没有人懂。我告诉你，你可以到宣城的一个棉麻厂去问，他们那里有专门的技术人员。"老干部对他说。

虽然没有问到具体的技术，但一听说有棉麻厂，杨良金一下又振奋起来。他向老干部跟前凑过去，并从口袋里掏出香烟，递了一支过去，问道："您知道这个棉麻厂具体在宣城的什么地方吗？"

他告诉杨良金："大概是在水阳镇，但具体在水阳的什么地方我也不清楚。"

有了这个信息，杨良金仿佛找到了方向。回去以后，他到处打听宣城这个棉麻厂的情况，终于有一天他打听到了大概的位置。杨良金下定了决心，摸都要摸过去。有人告诉他，水阳很远，如果要去的话，必须要起大早，否则天黑之前是到不了水阳的。

那个年代，交通条件极其落后，根本没有车辆可搭。但为了学习技术，为了家里能有棉被盖，杨良金还是决定要去。从包村到水阳有五六十公里，由于不熟悉路，为了天黑之前能赶到目的地，这一天早上凌晨两点他就起来了。当时是3月初，天气还很冷，出远门也没有像样的布鞋，只有他之前新扎的几双草鞋。他脚上穿着草鞋，肩上又背了两双以备更换，为了走路有劲，还带了一些锅巴作为干粮。

还没走到一半的路程，一双草鞋就被穿破了，脚也有几处被磨破了，鲜血染得草鞋上到处都是。

由于疼痛加口渴，他绕到一个塘边坐下休息，在那儿捧了一些水喝，吃点了锅巴，然后咬着牙又继续前进。

就这样一路走，一路忍受着疼痛与饥渴，到晚上八九点钟，天大黑的时候，他终于来到了水阳，这时他已走坏了两双草鞋。他虽然到了水阳，但还不知棉麻厂在哪里。

这时家家户户都关门睡觉了，他非常着急，只有敲门去问。一连敲了两三户门，都没人开门，他也不敢再敲了。

夜色之中，只能偶尔听到狗的叫声。他的心中越发着急，因为这一夜还不知到哪里投宿。

他焦急地又走到一户人家附近，那户门突然打开了，从门里射出一束微弱的油火亮光。他一阵惊喜，终于见到人了。离那户人家还有一百多米的距离，他顾不得刺破了皮的脚，飞快地向门前跑去。快跑到门口时，门"砰"地一声关上了。杨良金什么也顾不得了，冲上去"梆梆梆"一阵敲门。

"谁呀，这么晚了？"随着说话声，门开了。

一个30岁左右的男子站在门里，面目清秀，像个读书人。透过门口的灯光，男子看到对面的小伙衣服上有许多补丁，身上背了个布袋，还背着两双草鞋，其中一双血糊糊地挂在胸前，满头大汗，狼狈不堪。他又扫了扫杨良金的脚，也穿着一双草鞋，到处都是血，便问："你是哪里来的？"

"对不起，我……我……我想问一下，听说你们这里有一个棉麻厂，生产棉花的，在……在哪里呢？"

听说他找棉麻厂，男子心里一震，便问："你找棉麻厂？找谁呀，有什么事？"

"我是从南陵东塘来的，家里种棉花，不会种，想到这里找技术人员学点技术。"杨良金急急忙忙地说。

"南陵？南陵很远，那么老远的地方来的呀？"听说这么回事，男子说，"你进来说吧，我就是棉麻厂的，就是厂里的技术员。"

一听说对面的人就是棉麻厂的技术员，杨良金一时兴奋得不知如何是好，便一五一十地将家里情况和男子说了。男子听到杨良金的情况后，深深地为他的这种精神所感动，也感到同情，就让杨良金住在他家，并给他打来热水洗了脸和脚，还给他弄了吃的。

杨良金感激涕零，感觉自己是遇到贵人了。洗好吃完后，杨良金开口向他问起种植技术。男子简单地跟他说了几句，但是杨良金几乎都没有听懂。看到杨良金的样子，男子说："现在已是半夜了，你别急，先睡觉去吧。休息好，明天我跟你讲。"

杨良金一颗迫不及待的心也只好打住了，在男子的安排下，他上了床休息。由于一天都在赶路，杨良金实在太疲惫了，上床后就睡着了。

一觉醒来，天已大亮了。杨良金一骨碌爬了起来，生怕耽误了一点时间。男子已将热水打好了，说："小杨，过来先把脸洗好。"

杨良金洗好脸后，男子又热情地煮了面条给他吃。面条一端过来，杨良金闻到一股从未闻过的香味。他将面条一口吞进肚里，幸福感溢满全身。杨良金家里穷，很少吃面条，吃的都是粗面疙瘩，而这次吃的是他从未吃过的用机器压出来的面条，尤其让他觉得美味到极点的是面条里放了猪油。他长这么大几乎没有吃过猪油，这次能这样饱餐一顿，对男子的感激之情油然而生。一碗猪油面条，三下五除二，他就吃完了。由于太好吃了，他都不知道是怎么吞进肚子里的。

"吃饱了没有？如果没有吃饱的话，再去盛。"吃完以后，男子问他。

杨良金把手直摆，说："不要了，不要了，吃饱了，吃饱了。"

其实他根本没吃饱，心里还特别地想吃，即便再来个两碗三碗都能吃掉，但他实在不好意思再吃了。

吃过饭后，男子拿来一张纸，一支笔。他在纸上画了一个样子，说："这是主干，这个呢，是分的杈，这个枝杈又叫结果母枝……"男子开始给他讲起棉花的专业知识。

听到"结果母枝"四个字，杨良金觉得特别新鲜，他暗自庆幸自己终于找到了要找的专家。

"这里是个杈丫，一段时间后，杈丫这里还有一个小东西要出来，是一个新生的枝子。这个枝子长得又嫩又快，叫丫，这个丫得搞掉。"男子接着又讲。杨良金听得入了神，但似懂非懂。

"这个叫什么呢？这个叫营养母枝，是专门消耗养分的。如果丫不搞掉，那么营养就被它提前吸收了，就送不到营养母枝上，营养母枝就没有能力去结果子了。你们村子里的棉花不结果原因就在这里……这个地方出来的芽都是异芽，这个芽你别看它出来得迟，但是长得快。这个芽越小越好打，如果不打掉，它会吸收大量的养分，不仅吸收这个枝子上的养分，还会吸收主干上的养分……"

听到这里，杨良金恍然大悟，怪不得自己家里一分田只能长3斤棉花，原来有这么多的科学道理在里面。

"这个要摘掉，这个也摘掉，最后要打顶，也就是果子长得差不多的时候，将中间主干上的那个头子摘掉。这样棉花果子就长得特别好，最后棉桃就会开花，不仅棉花的产量高，而且棉丝纤维也拉得长。"

他一边讲，杨良金一边快速地记。结果母枝、打顶、营养母枝、棉丝纤维……这一个个新鲜的词在他的心头跳跃，他的心里一阵阵抑制不住的激动。

杨良金就像西天取经一样取得了"真经"。回去以后，继父还是不放心，但杨良金不顾继父的疑虑，执拗地把四分地全部种上了棉花。

棉花的生长过程可以划分为5个阶段，分别是播种期、苗期、蕾期、花铃期和吐絮期，整个过程要半年左右。从播种开始，母亲总是念叨着，别把几分地搞荒了让人笑话。但几个月后，到了蕾期、花铃期，他种的棉花果然出奇得好。

村里人都非常好奇。一个种棉多年的老人和一个中年人走到他的田里，老人不太服气地夸赞说："良金这小鬼东西看不出来还真有点玩意了，这棉花种得真是'白如霜'啊！"

中年人接过话茬说："是的，稻除七次猪没糠，棉除七次白如霜。我只是听说过棉花'白如霜'，但怎么除也没真见过'棉白如霜'，这真是开了眼界了！"

按照继父之前的估计，这四分田只要能打个一床棉被他就心满意足了，但杨良金却让这四分田种出了能打3床棉被的棉花。有了这么好的

收成，继父服了，高兴得合不拢嘴。

杨良金提出要把这棉花全部弹成棉被，继父满口同意。这一年他们打了3床被子，也是杨良金人生中第一次盖上新棉被。

通过这一次种棉花，杨良金受到了极大启发。他认为农业科技太重要了，科技的力量无穷无尽。

由于这次成功的棉花种植，他一下子在村里出了名，村里的一个老队长觉得杨良金有头脑，就提名他当村里的队长。

当村里的队长，这在村子里是很荣耀的事，尤其是杨良金这样的外乡人，能当队长那几乎是不太可能的事。继父和伯父听到消息特别高兴，母亲更是乐不可支，没想到到了这里，儿子还有大出息了。

但谁也没想到的是，对于队长这个事，杨良金却婉言拒绝了。继父的一个堂弟听说这么好的事落到自己家里头，杨良金居然不干，他想不通，跑到杨良金家里直拍桌子发火："你家劳动力最强最多，你为什么不当队长？"

杨良金有他的考虑：通过这次的棉花种植，他对科学种田产生了极大的兴趣。他想要买科技书学习，提升自己的科技知识水平，在农业科技上做出一些事情来。如果当了队长，整天事情多，必然要影响自己的学习。

杨良金继续当一个生产队员，一边种田一边琢磨着怎么把田种得更好，怎么把菜种得更好。就在这个时候，他买到了一本《陈永康水稻高产栽培技术》。有了这本书，他更像着了迷一样天天仔细研究。夏天的一个晚上，继父不在家，他一手摇着破扇子，一手抚着书读，一直读到了后半夜，蒙蒙眬眬睡了过去。突然醒来时，双臂上趴着几十只大花蚊子，吃饱了躺在他的胳臂上一动不动。杨良金用手一抹，手臂上都是血。

当起"木秀才"

一个光荣当兵的好机会被母亲阻止后，又学起了木匠

17岁的这一年，杨良金和另外两个人在生产队摇翻车搞抽水灌溉，一个人告诉他公社里在征兵，征的是海军。杨良金一听到这个消息异常激动，自从读书梦破灭以后，他又有了新的想法，什么时候自己也能当上兵，既能报效祖国，又能有机会学习。但是由于年龄不够，他一直没机会。在各兵种里，杨良金特别喜爱海军，这次正好征的是海军，所以他十分欣喜。到中午吃饭的时候，他对另外两人说："麻烦你们到时候和我妈说个谎，就说生产队里有事，我不回去吃饭了。"

杨良金之所以这么说是因为他知道母亲不会让他参军的。自己是个独生儿子，还承继给二叔兼祧为嗣。在母亲眼里，参军就要打仗，打仗就要送命。但杨良金抵抗不了参军的诱惑，衣服都没换，腿上粘着泥就跑到了公社去报名。

当兵是无上光荣的事，杨良金到验兵场地时，那里挤了许多年轻人。他挤进队伍接受体检，也不知是什么原因，排了一会，一个带队的民兵副营长一下看中了他，一把将他拉了出来，问了他的姓名又问了他的年龄。当时当兵要18周岁，而杨良金只是虚18岁，还差一年。但是杨良金顾不了了，他回答自己18周岁。副营长接着又问他家里弟兄几个，他又回答弟兄两个，因为独生子一般不给资格的。接下来副营长没有多问，就这么相中了他。

就这么顺利被选中了，杨良金做梦也没想到，他的心里不知有多高兴。

被选中的几个人被安排到公社食堂吃饭。这时只听到外面一阵哭哭啼啼，杨良金一听原来是母亲找过来了。母亲走上前来，一把抱住杨良金的胳臂，死死往外拽，要把他拽回去，嘴里哭叫着说："我就你一个独生儿子，好不容易把你养这么大了，你怎么能当兵呢？打仗打死了，到时候哪个还给我守孝啊！"

副营长见状上前询问，母亲又把儿子是独生子和只有17周岁的事统统告诉了到副营长。副营长只得放弃了杨良金，但杨良金却不干，要求副营长让自己当兵。母亲一听杨良金坚持要当兵，又一屁股坐到了地上，一把死死地抱着杨良金的腿不放，说："你走到哪里，我就抱着你的腿到哪里。"

杨良金虽然在这件事上很执拗，但他又是一个孝子，在母亲的哭喊声中不得不放弃了当兵这个好机会，悻悻而回。

当兵梦想被母亲打碎了，他只能重新一心归门里——种田。

时间一月一年地过去，20世纪60年代后期，杨良金家里的日子比以前有了逐步的好转。他的家里四口人有三人下田干活挣工分，除了他和继父，妹妹也挣工分，这在农村是人均高工分的家庭。正是在这种情况下，杨良金又一个新的梦开始了。

当时农村做木匠、篾匠的不仅收入比种田好，而且吃好的喝好的又受到尊重。家里的情况好转后，杨良金就想再学一些别的手艺。自己一天累到晚，做一个整工折合人民币只有几毛钱，而外面做手艺的再差也比做工分挣得多，手艺活好的话一天能挣两块钱，于是他就跟继父提出自己想学个手艺。

继父对他想学手艺也表示支持。他知道杨良金聪明，爱思考，学手艺一定学得快而且做得好。

继父建议他学缝纫："现在做裁缝很不错，婚丧嫁娶的事多，要是能成为一个大裁缝，一年下来比种田要好很多，而且也受人尊重。干脆我给你买一台缝纫机学裁缝，你看怎么样？"

裁缝虽然不错，但杨良金却不同意。当时南陵县的农村流传着一个习俗，人死了以后要给死者"收封"，就是用布袋把死者从头套到脚，还要用布带扣紧颈子。"收封"是裁缝的活，杨良金觉得要把"死者"的颈子扣起来，有点不尊重死者。

继父见杨良金不同意也就算了，但他一时也没想到什么其他的手艺。

过了一段时间，隔壁邻居请来了一个漆匠，给他家的一个架子床上油漆、画彩画。杨良金对画画有着特别的兴趣，上小学的时候就经常用粉笔在黑板和墙上画，很有天分。后来不上学了，他还曾经用粉笔对着镜子画过自画像，画得还真有几分像。

邻居家的漆匠在床上画了一幅花鸟画，杨良金好奇地在旁边悄悄地看。回到家后，他不由自主地用粉笔在自家的外墙上学着画了起来。

漆匠收工回家路过杨良金家的时候，看见墙上画的画，感到非常惊奇，便问是谁画的。有人告诉他就是刚才看你画画的良金。漆匠赞叹地说："哟，这小子画画有天赋，看一遍我的画，居然就能画得这么像，真是不得了。"

漆匠再一细问，原来自己和杨良金的继父还认识，便走进杨良金的家里，找到他的继父，对他说："真没想到这小伙子会画画，还很有天分，我正想收个徒弟，一直没看到好苗子，你要愿意的话，我收他做徒弟，教他学做漆匠。"

继父一听非常高兴，连连说："好呀，好呀，他正想学一门手艺，不知道学哪门好呢，你能收他那太好了。"

继父当即将杨良金找了回来，告诉他这个消息，没想到杨良金却一点不兴奋，吞吞吐吐地说："我，我不想学漆匠……我……"

对于漆匠，杨良金其实还是有些兴趣的，不想学的原因是他有自知之明：他虽然对自己的画很自信，但对自己的字没有自信。他特别清楚，漆匠工作不仅要会油漆，更重要的是要能画会写。他想，学一个手艺，如果有一个方面不擅长，存在短板，那么自己在这一行就不可能做得特别好。既然选择干那一行，那么自己就要在这一行业中成为佼佼

者，否则就不干。

杨良金其实另有打算，他想学木匠。当着要收他做徒的师傅说自己字写不好，其实也是他给人家下个台阶，不枉了人家的一番好意。

当时村子里的一些人家经常需要请木匠。木匠在打制家具的时候，杨良金没事就去看看，不经意间对这个产生了兴趣。杨良金之所以想从事这一行，还有一个重要的原因就是木匠是最受人尊重的，在人家做工的时候，人家家里再穷，都要做出最好的饭菜来，特别是鱼肉鸡蛋之类的，这令他特别羡慕。

"你这个不想学，那个不同意，你到底想学什么手艺呢？"漆匠师傅走了以后，继父不解地问。

"我想学木匠，而且想向何师傅学。"杨良金一直想讲没讲的这句话，正好趁这个机会向继父开口了。

杨良金所说的何师傅家里三代木匠，方圆几十里名声最大。何师傅是第三代传人，圆木、方木、大木等木工活样样是绝活。杨良金认为要学就要选好师傅学，才能学到真手艺。

听说杨良金心里一直想学木匠，继父也就不再向他提漆匠的事了，因为他也知道，木匠是收入最高，最让人看得起的行当了，家里能出个大木匠将来自己脸上也有光。

何师傅是大师傅，手下徒弟多，想跟他学的人也多，没有一定关系的一般他不愿带。杨良金之所以提到何师傅，是因为他知道继父和何师傅的父亲是朋友，想要继父出面给他找找关系。

继父一口答应了，将杨良金带过去找何师傅。何师傅看到杨良金面目清秀，站有站姿坐有坐相，一副诚实精干样，一口答应了。

何师傅比杨良金大5岁，由于两家还是好朋友关系，所以就约定杨良金外面叫何师傅为师父，私下里就叫哥哥。

杨良金有了这样的"名师"，又有了这层关系，心里特别高兴，心想自己一定能学到东西了。1968年5月的一天，他正式拜师学起了木匠。

师父家在太丰乡，杨良金家到师父家只有三公里路，每天他都起早赶到师父家里，根据当天的出工安排，挑好要使用的木匠工具先赶到客户家里。到了客户家后，也顾不上休息，迅速将动工前的一切准备工作做好，等待师父的到来。

刚刚学木匠的时候，"磨家伙"是最苦的事。"磨家伙"就是磨斧子磨凿子磨刨子之类。寒冷的冬天，因为接触冷水，杨良金的手常常冻得手指麻木，甚至生起冻疮。但杨良金从来不怕这个，再寒冷，他都将该做的事做好，迎接师父的到来。师父来了以后，他又急忙给师父打来洗脸水让师父洗脸。站在一边等师父洗好后，他将脸盆里的毛巾拧干，然后将洗脸水倒掉，接着再给师父泡好茶水送来。吃饭的时候，他又帮师父盛饭。杨良金干活勤快，从不懈怠，这让师父非常满意，私下里常向别人夸自己收了一个好徒弟。

和继父预料的一样，杨良金做木匠同样很有天分，不到两个月，便大有长进，然而就在这个时候，学艺遭遇到了问题。

师父有个妹妹，年龄和杨良金相仿。时间一长，妹妹暗暗喜欢上了杨良金。这还不算，师父的父母看到这个年轻好学又很有悟性的小伙子，也十分喜爱，看到女儿有这个意思，就决定将女儿许给杨良金。

面对这桩人生喜事，一般人高兴都来不及，然而杨良金却心生忧愁。因为他的心中有自己的想法，觉得自己还不到20岁，非常年轻，总想自己这一生要干点有点成就的事。现在自己还有很多东西要学，如果过早地将这个事定了下来，自己的前程就受到限制了，但如果自己不同意就要辜负师父一家人的美意了。

师父的父母几次托人试探他的意思，但每每杨良金都缄默不语，这让师父的父母很生气。有一天，师父的母亲很不高兴地对儿子说："这个小孩子真是不识相，你妹妹漂漂亮亮的，又不是嫁不出去。这门亲事他如果不同意，这个徒弟你不能带了。"

"一码是一码，为什么不能带呢？"何师傅说。

"你看，这小家伙很精明，你妹妹要是能和他成了亲我也就不担心

了，但现在他不愿意这个事，就不能带了，带了以后他学会了，周边的活就会给他抢了，周边的饭要给他吃了。"

听了母亲的话，何师傅也觉得有道理，见杨良金的态度依然没有转变，从此也不教他实质性的技术了。

木工又称为"木秀才"，是有一定技术含量的活。做木工的核心技术主要在两个方面，一个是"画线"，另一个是"榫卯"。一个技术成熟精湛的上等木匠接到一个木工活，看到一堆木料后首先在心里就有一个轮廓，一个构思，然后就根据心中的设计在木料上画线。线画好了，后面大凡就是机械活了，师父能干的，徒弟大部分也能干，而且这样的活一般也是徒弟干得多。

"榫卯"是古代建筑、家具及其他器械的主要结构方式，是在两个构件上采用凹凸部位相结合的一种连接方式。凸出部分叫榫，或叫榫头；凹进部分叫卯，或叫榫眼、榫槽。作为一个木匠，只有很好掌握了榫卯之道，做起家具盖起房子来才能得心应手。

有一天，杨良金随师父来到一户人家打制一台八仙桌。在木工活中，八仙桌算是高难度的技术活，最难的是腿部通向桌面的72个朝天榫。朝天榫必须是半榫，腿上看不到眼，吸进去不掉也不响。这个活首先取决于画线的技术，线画得不好，打好的桌子不是桌面上有缝，就是面下有缝。只有线画得特别精准，才能做得严丝合缝。

这次能跟着师父打八仙桌，杨良金本想好好学学。但师父却起了心眼，一到画线的时候，就把杨良金支到另一边打眼，处处提防着他。

杨良金心知肚明师父的用意。虽然不能得到师父的真传，但并没有影响他对画线活的掌握。因为虽然师父不让他看画线，但画好线的木料还得让他打眼。杨良金头脑灵活，通过打眼很快就悟出了画线的诀窍。

杨良金之所以能有这样的悟性，是因为他在学木工之前，就经常看木工画线。那个时候杨良金不在学木匠，还是个小孩子，没有人防备过他，但杨良金却有心琢磨过。所以即使现在师父不让看，他一打眼也便心领神会了。

又过了一段时间，师父到姐姐家做房子，杨良金也跟着去干活。师父到姐姐家就是舅舅，舅舅亲自过来做活，更加受到尊重。师父爱喝点酒，中午吃饭的时候，大大小小不管什么辈分都来敬"舅舅"酒。杨良金作为一个小徒弟，是不能跟着喝酒的，只能快速地扒了两碗饭就跑到房基边做事去了。

在木匠行当，关于房子的主结构有一句俗话叫作"三间房子，两排列，五根柱子穿起来"。杨良金知道师父不会认真教自己的，回到工地上，他一边为师父画线做好准备工作，一边用这个难得的机会细细琢磨房子的结构，思考如何画线。一个多小时过去了，杨良金把一切准备工作全部做好了，师父还是没有来，还在喝酒。杨良金作为一个学徒，按照规矩不能闲着不动，不动就是误了东家的工时，让人看了觉得在偷懒。他灵机一动，既然准备工作全部做完了，师父又老是不得来，何不趁此机会自己画一画线呢？即使画错了后面也有师父把关。于是他就自顾自画起了线，没一会儿就一气呵成将线全部画好了。

就在这个时候，师父的酒局终于结束，醉醺醺歪歪倒地过来了。

"师父，等您等到现在没来，我就把这个线先画了。您看一下，对不对？"杨良金谦恭地对师父说。

师父虽然喝得很多，但酒醉心明，一看到杨良金没经过自己的允许擅自画了线，心里很生气，不高兴地嘀咕了一句："你怎么随意画线呢？"

本来师父还想趁此时机大骂一下这个让自家没面子的徒弟，但他用一双醉眼扫了一下各个关节的画线，感觉画得都很到位，实在找不出什么茬子来发个火，同时考虑到今天自己"舅舅大人"的身份，只能压着自己的不快，板着面孔不作声了。

杨良金见师父不高兴，非常尴尬。既然画了，确实又挑不出什么问题来，师父便一声不响地拿起斧子和凿子到东边去对着画好的线打眼。按照规矩，师父打东边的一排列，作为徒弟的杨良金就随着师父的节奏，立即走到西边，打西边的一排列。

杨良金也不知师父到底是认同了他的画线，还是已经看出问题来了，故意装着酒醉先不说，到时候再让自己出个大洋相。杨良金一边打眼，一边在心里想："这是在你姐姐家做房子，我画的线是对还是错，作为徒弟我要不问你那是我的错。我问了你，你不说，真要错了我就没办法了，到时候出了问题你在姐姐家丢人，我也没办法了。"

杨良金见师父老是沉着一张脸，心里也很生气，就一直埋头打眼。师父在东边把眼打好了以后做榫，杨良金也跟着师父的节奏默默地在西边做榫。

杨良金不学自通的画线让师父多日来心神不宁，又气又悔。他时时想起母亲的话："这小家伙你要防着他，太精明了，你妹妹不能和他成家，将来就是你的麻烦。"

姐姐家的房子全部做好了。竣工的那天晚上，师父又在众人的相劝下喝了不少酒。借着酒气，他突然对杨良金说："良金啊，你回去吧，今天晚上我们生产队开会，要我交钱，我不知道交多少钱。"过去做手艺的离开生产队，在外面做活要向生产队交钱。师父继续说："如果生产队里面定好了，我再叫你回来。"

师父的这句话其实就是向杨良金下逐客令，不带他学木匠了。虽然没有直接说，但杨良金心里十分明白，闷闷不乐地回去了。

果然，他回家以后，等了一天，师父没带信叫他回去，等了两天三天也没消息，一直等了两个月还是没有叫他。

杨良金知道再等也没用了，便主动跑到师父家里去。师父见他来，只做自己的事，半天不理会。杨良金知道自己和师父的关系已经尽了，便鼓起勇气，直截了当地说："师父啊，您说好了到时候叫我，都两个月了，您都不叫我过来，这说明您不带我了。"

师父似乎觉得自己有些理亏，默不作声。杨良金继续说："师父，我知道我不懂事，可能有地方得罪了您，您不带我不要紧，我也不勉强。但是今天我有一个要求。"

师父沉默了一会，终于开口了："你有什么要求，你说。"

"我在您这里学了四个月，时间也不短了，是您主动不带我的，我不在您这里学了，但我要自己挖一套'家伙'。"杨良金说。

杨良金所说的挖一套"家伙"，也就是自己做一套木工工具。因为做一套工具必须要有刨子、凿子、锯子等各种各样的模具，这个模具也只有师父家才有。按规矩，徒弟出师的时候应该由师父送一套工具，但是杨良金是半途被辞退，所以杨良金提出了这样的要求，希望师父能将模子借给自己，自己"挖"一套。

"您把模子借给我，我挖好了以后就给您送回来。"杨良金对师父说。

师父没有作声，走到另一个屋子拿东西，正好碰到了母亲。母亲听儿子说了这个事后坚决反对，说："不能借这小家伙，你借给他了，他肯定不会送回来的。"

师父虽然也不想借，但总感觉是自己主动抛弃他的，不借确实也说不过去。他犹豫了一会儿，对母亲说："这个没关系，我了解他的性格，他说还，那肯定是会还的。如果我们不借给他的话，按照行规，他一定会要带一套现成的'家伙'回去的。"

"我们就是不借，他还把天弄翻？难道要在我们家硬抢？"母亲愤愤地说。

"如果我们既不送他一套'家伙'，又不给他带模子，那从面子上确实是说不过去的，弄不好我们家几代木匠的好名声也会受损，我们以后还怎么收徒弟？"

母亲依然不同意。师父说："借给他吧，模子只是模子，虽然有了模子可以做出'家伙'来，但有些技术我们不教，想做出我们何家一模一样的'家伙'也是不可能的。"

母亲听儿子这样说也不再阻拦，让师父将模子借给了杨良金。杨良金回来以后，照着模子一件一件地制作工具，什么刨子、斧子之类都没问题，但有一个工具给他难住了，就是"光头锯"。师父家是几代木匠世家，"光头锯"是他家祖传的工具。所谓"光头锯"也就是半榫锯，

这样的锯子既美观又好用，而当时其他木匠的锯子都是通榫锯。

杨良金早就注意到了这个细节，但不知道师父家的这个锯子是怎么做出来的。这是绝密技术，他不好问师父，但经常自己琢磨。这次自己制作时，他想技术再神秘，不都是人想出来的吗，决定也要做出光头锯。经过多日的苦思冥想，他突然悟出了一个道理——热胀冷缩。

锯子拉手的地方有一个洞眼，这个洞眼叫母榫。这个洞眼要插进去一个长杆，插进去的杆头叫公榫。这个洞眼如果是通的，就叫通榫，做出来的锯子就叫"通榫锯"，如果不通，就叫半榫，做出来的锯子就叫"半榫锯"。制作半榫锯的技术难点在于如果公榫头大了，就插不进母榫里头，即使硬插进去了，也把母榫绷开炸裂了。公榫头如果小了，插进去以后使用时又会掉出来。做到公榫插进去以后既能转动又不掉出来，这才是师父家的绝技。

杨良金想到热胀冷缩的原理后，将做锯子的横头檀木先用开水煮了一段时间，再用肥皂在榫眼里涂抹一下用来润滑，然后迅速将公榫对着母榫"啪"的一锤子敲进去。锯子做成功了，使用感觉和师父家做出的锯子没有两样，他后来才知道师父家就是这么做出来的。

杨良金能有这个灵感，源自他对一个现象的观察。过去他经常走铁路到舅舅家去，发现两条铁轨的接头处在冬天的时候有一条缝，到了夏天的时候几乎没有缝了。杨良金没上过几年学，对此他感到很纳闷，为什么会这样呢？于是他见到有点文化的人就问。有一天，一个学过物理的人告诉他那是热胀冷缩原理，这让他恍然大悟。他想，铁轨那么坚硬的东西都能热胀冷缩，做锯子的檀木也一定会热胀冷缩。经过加热，榫眼大了，未加热的公榫一敲就进去了，等到榫眼冷却收紧了，公榫的圆头在里面就再也出不来了。

杨良金制作出这种锯子以后，许多人都感到吃惊，问是怎么做出来的？考虑到师父家是靠这个绝活撑门面的，他虽然被师父赶出师门，但"一日为师，终身为父"，他便没有对外说。

杨良金凭着一颗聪明善良的心维护着师父家的面子，但是师父的母亲知道后却对着儿子发起了火："我跟你说了多少次，那小家伙你不能多教他，你怎么居然还将我老何家的这个绝技告诉他了呢？"

师父一脸无奈地说："我哪里教过他，我也不知道他是怎么知道这个技术的。"

从5月到师父家，到9月出来，前后学了不到4个月。杨良金在师父家虽然没有得到真传，但凭着他对木匠活的兴趣，加上在师父家的耳濡目染和自己的悟性，他回来后就自己做起了木匠。

一开始考虑到自己没有真正出师，技术不过硬，只是帮一些亲戚朋友家做做。杨良金做木匠不像大师傅们，他一不喝酒，二不抽烟，还能随时送人家一点小工，帮人修个凳子，箍个马桶之类的从不收费，对人说话温和，从来没一点架子，更重要的是他做的东西总是不落俗套，让东家非常满意。这让他在当地赢得了非常好的口碑。

很快，圆木、方木、大木活他开始样样精通，不仅能够打八仙桌，做房子，还能打做旧式架子床，雕龙刻凤。杨良金的名气不胫而走，一些年轻人还慕名向他拜师，杨良金很快收了几个徒弟。

做木匠两块钱一天，一日三餐还在人家好吃好喝，要是替公家做事，虽然不包吃喝，但能够达到两块四毛九一天。更重要的是木匠活不比其他活，刮风下雨下雪都不影响。杨良金手艺好，一年365天接的活做不完。几年来，杨良金通过这个手艺，让家庭生活一天比一天好。

2

第二篇
青年的田园梦想

金玉良缘

良金玉兰，喜结良缘。亲上加亲的婚姻来自野鸡冲里那苦涩的记忆

一晃20岁了，杨良金成了一个聪明、英俊的青年。在包村，他不仅种田、做木匠都是一把好手，戏也唱得好。20世纪六七十年代，八目样板戏风靡城乡各地，村子里经常搭台唱戏，《红灯记》《沙家浜》他一学就会，而且入戏很快，一下就成了戏台上的主角，这让杨良金成为村里的明星。

杨良金在这个村里又是异姓，因此村里的姑娘们几乎没有不喜欢他的，即便十里八乡的外村姑娘也有许多知道包村有个杨良金的，心里对他有好感。因此，村里来说媒的一个接一个，杨良金的母亲别提有多高兴了，她怎么也没想到他老杨家还有这样的福分。但说媒的再多，再好再漂亮的姑娘杨良金都没兴趣。面对人家的一片美意，他总是找各种理由拒绝，甚至一听有人来说媒，就提前躲到别处。

一天，继父和村里俞医生又带了一个女孩上门相亲。女孩长得非常漂亮，一双长辫子差不多拖到脚后跟，是村医的妹妹，更是村里人见人爱的村花，年轻小伙们都想多看一眼。这样的一个大姑娘，村里到她家来说媒的踏破了门槛，但她一个也看不上。村医看出她对杨良金有好感，有一天继父到他家去看病，村医就主动和继父说起了这个事。继父高兴得不得了，回去后他立即把这个事和王传英说了，王传英也高兴得不得了，催着继父早点把这个事定下，好让她能早点抱孙子。

这朵村花在当地大名鼎鼎，杨良金不仅知道，而且还认识。他对这个村花虽然印象很好，但同样没有什么特别的感觉。当母亲和杨良金说

起这事的时候，他考虑到母亲的心情，只是不予理会。

村医家里条件比包家要好许多，在村里的地位也要高不少，能和这个家庭结亲也算高攀了。继父认为只要有心凑合，良金一定会同意的，于是两家长辈就决定把女孩约到包家来玩，先不谈婚事，让他们俩接触接触。

这一天，村医以给继父看病为由，带着女孩过来了。没想到杨良金听到风声，立马躲到隔壁村去了。他们等了半天也不见良金人影，这个事情只好不了了之。

杨良金毕竟20岁出头了，在当时的农村也算老大不小了。另外，由于二叔无后，当年杨良金还承继给二叔兼祧为嗣，做了二叔的儿子，即所谓"一子双祧"，承担着杨门两兄弟的传承大任。面对杨良金的任性，王传英心里特别着急。

岁月如梭，一晃又是一年过去了，杨良金22岁了。22岁差不多是农村的大龄青年了，但杨良金在婚姻之事上还是任性着，每天除了种田做木匠外，就是看书读报，有时没新的书报，他就将那些不知读了多少遍又黄又破的书报重新翻开来读。有人背后议论他："和我一样没上过几天学，识不了几个字，装什么蒜，天天捧个书，搞得人五人六①的！"

眼看着村里比杨良金大的小伙子一个个结婚了，比他小的女孩子一个个嫁人了，王传英真的心急如焚。这一天，她对杨良金说："良金啊，我要到你二舅家去。"

"到二舅家去干吗？"杨良金不解地问。

"叫你二舅给你做媒去，把玉兰讲②给你。"

平时不管谁说给他做媒，他立马打住，但母亲的这句话却让他心里美滋滋的，一点没拒绝，希望母亲继续说下去。

玉兰是杨良金的一个表妹，二姨的女儿。他虽然和她只多年前见过两次面，并没有说上几句话，但对玉兰那种特殊的感觉却织在了他心

---

① 人五人六是当地方言，形容装腔作势的样子。

② 意为介绍。

里。这段情缘还得从杨良金16岁那年说起。

常言道：穷在闹市无人问，富在深山有远亲。王传英由于家境极度贫穷，加上当时的交通不便，她在宣城的娘家虽然有许多亲戚，但都断了来往，包括两个舅舅、几个姨娘，还有一些老表等。等到王传英迫于生计改嫁到南陵后，更是走动不起来。

一直等到杨良金在包村有了些出息，日子一天天好起来的时候，王传英想起了娘家，并常常在杨良金面前念叨着这个舅舅、那个姨娘。

杨良金16岁这一年，年纪轻轻就被评为10分工，王传英特别高兴，觉得良金给她特别是给老杨家争了大脸面了。高兴之余，她就提出要到宣城的几个舅舅、姨娘家去认认亲。

包永丰也理解王传英的心情，虽然家里离不开她，但还是让她去了。王传英虽然多少年没有回过家了，但她凭着感觉还是顺利地找到了娘家。面对久别重逢的亲人，王传英有说不完道不尽的心里话，说到痛处眼泪扑簌扑簌地往下掉。一般的人，再多的倾诉也有个结束，但王传英却有个弱点，农村的俗话叫"烂板凳腿"，也就是到了人家，该说的话说得差不多了就该走了，但人家一客气叫多待一天，她就多待一天，叫多待两天她就多待两天，没有时间概念。就这样，几个兄弟姐妹家来回待着，就没了归期。这样一来，亲戚家倒不嫌弃，但这边的包永丰受不了了，家里没个女人就乱了方寸，衣服没人洗，甚至连饭有时都吃不上。等着等着，包永丰发火了，叫杨良金过去把妈妈叫回来。杨良金也早就想到这些亲戚家走走了，只是生产队里干活离不了。继父主动这么一说，他立即就出发了。

舅舅家在养贤乡的野鸡冲，位于南陵东塘乡的正东面，二姨家也在野鸡冲的东面。杨良金从小记忆力就特别好，虽然只是3岁的时候随父亲去过一趟，但对大致的方位还有印象。他经过三元路口，穿过豹山，一路走一路问，天黑的时候，到了野鸡冲附近。野鸡冲山路迂回，人烟稀少，杨良金还是迷了路。后来在村民的一路指引下，他终于敲开了舅舅家的门。二舅、小舅都在家里，杨良金很小的时候见过二舅，依然有

些印象。

杨良金见到舅舅，感受到温暖的亲情，一度哽咽，差点流出泪来。因为一路上没吃饭，两个舅舅热情地要给他做饭。虽然已是饥肠辘辘，但他却没心思吃。

"我妈在这里吗？"杨良金只是想见到母亲。

"你妈呀，她到你二姨娘家去了。"二舅说。

听到这话，杨良金转身就要到二姨家去。因为这里虽然是舅舅家，但毕竟母亲不在，还是有些生分。两个舅舅一再叫他不要走，但杨良金坚决要走。

两个舅舅无奈，只得将他送出村口，又给他指了方向。杨良金摸着曲曲折折的小路一路敲门问人，终于找到了二姨家。

母亲看到儿子这个时候摸了过来，既吃惊又心疼："你怎么这个时候跑过来了？你从没来过怎么找到的？路上吃了不少苦吧。"

看到儿子凌乱的头发，她赶紧上前将他的头发捋了捋，又看到儿子脸上的汗水，她的眼泪就出来了。

就在这时，一个扎着两个小辫子，天真无邪又模样清秀的小姑娘跑了过来。这个小姑娘是杨良金的一个小表妹，名叫夏玉兰，比杨良金小4岁。二姨立即告诉玉兰，这是表哥良金。玉兰突然见到一个从天而降的大表哥，脸上露着欢快的神情。杨良金见到这个小表妹，心里也热乎乎的。

"玉兰，去，快给你表哥打洗脸水来，我来给他下面条去。"二姨见到这么个帅气的外甥，心里也特别激动。

家里的气氛一下活跃、欢快起来。就在这时，一个已上床睡觉的老太太兴冲冲地走了过来，激动地说："儿子啊，你过来啦，咋这么晚才过来呢？长这么大了，快让奶奶看看。"

这个老太太是玉兰的奶奶。也不知怎么，她见到杨良金比见到自己的亲孙子还高兴。她一激动便说："儿子啊，你把我的鸡笼板踩断了，还记得呀？"

奶奶说的踩断鸡笼板，是杨良金二姨出嫁那年的事。当时杨良金只有两三岁，奶奶一见到这外地圩区来的孩子，特别喜欢。杨良金在她家玩的时候，将一块土基搬到鸡笼门口的鸡笼板上，并站在上面蹦跳，突然咔嚓一声，板子断了，杨良金摔倒在地上。正在做事的奶奶看到杨良金倒在了地上，鸡笼板也给蹦断了，赶忙过来，一边心疼地抱起杨良金，一边开玩笑地说："儿子呀，你真会玩呀，把我家的鸡笼板蹦断了。我家的鸡怎么上笼啊，你这小东西，我要把你留在这里，赔给我家！"

就在这时，12岁的小玉兰从厨房跌跌倒倒地端过大脸盆来，叫杨良金洗脸。杨良金却不好意思享受这个待遇，不愿洗，母亲一再催促，他才勉强洗了。见到这么个远道而来的大表哥，玉兰心里喜滋滋的，一直盯着表哥看。

洗过脸后，杨良金恢复了神气。二姨已将面条端了过来，叫杨良金吃。面条上面卧着一个白白的荷包蛋，让人垂涎欲滴，但杨良金又不好意思吃。在众人一再催促下，杨良金才坐上桌吃了起来。他掀开面条，发现里面还有两个荷包蛋。

这一碗面条吃进了杨良金的肚里，吃出了他出生以来从未感受过的亲情的温暖。二姨偷偷地看着这个外甥，越看越喜欢，这种喜欢不只因为亲情。

吃过以后，母亲又凑过来唠叨起来："这么晚你过来到底有什么急事啊？"

母亲这么一问，杨良金不好说继父发火，只得说："这么长时间不回去，我想你，过来接你回去。"

"儿子啊，你想我，也不能这么大天黑的过来。听说这山里还有狼呢，这要是遇到狼，你叫我还怎么活啊！"

晚上10点了，杨良金住在了二姨家，这是他懂事以来第一次住在亲戚家。他钻进被窝，被窝里的味道格外香。

第二天早上一吃过早饭，杨良金就要求母亲和自己一道回去，因为他怕误了工分。但是母亲却拖拖拉拉的，没有离开的意思。杨良金一再

催促，她依然不起身，杨良金一气之下，撒腿就要自己回去。二姨、二姨父、奶奶都来阻拦，就在这时，站在一旁的玉兰一把抓住杨良金的胳膊不让他走，玉兰的弟弟见状也过来抓住了他的另一条胳膊。杨良金毕竟是个做工的年轻人了，一阵挣脱就脱身了，头也不回地一溜烟朝舅舅家方向去了。本来杨良金是十分懂事的，这么多人真心地热情地留他，他一定不会这么做，但这次他显得有些不近人情。除了回去挣工分的急迫，他对母亲赖在人家不想走也很不满。他虽然年龄不大，但心里明白，再好的亲情，待长了也会遭人厌的。

看到儿子真的走得不见人影了，王传英也只得回去了。农村里有个风俗，亲人远道而来，回去时一定要带点蛋之类的作为归礼。二姨手忙脚乱地收拾了一些东西，追上已走出门外的王传英。

"玉兰，你姨娘不熟悉路，你送你姨娘到你舅舅家去。"二姨说着将装着礼品的篮子递给了玉兰，叫玉兰提着。

玉兰家距离舅舅家有十多里路。二人快步赶着，希望能追上走在前面的杨良金。事实上，他们相距也只有二三里路，但王传英和玉兰一直没有赶上。上午九十点钟的时候，杨良金赶到了野鸡冲舅舅家。到了以后，他准备打个招呼就走，但二舅见杨良金没有接到母亲，就不让他走，对他说："你从来没来过，要走也得吃过中饭走。"

见二舅留他留得都把脸挂下来了，杨良金只得留下来吃饭。和二舅聊了一会天，王传英和玉兰就匆匆赶来了。王传英走得气喘吁吁，玉兰也走得一脸汗。王传英一见到杨良金就发起火来："你这个不懂事的东西，想叫你在这里待个一两天，还准备把小玉兰讲给你的。你非要跑走了，真不识相！"

杨良金一听到这话全明白了，但他只有16岁，根本没想过这事，心里一阵阵地不好意思。玉兰在一旁也听到了，但她毕竟是个孩子，不太明白这个姨娘话里的意思。

在舅舅家吃过丰盛的午餐后，两人在舅舅一家人的相送下恋恋不舍地走出了村口。小玉兰一双漂亮又机灵的眼睛直直地望着，一直望到他们的背影消失。

和母亲能回家了，杨良金心里特别高兴。一路上，他回味着这边浓浓的亲情，尤其是玉兰那一双小手当时使劲地拽着他胳膊的感觉——那比什么都甜。

一晃几年过去了，杨良金22岁了。一个个说媒的都被儿子拒绝了，王传英很焦急。

本来杨良金对这些事没什么兴趣，但这次母亲说要把玉兰讲给自己，他心里一阵欣喜，想着玉兰已18岁了，现在一定长得特别漂亮了。他一想到这里，心里又是美滋滋的，对母亲说："那要不要我送你一道过去？"

"你在家里吧。你也走了，你爸不会做饭，吃不上饭。"王传英见到儿子的反应，心里也明白了一大半，特别高兴。

大年一过，她风风火火跑到了野鸡冲，说明了来意。二舅一听说要给良金做媒也特别赞同。

母亲一去就是两三天不回来，杨良金主动对继父说："妈去了两三天了还没回来，她那个性格，不去接她又不知要待到哪一天，我去接她回来吧。"

继父求之不得，一口同意了。

其实杨良金已不完全是为了接母亲了，更重要的是想去看看那个小表妹长多大了，长什么样了，同时也想到二姨家待个一两天，看看二姨二姨父到底喜不喜欢自己，会不会看不起自己。

杨良金的二姨是村里的妇女干部，二姨父是村里的会计，两人都是党员，这样的家庭在村里是有些分量的，而杨良金的家庭状况虽然比过去要好些，但依然是穷人家，所以他对二姨和二姨父态度还是有些拿不准。他是有自尊心的人，这次去也是做个试探。

就在杨良金出发的这一天，二姨家正在筹办一个事——玉兰相亲。相亲的对象不是杨良金，而是仁村湾镇的一个小伙子，城镇户口。这个小伙子是杨良金大老表的小舅子，这个线也是大老表牵的。双方相亲时

间已约定好，就在杨良金出发的第二天。仁村湾镇即养贤乡政府所在地。在那个时代，城乡差别特别大，即便像这样一个小镇上的人，也远比农村人地位高。更何况这个小舅子的家里条件不错，玉兰能嫁到这样的家庭也是让农村人羡慕的大喜事。当地有个传统，男方到女方家来相亲都要带上礼金之类，如果双方同意，一门亲事就算正式定下来了，一旦定下后任何一方再反悔都不是那么容易的事了。

也就在这个特别关头，杨良金和舅舅、母亲捷足先登，在天快黑的时候一道来到了二姨家。

二姨为了相亲的事，正在嘱咐儿子夏元兰第二天一大早去市集买菜。二姨、二姨父以及奶奶看到这个聪明帅气又彬彬有礼的外甥出现在他们的面前，还没等舅舅开口说事，他们一个个都不约而同地改变了主张，要把玉兰嫁给良金。其实他们一家也早就有这个心意了，只是两家很少走动，信息不通，才应了那个大老表的好意。二姨立即告诉元兰第二天一早不要去买菜了，而是让他到大表哥那边回了相亲的事。

如果杨良金迟来了一天，一切都是另外一个样了——玉兰和良金似乎有特别的缘分。

这一天晚上，杨良金住在了二姨家。面对一家人的热情，他的心里感到甜蜜又温馨。沉浸在爱的甜蜜里，时间过得更快。由于答应了人家的木工活，到了第三天，杨良金不得不走了。二姨一家百般挽留，玉兰和弟弟与上次一样，又拽着他不给走。但杨良金把信用看得比什么都重，答应了人家的事就不能不守信用。无奈之下，他们只得让杨良金回去了。

儿子是来接母亲的，杨良金要走，王传英也留不得了。王传英走时，腼腆的玉兰仿佛已将这个姨娘当成了母亲，又主动要送他们俩。

这正是杨良金求之不得的。一路上，玉兰和王传英肩并肩走着，杨良金的心就像被一根丝线牵着。杨良金觉得，现在的玉兰比小时候更好看，更让自己喜欢了。杨良金始终想把母亲甩远一点，避免母亲和她说两句话。一段曲折的山路上，人不能并肩走，母亲终于落到后头去了。

杨良金立即凑近了玉兰，玉兰也凑了过来。真凑到了一起，杨良金一时又不知道说什么了，玉兰也是，只是与杨良金并肩走着。天上的云朵格外绚丽，山路边的每一棵小草都那么让人喜爱。走着走着，杨良金悄悄地掏出了一只手帕，塞进了玉兰的口袋里。玉兰脸色绯红，心里不知有多美。

这只手帕是杨良金过来时，路过一个小店买的，这只手帕也成了他们俩的定情之物。

在二舅的筹办下，杨良金和玉兰于正月里就将亲事正式定下了，八月便结了婚，这一年是1970年。

"水姑娘"降世

父爱的力量，生命的不舍。杨良金用父爱的坚持，从死神手中将第一个女儿拉了回来

良金的婚房是新盖的三间茅草房，虽然很狭小，但毕竟是一个完整的家。玉兰是个勤快能吃苦的人。农村妇女能做的事，她样样会做，一到生产队就评上了5分工。5分工在包村是女性的最高"职称"待遇。

不久，两人又迎来了一件喜事，玉兰怀孕了。杨良金作为"一子双挑"的传承人，马上有后了，要当父亲了，他的心里不知有多高兴，干活也越干越有劲。

冬修开始了，农村妇女都要挑圩。玉兰虽然怀孕三四个月了，但这样的月份依然要上圩，这在农村是正常现象。

圩上妇女们常一边干活，一边开玩笑，也常常互相捉弄。这一天，玉兰又被捉弄了。人家给她的挑担上土时，一头筐里的土装得特别多，另一头筐里装得特别少，这种担子叫"背头担"。"背头担"最难挑最伤人，挑圩又是流水线作业，后面的人催着前面的人，一个紧跟着一个，一个挑子两头的土一上筐，你就得走。对这样的"背头担"，一些有小聪明的人挑起来后，一路上用手牵牵绳拽拽筐，土多的那个筐里的土慢慢就掉了，两头就平衡了。但圩上还有个规矩，就是筐里老掉土被发现了是要扣工分的。玉兰嫁到这个村时间不长，又是个性强要面子的人，挑了"背头担"也规规矩矩地不掉一点土。

在平地的时候，玉兰挑着这样的背头担还能应付，但到了上圩埂爬坡的时候就吃力了。为了不让人笑话自己力气不行，玉兰紧咬着牙关，吃力地爬坡。就要爬到目的地的时候，由于两头不平衡，她身子被扯

倒，腹部也扭到了。等到回头装满土起身再挑的时候，她感觉肚子一阵隐隐作痛。坚强的玉兰还是没有声张，忍着疼痛挑完了后面的两趟。

晚上散工回家的路上，她感觉下身越来越不对劲。回到家中，她呜呜地哭了起来，因为她发现自己流产了。

杨良金面对这个突如其来的意外，头脑一下懵了。这些天他兴高采烈，走路都哼着小调，期待着做爸爸的日子，没想到妻子上个圩回来，孩子竟然没了。想到那背头担，想到那捉弄妻子的人，他恨不能马上找到那人，狠狠地臭骂她一顿。最受不了的是王传英，她哭得死去活来："这些害人精，怎么这样害人，这不断了我家的香火吗?!"

一旁的继父更受不了这窝囊气，气得牙关紧咬，觉得这就是在欺负他，看不起他："欺到老子头上来了，老子不是好欺负的!"

说着，继父拿了把铁锹就冲出屋外。这时，正好一个邻居过来，他怕包有丰闹出事来，一个飞步冲了上去，将包有丰抱了回来。

继父的行为让杨良金也有点后怕。他对继父说："爸，你别去，小孩没有了，后面还会有的，别搞出人命来，事情就闹大了。"

平息了继父的怒火，杨良金平静下来。现在给玉兰治疗要紧，他赶紧将玉兰背到了附近的医院。

这一场风波过后，杨良金感觉这个地方不是自己的长留之地。

几个月后，玉兰又怀孕了，一家人喜出望外，但没想到的是这次自然流产了。

杨良金很纳闷，便将玉兰送到医院，询问医生怎么回事。医生经过检查，回答说，这次流产与第一次流产有很大的关系，而且很可能后面还是这样。

听到这话，一家人的心情降到了冰点。王传英也跟到医院来，拉着医生的手，叫医生帮帮他们家。医生摇了摇头，王传英在医院里大哭起来："我们杨家老祖宗也没有作过恶啊，怎么老天这么对我们呢!"

又是大半年后，玉兰第三次怀孕了。一家人既高兴又担心，不知如何是好，到处找医生保胎。

村里人见他们家老是滑胎，添不了儿女，也为他们家着急，纷纷为他们提供这个方子那个方子。就在村里人同情他们一家人，纷纷伸出援助之手的时候，村里俞医生的反应却完全不一样。他对玉兰生孩子嗤之以鼻，见到村民就说："她呀，再好的方子都解决不了问题。"

村里人都知道他这是对杨良金有意见。因为当年他的妹妹喜欢上杨良金，他想把妹妹嫁给杨良金，但杨良金没领这个情。他一直耿耿于怀，所以到处说风凉话。

这次玉兰怀孕，虽然他们一家使出了各种法子，但玉兰还是流产了。

无奈之下，王传英找到了一个最有名的盲人算命先生来算命。算命先生到她家仔细"观察"了环境说："多次流产虽然与那次挑圩有关系，但其实还有个更大的关系。"

王传英忙问是什么关系。算命先生不慌不忙把王传英引到了屋外的一个土墩子边，跟她说："你知道吗，你家的房子在整个村里地势最低，地基不高不养人不旺人，而且你家房子中间高两边趴，留不住露水留不住气，孩子被压住了，怎么生得出来。"

王传英一听，觉得算命先生说得太对了，这没有孙子一定与风水有关。

算命先生悄悄地凑近王传英的耳边说："你们想要孩子，必须搬家。"

因为杨良金反对这一套封建迷信思想，王传英便悄悄地将算命先生的话告诉了杨良金的岳父夏顺茂和岳母孙秀英。孙秀英接过话头说："既然这样，干脆你让他们俩搬到我们家去得了，免得在这个村里既生不了孩子又受窝囊气。"

夏顺茂也赞同，说："到我们家，各方面条件都好些，我们还有奶奶可以照顾他们，玉兰就不用下田干活了。"

本来杨良金就不想在南陵待了，见岳父岳母提出这个意见，他一口同意了。1973年的一天，杨良金和玉兰离开了南陵，来到了玉兰的娘家——野桥大队孙西生产队。在南陵一晃就是10年时间，杨良金在这里留下了无数的记忆和错综复杂的情感。

由于岳父母家房子也不够住，杨良金夫妻俩刚到时，只能暂住在房子对面的牛笼里，杨良金算是再次回归牛棚生活。好在这个牛笼不大，里面只有一头牛。由于打理得勤，牛笼比较干净。牛笼被一分为二，中间用布帘拉起来，一边是他们夫妻住。他们抬进来一张床，床的两头分别搭在两边的墙沿上。相比之下，这个牛笼的"居住条件"要大大好于刚到南陵时的那个牛棚。

一家人将玉兰照顾得像个宝一样，玉兰也很争气，不久就怀孕了。为了能保住这个难得的希望，一家人丝毫不敢怠慢，穷尽了各种办法。

这个时候正好是上圩的时候，要是在南陵东塘，玉兰还是要照常上圩。这次好了，一家人不让玉兰做一点点体力活，甚至连细小的家务事也不让她干。此外，玉兰的父母到处求医问药，70多岁的奶奶还到处拜菩萨，请大师看风水。杨良金相信科学，但对这些迷信活动也不好阻止，因为毕竟是老人家的一片好心。

正是有了家人的悉心呵护，玉兰的第四胎保上了。然而厄运再次降临到这一对夫妻头上，临产时玉兰出现难产。

那个年代，在那个落后闭塞的农村，人们总是不习惯于甚至不知道妇女生产是要到医院去的，都是请来接生婆。这些接生婆没有文化，不懂科学知识，只是凭着一点传统的经验完成接生。顺利时，接生婆喜笑颜开地完成任务，一遇到难产就没招了，只能让生产中的妇女忍受那非人之苦，至于孩子和大人谁能活下来只能是听天由命。

经历了六七个小时的折磨，孩子终于生下来了。本来这是天大的喜事，然而现实再次给杨良金及其全家重重一击——别的孩子在来到人间的一刹那都伴随着一声清脆的啼哭声，然而这个孩子生下来以后却悄无声息。

接生婆触了触孩子的鼻息，摇着头，长长地叹着气说："是个丫头，没气了……可怜啊！"

接生婆走出来，对门外心急如焚的杨良金说："孩子啊，天不佑你啊，没气了。"

杨良金听到这话，心如刀绞，多希望接生婆说的是错的。他匆匆进入房间，抱起刚刚出生的孩子，眼泪啪啪地滴下来。他用手触触她的鼻孔，再摸摸她的小胸口，果然没有任何声息。但他不相信孩子是死的，他的心里在呼喊：孩子，孩子啊，你能不能争点气，给我活过来。

女儿出生的这一天正是农历二月二，外面大雪纷飞，严寒料峭。情急之中，杨良金在澡盆里倒进适度的热水，将孩子泡进温水里。他左手托着孩子的头，右手将盆里的热水轻轻地向孩子的前胸、颈上、嘴上拂。他期待孩子能被他感动，哪怕活过来一两秒钟，他能和女儿做些最后的交流，那他就是真正的父亲了。盆里的水凉了，他叫奶奶再烧些热水加进来，一次次地拂着水。

在他耐心拂水时，外面的接生婆一次次地催促着："儿子啊，儿子啊，别搞啦，大人能活着就是老天保佑。"

杨良金就像没听到一样，继续着他的动作。奶奶也是特别舍不得，不断地舀走冷水，掺进热水。

一个多小时后，就在杨良金绝望之际，忽然之间，孩子嘴里发出"噗"的一声。这声音虽然极度轻微，但杨良金听得真真切切。

"奶奶，奶奶，我宝宝有气！我宝宝有气！她回了一口水，刚刚回了一口水……"杨良金管接生婆叫奶奶，兴奋地大叫着。

杨良金继续着动作，奶奶继续来加热水，孩子奇迹般地慢慢醒了过来。

这是父爱的伟大力量，这是新年里一家人的希望！

一家人异常兴奋，各自忙碌起来，孩子的生命体征也越来越好——真的活过来了。

外公慌忙过来，抱起这个从死神手里逃出来的外孙女，亲切地叫唤着："水姑娘，水姑娘，我的水姑娘……"

外公嘴里的这个"水姑娘"就是杨良金的大女儿杨鑫连。

这个稻种不能吃

国家推广的新品种稻种，村里不敢种，他们将稻种分着煮饭吃了。

杨良金痛心地说，这是袁隆平的杂交稻种！

20世纪70年代，中国水稻有了重大研究成果，中国知名水稻育种专家袁隆平经过多年的研究，攻克了籼型杂交水稻"三系"配套难关，于1975年又攻克"制种关"，研究出一整套生产杂交稻种子的制种技术，成功育成了杂交水稻。这种水稻比常规稻平均增产20%。这不仅解决了中国的粮食问题，在世界上也是一个创举，具有重要意义。1975年开始，杂交水稻在全国推广。

国家为了推广杂交水稻新品种，由地方政府将杂交稻种免费发放到各生产队。然而，当时的农民思想守旧，排斥新生事物，习惯于传统品种传统种法。

1975年，孙西生产队也收到了30斤杂交稻种，然而从队长到生产委员，再到全体村民没有一个人把这个新品种当回事，依然习惯性地种植传统品种。种子在队里摆了几天后，一些人一合计，一家分一点，各自领回家煮饭吃了。吃后他们闲聊中一致评价这个稻米比较好吃。

消息传到杨良金耳朵里，他不禁扼腕叹息，立即跑到队长家里，说："孙队长，听说我们把发下来的杂交稻种给吃掉了，哪些人吃的？"

队长不以为然，说："是的，我也吃了，确实蛮好吃的，怎么啦？"

"队长，你不知道，这是好东西，是国家免费推广给我们老百姓的好稻种，怎么能吃掉呢，太可惜啦！"杨良金感叹地说。

"我还以为是什么呢，就这个事啊，不就一点稻种吗，有什么大惊小怪的呢？"队长满不在乎地说，"小杨，明年要是再分来了，我给你岳

父家也送一点，让你们也尝尝，确实蛮好吃的。"

杨良金见队长这么不在乎，便有点急了："队长，你是队长呀，怎么也这么糊涂呀，这稻种可是袁隆平培育的杂交名种！"

队长见杨良金说自己糊涂，感觉有点被冒犯，表情一沉："小杨，你不知道，这种子虽然煮饭好吃，但一开始送给人家，有的人还不敢吃，谁敢种？况且上头也没有要求我们必须要种。"

"袁隆平，你听说过没有，报纸上经常看到的。这个稻种是我国出了名的水稻专家袁隆平培育出来的杂交水稻新品种，是当今中国最好的稻种，不仅好吃，而且产量高。"杨良金一脸惋惜，再次重申着。

自从在南陵通过科技手段种出好收成的棉花后，杨良金对农业科技兴趣特别浓，虽然身在落后闭塞的农村，但他对一些农业科技信息特别关注。几年前他就在报上看到过袁隆平研究杂交水稻的事，并对杂交水稻充满了兴趣，就是没机会接触到这个种子，可现在村里发来的种子却被吃掉了。看到队长不以为然的样子，他心里格外痛，说："队长，明年发下来的种子千万不要吃了，您要是相信我的话，种子给我，我来浸种，我来催芽，我来播种，秧苗期间全部让我来管理，出了事情全部责任我来担。"

杨良金是个外来人，他之所以敢和队长这么说话，是因为到孙西5年来，他已得到孙西村民乃至队长的赏识，成为村里举足轻重的种田能手。就在他到孙西的第一年，村里的水稻大面积发稻瘟，全体村民不知所措，队长急成了热锅上的蚂蚁。后来，杨良金献上一计，用学到的科技知识让上百亩水稻化险为夷。正是这样，杨良金提出的意见队长一口答应了。

第二年，生产队果然又收到上面发来的20斤杂交水稻种子。杨良金生怕又有村民分着吃了，一得到消息就跑到队长那里提出把种子给自己保管。孙队长一口答应了，并表示分配20亩田让他负责。杨良金拿到稻种拆开袋子后，发现里面还有一张杂交水稻播种说明书。他正在看的时候，一些村民过来了，纷纷提出反对意见。

村里的农民大多不识字，杨良金便向大家介绍说明书上的内容。他一句一句地读，并按照自己的理解告诉大家种这个杂交稻有哪些好处："你们不知道，这个种子太好了，我们不能老观念了。今年我们一定要把这个种子全部用掉，这个种子一亩田只要两斤就可以了……"

杨良金还没说完，有人就打断了他的话："良金啊，你这是扯淡。这老祖宗种了几千年了，一亩田至少得要三五十斤种子，只要两斤种子，怎么可能长出稻来，别把田荒了。不能种，坚决不能种。"

"什么杂交种子，我也从来没听说过，如果好，为什么全大队全公社都没有一个地方种。真要是好东西，还不抢着种啊？"有人接过话茬表示反对。

"你杨良金种，20亩田到时候绝收，大队怪下来，这个责任你担得了吗？"又有人说。

大家你一言我一语，队长本人对这个种子也不放心，就顺水推舟地对杨良金说："还是算了，分分吃了，算了。"

"不能，真的不能吃掉了。"杨良金无言以辩，只得央求道，"实在不行，我先买下来，多少钱我给。"

出于对杨良金的信任，孙队长说："要不这样吧，种子肯定留着，绝对不给分，后面我们生产队开个会研究决定吧。"

杨良金回到了家里，玉兰也不放心地对他说："你也别逞能了，算了吧，整个大队整个公社都没人敢种。这是生产队的几十亩田，不是我们自己家里的，真的搞出事来，到时候不仅你被骂，爸妈在村里都要被人骂的。"

几天以后，村里开全体社员会。孙队长对杨良金说："良金啊，你喜欢农业科技，你先跟大伙说说上面发下来的那个杂交水稻种子到底是个什么东西，可不可以种。"

关于这个杂交水稻，其实杨良金也不甚了解，相关信息也只有那一张播种说明书。说明书上说明了育种、播种、育秧、行间距以及基本的用肥和管理方法等，内容虽然不多，但杨良金坚信这一定是一个好品种。他围绕说明书，加上自己的理解在会上做了一个发言。

他的发言一结束，先前的一个反对者立即站起来，对着孙队长说：

"我反对，还是搞老品种稳。20斤种子20亩田涉及一两万斤稻子的收成，出了事都要犯法的，到时候你当队长的也担不起这个责任。"

趁着热度，村里号称最会种田的"老把式"说："我们一亩田要三四十斤，多的时候要五六十斤种子。这个一亩田只要两斤种子，那怎么栽呀，栽的得多稀呀。那田里不得像个'癞痢'头，哪里看得到苗子啊！"

一句话说得大家哄堂大笑，接着"老把式"又说："稻子棵把越大穗子才越多，你那么稀能收到稻子啊，还说高产，不说我'老把式'不相信，连鬼都不相信。"

这句话说得杨良金心里也有些发飘，因为他确实也没把握。但是他相信科学，相信袁隆平。他认为其中一定有科学道理，栽稀一点，一是种子用得少了，农药用得少了，化肥用得少了，生产成本节约了；二是工作效率提高，人工节约了；三是通风透光了，植物的光合作用好，长势一定好。于是他站起来正准备辩解，一个从来都对杨良金不屑一顾的知青抢着说："这就是搞资本主义那一套，故弄玄虚，资本主义苗不可信。"

知青的话说完，没人说话了。大家沉默了一会，终于有人说："依我看这样吧，我们也不要一味反对，既然是上面发来的种子，一下搞20亩有风险，就搞个几分田试试吧，真要是不成也没什么关系。"

"不行，坚决不能搞，枪打出头鸟，不出问题便罢，出了问题你能担得了这个责任吗？要搞也要等到别的村里都搞了，确实好，我们再种不迟。大家再想想，这东西要是能种，又能丰收，还等到我们先来搞吗？大队也会盯着我们搞的。没有一个地方种，一定还是有问题的，我觉得一分田也不必试。"又有人跳出来反对。

一连十多个人出来讲话，除了一个折中的意见，没有一个人完全支持。杨良金非常绝望。

这时，队长的二哥开始发言了。他是村里一个有名的"肉头杠子"，喜欢抬杠，否定一切。现在人人都反对，大家以为他站起来是要支持，但没想到在这件事上，他也同样反对。他说："什么科学不科学，我从来不相信什么科学。我们有的人相信科学，说茅厕缸的蛆是苍蝇生子生出来的，放屁！臭鸭蛋里面臭了，外面的壳既没碎又没破，怎么也长出了蛆，难道苍蝇子飞进去了？"

二哥的这段话说得逻辑混乱，但大家也都习以为常了。

二哥喝了一口茶，接着又说："30斤、50斤种子也收不到八九百斤稻，你两斤种子能收到一千几百斤？我们村里五头老母猪一年能生50头猪仔，你一头老母猪一年还能生出60头、80头小猪仔，大家谁能相信？"

现场一阵哄堂大笑后，他接着又对杨良金的岳父说："这个科学我怎么也不相信，夏会计你能相信你女婿这个话吗？"

听到大家都反对，又说不出道道来，而且越扯越离谱，队长心里有些不快。二哥的发言还没完，他便打断了二哥的话，呼啦一下站起来，把桌子猛地一拍："大家谈意见提建议我都支持，杨良金说的是科学，你们反对的也要说出科学道理来，但到现在没有一个人能说出个子丑寅卯的道理来。现在大家都别说了，关于用杂交稻种的事我支持良金，出了问题我一个人兜着，与大家都没关系。"

当时的生产队里，队长的话是很有权威的。他这么一说，其他人都不作声了。

杨良金满心欢喜，觉得队长对自己太信任了，自己一定要小心谨慎，把这个事情做好，他也相信这个事一定不会出差错的。

就在他领回稻种开始育种的时候，村里的一些社员又拖着生产委员联合找到队长，继续反对这个事，提出不能砸了生产队里的名声。

"你们都不要怕，既然定下来了，哪个来说都不成。我本来想让大家一起来种的，看这个现状，大家也不可能真心来干。我决定村里划出20亩地，交给杨良金，一切浸种、育秧、栽插、田管以及收割等等都由他一人负责，出了问题我个人来担。"

村里终于没人再提反对意见。队长这么支持，杨良金特别感动，觉得千万不能愧对了队长的信任。

20 亩地呀，这是集体的 20 亩地，岳父岳母也都为此捏着一把汗。

这一年的四五月份起，杨良金的杂交水稻种植工作全面拉开了序幕。村里没人帮忙，似乎只等着看笑话。好在一家人都支持杨良金，小舅子元兰成为他最得力的帮手，此外岳父母和玉兰也是他的帮手。

队长不仅支持杨良金，还从外面搞来两本相关的科技书给杨良金。杨良金接过书，信心大增。

既然干就要大胆地去干，除了说明书上的操作方法，杨良金还参考学习了不少科技书刊。他一边看一边思考，得出了一些创新套路。

按照传统的方式，秧苗的间距只有 3 寸 × 4 寸①，也就是横行间隔 3 寸，竖行间隔 4 寸。而杨良金栽出来的田是 6 寸 × 8 寸，也就是横行间隔 6 寸，竖行间隔 8 寸，行间距整整超出了一倍以上，远远望去，田里是白花花的一片水。

这下不得了，路过的村民看到后一个个摇头发笑。杨良金的白水田一传十，十传百，外地一些人都特意绕到这里来看笑话，就连大队书记都跑过来看看，越看心里越是七上八下的。书记找到孙队长，说："今年你们村里算是出了名了，稻种虽然是我们发给你们的，但跟你说实话，我们也担心。"

"书记啊，你别怕。我向你保证，出了事情我自己担着，绝不连累你。"孙队长依然坚定地说。

一个多星期后，别的田的秧苗都发棵了，一派绿青色，杨良金的田还是白花花一片。

杨良金随时关注着自己的田，心里也急。岳父岳母心里十五个吊桶打水，七上八下。最急的是玉兰，她看着人家田里的苗子长得高高的，恨不能偷偷地到自家田里给稻苗拔上一截。

奇迹出现了，一个多月后，杨良金田里的秧苗开始发力了，一天一个样，分蘖越来越多，棵把越长越大。由于杨良金的精心管理，到了抽穗的时候，更见它的优势，周边的水稻明显不能比了。收割的时候，他

---

① 寸，长度单位，一寸约等于 3.33 厘米。

田里的稻穗谷粒饱满，20亩稻田连成一片，金黄灿灿。传统稻穗一支平均结100多粒，这个杂交稻穗均达300多粒，远超出传统稻穗。经过测产，杂交稻亩产高达1300多斤，比传统水稻高出400斤左右。

所有的村民都无话可说了。孙队长也激动地到处吹起牛来："我们有些群众真的有些愚昧，不能接受新生事物。良金有头脑，懂科技，他一到孙西，我一眼就看出来了，所以我支持他搞杂交水稻。不然的话，全大队全公社没人敢种。"

孙队长专门开了一次社员大会，把杂交水稻按工分下去，让大家都尝尝。同时宣布明年大面积种，并且由杨良金负责这个事。

孙村人都分到了杂交稻，一致评价从来没有吃过这么好吃的大米。

袁隆平成为杨良金心中崇拜的偶像。杨良金自幼便希望能够通过科技兴农，帮助广大农民摆脱饥饿，继而过上好日子。他想到，在中国广袤的大地上，还有袁隆平这样一群农民科学家跟他目标一致，与他并肩作战，不由得倍感振奋，更加坚定了自己科技助农、科技兴农的梦想。他也意识到，党和国家越来越重视农业问题，重视农民的生活保障，农业科技研究这条路会越走越宽阔。

通过这次杂交水稻的栽种，杨良金还得到一个重要启示，水稻由密植转变为稀植，这是水稻生产模式上的一个重大变革。水稻稀植优点有很多，不仅高产，而且省种、省工。从省种上看，一亩田至少能节约二三十斤种子；从省工上看，又是一个解放劳动力的大好事。

孙西的杂交稻大丰收，一时成了当地的大新闻。第二年，野桥大队在大队书记的号令下，全大队十几个生产队发下的杂交稻种全部种上了。杨良金还被书记请到一些田里做技术指导，这是他第一次为农民培训。在这次水稻大丰收中，杨良金不仅遵循袁隆平提供的方法来种植，还根据自己的理解摸索出了一套水管理技术。

袁隆平的杂交水稻成果就这样在杨良金的带动下，在这个对新事物置若罔闻的闭塞乡村悄悄推广开了。

落叶归根

孝子要养"回头母"：李桥村的苦，李桥人的魂，在外流浪15载，落叶归根

就在杨良金种植杂交水稻喜获丰收的时候，他又迎来了一件喜事，玉兰的肚子又开花结果了。这次是个男孩，然而不幸也跟着来了，婴儿的出生是"踹花生"。

"踹花生"是当地俗语，也就是倒着生，孩子脚先出来。由于这个孩子的身体大，接生婆经验不足，孩子脚先下来后，一只胳膊反绊在母体里面出不来，形成难产。本来这种"踹花生"也不少见，但这个接生婆却束手无策，急得团团转。婴儿头在里面，老是出不来，就会因缺氧而窒息。

一两个小时很快过去了，玉兰痛得死去活来，再不采取措施，大人小孩都难保。杨良金决定去当时的宣城县医院。

从家里到县医院有二三十公里路，而且山路迂回极不好走，但情况已是刻不容缓了。杨良金在村里找了几个力气大的壮劳力，将玉兰抬到一张竹床上，用绳子拴好，几个人抬着，快速向医院奔去。杨良金一边抬，一边呼唤着玉兰的名字，让玉兰挺下去。然而走了一大半路程的时候，玉兰突然没有声息了，杨良金以为她已不行了，一边咬牙吃力地攀坡前行，一边挤出力气哭叫"玉兰"。玉兰听到丈夫的哭喊，又缓缓地睁开了眼。

历经几个小时，他们终于将玉兰送进了医院。进入产科一会儿后，医生出来对杨良金说："时间太久了，孩子几乎没有生命体征了。现在只有救大人，否则大人小孩都保不住。"

杨良金痛不欲生，但只能做出唯一选择，保住大人。

经过医务人员的抢救，大人保住了，孩子也出生了，但孩子一出生便什么气儿都没有了。杨良金捧起孩子，泪眼模糊。

好在玉兰经过医院的调理，恢复了过来，这也让杨良金感到莫大的欣慰。

从医院回家的路上，杨良金明白过来，之所以自己子女的出生这么不顺，根源在于愚昧。玉兰当年第一次流产是因为怀了孕还干那么重的体力活，而这一次如果不是因为接生婆的无知，早些送到医院，儿子一定能顺利出生。只有科学，才能拯救愚昧。就像挽回被吃掉的杂交稻种一样，要让那些秉持愚昧落后观念的人看到科技带来的丰硕果实，才能真正相信科学，依赖科学。

杨良金和玉兰前脚到家，后脚就有人找上门来。来的人叫喜宝，是前梅庄村的。喜宝家几天前房子失火被烧了，想求杨良金帮个忙。

喜宝的父母早死，有个盲人姑妈没人养，喜宝就将她接到自己家里。喜宝对姑妈特别好，但有个最大的缺点，就是人比较懒，家里的家务事特别是烧锅做饭都是姑妈做。姑妈眼睛看不见，做的菜烧的饭脏兮兮的，除了喜宝，别人看了都恶心，更别说在他家吃饭了。他家的房子烧了后，喜宝准备盖一个小棚房。盖房子要找木匠，但几天来他跑了整个大队，无论老木匠还是小木匠，没有一个愿意到他家做，一是因为他家里特别穷，伙食太差，还要担心他付不了工钱；二是他家里姑妈做的饭，太脏没有人敢吃。

有人看他和姑妈连个住的地方都没有，就对他说："你到孙埂去找夏会计女婿，他人好，应该可以给你做。"

孙埂就是孙西村。喜宝一听，就犹豫起来："夏会计女婿也是个大木匠，我不知道能否请得动。"

"没事，他这个人一点架子都没有，应该没问题的，你去试试看。"对方说得很肯定。

于是喜宝就来到杨良金家。他很实在，说："杨师傅，求你帮个忙吧，我家房子失火烧了，没地方住，我到处找木匠师傅帮我盖个小棚子，但师傅们都嫌我家里穷，没人愿意给我做。请您相信我，工钱我饿死都会给您的。"

杨良金对喜宝这一家也有些了解，他知道木匠们不愿意，是因为他家里太脏了。

"其实，我到哪里都能睡，只是我姑妈眼睛看不见，刮风下雨的受不了。您帮帮忙吧！"喜宝又补充说。

本来这段时间杨良金太累了，加上刚刚失去了儿子，还沉浸在悲伤之中，但喜宝的这句话一下触动了他的心。他觉得喜宝能赡养盲人姑妈，一般人都很难做到，也算是个孝子。他很同情这么一家，愣了愣后，还是同意了。

按照木匠行当的规矩，木匠都是大清早到客户家，早餐也在客户家吃。由于喜宝家没有房子，小饭桌只能放在外面。终于请到了木匠，盲人姑妈一早就忙起来，杨良金和徒弟一到，她就端上来两个菜，其中还有个"大菜"，就是蒸鸡蛋。在当时的农村，蒸鸡蛋是重要的客人来了才做的上等菜品。老太太上菜时手里抓的那个抹布果然脏得不堪入目。当杨良金和徒弟一坐下来吃饭时，村里老老少少都捧着饭碗过来站着看热闹。他们围成了一个大圈子，要看看在这么脏的人家，这个木匠师傅怎么能将饭吃得下去。

杨良金心领神会。老太太那双脏手又将饭端过来了，杨良金看看碗里的饭，心里确实有些反胃。饭里面不仅夹着许多粗糠、稻壳，还有烧焦了的稻草结子。杨良金知道，这米是失火时被烧的，但正常情况下，淘米时都会将稻壳等捡干净的。

杨良金在人家做木匠时吃饭有个习惯，第一口要先吃饭，于是他往嘴里先扒了一口，结果一股浓厚的焦糊味，实在让他难以下咽。但杨良金是什么苦都吃过的人，他忍一忍就吞了下去。一口饭下去，他便用勺子舀了一勺蒸鸡蛋来下饭。结果蛋里面有好多碎鸡蛋壳，一咀嚼就像在吃锅巴一样。他难以下咽，但在人家吃饭，又有这么多人看着，还不能吐出来，他只得再扒了一口米饭连着蛋壳吃了下去。

杨良金是师父，只有师父先动了筷，徒弟才能开始吃，这是规矩。徒弟吃了第一口饭，差点吐了出来。

吃过饭后，有村民见喜宝和姑妈不在场，直接就问："杨师傅，他家的饭你怎么吃得下去呀？那个老奶奶看不见，搞的东西不知有多脏。"

杨良金笑而不答。为了保证吃得干净一点，好一点，当天晚上他回家后，叫玉兰在家里准备了一些蔬菜，摘好洗好后他第二天早上带过去，叫姑妈烧。到了喜宝家，他看到喜宝姑妈正在蒸鸡蛋。他明白了，别人的鸡蛋壳是敲碎的，而她却是直接用手捏碎的。由于眼睛看不见，碎壳都掉在蛋里面了。

更让他难以接受的是淘米。由于姑妈看不见，不能到大塘里去淘米，只能在家里的一个大澡盆里淘。这个澡盆的水不知多长时间没换，脏污不堪。看到这个，杨良金更明白为什么没人到他家来做木匠活了。

越是这样的家庭，杨良金越是同情，他尽职尽责地把他家的棚房盖好了。临走的时候，喜宝对他说："杨师傅，你算一下工钱，我到年底家里有了钱先还您一部分，剩余的明年过年时一定给您。"

杨良金知道喜宝虽然懒，但也讲信誉，他明白这样的家庭一年半载的根本凑不齐工钱。他把账算好了以后对喜宝说："喜宝，听说你这个姑妈也有亲人但却不认她，要不是你照顾着她，一个盲人估计早倒到哪里死了。看在这个孝心和爱心的份上，工钱我免掉你一半，剩余的你什么时候有钱了就给，真的没有也就算了。不过我作为一个外人也对你说句话，你年纪轻轻的，不能懒，老姑妈眼睛看不见，你要多做点事。"

一旁的姑妈听到这话，朝着杨良金跪下磕头，哭着说："杨师傅，你真是世上难找的好人呐。我们是个穷人家，你为我们盖屋，我们家里没好菜供你，你还带菜过来。你对我们家这么好，老天爷会保佑你们的啊……"

杨良金一把将老人扶起，说："我家当年比你们家还穷，后来不也过来了吗？喜宝身强力壮，只要不懒，很快会好起来的。"

一旁的喜宝听了，心里特别惭愧。

正是由于杨良金有这样的爱心，加上木工做得好，把钱看得不重，在孙西请他打家具的、盖房子的越来越多，他的木工名声在当地也越来越大。当时他同时带了六个徒弟，生意活还是做不完。

木工给他带来了很大的收益，本来是件好事，但又来了个问题。孙西村人少地少，一个劳动力如果外出做手艺，不能完成工分，就要交钱到生产队。如果是按照正常的两元钱一天来交，杨良金也能接受，但村里有人眼红杨良金收入丰厚，就提出，不仅杨良金本人要交，带的六个徒弟也要交，这就让杨良金无法接受了。

秋收的时候，也正是劳动力紧张的时候，杨良金考虑到人家要说闲话，便不再接活，参加生产队的秋收。就在这个时候，老家的堂弟杨良喜找上门来，说家里要盖个房子，请他过去。老家来人请，他无法推辞，只得按村里规矩交钱。

堂弟听说杨良金外出做木匠还要向村里交钱的时候，对杨良金说："哥，你本来就是李桥人，干脆回老家来吧。我们这里人多田少，人家巴不得你出去做事，什么都不用交，你回来了有活就做，没活做就到生产队干。"

本来杨良金家乡情结就很浓，堂弟这么一说一下提醒了他。现在自己能种田，又有好手艺，到哪里都能生活，落叶归根正是时候了。

将堂弟家的房子盖好回到孙西后，他和玉兰、岳父母商量回李桥，得到了大家的同意。

1978年，杨良金带着妻子、女儿回到了自己出生的地方——芜湖县易太乡李桥生产队，这一年他正好30岁。

在外辗转漂泊，一晃15个年头，重新回到老家，杨良金百感交集。

一个穷光蛋，在外转了十几年，居然又回来了，而且成了家立了业，还有了好手艺，混得人模人样，这让村里人刮目相看。

回来以后，杨良金在原来的房基上盖了三间像模像样的土基房。房子盖好后，村里人常到他家里来玩。来的人看到杨良金温馨的一家三口，都十分羡慕。这一天，又一位村民来到他家，这个人就是让杨良金永远也忘记不了的，15年前莫名其妙地打了自己一个耳光的老胡头。

老胡头看上去比过去老多了，俨然是个老人了。杨良金看到后，先是一怔，没想到他也会过来。

时间已过去了十几年，什么风雨都过去了，杨良金不计前嫌，十分热情地上前打招呼。

老胡头再没有当年那种高高在上的派头了，佝偻着背，脸上堆着不自然的笑容，神情温和。

玉兰和他不认识，在一边招呼他坐。杨良金对他说："胡叔啊，我这么多年不在家，今天您第一次到我的新家来，中午就别走了，我叫玉兰多搞几个菜，今天我想单独请您在我家吃个饭。"

"小良金啊，多年不见你怎么变得这么客气，要请我吃饭呢？"老胡头很不解地问。

"你先坐下来，等会儿喝酒的时候我们好好聊。"杨良金卖起了关子。

老胡头以为杨良金刚回来不久，有什么事要请自己帮忙，便不客气地坐了下来。

不久菜端上来了，杨良金平时不喝酒，为了陪客，也给自己倒了酒，连敬了老胡头三杯。

喝酒过程中，杨良金一句也没提帮忙的事，老胡头看到桌上的好菜，更是不解了。他问："小良金呐，你这么客气，到底有什么事啊？"

杨良金定了定，说："胡叔，今天我请您吃饭真的没任何事，只是诚心诚意地想请您在我这个新家吃个饭喝杯酒。"

"没事，我在村里你也知道，有什么事就说出来。"老胡头继续盘问。

"胡叔，有一个事情本来我不想说了，毕竟已过去十几年了。你既然一定要问，今天我就借这个机会来问一下。"

"什么事，你说。"老胡头心急如焚地问。

"我想问的是，我14岁那一年，也就是我从家里出去的那一年，您到我家里来玩，我没有什么地方得罪您，您为什么突然狠狠地打了我一巴掌？不知您记不记得了？"

杨良金的话一出，老胡头黝黑的脸腾地一下红了，变得有些局促不安。

"因为那一巴掌打得太重了，打得我当时眼冒金星，所以我一直都记得。时间过去这么多年了，今天您还能到我家来，我一点不生您的气了。只是我确实很好奇，想问一下，您当时为什么要打我一巴掌呢？"

老胡头似乎想说什么，但又吞吞吐吐没说出口。

杨良金见状，知道个八九不离十了，也不再追问了，转而打着圆场说："胡叔，说心里话，今天提起这个事，绝不是要怪您。我今天想说的是，当时我家那么个艰难的家境，正是因为您打了我那一巴掌，打醒了我，让我更加坚强了，有了要活下去的信心和决心。今天我重新回来了，所以要请您吃个饭。我不是要恨您，而是要感激您。"

老胡头听到这里，心里忐忑不安，酒也喝不下去了，支支吾吾地说了一些话便借故走了。

虽然老胡头没有回答他的问题，但杨良金其实已找到答案了。他觉得村里有这样横行霸道的人，是村风所致。现在自己回来了，一定要通过自己的努力，通过自己的言行转变村风，让人民摆脱愚昧，崇尚文明。

回到易太，杨良金的木工业务更加红火了。他和六个徒弟每天都是大清早出去，天黑才能回家，家里的经济条件一天比一天好。

日子好了，杨良金又想到母亲还在包村。他不能在母亲身边，担心她在那里吃苦，便决定要把母亲也接回老家来。

就在杨良金到了村口的时候，又遇到了老胡头。老胡头见到杨良金，便问他到哪里去。杨良金告诉他要把包村的母亲接回李桥来。

一听说接母亲，老胡头笑笑说："你是个孝子啊，孝子是好，但孝子不养回头母。"

　　杨良金听了这句话，心里非常不快，觉得这个人怎么这么没良心，说出这样的话。老胡头越是这么说，杨良金越是要把母亲接回来。他要让老胡头看看，当年穷得没办法不得已而出走的母亲，今天风风光光地回来了。

　　母亲接回来后，一家人团聚，其乐融融。就在母亲回来的第二天，老胡头就转到杨良金的家里来了。他先是和王传英聊了聊天，临走时又说出一句让人听了十分生气的话："传英啊，良金是个孝子，一片孝心。但少年夫妻老来伴，你现在已在包村落家了，又回到儿子这里来干什么呢？"

　　老胡头的意思是杨良金母亲既然已经改嫁出去了，就应该继续在包村待着。

　　老胡头说这句话的时候，杨良金正在房间里，原原本本地听到了，气不打一处来，冲了出来，愤怒地说："胡叔，您这么大年纪的人了，怎么能那样说话呢？您这是什么意思？什么叫'孝子不养回头母'？什么叫'少年夫妻老来伴'？您难道不知道，当初我妈到包村是迫不得已？当初家里那么穷，我妈去了包村，又没把我们丢掉。我现在回来了，有能力了，把母亲接回来享受天伦之乐，赡养她不是天经地义吗？胡叔您说那样的话，真不是个人了！"

　　虽然杨良金回到家遇到一些不快，但却天降大喜，玉兰不久就怀孕并顺利地生下了一个儿子。杨良金心里就像喝了蜜一样甜，给儿子取名杨鑫海，希望孩子长大后，能够超越自己，从自己的一个"金"变成三个"金"，同时能够走向大海，圆自己的海军之梦。

　　母亲高兴地说："儿子啊，幸亏你回家了，一到家就这么顺利地生了孩子。这就是天意啊，这个根就要落在这里了。"

责任田里大显身手

从杂交稻稀植到传统稻的稀植，颠覆了一个思维。第一个"吃螃蟹"引进油菜新品种821，带动芜湖县一大片

回到李桥后，果然如堂弟所言，由于村里人多地少，杨良金可以自由地做木匠活，不需向生产队里交钱。杨良金手艺好，加上能吃苦，为人谦和，他的木匠活做得风生水起，不仅自己挣了不少钱，就连自己带的六个徒弟也成了当地的"抢手货"。

就在这个时候，十一届三中全会的春风吹绿了中国大地，也吹暖了杨良金的心坎。1979年年底，在木匠活做得最红火的时候，杨良金突然做出了一个让所有人都意想不到的决定——放弃当木匠，回归种田。

有人请他做活被拒绝了以后，感到很纳闷，不解地问："杨师傅，你木匠做得这么好，自画、自雕、自刻无所不精，在我们易太圩，甚至整个十三连圩，哪个不想请你做木匠？你人又好，哪个不喜欢你？你怎么不做了呢？这么好的手艺不是浪费了吗？"

"种田是我的老本行，我不能忘了本啊。"杨良金接着说，"我既已下了决定，就肯定不再接活了。你要是真相信我的话，我给你推荐一个我的徒弟，他的手艺不比我差，将来还会超过我，让他来给你做。"

来者接受了他的意见走了，一路走一路摇头："真搞不懂，人家做木匠的经常接不到活，歇在家里不得不种田。他手艺这么好，这么能挣钱，怎么突然不做了，一定要种田，真是搞不懂。"

杨良金突然决定放弃红火的木匠活，就连玉兰一开始都不能理解。

杨良金到处做木匠，接触的人多，信息灵通。十一届三中全会后，国家不断推出新政策，其中一个重大的消息让他激动万分——国家要实

行"家庭联产承包责任制",让大家承包自己的田单干。这个消息让他几个晚上都睡不着觉——自己家里能分到田了,自己的田可以自己说了算了,这真是太好了。自己施展能力的大好机会来了,可以大胆地把学到的农业科技知识用上了。杨良金辗转数十年,始终不忘年幼的志向,现在,国家越来越重视农业问题,充分相信农民的生产能力,他终于可以在农业领域大展拳脚,实现抱负了。

这一年下半年,农村正式开始分实行"家庭联产承包责任制",杨良金家里承包了四亩三分田。从这一刻开始,杨良金决定,木匠再能挣钱也不接活了。他认为,能低头求土,不抬头求人,他要从田里寻求更多的人生可能。

中国是个传统农业大国,但几千年来,农业的生产方式、生产技术进步缓慢,封建社会的铁犁牛耕、翻车灌溉、耕作时令,今天依然沿袭。随着自己农业科技知识的增加,他越来越觉得传统的农业生产方式痼疾太多,农民缺乏科技意识,因而产量搞不上去,品质搞不上去,农民的生活水平也提升不上去。

他非常赞同十一届三中全会后的土地政策,让农民自主耕作,激发农民生产热情的举措。杨良金想,在自己承包的这些田里,不仅要施展自己的所学,还要像袁隆平、陈永康一样做实验,搞育种,培育出高产量高质量的粮油,带动村里的人、周边的村、全国的人一起转变传统观念,树立科学种田新思维,共同增产增收致富。

杨良金是这么想的,但一家人都不赞同。玉兰对杨良金说:"自古以来,在农村里,一直是匠人的地位高,哪个看得起种田的?"

杨良金对玉兰说:"我不仅想种好自己手里的田,还要搞农业科技研究,培育良种,研发新技术,带动大家一起致富。我小时候曾经跟着妈妈风餐露宿,自己要饭不说,看到的很多农民都吃不饱饭。现在国家政策好了,中国的几亿农民如果都能积极地行动起来,我们还何愁吃不饱饭,还何愁过不上好日子呢?"

妻子知道杨良金的性格,只要他想干的事,几头牛都拉不住,而且

她也十分相信他：当年在包村，他到水阳简单地学了点棉花栽培技术，棉花就种得那么好。在孙西，杂交水稻种出了名堂。现在家里承包了土地，他一定会把田种得特别好。

妻子的支持，对他是一个莫大的鼓励。

无论是水稻还是油菜，当时的易太种植的都是传统品种。就在这一年育稻种的时候，杨良金本来想到宣城把杂交水稻引进来种，忽然之间他又有了新思路：孙西地多人少，是单季稻加油菜模式，而易太地少人多，大部分是双季稻+油菜即"稻-稻-油"的三季模式。单季稻产量再高也不能高于双季稻。杂交稻由于生产周期长一些，引进过来只能种一季，影响双季稻的种植。

小时候，杨良金就常听说这样一句话：稀三担密六箩，算来算去差不多。这个意思是水稻栽得密或稀都无所谓，产量都差不多。对此，杨良金一直觉得不一定有道理。根据他的观察，他认为不管是什么水稻，栽稀了就通风透光了；通风透光了，植物的光合作用就好，长势也一定好一些。

他想，既然杂交水稻能稀植，那么传统水稻品种是不是也能稀植呢？现在田由自己承包了，何不尝试一下。于是他决定打破老套路，用传统的水稻搞稀植。

这是千百年来的一个大颠覆，别说普通农民，即便当时的农业专家也没有哪个敢这样做过。杨良金不认识专家，没有任何人可以请教，他干脆就自己干，想怎么干就怎么干，怎么想的就怎么干。他经过一定的计算，确定了种子量和杂交稻差不多。

易太从没种过杂交水稻，更没见过水稻稀植。由于不按套路出牌，他的秧苗栽下去以后，村里人都在背后嘲笑他，只会做做木匠，根本不会种田。还有人和南陵、孙西人一样，当面对杨良金说："真是好笑得很，我们老祖宗种了几十代几百代了，还不如你杨良金？你秧栽得那么稀，怎么可能长出稻子来呢？"

一天，村里一个比较关心杨良金的人特意跑到杨良金的家里，对他说："良金啊，你不行啊。你看看现在人家的田里一片青，你的田里望了还是一片白水啊！"

杨良金听出人家一片好意，只是笑笑，也不想和人家争辩。

面对大家的七嘴八舌以及流言蜚语，原本信念坚定的杨良金心里也有点七上八下的，因为虽然理论上没问题，但毕竟是第一次尝试，他心里确实没底。他知道如果自己真的失败了，唾沫星子也会将自己"淹"个半死。

稻子种下去以后，杨良金不断地到书店搜寻新的农业科技书籍研读，并结合自己的水管理经验，了解水稻生长过程中出现的变化，及时采取应对措施，记日记，做记录。

同一个季节，别人家把秧苗一种到田里，就万事大吉，打牌喝酒去了，有时雨水多，田里一个月，甚至两个月都是满田的水。杨良金不一样，一会儿放水，一会儿灌水。别人家稻子黄了，立即施肥，而杨良金却采取别的解决办法。

一个月、两个月，他整日钻在田里，把自己的心放在每一株水稻的稻叶稻穗上。他是个有心人，每天小本子都记了一页又一页，就像科研工作者一样。

"良金啊，天这么漆黑的，你还趴在田埂上记什么呀，收不到两稻箩稻子，别把眼睛搞瞎了，划不来。"一个路过的人看到杨良金快天黑的时候还在田里忙，好心地说。

老天没有负他。一开始他的稻田始终是白花花一片水，但十多天后，开始发生了变化。一个多月后，稻株渐渐地开始和别人家的稻子不一样了，长势一天比一天好，特别是到了稻子抽穗的时候，他的稻子棵把比密植的要大得多。同时穗也大，谷粒饱满，优势凸显。

村民们眼见为实了。有人说："哟，良金啊，看来这牛还真给你吹到了呀，你还真不得了啊，平时做木匠，没想到种起田来确实不错啊！"

还有的人将信将疑地问："良金啊，你家稻子长得好是不是品种不一样的原因啊？"

到了收获的时候，人家的田里收不到400公斤，而杨良金每块田的稻子都能收到500公斤以上，平均每亩田要多出人家100公斤，他家4亩多田，共增产400多公斤。这在当时是不得了的事情，杨良金一下子让村民们刮目相看。

有了第一年的经验，第二年杨良金更大胆了，以同样的"稀"获得了大丰收。杨良金种田种得好的名声又在易太传开来。

这一年下半年，正是油菜快要种植的时候，一个农业会议在易太召开，杨良金因为田种得好被特邀参加会议。会上，当时的芜湖县农委主任对芜湖县传统的油菜种植模式表示遗憾。他在会上说了一句话："我们芜湖县白菜型油菜一统天下。"

农委主任说的这个白菜型油菜叫"当油早"，这个品种产量低，最高不超过100公斤，但从生产队时期到现在不知多少年了，依然种这个品种，栽培方式也一成不变。农委主任认为现在改革春风惠及最多的就是农业，芜湖县人不能再固守传统了。这句话很多人听听也就算了，但却像一株秧苗一样栽在了杨良金的心田里。

不久，芜湖市农委的一个工作队来到了易太。听说农技人员来了，杨良金兴奋不已，立即赶到工作队所在地。去了以后，他设法找到机会向农技人员打听农业方面的"新鲜事"。就在这个时候，他听到有人说，浙江那边思想观念先进，油菜种得好。有一个品种叫"中油821"，产量非常好，只是家乡这边没人敢栽。

杨良金听到这个消息，心里不知有多高兴，立即进一步打听这个品种的情况，了解浙江哪些地方种植。

"中油821"在这里没有人愿意引进种植，第一个原因是观念落后，特别是推行联产承包责任制后，田是自己家里承包的，大家种田更谨慎。对于新品种，没有人敢先种，都是等着别人种了才敢种。第二个原因是"当油早"可以打苔吃，特别是放在年糕里，甜丝丝的，而"中油821"涩嘴，不能打苔吃。

其他农民对新品种是敬而远之，但杨良金却不一样。为了了解更真实的情况，除了听农技人员的介绍外，他还一个人悄悄地赶到了浙江湖州，走进油菜种植户家里了解他们的种植情况。这一趟出行，虽然吃了不少苦，但他像唐僧到西天取到了"真经"一样快乐。他学到了新的经验，将栽种、施肥等方式了解得清清楚楚。

"中油821"是由中国农业科学院油料作物研究所培育的，属甘蓝型油菜，虽然因为芥酸含量高，不适宜打苔吃，但产量高，经济价值高出其他品种很多，当时在浙江已大面积推广。杨良金果断决定将自家的四亩多田全部用来种植这个新品种。

当年10月下旬，他再次赶到浙江湖州购买了种子。为了保证增产增收，他去购买的时候，又在当地住了几天，进一步学习栽培技术。

杨良金从小饱受饥寒，那刻骨的饥饿感永远印在心头。他始终觉得如果自己学习了新的技术，引入了新的品种，能带动村里的人、周边的人日子一起好起来，这才是自己最大的快乐。

1981年三四月份，杨良金引进的"中油821"成为当地广阔油菜田里的一道靓丽风景。到了5月，油菜亩产超过150公斤，比"当油早"亩产至少高出50公斤。杨良金家四亩三分田，一共收到700多公斤籽，比种"当油早"多卖出200元。杨良金的新品种引进一事，也引起了市、县农业部门的高度关注，派人专门对杨良金田里的油菜进行了技术评估，结果认定该品种株高180—200厘米，株型紧凑，分枝部位较低，秆硬抗倒，单株一次分枝9—13个，有效荚果400—600个，每荚粒数14—18粒，籽粒黑色，千粒重3.3—3.5克，含油量41.47%。

这一下让周边老百姓看到了实实在在的成果。从此，不仅易太地区种起了"中油821"，整个芜湖县也很快大面积引进了这个品种。

这一年的全县油菜工作会议中，县农委主任还专门表扬了杨良金，说他是敢于"第一个吃螃蟹的人"。

"良金1号"横空问世

在"老来青""矮脚南特号"的故事启示下，杨良金开始了水稻育种实验，培育的"良金1号"通过户户相传，引种面积达400万亩

1980年，浙江农业大学、浙江省余杭县农业科学研究所培育出"浙辐802"籼型早稻品种。1981年，芜湖县种子公司就引进了该品种。对新品种情有独钟的杨良金，自然种植了这个品种，虽然绝大多数农民还没有认可这个新品种。

经过一两年的种植，杨良金发现虽然它比原先的品种在抗寒性、产量等方面有了提升，但也有许多缺点，其中最大的缺点就是米粒碎，口感差，不好吃。

1982年，杨良金继续种植着这个品种。他观测着水稻生长过程中的每一个细节，希望能通过自己的探索，让稻米的性状有所改变，变得好吃一点。

炎炎夏日，水稻开始收割了。杨良金率领着家人忙于收割，一棵格外高大而又健壮的水稻吸引了他的目光。一般的农民会一刀割倒，但杨良金是有心人，知道这是一棵变异株水稻。杨良金立即停止了收割，对着那棵变异株观察分析。近40摄氏度的高温里，热浪滚滚，虽然戴着一顶破草帽，但他头上脸上的汗水就像雨水一样滴入稻田。

一起割稻的妻子夏玉兰割着割着发现一向割稻比自己速度还要快的丈夫怎么被甩到后面去了。她站了起来，回头一看，只见他蹲在稻棵里，只露出一个帽顶。她走到杨良金的旁边，发现他正跪在田里"188、189、190……"地数着一株稻穗的稻粒。她叫了一声："良金啊，这大热的天，你在干啥呢？"

杨良金就像没听到一样，继续数着。"良金，这么热的天，你要数的话割回家去数，别在田里热出问题来了。"

杨良金还是没听到一样，半天，他终于得到结论。这棵变异株比起正常的"浙辐802"稻株来，株茎要高出10多厘米，其穗形大，穗粒多而饱满。这时，杨良金突然冒出来一个想法，要用这棵变异株来培育新的稻种。培育新稻种是科学家做的事，对于一个农民来说，似乎是天方夜谭。

杨良金也是一个农民，一个地地道道的农民，但他这个似乎不着边际的想法，不是异想天开，而是有来头的。

这些年来，杨良金在《陈永康水稻高产栽培技术》和另一本书上看到两个故事，正是这两个故事触动了他的这一想法。

第一个就是关于中国水稻领域大名鼎鼎的陈永康先生自己培育的水稻新品种"老来青"的故事。

陈永康，13岁下田干活，一开始也是一个农民。20世纪40年代，他在一次收割水稻的时候，发现田里面的稻子都倒掉了，只有一棵稻子坚强挺立没有倒。这棵稻子的茎秆很硬很粗。勤思考爱钻研的陈永康将这株稻穗带了回去，采取系统育种的方法，经过几年的培育，摸索出"一穗传"水稻选种方法，培育出了被广泛推广栽种的水稻新品种"老来青"，实现亩产500公斤的纪录。该品种后来被我国22个省市及15个国家引种。

第二个是关于水稻品种"矮脚南特号"的故事。"矮脚南特号"是福建沿海的一对农民姐妹培育出来的。当时福建沿海地区沿袭着传统水稻品种的栽种方式，这种传统水稻株茎高，而沿海地区台风多，只要台风一起，这种水稻就被吹倒了，总是大大减产。有一年，一对同样对水稻种植有思考的姐妹在收割的时候忽然发现一株很矮的变异稻穗。姐妹俩惊奇地认为，这个稻穗长得这么好，经历了两次台风都没被吹倒，一定是个好东西。两人采取系统育种的方法，对这株水稻进行了培育，最后培育出了沿海地区备受欢迎的新品种"矮脚南特号"。

想到上面的两个案例，凭着自己多年来对水稻技术知识的掌握，杨良金心头便有了这个大胆的想法。这株稻穗如果自己来进行培育的话，一定也能培育出穗形大、穗粒多、产量高、米质好、抗倒伏、抗病虫害的新品种。陈永康当时是个农民，那对姐妹也是农民，同样是农民，他们能培育出水稻新品种来，自己也是个农民，怎么不可以试一试水稻培育呢？

杨良金越想心里越亮，既然想到了，就去尝试。于是他就把这株稻穗用一个塑料袋装起来，像个宝一样带回家里。接下来就是没日没夜地翻看书刊资料，进一步学习系统育种的方法。

所谓"系统育种"，就是单本繁殖。通俗地说，就是在现有的品种群体中选择优良的自然变异株种，通过比较鉴定培育出新品种，也称为"一穗传""一株传"育种法，其实质就是优中选优。比如杨良金发现的那株水稻，将用来作为种子于第二年种进田里，如果这株水稻有200粒，那么第二年也就可以长出200株稻穗。长出来的这200株稻穗可能还有变异，那么就从这200株水稻中选择株高、穗形、谷粒形状、米质等完全一样的稻穗5—10株于第三年栽到田里。这5—10株如果每株300粒的话，那么就会长出1500—3000株稻穗。这个时候的稻穗相对稳定了，再剔除极少数不稳定的穗株，于第四年进行一定面积的繁育。如此下去，一般3—5年一个新的水稻品种就培育出来了。

懂得了系统育种法，杨良金像专业研究人员一样，一天到晚就泡在他的水稻田里，有时候搞到深更半夜，带着一身泥回家。一年、两年、三年，几年来，他每天都将他培育的水稻进行实时记录。

经过几年悉心地培育，一个穗形大、产量高、口感好的新品种水稻果然培育出来了。生产队长看到杨良金的新品种比"浙辐802"好，第一个用家里的稻子和杨良金换种子，种了几亩田。接着杨良金的亲朋好友都用家里稻子来换种子。通过交换稻种栽种，就在这一年，他的这个新品种一下扩展到了200亩。

这个新品种受到芜湖市、县农业部门的肯定。他们专门过来进行了测产：一株穗子达300多粒，平均比"浙辐802"多200多粒，其中最多的一株高达381粒，被市、县农业部门作为科研成果进行展览。产量更让农技人员感到惊叹，亩产居然达到1200多斤。在市、县农业部门的支持下，杨良金的这个种子取名为"良金1号"。

由于"良金1号"各项指标都远远好于"浙辐802"，特别是米粒口感，到了1986年，"良金1号"在当地种植面积一下推广到了8万亩。1987年更是大面积辐射周边地区，不仅在芜湖县被广泛栽种，马鞍山、巢湖、铜陵、黄山、宣城等地农民都慕名前来换种栽种，连江苏、江西也引进了"良金1号"，引种面积达到400万亩。杨良金的名气和"良金1号"一样不胫而走。

就在这个时候，杨良金却被投诉了。投诉他的人是芜湖县种子公司负责人。他到县政府投诉"良金1号"未经国家审定，是非常种子，扰乱了种子公司的正常经营。

杨良金被叫到了县政府分管农业的曹副县长的办公室。杨良金到县长办公室的时候，发现里面已经坐了一个人，就是那个投诉人。

杨良金在芜湖县农业界已大名鼎鼎，曹副县长不仅认识他，而且对他为芜湖县农业所做的贡献表示过高度赞赏。他一见到杨良金，开门见山地说："老杨啊，有人投诉你，你应该早知道了吧。投诉你的这个人就坐在这里，是种子公司的叶经理，投诉你的'良金1号'种子不合法。你谈谈你的意见。"

被曹副县长这么一说，杨良金一时不知如何应对。叶经理和杨良金也非常熟悉，本来关系不错，一下成为投诉人与被投诉人，显得有些尴尬。三人沉默了一会，曹副县长突然话锋一转，对叶经理说："我说你投诉老杨，投诉他什么呢？他的稻种虽然没有经过国家审定，但他的稻种，第一比过去的稻种好，人家农民愿意要，第二他的稻种没有进入市场交易，都是农民相互用稻子交换的，他违什么法？况且他真的给我们老百姓实现增产增收了，你老是针对他干什么呢？"

叶经理被曹副县长说得满脸通红，无言以对。半天，他发出感慨

说："说实在话，我投诉老杨，其实是代表我们单位。我们种子公司是卖种子的，他'良金1号'这样大批量相互换种子的话，我们一年几十万斤种子就卖不掉了，我们有200多号人要靠这个吃饭呐！"

曹副县长一听，也无可奈何地说："我理解你们，你不是为你个人来投诉的。但现在是80年代，改革开放了，我们的头脑也要开放，要跟上时代步伐啊！"

"稻克草"实验

李桥版"隆中对"：杨良金一连推翻了专家的三个核心定律。科学的思想，必须要有匠人的精神！

1989年7月，安徽师范大学生物系副主任肖本如和他的课题组师生正在芜湖市繁昌县新林乡的农田里搞实验，这时突然听到有人叫："小肖，这么热的天，还在田里做实验呀？这个实验都把你搞瘦了一圈啊！"

肖本如抬起头来，抹去脸上的汗水，一看原来是市农业局倪局长，连忙回话说："是的，局长您大热天也过来视察呀！"

局长答应了一声继续向前走，走了两步，又回过头来对肖本如说："小肖啊，我告诉你呀，我觉得你要想把你的实验做好，把成果推广开来，你不能老在繁昌这一个地方搞，即使成功了也不具有普遍意义，说明不了问题。搞实验你最起码还要在南陵县、芜湖县搞搞，三个县都要布点，数据才更全面更科学。我告诉你一个信息，你要想实验成功，到芜湖县去找杨良金。他搞水稻稀植，你和他合作一定会有意想不到的收获。"

水稻稀植、油菜高产，特别是"良金1号"培育出来以后，杨良金的名气不胫而走。几年来，远近各地的农民慕名而来拜访参观，都夸赞"杨良金田种得好"。芜湖市区、南陵县、繁昌县以及周边的马鞍山、江苏高淳等地的一些领导同志和农技人员也经常来杨良金的田里参观交流。

肖本如是大学的副教授、农业专家。他思想新锐，率先将专业理论付诸实践，于1987年开展"稻克草"水稻栽培技术课题实验，实验地在繁昌县新林乡，实验时间已有两年了，付出了艰苦的劳动，但进展不大，实验陷入僵局。此时他听到这个信息，非常高兴，立即走到田埂上，打听杨良金的情况。

局长对杨良金非常熟，将杨良金的情况和地址告诉了他。

七月的芜湖县，酷暑难当。没过几天，肖本如独自一人骑着一辆自行车，颈上挂了条长毛巾，前往杨良金所在的易太乡庆太村。安师大距离庆太村有20多公里，他从安师大的凤凰山出发，出了市区，骑上一条崎岖的小路，一路颠簸。他骑着骑着，突然迷失了方向。好在杨良金的名气大，他一路走一路打听，骑骑推推，有时还要扛起自行车，花了两三个小时，终于到了庆太村，到了杨良金的家。来到杨良金的家门口，他兴奋地停下自行车往杨良金的家里走，这时有人告诉他，杨良金不在家里，在田里干活。在他人的指引下，筋疲力尽的肖本如用毛巾擦了擦汗，又向田里赶去。这时，杨良金正光着脚在泥田里埋头干活。远远地见到了自己要找的人，肖本如没有立即凑上去，而是慢慢地移步，仔细地观察了几块与其他有些不同的稻田。足足品了十几分钟后，他向杨良金走去，笑呵呵地问："哎，听说你的稻子种得不错呀？"

杨良金一看，是一个陌生人，虽然穿着朴素，但气质看着不像农民。杨良金不紧不慢地笑了笑，谦虚地回答说："哈哈，不能说不错，只能说还好，比一般的老百姓种得要略好一点吧。"

"那你就是杨良金吧？"肖本如确认了一下。

"是的，我叫杨良金。"杨良金见这人不是来自周边的，便有些好奇地反问道，"请问你贵姓？"

"我姓肖，叫肖本如。"肖本如笑笑回答。

"那你到这边来有什么事吗？"杨良金继续问。

"我到这边来，就是特意来找你的。"

"是来找我的呀。"这段时间来拜访的各类人很多，杨良金也不觉得新奇。他放下手中的活，爬上了田埂，洗了洗脚上的泥，对肖本如说："我看你在这里转了半天了，那到我家去吧。"

回到家里，杨良金给肖本如倒了一杯水。

"你的稻子，我看了，栽得很稀嘛！"肖本如在大学里从事的就是稀植研究，他在繁昌的"稻克草"实验也是研究稀植技术，所以他故意这么问。

"是的，我比较喜欢搞'稀'。"杨良金说。

"为什么呢？"当时的水稻稀植很稀奇，即便从事专门研究的也只是从理论上研究过稀植，真正在农田里搞稀植实验的，还没有几个人。因此他对眼前这个农民敢搞"稀"植还是将信将疑，便继续反问，想试探一下他到底对"稀"植有多少了解。

"古话说，'密三担稀六箩，算来算去差不多'，但我认为'密三担稀六箩，算来算去差得多'。"杨良金也不知对方到底是搞什么的，见他问到了自己的兴奋点上，便饶有兴趣地说，"不是差不多，而是差得多。"

"咦，你这个鬼东西还挺有想法，怎么讲呢？"肖本如一激动就蹦出了口头禅，进一步追问着。

"你想想看，栽稀了，省了种子了，省了人工了；栽稀了，通风透光了，病虫害就少了；最重要的是栽稀了，米质好了。这一对比差距就太大了。"杨良金说。

"你的'稀'是怎么稀的？是怎么个密度呢？"肖本如继续试探他到底对"稀"了解多少。

"那我给你算个数据吧，我们过去生产队里一般一亩田要留四五十斤稻种，保守一点的至少要用30斤，30斤稻种是个什么概念呢？"杨良金见对方这么感兴趣，便认真地算起账来，"1000粒稻谷是二十几克，我们就按1000粒25克来算吧，2万粒就是500克，也就是一斤，那么30斤种子就是60万粒。也就是说，这些种子能出60万株苗。如果按照80%成苗率来计算的话，也有48万株苗。这48万株苗按照栽6寸×6寸的栽种尺寸计算，每穴要达到几十株。一穴几十株苗子，由于肥力、阳光等方方面面的因素，最后成活的也只有十几株，许多苗都死了。而我这一年搞稀植，一亩田最多只用5斤稻种，按照1000粒25克计算，也

有10万粒，按照80%成苗率计算是8万有效苗。我每亩只栽到1.6万穴，平均每穴仍然有5粒谷粒苗，是传统方式的1/6，一穴只有三五株苗。由于通风透光，我的稻子反而比48万株也就是用30多斤种子种出来的亩产要高。你想想看，我的稀植不仅省了不少稻种，关键是病虫害少了，产量高了，品质也提升了。此外，用肥用药的物化成本也减少了，劳动强度也小了。这些综合起来看，我的'稀'比起'密'，你说要好多少？"

"有道理，有道理，你说的有道理！"见杨良金居然能掌握这么多具体的数据，一口气说了出来，肖本如双手一合，响亮地鼓起掌来。

杨良金接着说："当然稀也不能过稀，就像密也不能过密。当年毛主席的'农业八字宪法'里面有个'密'，我觉得许多人都理解错了。毛主席讲的'密'其实是合理的密植，而不是越密越好。太密了，绝对不好。如果说越密越好的话，那我们秧田里面的秧就不要移栽了，那产量不是不得了了吗？但我们知道，如果秧苗田里面的秧苗不进行移栽的话，那一个穗子只能长出一两粒稻子，甚至有秧苗连一粒米也长不出来，因为单位面积内的营养不够，阳光不足。这就证明了越密越好是错误的。

"好，好，讲得好。你继续讲。"肖本如一直没有透露自己的身份，依然不发表一点意见，似乎要让杨良金将肚里的东西一起"掏"出来。

杨良金见眼前的人不俗，便越说越有劲："我们中国的一些栽培专家总是认为越密越好，最后出了问题。而日本正好与我们相反，栽培是越稀越好，两种做法都是错误的。稀和密有个度，那个结合点才是我们所需要寻找的。我们是农业大国，这个科学的临界点就是发展我们农业的关键点。"

"没想到你还懂得这么多呀，真让人看不出来！"肖本如听到杨良金说得这么头头是道，继续问道，"还想问一下，你对水稻稀植这么了解，那么你对油菜稀植感不感兴趣呢？"

"其实油菜我更感兴趣。油菜方面，如果是常规品种，那就不能太稀了，太稀了肯定也影响产量，因为它没有杂种优势。但如果是杂交油菜，由于杂种优势强，那肯定就能稀。但稀到什么程度合理，要用实践去证明，我也正在摸索中。"杨良金答道。

像遇到了知音，杨良金越讲越兴奋，肖本如越听越有兴趣。这一天，他们两人一聊就聊了十几个小时，吃过了晚饭一直聊到第二天天亮。

杨良金有个特点，只要是对农业科技感兴趣的人到家里，只要聊得对味，一定要留人家吃饭。肖本如一看到第二天吃早饭的时候了，便立即起身要走，因为他还有教学任务。杨良金一把拉住他，留他在家里吃早饭。

肖本如虽然与他只有一面之缘，但看杨良金的兴致盎然，又是将双掌一击："好！"

吃过饭后，肖本如起身告辞："今天不早了，我还得赶紧回去，你要是不嫌弃的话，我下次还来找你。"

肖本如没有谈合作的事，骑上了他的自行车离开了。临走时，他只是向杨良金挥了挥手，依然没告诉杨良金自己是哪里人，什么家庭背景。杨良金也没问肖本如到底是什么人，是哪里来的，但两人都有一个共同的感觉——能说到一块去！

8月，到了油菜播种的时候了，肖本如又骑着自行车到杨良金这边来了。他头上戴着一顶半新草帽，肩上依然挂着一条长毛巾。他这次来是轻车熟路。经过走马沟的时候，正好遇到一帮人在田边工作，旁边还停了一辆吉普车。他们是市委工作队的，正在这里视察。肖本如经过时，突然有人叫了他一声："小肖，你到哪里去啊？"

肖本如侧头一看，原来是市农业局驻点工作队队长徐兆林，便停下车答道："哦，我到杨良金那里去。"

"你到他那里去呀，那好，那你把车子就放这里，上我们的车，我带你去。"徐兆林说。

肖本如坐上了工作队的吉普车，一同前往。杨良金正在田里干活，

一看到肖本如，心想这个人怎么真的又来了。

徐兆林对杨良金也很熟，下了车，站在田埂上对杨良金说："良金、良金，我给你带来个人，你看看这个人你还认识啊？"

杨良金见是市里面的领导来了，便回答："认识，认识。"

"那你知道他是谁吗？"徐兆林卖起关子问。

"不……不知道。"

"我告诉你，他是我们安徽师范大学专门搞农学研究的副教授。"徐兆林笑着说。

听说是大学教授，杨良金心里感到十分惊讶。他立即想到一个多月前和他见面的情景。他怎么也没想到一个堂堂教授穿得那么朴素，还骑个自行车那么远跑到自己家来，而且从头到尾也没告诉自己是谁。

想到这里，杨良金更是对肖本如肃然起敬。大学里面的专家，却这么低调，一点架子都没有。特别是他上次到自己家里来，丝毫没和自己摆什么谱，吹什么牛，只是听自己这个农民在"信口开河"。更让杨良金感到敬佩的是他这样的人到外面搞研究属于公事，又有这么多头衔，完全可以坐车，车票肯定能报销的，但他却宁愿骑个自行车这么老远的过来，这人多能吃苦啊。

杨良金赶紧从田里爬了上来，把腿上的泥土洗干净，带他们到自己家里去。

"小肖是搞'稻克草'栽培技术研究的，和你一样，都是搞'稀'的。"

"什么？您是专门搞稀植研究的？"杨良金就想能多和这些人接触，以提升自己的种植技术，便好奇地问。

"是的，他准备在你这里做实验，可以吗？"徐兆林接过话头说。

"好啊，好啊！做什么实验呢？"一个大专家来和自己一个农民合作，这是杨良金求之不得的事，忙满口答应。

徐兆林给他们引荐了以后，带着一行人走了，肖本如留了下来。杨良金本来是不屑攀附的人，但对肖本如有"身份"却如此低调越发尊重。这一次，他备了家里最好的菜，并到代销店里打来一斤酒，留他在家里吃饭。

饭桌上，肖本如和杨良金谈起了要在他这里搞"稻克草"技术实验的事。

"稻克草"实验是对常规水稻栽培的行株距、穴苗数、施肥法、除草情况和水稻品种进行多因素多水平正交实验，一方面是加强土壤供肥能力和提高肥效，缓和草与稻争肥的矛盾，另一方面是发挥水稻个体生长优势，使稻田杂草处于劣势，促使水稻更优质高产。该实验的一个核心技术是"稀植"。

"这个实验我们在繁昌已搞了两年了，也已掌握了一些技术，到时可直接用到这边来。"肖本如说道。

杨良金虽然是个农民，但对自己的农业实践很自信，听到肖本如要把在外面搞的方案照搬过来，便有些急了。他沉默了一会，认真地对肖本如说："肖老师，您是大学里的专家，您的理论知识是我高不可攀的。但我想说一句，请您不要介意，我觉得现在许多写在书上的知识虽然理论性特别强，但从我实践的过程来看，操作性却并不怎么样，甚至许多方案难以应用到实践上。"

"怎么讲？你继续说。"见杨良金一个农民说话这么"辣"，肖本如心里一震，向杨良金凑近了一点。

"肖老师，我的意思是，您要看得上我杨良金，真的想在我这里搞实验，您哪天把你们的方案带过来，在我这里住上一个晚上，我们就方案好好地分析研究，然后再具体操作。您既然到我这里来搞实验，我就要为您负责。我们这个地方土壤有机质的含量跟别的地方不一样，那么植苗、施肥就不一样，如果你们把别的地方的方案生搬硬套过来，那肯定是不行的。"

肖本如听到眼前这个深居乡村里的农民说出这番话，作为大学里的专家，既惊讶又有些惭愧，既有些不舒服又十分敬佩。他觉得眼前这个人已不是个单纯的农民了，而是个对农业科技专注且认真的实践者。他

激动地站起身来，双手同时竖起两个大拇指，赞叹地说："咦，你这鬼东西还真有两下子。那好，这样吧，我把方案带过来我俩一条一条地研究。方案中你说同意的我就干，你不同意的我就改，好不好？"

"好！"杨良金也毫不谦虚地答道。

1990年3月下旬的一天下午，正是春光回归的时候，肖本如又来到了杨良金的家。本来几个月过去了，肖本如是否真的要过来和他合作，杨良金也没多往心里去，但没想到他真的又过来了，并带来了方案。杨良金对他的到来甚是激动，因为他觉得自己一个小学学历的农民，能够和大学里面的专家共同做实验，也是对自己这么多年扎根农田，钻研农业技术的肯定。

这一次见面，两人就像相交多年的老友那样没有了往日的客套。两人一坐下就直奔主题。肖本如一激动还掏出香烟，递了一支给杨良金。杨良金从不抽烟，但平时为了应酬，口袋里也经常揣包烟。毕竟是来到自己的家里，他急忙掏出烟来要拿给客人抽。肖本如一把挡住杨良金的手，将自己的香烟递了过来，并为杨良金点烟。

"来来来，抽一支，我们聊得这么对脆①，这么投缘，抽一根，算是我们真正合作的开始吧。"肖本如没有大学教授的架子，像老友一样用朴实的语言劝说着。

看到人家这么热情，为了表示尊重，为了能和这个专家交流学习，他破例接受了。

双方香烟点了起来，似乎将合作的激情也点燃了。

杨良金由于不会抽烟，一吸就呛了。一阵咳嗽之后，他的血液沸腾起来，胆子更大了，也不把对面的大学专家当专家了。当他看到肖本如的方案时，便直来直去地说："你们这个方案中栽植方式千篇一律的是'六六寸'，虽然是稀植，但这样的方案不科学，肯定不科学。"

杨良金所说的"六六寸"是一个专业术语，指的是两棵苗之间直行距离六寸，横行距离也是六寸。

---

① 对脆，当地方言，形容聊天投机。

"怎么讲？"肖本如见杨良金这么肯定地推翻了自己的方案，而且是在繁昌已实验了两年的方案，便谦虚地问。

"'六六寸'太一概而论了，稀植更要针对土壤的特性而有变化。比如说土壤肥沃的田，因为发棵快分蘖多，'六六寸'就密了。密不通风，病虫害就多了。再比如说贫瘠的田发棵慢分蘖少，'六六寸'就稀了。"杨良金解释说。

"那怎么改呢？"肖本如反倒像个学生一样不解地问。

"中等肥力的土壤秧苗间距为6寸×6寸不变，上等肥力的土壤秧苗间距为6寸×7寸，下等肥力的土壤秧苗间距为6寸×5寸。根据我的实践经验，直行是6寸不变，株距横行上要因田而变。"杨良金对答如流。

说完，杨良金又拿来算盘，并拿来一支笔一张纸，给肖本如算了笔账。

"6寸是20公分[①]，横行直行都是6寸，一亩地是667平方米，那么，6寸×7寸的栽种距离，一亩地可以栽种约1.42万株秧苗，6寸×6寸的栽种距离可以栽种约1.66万株秧苗，6寸×5寸的栽种距离可以栽种约2万株秧苗。"杨良金边说边算。

杨良金接着说，通过这个数据我们可以看出，"'6寸×7寸'和'6寸×5寸'栽种相差近6000株，所以不同肥力的田一定不能一概而论。要在上等肥力、中等肥力和肥力较差的田块达到同样的高产水平，这个方案就要改。"

"好！好！太好了！"肖本如一看到纸上的数据，双掌来个一击，再次翘起了两个大拇指，连声说。

杨良金接着说："第二个是你们这个用苗方案也要改。按照你们的方案，每穴都是3苗，这是绝对错误的。"

肖本如毕竟是个大学教授，两年的实验到这里来被一个农民说得这个要改那个要改，佩服之余，脸上还是有点挂不住，便不自觉地掏出香烟，向杨良金扔了一支，给他点上火，自己也点上一支，深深地吸了一

---

① 公分，长度单位，即厘米。

口，继续问："怎么讲？"

"你想想看，我们种田的农民在插秧的时候，难道插一穴就数3个苗？这显然是任何人都做不到的，也就是说，这个不具有操作性。"杨良金说。

"那应该怎么做呢？"肖本如问。

"按照我的计算和经验，对于肥沃的土壤，我们插1至3苗。中等肥力的土壤插2至3苗，因为土壤肥力比较差，我们就在行距和株距上控制，在每穴里面增加它的苗数，确保产量能和上等肥力的一致。下等肥力的土壤每穴要3至4苗，因为下等土壤肥力差，苗的分蘖数少，我们提前在苗数上给它补起来。这样的话，我们可以让上等肥力、中等肥力和下等肥力的土壤都能达到600公斤的目标产量。"

杨良金一下将肖本如在繁昌实验的两个主要技术方案完全推翻了。肖本如不仅一点没有生气，反而觉得要感谢人家，因为他认为理论来自实践，这正好弥补了自己的不足。现在他终于知道自己在繁昌的实验为什么有问题了。

"既然前面的全改了，那施肥这一块的方案也相应要改了，又怎么改呢？"肖本如着急地问起来。

"是的，施肥这一块也是必须要改的，因为这个施肥技术体系是从书上得来的，而真实的土壤是复杂的，肥力是千变万化的。就是在同一个生产队，各家的田也都不一样，为什么呢？因为有懒一点的人搞点化肥撒撒就行了，但是勤快一点的，把家里的鸡粪、猪粪、土杂肥等等倒到稻田里，这样肥力就完全不一样了。再比如去年种的田，肥力可能没有被吸收完，今年还有一定的肥力，而且油菜的叶片、茎干、花角等落下去以后也都产生肥力。书上的数据是理论上的数据，和我们真实的大田是不一样的。"

"你说得很有道理！"肖本如肯定地直点头。

"这个方案是在繁昌县新林乡搞的，那是一个小山丘之地，肥力差，您这样施肥没有什么问题。如果您到我这里来，按您这个方案施12公斤纯氮下去，那就出大问题了。"杨良金继续说，"我家这个田，氮肥只需施8公斤就足够了。我们易太的土壤本身有机质的含量就非常高，我家的土壤肥力更加高。因为我家里养了那么多猪，年年都有很多的猪粪泼进去，我的这个田不施肥就能长稻子。"

"好，你再讲。"肖本如越听越有劲。他没想到就在身边还能遇到这样的人，想让他成为自己的帮手。

杨良金见肖本如对自己的"大言不惭"一点不介意，便继续说："像我家这样上等肥力的土壤，氮、磷、钾的比例是1∶0.4∶0.6，施8公斤氮肥，那么氮、磷、钾应该分别是8公斤、3.2公斤、4.8公斤。中等肥力土壤的氮肥就加1公斤，氮、磷、钾分别是9公斤、3.6公斤、5.4公斤。下等肥力土壤的氮肥再加1公斤，氮、磷、钾分别是10公斤、4公斤、6公斤。"

一个个数据脱口而出，肖本如打心眼里敬佩。他想，按照杨良金的这个方案，光成本都不知要节约多少。肖本如有些激动地说："你说的对，你说的对！"

这一天，两人为了修改这个方案，搞了一个通宵没睡觉。两人互递香烟，不知不觉抽了两包。肖本如对这个修改后的方案高度认可，决定就按这个方案干。

1990年4月，春暖花开，肖本如的"稻克草"稀植技术实验在杨良金的田里正式实施起来了。从育种到秧苗栽插，从施肥到田间管理一切都进行顺利，整个前期的稀植走势都与方案的数据完全吻合，两人为合作成功喜不自禁。

他们的实验受到了别人的暗中关注，一个是芜湖县农业局局长朱光时，另一个是芜湖县农技推广站副主任吴学忠，他们是当时芜湖县农业战线最有名气的两个人。他们一开始对这个实验很好奇，常常悄悄地来到杨良金家的田里细心地观摩，看看这个实验到底是什么名堂。

他们之所以暗中观摩，是因为肖本如的这个"稻克草"稀植技术实验在繁昌实验期间曾有不少质疑的声音。除此之外，一些专家对他们的

这个"稻克草"概念也不认可，认为稻怎么可能克草呢，这在逻辑上有问题。

正是因为这些质疑，当肖本如将他的实验带到芜湖县后，县农业部门感到有责任关注。但他们又想，明明这个"稻克草"受到了这么多质疑，前期也不太顺利，杨良金在农业上那么在行，怎么还和肖本如搞到一起呢？

但是当朱光时他们深入田间几次以后，心中的疑虑渐渐没有了。这个时候，他们主动找到了杨良金。

朱局长对杨良金说："良金啊，跟你说心里话，大家对肖本如的什么实验争议很大，都说他的实验方案有问题，我们心里没底，没有通知你已到你的田里看了多次了。但我们看了以后却并没有发现什么问题，稻苗状态都很好，我们心里的疑虑也打消了。现在国家对农业重视，给农民的政策又实惠，你们就放心地干吧。"

在县农委的关心支持下，他们的实验更加顺利。1990年、1991年，实验连续成功。

1992年7月，"稻克草"栽培技术成果鉴定验收会在安徽南陵县举行。这对肖本如来说，是他几年来工作的鉴定会，他既高兴，又紧张。虽然他认为通过杨良金的鼎力协助，通过他的不懈努力，他的成果一定能够成功验收，但心里还是有一丝挥之不去的担忧。

由于他是课题组的负责人，所以担任了验收会的主持人，自己不能全程参与答辩，而课题组的其他成员他又不放心，生怕不能完全应对专家的问题。想来想去，他将这个重任交给了杨良金。杨良金不是他们课题组的成员，只是一个义务参与者，不能参与主辩，于是肖本如让他参与答辩。杨良金欣然接受了这个重任。

出席成果鉴定验收会的专家来自南京农业大学、安徽农学院等高校，都是全国知名的专家。现场测产时，杨良金紧随南京农业大学张熙国、周燮的身后，随时答复他们提出的各种问题。杨良金的每一个回答都让两个老先生心服口服。

在答辩会上，一个专家突然提出一个许多人都想问的问题："稻为什么能克草？"

这个问题虽然大家都想过，但就是没有总结出标准答案。杨良金镇定地回答说："我就说一个简单的比喻，如果稻子没有长起来，田里肯定杂草很多，如果稻子长得很好，田里肯定没有杂草。那么为什么呢？这是因为所有的生物都有相生相克的关系……再比如油菜吧，如果我的油菜前期长得特别好，后面你想要田里长草，它都长不起来。为什么呢？这也是因为相生相克的关系。"

杨良金的回答既简单又巧妙，赢得了现场专家的充分认可。

突然又有专家问："肥沃的土壤，我们应该怎么做能够达到高产？上等肥力的土壤和下等肥力的土壤，我们要想达到同等产量又应该怎么去做？"

这个问题正好问到了杨良金的兴奋点上，他一口气就回答完毕，既有理论又合逻辑，赢得了专家的充分肯定。

正是这样，杨良金圆满地对答辩内容进行了补充，每一个陈述都是杨良金的点滴实践经验凝成的，所以都能切中"要害"。

鉴定会最后出了结果：国际先进，国内领先。"稻克草"栽培技术通过验收。

就在宣布的那一刻，全场爆发出热烈的掌声，这是给予杨良金这个"面朝黄土背朝天"的农民最好的肯定。

掌声中最激动的是肖本如，他早已眼泪汪汪，这个成果承载了他几年来无数辛劳和心血。杨良金也激动得涌出泪花，他没想到自己在这个答辩会上也有如此出色的表现。更让他高兴的是，这次和肖本如的"稻克草"合作，他不仅从中学到了不少的新知识、新技术、新思想、新理念，更重要的是认识了志同道合的研究人员肖本如。这更坚定了他扎根农田，投身农业，从事科研，造福农民的信念。

尝试油菜"超稀植"

敢为人先的"超"稀植引来全国顶级油菜专家的肯定：这个农民实在了不起，做了我们专家都不敢想不敢做的事

继袁隆平全世界第一个培育出杂交水稻后，1986年，中国油菜史上又出现了一件里程碑式的大事，陕西省杂交油菜研究中心研究员、中国杂交油菜之父李殿荣培育出世界上第一个杂交油菜新品种，叫"秦油2号"。

中国的油菜种植历史已有几千年，是世界上栽培油菜历史最为悠久和种植面积最多的国家，在国内油料作物种植面积中仅次于大豆。油菜生产分布全国各地，东起滨海地区，西到青藏高原，南达亚热带的水稻产区及红黄壤丘陵区，北至三江平原。中国作为世界油菜生产大国，年播种面积约占世界油菜总面积的1/4。据清代《植物名实图考》记载，中国古代的油菜主要有两种：一种是"味浊而肥、茎有紫皮，多涎微苦"的油辣菜，即芥菜型油菜；另一种是"同菘菜，冬种生薹，味清而腴，逾于莴笋"的油青菜，即前文所说的白菜型油菜。另有甘蓝型油菜，原产欧洲，中国于20世纪40年代先后从日本和欧洲引入。1949—1979年，中国的油菜处于低速增长阶段，油菜栽培面积不超过3750万亩，亩产在27千克—47千克，属于徘徊不前的阶段。1980—1995年，中国油菜为高速增长阶段，油菜栽培面积和单产迅速提高，全国栽培面积扩张到5250万—7500万亩，单产在74千克—80千克。也正是在这个阶段，我国的油菜迎来了一次划时代的革命，李殿荣研究员率先育成了世界上第一个甘蓝型油菜细胞质雄性不育三系杂交油菜品种"秦油2号"，亩产达150千克。

"秦油2号"的选育成功，推动了我国杂交油菜研究和应用的蓬勃发展。该品种首先在陕西有了大面积的推广种植，由于其产量高、品质优，大大提升了当地农民的经济收入。

20世纪80年代末，随着改革开放的深入推进，安徽芜湖的农业科技推广也加快了步伐，不仅引进了水稻新品种，也积极引进油菜等经济作物新品种。1989年七八月间，市农技推广中心从陕西引进了两斤"秦油2号"菜种。

虽然"秦油2号"在许多省份已大面积种植，但对于安徽芜湖来说，杂交油菜还是一个陌生的词汇。尽管只是保守地引进了2斤种子，但在推广时还是相当困难。一些县的种子公司负责人一听到新品种，眉头一皱，因为他们知道，只要向老百姓说是新品种，没有一个人愿意接受，大家都是同一个反应：我种老品种。

就在这个时候，芜湖市农技推广中心的负责人来到芜湖县，遇到了市委驻芜湖县易太乡工作站的一个领导。这位领导告诉推广中心负责人："到芜湖县直接找杨良金，只有他敢种。"

芜湖市农技推广中心负责人随即找到了杨良金，问他敢不敢种这个杂交油菜。杨良金听说是新品种，而且是杂交新品种，一口答应："敢啊，只要是新品种我没有不敢的！"

杨良金相信科学，认为既然是通过科技手段研发出来的新品种，国家又支持推广，那么一定具备更多的优势。当他听说只引进了2斤种子时，就对推广中心负责人说："我家里有四亩三分田，加上村里一些还比较相信我的亲戚朋友，共有十多亩地，这两斤种子干脆全部给我吧，我可以把我家所有的田都种上。"

推广中心负责人一听非常高兴，这个杨良金果然和一般的农民不一样，这么有胆识，笑着说："我们芜湖的农民如果都能像你这样，敢于接受新生事物，我们当初就可以大胆地多进一点。遗憾的是我们也很保守，只进了这么2斤种子，还不能全部给你。这样吧，我给你1斤2两吧。"

杨良金不甘心，说："要么再加2两，给1斤4两吧。"

看杨良金这么有热情，负责人说："好吧，冲你这种精神，给你1斤4两。"

种子拿回家后，杨良金像拿到个宝贝一样，兴奋不已。

杨良金是个农业科技迷，其实在此之前，他已通过一些渠道知道杂交油菜了，并在书刊上了解了一些杂交油菜的种植技术。拿回这个种子后，他一直在思考怎么种。突然之间，他有了一个大胆的想法——超稀植。

和传统的水稻种植一样，传统的油菜种植也是密植，越密越好，一般是1万多株一亩，多的达3万多株。杨良金是一个敢于挑战传统的人，多年来他在油菜种植的过程中留意到一个现象，一些油菜田的田埂边或未种油菜的田里，常常有那么一两棵长得特别高大，甚至油菜的开盘度一人都抱不过来。这些油菜是意外掉落的种子长起来的，并没有施什么肥，反而长得比施过肥的油菜还要大。他好奇地将这样的油菜用秤称称，再和施过肥的油菜对比，惊奇地发现，那些掉落的"野种"长出来的油菜籽比正规施肥的要多得多。

带着这个疑问，有一天，他偶然之中看到一个信息，有个叫赵合句的油菜专家搞油菜"秋发"栽培，一亩田只种8000株，比常规的种植株数要少很多。看到这，他一下悟出一个道理，自己村子里那野生的油菜是不是与稀植有关呢？

有了这个启发，为了寻找答案，他又专程跑芜湖跑南京，在书店买到了好几本关于油菜种植的书。遗憾的是回来一翻，他要寻找的答案书上没有，但通过实践总结和钻研学习，他还是认为那些田边长得高大的"野种"与稀植关系一定很大。那么到底稀到什么程度才最好呢？当村子里别的农民串门唠嗑的时候，他却在家里翻书、思考，寻找答案。由于自己文化水平有限，手边的新华字典、现代汉语词典都给他翻烂了，但他越翻心里越明亮。

虽然没有得出明确的答案，但他从一些书上了解到，杂交油菜不同于常规油菜，有着特有的杂种优势。既然它的优势更明显，那么能不能在赵合句研究成果的基础上再稀一点呢？如果按照传统的一亩田几万株的栽培方法，他的种子根本不够，但如果能比赵合句的更稀一点，自己家里的几亩田不就都能种上了吗？想到这里，杨良金为自己的大胆想法陶醉了，他觉得自己再胆大一点，走到赵合句的前面，或许就能在中国油菜史上创造一个更大的奇迹，一个农民创造出来的奇迹。

他把这些想法说给了玉兰听，玉兰从来没听说过油菜稀植，更不敢想还要更稀一点，立即表示反对，说："我相信你有脑子，有远见，但你别太离谱了。你知道一旦搞砸了，一季的油菜损失可不得了啊！再说，你要是搞砸了，以后村里谁还敢相信你？你就会名誉扫地了。"

"你放心吧，我既然和你提出来，就考虑过了。"杨良金自信地说，"没有99%的把握我是不会和你说的。我既然敢说，没有99%的把握我也不会做的。"

妻子还是不放心，建议说："你真要搞，我劝你今年不要步子跨得太大，适当稀一点种种，可以的话，明年后年再进一步'稀'。或者你今年先试个二三亩田，留个二三亩田按过去的'密'来种，这样把稳一点。"

"不要怕，我们农民苦，苦就苦在不相信科学，不知道尝试，不敢尝试。"杨良金下定了决心要来个"超稀植"，要来个世界上无人敢想的"超稀植"。他觉得人就这一辈子，干事情不能太瞻前顾后。自己过去在草棚住过，牛棚住过，即使失败了，日子再差也差不到住牛棚整天饿肚子吧。

油菜正式播种了。杨良金敢想敢干，提前育苗。他于1989年9月1日开始整地、播种，10月中旬双季稻收获以后，立即翻耕移栽，每亩只栽2000株。传统的白菜型油菜每亩需要七八两种子，最少的也要半斤，而杨良金将1斤4两种子育苗后，移栽了20多亩，这是一般的农民想都不敢想的。不但他自己家里全部栽上杂交油菜"秦油2号"，而且无偿地给他周边的几个农户家也育好苗，教他们施肥和管理技术。

杨良金的又一个天马行空再次迎来一片舆论哗然。这一天,杨良金在田里的时候,一个80多岁的外村老人经过。他是李桥村生产队长的老姨父,走亲戚路过这里。他不认识杨良金,看到杨良金把油菜种得这么稀,心疼种子和田地,便揪心地站在田埂上看了半天,最后忍不住冲着杨良金嚷道:"胡闹!你把这油菜栽得这么'朗稀'①的,你有的收啊?!"

杨良金听到老人的话,立马站起身来,笑笑说:"老人家,现在你看我栽'朗稀'的,明年3月份你再过来看看我有没有油菜。"

老人一听杨良金的话,觉得这个年轻人不可理喻,心里堵得不想再和他说话,背着双手,驼着背,转身一颠一颠地走了,脸上一脸的愠怒,嘴里还在喋喋不休。

老人进了村一路摇着头,走到亲戚家门前,对当生产队长的姨侄说:"你们村里的那个小鬼是哪家的?是在瞎胡闹啊,油菜栽得那么稀,是在闹着好玩啊!我活了80多岁了,今天第一次看到油菜这么搞的。"

面对杨良金不按套路出牌,村里人虽然也议论纷纷,但倒没有什么大的指责。他们似乎对杨良金"不着调"已经习惯了,只是在心里想:你瞎倒腾总有一天会付出代价的。不过也有的对他的科学种田有了一定的信心,只是期待着第二年能否真的像杨良金描述得那样高产。

不管人家怎么议论,怎么看他,他的油菜全部种下去了。

杨良金深深地舒了口气,以缓解这些天来的疲劳和承受的压力。他坐在田间,欣赏着自己的创新之举,想象着明年春暖花开时油菜花盛开的情景。

几个月来,不管烈日风雨,白天黑夜,杨良金都密切关注着油菜一点一滴的成长,把全部的心思压在了这个饱含科学思维和实践效果的实验上。

令所有人都没想到的是,到了年底,他的油菜就呈现出了不一样的态势,杨良金心里涌起希望。第二年的3月,奇迹果然出现了,那一片

①朗稀,当地方言,形容非常稀疏。

油菜成了十里之外一眼就能看到的一道风景。油菜花盛开，花香远飘，每一棵都像一个大的树冠一样，主茎有成人胳膊粗，高达两三米，人伸长胳膊都够不到花头。这个江南奇景吸引了周边的人，前来参观的人络绎不绝，大家都惊叹从未见过这样的奇观。

就在这个时候，那个八旬老人又出现在了田埂上。说来也凑巧，杨良金也正好在忙碌着，隐没在高高的油菜花里。当他从花丛里探出头时，老人已在这里站上半天了。他看到杨良金便大吼起来："吒，这油菜还真长得这么好呢，还真给你搞起来了呢！老头子我活到80多岁了，还没看到过栽这么稀的油菜，也没看到过油菜长这么好的。"

老人的话虽然是农村粗话，但这是发自内心的肯定和称赞。

到了4月份花谢之后，经过测产，杨良金田里的油菜平均角果数高达700多个，每果油菜籽达25粒以上，平均亩产高达621斤。按照85%折成实收产量为528斤，这比传统的白菜型油菜产量高出一倍以上。

单产突破了250公斤的难关，这在中国乃至在世界都是奇迹。这奇迹发生在安徽省芜湖县易太乡，发生在一个只有小学文化的农民身上。

杨良金的油菜单产记录一传十，十传百，震动了全国的油菜界权威人士。1990年4月27日，全国农技推广总站站长黄珍埠先生，亲率全国油菜专家来杨良金的杂交油菜"秦油2号"高产示范田召开现场会。这个现场会是专门针对杨良金的超稀植高产高效栽培技术举办的，这对杨良金来说，是做梦也没想到的。

现场会得到芜湖市委市政府的高度重视，芜湖市委书记亲自督促，做好现场会的前期工作。

4月27日这一天，黄珍埠先生率队，全国各地的相关领导和专家等近百人来到他的油菜田里。这些人中有两位是全国油菜育种和栽培方面的顶级专家。

一位是全国杂交油菜协会秘书长、农业部全国油菜专家顾问组成员、中国农业科学院油料研究所油菜栽培专家、全国油菜稀植的首创人，也是杨良金采用"超稀植"技术的启发人赵合句研究员。

赵合句出生于1934年8月，湖南人。他主持的"油菜秋发高产栽培研究"，成果居国内领先地位，先后出版《论油菜秋发栽培》《优质油菜高产栽培与利用》等6本专著，为我国油菜栽培技术的进步和油菜生产的发展做出了突出贡献。

另一位就是陕西省杂交油菜研究中心研究员、"秦油2号"杂交油菜培育人、中国杂交油菜之父李殿荣。

李殿荣出生于1938年10月，陕西人。他从事作物遗传育种和栽培技术研究，育成高产抗病优质油菜和小麦品种7个，育成世界上第一个大面积成功应用于生产的杂交油菜品种"秦油2号"。该品种是具有国内外先进水平的突破性成果，不仅推动了我国杂交油菜研究和应用的蓬勃发展，也对世界杂交油菜的科研和生产产生了极其深刻的影响。20世纪80年代后期，他研究发现甘蓝型油菜显性黄籽基因，提出甘蓝型油菜黄色种皮性状也受独立遗传的显性互补基因控制的理论，先后育成了国内外第一个黄籽杂交油菜品种"黄杂1号"，其后又育成"黄杂2号"。他的黄籽杂交育种技术，1998年获国家发明专利。

现场会上，所有的领导和专家看到茂盛的油菜，无不给予高度赞扬。专家们感叹地说："只听说过油菜'稀植'，从没有听说过'超稀植'，这是我国油菜史上的创举，更是油菜产量的奇迹。"一位领导说："一个农民，没有接受过高等教育的专业培训，把油菜种植向前推了这么一大步，这真是让人不可思议。"

现场感触最深的还是李殿荣，"秦油2号"这个种子是他培育的，在全国都是密植，每亩至少栽培1.2万株，亩产没有突破200公斤。没想到他的种子到了这里成了"超稀植"，每亩只有2000株，亩产突破250公斤。这简直颠覆了自己的思维，而且是被一个农民颠覆的。他向众人连连说："一个农民做出了我们油菜专家们都不敢做的事，太了不起了！"

现场会上，杨良金成了主角。他无比激动地把"超稀植"想法的由来到播种、移栽、施肥等整个油菜的生产管理过程一一做了介绍。

在这个现场会上，杨良金这个名字进入了全国油菜的学术界。

现场会结束不久，黄珍埠给杨良金写了一封鼓励信，信中说："从你身上看到了我国一代有文化懂技术的新型农民，这是我们国家农业发展的希望。"

油菜超稀植栽培技术被全国的领导和专家充分肯定，但村民们却并不大认可。

5月里午季油菜收割的时候，一些村民在村头闲聊。村民陶定才路过时大声地说："乖乖，良金家今年发了。"

"怎么啦?"有人不解地问。

"他家的菜籽足足打了2000多斤，你想想看，这要卖多少钱?"陶定才说。

"收这么多? 我家几年也收不到2000斤，你别听错了。"有人问。

"他一亩产量少说有500斤。"陶定才又说。

"你听他吹，2000多斤? 他家就那几亩田收那么多?"这个村民的话一说完，已经60多岁的老胡头正好转了过来。他带着不屑，不紧不慢地说："定才啊，村里就你喜欢天天帮他吹，你别看他天天在田里搞得神乎其神的，其实就是个孬子。他一亩田能收500斤，我一亩田要收1000斤，你们相信吗?!"

听了老胡头这么一通话，又有村民也不屑地说："是的，你别听他吹。我长这么大，高的只听说过有一亩油菜收300斤的，那是老天保佑，天时好。一亩田收500斤，那真是太阳从西边出来了，我绝对不相信。"

"我也不相信，我家5亩田1000斤还没收到，他家怎么可能有那么多。"一中年妇女也接过话茬说。

"你们硬要不信。你们忘记啦，今年4月底，中央、省里都来领导来专家看了，个个都大拇指翘老高，说他油菜种得好。"陶定才说。

就在这时，村里号称每年油菜收得最多的老史也过来了，手里抓着一条扁担。他往在人群里一站，冷冷地说："你听他吹，我种稻种一亩

田也只500来斤，他油菜还能搞500斤，这易太圩上百年来最多也就200斤。你别看他油菜秆子长得那么高，油菜再多也多不到哪里去。"

老史话里藏着他对杨良金的极度不认可："我去年听他的，水稻种得稀稀拉拉的，结果少收了几百斤，我还没找他算账呢。一天到晚，神经兮兮的，和我一样的，没念过几天书，认不了三个字，就搞科研了，都听他的那一套就砸锅了。"

"老史啊，你这话说得就过分了，当时你种'稀'时，良金叫你这样搞，你硬要那样搞，良金叫你那样搞，你又要这样搞。你出了问题，还怪得了人家呀。良金自己哪块田不是稻子高产呢！"陶定才帮杨良金辩解着。

老史听他这么一说，无言以对。陶定才见自己的话没人相信有些不服气，便抬高嗓门说："本来我也不信，良金菜籽卖的时候，是我带他用三轮车拉的，足足拉了两趟，拉了两车。我自己给他卖的呀，是到粮站里卖出来的数字啊。"

陶定才说完，老史改口说："就算他真收了那么多，但你知道他施了多少肥料吗？"

"你觉得他施了多少呢？"陶定才追问着，"我看他施得和我们差不多。"

"哈，差不多？他为了出名，夜里偷偷地施肥料，你看到了吗？"老史的嗓门又大了起来。

只要有点农业经验的人都知道，夜里露水上来，肥料一施就粘在稻叶上了。太阳一出来全部焦掉了，根本就谈不上肥力了，但老史似乎找到了抬杠的新角度。

"那他到底施了多少，你知道吗？"陶定才又问。

"他呀，施了不少于一吨。"老史振振有词。

"那他施一吨肥料，那么大的成本，他就是收500斤菜籽，也不划算啊。他图什么呢？"陶定才反问着。

"他图什么？不就是图个脸吗？他是死要脸活受罪。"老史回答。

……

事后，有人将这些议论一五一十地告诉了杨良金两口子。杨良金听后，心里委屈极了，他觉得自己长这么大，对村里每一个人都是特别地友善，对每一个人都是礼让有加，对每一个人只要需要帮助都是全力地帮助，为什么还有人对自己敌意这么大呢？尤其老史，杨良金没有说他半个不字，为什么他对自己这么来气呢？

玉兰气得要去和老胡头、老史说个子丑寅卯，被杨良金一把拉住了："随他们说去吧，我们要去和他们争论，也就和他们一样的认识了。"

虽然有少数村民眼红不肯承认，但这一年，杨良金家的油菜籽共收了2100多斤，平均亩产528斤。光这一项，他家就增收了不小的数字。

杨良金虽然遭到一些村民的嫉妒，但却得了农业部门的高度重视。这一年年底，他收到了芜湖市农业局的请柬，邀请他参加由市农业局在南陵县农技推广中心举办的全市农技推广站站长培训班，并请他讲一堂课。

这个请柬让杨良金既激动又不安，自己平时在田里给老百姓讲得头头是道，但为全市农技站站长讲课，确实有点担忧，生怕出洋相。但是既然邀请了自己，只得硬着头皮去。去之前他精心准备了一个提纲。

到了会场，杨良金发现，培训班还请了两个来自省会的专家。专家先讲，杨良金作为特邀的农民授课人在专家之后做最后一场讲课。

这一次培训中，前面的专家讲课时，由于讲的都是纯理论的东西，下面坐的虽然都是地方的农技站长，但大家听得都是云里雾里。会场里进进出出，有的人还不时地到外面抽根香烟。

而杨良金讲课时，把下面的听众就当田里的农民一样，介绍自己的实践经验。没想到会场里一片安静，几乎没人出去上厕所抽烟了，一个个听得饶有兴趣。由于他讲得十分接地气又实用，结束后，会场里爆发出一阵热烈的掌声。

正是通过这次讲课，参加会议的领导以及在座的站长们发现，这个

农民不仅会种田，还特能讲，能把他丰富的实践经验和所学的理论知识结合得非常到位。

会议结束后，杨良金就忙开了，一连数天被芜湖县各乡镇的农业部门邀请去给农民培训，南陵、繁昌等县也热情邀请他。他用庄稼人的话讲种庄稼的事，讲油菜栽培，又讲水稻种植，还讲如何防治病虫害，怎样合理使用化肥农药等。他讲的农民听得懂，也看得着，都乐意听。

实验田里辛酸泪

油菜超稀植数学模型"五水平正交旋转组合"实验遭到村民误解，"紫云英事件"差点让实验毁于一旦

"超稀植"油菜大获成功，肖本如为杨良金感到特别高兴。有一天，他兴冲冲地来到杨良金的家里，对他说："老杨啊，跟你商量个事。"

"什么事啊？"杨良金有些好奇。

"在讲这个事之前，首先我要特别向你表示感谢，感谢你对我们'稻克草'实验的大力支持，还有玉兰嫂子，她也为我们的实验吃了不少苦，经常烧饭给我们吃，真的特别感谢她。"

"肖教授，您今天怎么这么客气？要感谢的是我呀。能参与你们的'稻克草'实验，我也从中学到了许多平时学不到的理论知识呀！"杨良金说。

"老杨啊，我想说的是，由于你的身份和学历等问题，虽然你为课题做了大量的贡献，但我们也没办法将你纳入我们的课题组名单中，我的内心始终过意不去。现在你的'超稀植'油菜出了名，受到全国油菜专家的好评，李殿荣、赵合句两个老先生都对你有那么高的评价，我特别为你感到高兴。"

"肖教授，不说这个了，就说说什么事吧。"杨良金说。

肖本如说："老杨啊，我想说的是，我这边还有一个安徽省'八五'农业课题。你这个油菜'超稀植'非常有研究价值，我们想将这个作为一个科研项目课题，再来个合作。但这个合作和前面的合作不一样了，我们不能再让你白奉献，我事前已向学校做了专门汇报，学校已决定将你破例纳入我们的专家课题组。"

肖本如接着又说:"不过也要事先和你说清楚,考虑到方方面面的原因,我们课题组有许多人,你在课题组中排在第十位。不过这是暂时的,后面成果鉴定的时候,我们将根据贡献大小做具体调整。"

肖本如所说的这个项目是"八五"农业重点课题科研项目,是由安徽省科委于1989年7月下达给他们的,具体承担单位为安徽师范大学和芜湖市农业局。肖本如接到这个项目后,由于"稻克草"项目正在进行中,加上教学等方面的事务,时间和精力不够,还有一个重要的原因是没有找到合适的研究课题,所以这项工作一直搁置了下去。

能将自己的油菜"超稀植"作为一个专门课题,从实践上升到理论层面,杨良金已经觉得特别荣光了。何况自己还被纳入课题组,这是想都不敢想的事,别说摆第十位,就是摆在第二十位三十位,只要挂上个名字,自己就感觉三生有幸了。他激动地说:"那太好了,我做梦都不敢想,太感谢您了。"

一开始,课题组将课题名称确定为"油菜高产栽培技术研究"。杨良金建议叫"油菜超稀植高产高效栽培技术研究"。肖本如拍手叫好。课题的研究方向是:以综合效益为目标,从揭示高产栽培的生物学、生理学和生态规律入手,对肥水运筹、育苗移栽、合理密度和田间管理诸方面进行研究,确定采用以超稀植为主的套种栽培方法,使油菜单产稳定在250公斤的超高产水平,增加经济效益。

自己成为课题组正式成员了,杨良金感到责任更大了,特别是肖本如讲话中的"贡献大小"一词让他也倍感压力。他觉得自己虽然田间实践没得说,基本的理论知识也知道一些,但这远远不够,重要的是要进一步提升自己的理论知识水平。

为了提升自己的理论知识水平,他从肖本如那里又借来一些相关书籍,每天晚上都学到深夜。面对枯燥生涩的理论和专业术语,杨良金常常摸不到门。但他勤学好问,理解不了的等肖本如及课题组的人过来便认真请教。有时遇到的问题多了,他就集中起来专程跑到肖本如的家里请教。

肖本如也是个性格很好的人，每次都不厌其烦地用通俗的语言和他解释。杨良金的实践经验丰富，加上他的悟性特别高，记忆力又好，许多理论上的东西他一点即通，渐渐地可以把许多理论知识和实践操作融会贯通起来，也常常能用专业术语和肖本如以及课题组的人进行交流了。

这个实验的学名叫"油菜超稀植数学模型'五水平正交旋转组合'实验"，通俗地说主要是两方面实验，一是作物套种实验，二是肥力实验。

由于油菜是超稀植，各株油菜之间的间距大，存在冬季"漏光"现象。课题组研究在油菜超稀植的基础上，在漏光区域补种其他经济作物，如紫云英、大白菜、白萝卜、大蒜等。一可以增加经济收入，丰富菜篮子；二是经济作物和油菜之间有相互保护的作用，能保持土壤的温度和湿度，即油菜保护蔬菜不受冻害，蔬菜又保护了油菜的根茎不受冻害。

实验分几块田进行，其中套种实验是将一块大田切割成9个区域进行小区实验。9个小区分别套种上3种不同的经济作物，每一种类作物放在3个不相邻的小区进行栽种，这叫"三次重复实验"。这样的"三次重复实验"至少要连续进行3年才算完成。肥力实验是将大田分割成15个区域，将油菜分种在高肥、中肥、低肥、无肥等不同剂量的施肥小区，每亩以12斤纯氮为标准，增加或减少肥量进行实验。

课题的研究方案由课题组共同确定，但具体耕作劳动等都是杨良金一家人的事。杨良金本人的压力更大，不仅要参加体力劳动，还要参加脑力劳动，负责全部的田间管理。

9月初，时间虽已进入秋季，但江南的气温还是居高不下，酷热难当。根据方案，9月1日至5日将开始育苗，因此，8月底杨良金便忙碌起来了。前期整地、打宕、区域切割时，夏玉兰和孩子们都参与其中。多少天来，他们一家都要忙到月亮高挂天空才回去，比平时种油菜要付出多得多。

播种完成，剩下的事便是定时的数据采集和施肥等田间管理，这都是杨良金一个人的事了。这一天，天已黑漆漆的了，他的手里还抓着笔和本子，专心地趴在地里采集数据。

老史早就看不顺眼杨良金拿个笔和本子在田里搞呀搞的，便讥讽道："良金啊，到现在还在忙啊，真想不到啊，你真成了我们村里的科学家了，哪天发达了可别忘了我们呀！"

由于隔的有点远，杨良金正专注在数据采集上没听到，没有回应老史的话。老史更不高兴了，提高了嗓门说道："良金啊，当了科学家就不睬人了呀！幸亏现在还没上天，真上天了就认不得我们了呀！"

杨良金这才听到。他抬起头，呵呵笑了两声，把对方的挖苦咽进了肚里，继续干着自己的事。因为他知道，有些村民们不仅自己思想保守，还容不得别人思想解放，更看不得人家发财。

又有一个下雨天，杨良金还在田里忙乎，玉兰给他送雨伞过来。这时正好又遇上老史，他说："良金啊，这一大把雨的，还天天在田里搞。别搞啦，你一个农民，是个文盲，吃这么大苦干什么呀？那个什么姓肖的用你的田实验，能给你什么好处呢？最后还是你是你他是他。"

玉兰听到后，正想回击，杨良金给她使了个眼色，叫她别说。

待老史走远了，杨良金对玉兰说："你跟他们斗嘴有什么意思，能斗出个子丑寅卯来吗？我们做我们的。"

秋冬之时，经过精心打理的实验田一片生机，油菜都透出绿色的叶子，套种的经济作物也生机盎然。

傍晚的时候，实验田的不远处不知从哪里来了一头牛在吃草，这时正好老胡头也转到了这里。他一看到杨良金家的实验田里搞得稀稀拉拉的油菜，心里就特别地不舒服，又想起那一天和杨良金母亲说话的时候，被杨良金一顿痛骂的事。想到这里，他气不打一处来，歪心思一动，将牛牵到了实验田边，拿了一根棍子，对着牛的屁股猛地一棍子打下去。牛径直蹿进实验田里，一阵乱踩。好在牛似乎并不按老胡头的意图要把田踩个稀巴烂，蹿进田里后，穿过一小块田区就跑出去了。

害怕被人看到，老胡头也赶紧溜走了。

第二天，杨良金来到田里一看，发现牛进来踩踏了，心里几乎要崩溃。实验田虽然没有受到大的破坏，但一些区域的记号、标牌和少量油菜叶等都受到不同程度的破坏。实验要求精确，这对做事认真的杨良金来说，更是极大的打击。从经验判断，他知道这一定是人为的，因为牛好好的是不可能进这田里来的。他隐隐地知道可能是谁使的坏，但没有证据，只能忍着，将记号、标牌之类进行了恢复，将被踩踏的油菜棵扶正，好在影响不是太大。

过了几天，老胡头有意路过杨良金家的实验田，想看看他的破坏"成果"怎么样。他走着看着，一不小心，一脚差点踩到一条大蛇。他受了惊吓，一气之下，挥起手中的锄头将蛇打死。走了几步以后，他又回过头来，将死蛇挑起，扔进了杨良金的实验田里，嘴里还说着："一个脓包还搞实验。"

老胡头虽然60多岁了，但一辈子阴暗的心理难以改变。人家穷了他看不起，人家好了，他想办法使坏。村里人都躲着他，他以为村里人都怕他，常常做出出格的事。这次将死蛇扔进杨良金的田里，他又有一种胜利的快感，像当年打了杨良金一巴掌一样，得意洋洋而去。

老胡头不仅干坏事，而且干了坏事还生怕人家不知道他是"英雄"。过了一段时间以后，他又不明不暗地将自己干的"好事"说了出去。消息传到杨良金的耳朵里，他虽然生气，但又觉得犯不上跟老胡头这样的人计较。

即使十分劳累，村里也有人不理解、挖苦、嘲讽他，杨良金仍然风雨无阻地泡在实验田里，甚至夜间还打着手电筒在田间穿行。笔记记了一本又一本，为了搞懂一个疑问，也不知熬了多少个通宵。

就在实验进行到一个多月的时候，宣城孙西的一户人家找上门来，要打制一套家具，说是特别相信杨良金的手艺，非要请他去不可。因为是娘家人，玉兰不好推辞，就和杨良金商量这事。

杨良金听说这个事，根本没有任何心思过去，说："我现在隔几天就要到田里做一次记录，一套家具要好多天，你妈家又那么远，这怎么可以呢？你还是跟他好好说一下，回掉吧，我现在是一心不可二用，好不容易能被专家组纳入，我得认真对待这个实验。"

"不行，人家一定要请你。娘家人特意大老远上门来了，总要给个面子吧。"夏玉兰坚持要他去。

杨良金无奈，只能答应。

杨良金将两三天内该做的事都做好了之后，背着一套"家伙"到孙西去了。为了不让实验再有一丁点闪失，到了第三天，家具才打了一半，他就趁着晚上休息心急火燎地往家赶，到家时已是晚上八点多了。

秋冬季节的八点多，天已大黑了。玉兰见他回来，急忙给他搞吃的。她把饭搞好端上桌，笑嘻嘻地说："良金啊，告诉你一个事啊。你这两天不在家，今天我到田里，看到田里出了那么多红花草，我怕它影响油菜生长，就帮你把它锄掉了。"

玉兰所说的红花草就是紫云英。她是想在杨良金面前表个功，卖个情，但杨良金一听到这个话，一下子傻眼了，"啪"地一声将筷子往桌上一拍，大声吼道："啊，什么？那是我的绿肥套种实验呀，你怎么把它锄掉了呢？"

杨良金顿时感到天要塌下来了，那实验田里的一切都比他的命还重要，把紫云英锄掉了，这不完了吗?!这怎么向肖本如交代，怎么向课题组交代?!

杨良金饭也不吃了，抓起桌上的手电筒，向田里飞奔而去。玉兰一听明白自己犯下了大错，也飞奔跟了过去。

杨良金蹿到田埂，用手电筒一照，抓手电筒的手不住地抖动起来，手电筒里的光束也跟着不断抖动。杨良金的心里透凉，身子瘫软，似乎要瘫下去，心里默念道：真的完了，完了，好好的一个实验真的完了，整个实验全部断掉了，这么多天的辛苦白费了，还有那么多人的挖苦、讽刺都白白遭受了，村民真的要看自己的笑话了。同时，他最不安的是觉得对不起肖本如，对不起他对自己的信任。杨良金气得想大骂一顿跟在后面的玉兰，但又骂不出来，因为他和妻子一向感情特别好，而且这个事她又不是有意的。打又不能打，骂又不能骂，想着想着，一片绝望之中，他瘫坐在田埂上，放声痛哭起来，就像当年在包村小学读书时在坟头上痛哭一样。哭声回荡在实验田里，苦涩的眼泪飞入被翻得乱七八糟的紫云英之间。

杨良金的哭声不止，玉兰也跟着呜呜哭了起来，一边哭一边说："你的田里平时又不让去，临走时你也不跟我讲清楚，我哪知道呢？"见妻子也哭了起来，听了她的委屈，杨良金心里自责了起来：是的，谁让自己这么多天只顾着做实验，一些具体的实验内容也不和她说一说，特别是临走时也不跟她具体交代一下。

想到这里，他止住了哭，心想：老是哭也没用，要赶紧看看能不能补救。他一骨碌爬了起来，用手电筒又对着翻开的田里照了起来。亮光中，他发现一些小的紫云英被翻后已晒死了，但许多大的还有根，还是能活的。于是他说："玉兰，你别哭了，我也不哭了，我们赶紧回去把锄头和水桶拿来。我俩一个栽一个浇水，把它们重新栽起来。如果不栽起来，这个实验就不能完成了，我对不起肖老师。我们看看能否补救起来。"

玉兰听到这话，立即回到家里，将锄头和水桶拿来了。杨良金抱起一簇簇沾着泥土的紫云英重新栽入田中，玉兰跟着浇水，两人干啊干啊，一直干到第二天天亮，终于将大部分紫云英进行了复原，基本保住了实验。

在汗水、泪水的浇灌下，历经了各种意想不到的挫折，实验保住了。这一年成果出来了，超稀植套种不仅有了理论依据，还带来了经济效益。大部分村民都对杨良金的这种超稀植模式表示佩服，陶定才到哪里都说杨良金就是李桥村的"科学家"。得到村民们的称赞，杨良金顺势给村民介绍了"秦油2号"和"超稀植套种"。只要村民愿意，他都将自己的种子免费送给村民，并随时到大家的田里指导"超稀植"方法。

虽然仍有少数村民非议，但油菜"超稀植"就像星星之火以燎原之势迅速从本村推广到周边村，又从周边村推广到全县以及县外、市外、省外。

看到家家都搞油菜"超稀植"，都获得了好收成，老史也改变看法了，不再有异样的眼光了。有一天，他见到杨良金，笑嘻嘻地说："良金啊，你真了不起啊，村里人都给你带富了。今年我也要种啊，到时还请你指导。"

杨良金见他改变了看法，心里不知有多高兴，不计前嫌地说："只要你需要我，随叫随到。"

这一年，老史家6亩田全部用的是杨良金免费送的种子。杨良金还隔三岔五地去指导，再累也主动绕到老史家的田里看看，看出了问题就及时告诉老史，教他怎么做。

第二年午季，老史家光卖油菜籽就多收了好几百元，还特意请杨良金到他家喝了酒。

从不理解到理解，村里这些人的变化，给杨良金的科学实验带来了更加坚定的动力。杨良金用一丝不苟的科研精神，一步步坚实地向最初的理想迈进。

油菜学派"3 + 1"

应邀参加全国油菜学术会议，成唯一的农民代表，临时发言引出一个新的学派

随着超稀植油菜的推广，杨良金参加的活动也越来越多，受到的鼓励和收获的喜悦也越来越多。1993年初，意想不到的大喜事又来了——他接到一个特别的邀请函，邀请他到西安参加全国油菜学术交流大会。这个会议是全国最高规格的油菜方面的学术性会议，参会人员都是全国油菜方面的专家，包括全国最权威的顶级专家。杨良金作为非专业的科研人员，被作为特邀代表以列席身份参加，这也是油菜研究领域乃至全国农学领域对他的认可。

杨良金双手颤抖地捧着邀请函，泪花激动地涌出，他怎么也没想到自己居然能被邀请参加这样高规格的会议，这也代表了学术界充分肯定广大农民为我国农业进步发展做出的巨大贡献。

第一次参加这样的会议，又是第一次远行，玉兰专门为他买了一件新外衣，给他包装包装。杨良金穿上了新衣服，玉兰给他左牵牵右抹抹。杨良金开玩笑地对妻子说："就别多折腾了，我就是一个农民。大会既然让我参加，那就代表认同了我的农民形象。"

3月，正是油菜花盛开的季节，香气弥漫着整个江南大地。杨良金从家里出发，一路上嗅着浓郁的油菜花香，踏上了前往西安的火车。

长安大道沙为堤，早风无尘雨无泥。西安作为一个历史古都，笔直的街道，高大的古城墙，处处散发着浓厚的传统文化气息。杨良金第一次远行，第一次来到这个历史名城。火车穿过城区时，他就感受到了古城不一样的气息。这样高规格的学术会议在这里召开，杨良金觉得名副

其实。

下了火车后，天正下着绵绵春雨，由于没带伞，他一路跑着一路找公共汽车。由于路不熟，他走了好长一段路，才问到要坐的公交车。就在他朝着公交站台方向小跑的时候，突然在路边看到一个残疾人，没有手没有脚，团坐在一座立交桥下面。天气比较冷，他蜷缩着靠在桥墩下，神色哀伤。杨良金经过时，心里一凉。这时他看到要乘坐的车正好驶了过来，便匆匆地跑进站台。准备上车时，他突然又停止了脚步，桥下那个悲伤的残疾人牵动了他的心。他匆匆折回到残疾人跟前，急急地掏起腰包，想给他几块钱零钱。但一掏口袋，只有几毛钱的零钱，其余都是十块的。毕竟自己条件有限，带的钱也不多，又是自费出差，就在有点犹豫之时，他想到了当年残疾的父亲，想到了当年苦难的家庭，于是毫不犹豫地抽出来一张十元钱放在了残疾人的身边，转身向车站跑去。当他跑回站台时，车已开出了十几米远。虽然错过了一班车，但他的心里却非常愉悦，因为自己做了该做的事情。

杨良金种油菜虽然在地方上有了不小的名气，在全国也被一些人所知晓，但在这样的大会上，除了那次到他家里参加过油菜现场会的人对他有些印象外，几乎没有人认识他。杨良金作为列席代表，只能算是一个凑热闹的旁观者。

大会一连召开了几天，气氛热烈。杨良金全神贯注，一个崭新的笔记本很快记了一大半。大会进行到最后一天，中午吃饭时，主持会议的赵合句想起早上碰到过杨良金，便对同坐一桌的李殿荣说："今天是全国油菜学术会议，主要议题是探讨油菜的稀植和密植。我们的一个特邀列席代表杨良金，虽然是个农民，但他对稀植却有着丰富的实践经验，我们不妨在下午的会议里加个内容，请他发个言，也好让我们这些从事理论研究的专家们听听一线农民的声音。"

李殿荣满口赞同："好，好，这个建议好，杨良金这个农民确实了不起，大脑不简单，敢想敢干，搞出那么高产的油菜来。我们确实要多听听他们的声音，理论和实践结合。"

说完，两人立即找到了正在吃饭的杨良金，对他说了这个事。杨良金一听，心里一下懵了：这是专业的学术会议，这样的阵势自己还是第一次见，自己一个农民，没念过几年书，根本不知道怎么说啊。

"我……我……"杨良金兴奋之余，支支吾吾，不知如何应答。

李殿荣看他犹豫，就一再地鼓励他，但杨良金还是不敢接受。他想这不是平时在家里对农民讲课，不需要太多的理论性。今天面对的都是自己望尘莫及的专家学者，自己从何说起呢，况且一点准备都没有。

赵合句说："小杨，你田种得那么好，我相信你一定能讲得好。你就讲你油菜是怎么种的，就讲讲这个过程，这对大家都有启发。"

没想到正是赵合句的这句话一下启发了杨良金。他豁然开朗：对，我是怎么种的就怎么讲，就像给农民讲课一样，不要被学术理论所牵制，这应该是可以的。况且自己是一个农民，就是真的讲错了大家也不会计较。想到这里，他下定决心同意了。

既然接受了，总要思考一下从哪里讲起，讲哪几个点，最好能搞个大致的提纲，防止一紧张讲断了。但这次学术会议时间安排得非常紧，上午会议12点结束，下午会议1点开始，也就是说中午休息时间包括吃饭在内也只有1个小时。杨良金想仔细地准备是不可能的了，只得根据自己种油菜的经历草草地理了四点提纲。

下午的大会开始了，杨良金的发言就安排在第一个。赵合句将杨良金做了一个简要介绍，并说："由于我们的会议时间有限，专家人多，每人只安排了5分钟的发言时间。马上要上台发言的杨良金是一个农民，农民代表我们只安排了一个，就破例给他20分钟。希望我们这个会议更接地气。"

在一片热烈的掌声中，杨良金走上讲台。毕竟不是平时给农民开培训班，他还是十分紧张的，心脏怦怦地跳，生怕出洋相。

杨良金是列席代表，坐在会场的最后排，就在他向讲台走的时候，大脑里突然跳出来一个灵感：干脆不按自己的提纲来讲，就讲"三大流派"。"三大流派"这个灵感是他这几天认真听课、记笔记总结来的：全

国的油菜种植共分为三大流派：一是以南方朱耕如先生（江苏农学院教授、油料作物专家）和邓秀兰女士为代表的超密植派，主张越密越好，一亩达2万多株，持这一观点的占全国15%；二是以陕西李殿荣先生为代表的密植派，主张一亩1.5万株，持这一观点的占80%，成为多数派；三是以中国农业科学院中国油料所赵合句先生为代表的稀植派，主张一亩8000株的稀植栽培，又叫"秋发栽培"，持这一观点的只占5%，成为少数派。

杨良金走上讲台，深深地鞠了一躬，十分谦虚地说："尊敬的各位领导，各位专家，我是来自安徽的一个种田的农民，我叫杨良金……"

几天来的学术交流，大家都有些疲惫了，看到一个农民走上讲台，大家都有些好奇，一个农民怎么也参加了这样的学术会议？也有的人似乎对他的农民身份有些质疑。

杨良金停顿了一下，用余光扫描了一下会场，继续说："我是一个地地道道的种田农民，到西安来的前一天，我还在田里做活，没想到今天还能参加这么高规格的学术会议，能见到这么多油菜方面的大家，感到特别地荣幸。我讲错的地方，请大家谅解和批评。"

会场一片寂静，大家都在期待着一个农民能讲些什么。

杨良金突然说："我认为袁隆平先生伟大……"

杨良金说完这句话，所有人又很惊讶，投来异样的目光，认为这个农民讲离题了。今天是油菜学术会议，不是水稻会议，怎么扯到袁隆平的身上去了。

杨良金说："我说袁隆平先生伟大，是因为他不仅仅在我国培育出了杂交水稻新品种，而且把我国的水稻栽培技术一步'稀'到了位。为什么这么说呢？因为袁隆平杂交水稻的杂种优势那么强，只能'稀'种，虽然袁隆平先生本人没有说'稀'。正是有了'稀'，杂交水稻才得到了全面推广。我们来算一笔账，我们生产队里传统的水稻用种量每亩要30斤至50斤，平均要用到35斤，这样一个大的量，如果是杂交水稻，稻种那么贵，不敢说是三十几斤种子，就是10斤种子农民也接受不了。如果种植技术没有得到很好的推广，再好的种子，也是没用的。"

由于还是有点紧张，杨良金前面说得很好，后面的逻辑上有些问题。虽然如此，但与会者基本都听出了其中的意思——由于袁隆平的稻种当时到生产队只有2斤，既然是2斤，那么肯定需要稀植，虽然袁隆平本人没有说自己的杂交水稻是稀植。

说到这里，杨良金把话锋一转，说："杂交油菜问世以后，杂种优势那么强，分枝数那么大，可是我们这么多的杂交油菜专家，却几乎都不敢讲自己的油菜可以稀植。"

杨良金的这个话有点大言不惭，近乎有点鲁班门前弄大斧，质疑下面在座的专家了。但这话一出，特别是提到"稀"字，坐在最前排的赵合句便带头鼓掌。

杨良金的这个"稀"字似乎一下说到赵合句的心坎里去了，似乎把他自己都不敢说的话说出来了。他激动地操着浓重的湖北口音说："耗（好）！耗！小杨讲得耗！"

在赵合句的带动下，全体人员紧跟着一起热烈鼓掌，为一个农民的"大放厥词"鼓掌。

雷鸣般的掌声过后，杨良金反而放松下来。他说："现在国内关于油菜栽培可以分为'三大流派'：一亩田要种2万株以上的超密植派，1.2万株左右的密植派和8000株左右的稀植派。而我们1990、1991、1992年连续三年对'秦油2号'杂交油菜进行超稀植实验，一亩田只要栽2000株，亩产突破了250公斤，这样省工、省种、省肥、省药、高产、高效。"

讲到这里，一些人突然反应过来：这个农民了不起，不仅有实践经验，还参与研究，形成了自己的流派。没等杨良金讲下面的话，全场掌声雷动。

最激动的是赵合句，他庆幸自己的临时起意，让杨良金发言。没想到，这次会议的重大收获之一是杨良金总结出了"三大体系"，并在这个基础上又提出了他自己的新体系，形成"超密植、密植、稀植、超稀

植"四大理论体系，而且说得有道理有新意。

会议结束后，晚上吃饭的时候，李殿荣看到杨良金后，对他招招手，将杨良金叫到了他们那一桌。

饭间，李殿荣笑着对杨良金说："小杨啊，下午的会上，你讲得很好啊，我的密植理论虽然也成了一大体系，但也给你推翻了啊！"

杨良金一听到这话，以为自己说错了，得罪了眼前这位大名鼎鼎的油菜之父，脸上发起"烧"来，连忙说："我……我不会说话，那是随口说的，您莫当真……"

"不，你不要误会，我不是批评你。"李殿荣和蔼可亲地说，"会上你说的倒真的启发了我们。我叫你过来，还要专门听听你的高见呢。"

李殿荣这么一说，杨良金的心立即放了下来，感动于自己眼前的这位专家一点没生自己的气，反而这么谦虚。

"会上，你对袁隆平先生的评价那么高，对袁隆平杂交水稻的定位以及对我们油菜的几个派系定位说得很有意思啊。现在有人在说，你是在我们这个大会说出了我国当前油菜的四大栽培体系啦。你再继续说说看，说得好也算是我们这次大会的一个收获啊！"李殿荣鼓励说。

李殿荣这么诚恳，杨良金也就没有什么顾虑了。他定了定神，说："既然先生让我说，我就不怕丑了，把我个人的一点不成熟的看法说说。我是一个农民，一直在田里和水稻、油菜打交道。我为什么说袁隆平先生把我国的水稻技术一步'稀'到了位，是觉得袁隆平先生的杂交水稻虽然没有提出'稀'的概念，但他的杂交水稻杂种优势那么强，分蘖数那么高，以及他给出的用种量，实际上就是要让人稀植，而且是'超稀植'，这大大节约了稻种，节约了劳动力，节约了生产成本，等等。同样，您培育出来那么好的杂交油菜新品种'秦油2号'，杂种优势同样那么强，分蘖数也是那么高，我通过'超稀植'实验已得到了充分的验证。"

李殿荣说："说得很好，你继续说。"

杨良金接着说："开了几天的大会，除了赵合句教授提出了8000株的稀植外，没有人敢说油菜能'稀'，更没人敢说'超稀植'，就连全国'杂交油菜之父'的您也没有讲'稀'，这在我们学术上是不是有点保守了？"

"对，你说得很对。小杨，你说出了我都不敢说的话，在这方面我们确实思想有点保守了。"李殿荣说。

"我们长江流域的油菜叫冬油菜，也就是半冬型品种，我们这个油菜要利用秋天一半的高温来生长，主要是长根长叶，这样第二年分枝多。阳历12月21日也就是冬至左右是油菜的生长临界期，即营养生长期，过了冬至就是生殖生长期。生殖生长阶段开始分枝，而且是大分枝，低位分枝。根据我对'秦油2号'的超稀植实践，我觉得我们的油菜种植就像袁隆平的水稻种植一样，虽然没有说'稀'的概念，但实际上是进入了油菜大稀植的时代了。"

"小杨啊，太好了，太好了，你确实很有思想，有的方面甚至比我们专家们不差啊！"

李殿荣这句话是鼓励，更是对杨良金的肯定。

在权威杂志发表学术论文

朱耕如：你的发言论据充分，论点明确，如果再加上分析就是一篇好论文

学术大会结束了，晚上吃过饭后，大家三五成群地到街上去散步。因为这是最后一个晚上了，大家对这个古老的城市十分留恋。杨良金也和几个专家一同散步。他们一边欣赏着古老的西安城，一边聊着几天来的会议情况。走着走着，不知不觉间，杨良金和朱耕如老先生并排走到了一起。

朱耕如，江苏南通人，1923出生，1946年于南通学院农艺系毕业后留校任教，1953年院系调整时随学院到扬州江苏农学院担任教授，长期从事玉米、花生、油菜等作物栽培的教学科研工作，尤其在油菜栽培上有着突出的科研成果，发表《油菜结角层结构的研究》《油菜一次分枝花芽分化顺序和进程及其利用的研究》等学术论文，并和他人合编《实用油菜栽培学》《油菜的形态与生理》等著作。朱耕如先生一生精于科研，养成了淡定、不争的性情，为人低调谦和。

现年70岁的朱耕如依然如故。他看到身旁就是下午发言的那个杨良金，便主动靠近他，和他说话："小杨啊，你什么学校毕业的？学的是什么专业呀？在哪个部门工作呀？"

"我……我哪有什么学历，就是一个小学学历，在家种田的一个农民。"杨良金见是心中仰望的朱耕如老先生，十分羞涩地说。

"你真是一个只有小学学历的农民吗？不过你今天下午的发言却太精彩了：论点明确，论据充分，层次清晰。如果再加上分析就是一篇好的论文啊！"

　　杨良金在会上的发言其实是否定了朱耕如先生的"超密植"派系，刚和老先生并肩走时，他的心里忐忑不安，生怕老先生觉得自己胆大妄言，没想到老先生一点不生气，反而赞赏自己，这让他对老先生的人品感佩有加。

　　杨良金小声说："谢谢朱教授给我的鼓励，我才小学学历，都不知道什么叫论文。"

　　也正是老先生的这句话一下点拨了杨良金。过去曾听肖本如说过论文，自己从没多问过论文是什么，今天他一下子想通了：啊，这就是论文啊，我今天讲的原来也是一篇论文啊！

　　从西安回家的一路上，杨良金一直在琢磨着朱耕如先生对自己说的话。既然李殿荣、朱耕如两位专家都对自己这么肯定，说明自己的发言一定有点价值，如果我真能像朱耕如先生说的那样把我发言的东西整理一下，补充我这几年来的实践证据，也许还真能搞一篇论文出来。但想着想着，他又有些不自信了，自己只有小学学历，大字不认多少，从来没写过一篇文章，论文的格式都不知什么样，怎么写呢？想着想着，他在火车上睡着了，梦到自己正在写论文，遇到句子不会写，在向李殿荣先生请教。正是因为这个梦，他一下来了激情：自己就要写出这个论文，再大的困难也要写。已经40多岁的杨良金更懂得一个道理：许多事情不做，哪知道自己不行呢？

　　回家以后，他首先赶到芜湖市找到肖本如，从他那里借了相关的书。因为怕肖本如笑话自己，他没有告诉肖本如借这些书干什么。杨良金经常到肖本如那里借书，肖本如也没有多问。书借到手后，他首先了解论文的格式，论文的风格，并寻找和自己要写的内容有相似度的文章反复阅读。多少天来，他完全陷入论文这个事上去了，白天一边做事一边想，大脑里冒出一个灵感、一个句子、一个专业术语，他马上停下来，用笔在小本上记下来，晚上在灯光下就拼命地写。写论文不仅要具备扎实的理论功底，基本的行文逻辑以及字词和标点符号用法等更是语言表述的关键，这对于只有小学文化，从来没有进行过专业写作训练的

杨良金来说是个硬伤。但这些都没有把内心强大的杨良金吓倒。他始终记住了那句话——论点明确，论据充分，层次清晰。如果再加上分析就是一篇好的论文。老先生的这句话成了他的指路明灯，再大的困难也一定要搞出来。于是他又跑新华书店，购买关于汉语语法知识、标点符号用法之类的书籍，从零学起。他常常一学就学到鸡叫几遍，一写就写个通宵达旦。在易太，在李桥，他没有志同道合的人可以探讨，文字方面，虽然周边学校也有中小学教师，但自己一个农民，也羞于为写论文而向他们讨教。有一天，他遇到了几个问题，不知怎么进行下去，心烦意乱，想第二天去请教肖本如。但他一怕肖本如笑话自己，二是自己也不想把这事传出去。他感觉自己的论文章节混乱，前后文无法衔接，实在无法进行下去了。他几近崩溃，一气之下，把稿子撕了，决定放弃，感到有的事自己能成，有的事就不是自己干的，十分气馁。整晚他一点没睡着，天刚亮就起身走到一条大沟边透气。外面空气特别好，一轮鲜红的太阳从远方的树梢上露出，耀眼的阳光照到他昏沉沉的头上。

休整了一段时间，忽然有一天，他又写了起来。他决定放弃前面的思路，重新开始，就是这样，写了改，改了写，反复誊抄。

这一天，他在田里干活，天突然下起了雨，他没带伞，身上淋得湿透了。到家时，他突然有了一个灵感。他要赶紧写下来，于是来不及换衣服，就写了起来。五月初的天气里，杨良金浑身湿透地坐了几个小时后，才感觉不对劲。寒气袭身，他发起了高烧。玉兰将他送到了乡卫生院一量，他已烧到39度以上。他一连吊了三天的水，才恢复过来。

好了以后，玉兰劝他不要太拼命，搞坏了身体。但朱耕如的那句话已深埋在他的心里。病好了以后，他仿佛有了脱胎换骨之感，思路、灵感都特别好，不仅完成了朱耕如说的那篇论文，还在这篇论文的写作过程中又衍生出了另一篇论文，一篇叫《"秦油2号"油菜超稀植超高产栽培》，另一篇是《浅谈油菜高产高效栽培的技术途径》。这两篇论文前后花了近三个月的时间，其间，他深度阅读了十多本相关书籍。正是这次论文的写作，让他在理论上有了大的拓展，在眼界上也有了大的飞跃。

写好以后，他就想向杂志社投稿，看看有没有运气能发表出来。本来他想先请肖本如帮忙修改一下，再投杂志社，但这个想法又打住了：一是想到肖本如特别忙，没时间改；二是怕先拿给他后，如果写得不好，不能发表，自己脸上有点挂不住；三是如果文章全靠自己独自完成，真的能发表了，到时候给肖本如一个惊喜。于是，他把两篇论文一篇寄给了赵合句先生，另一篇寄给了李殿荣先生，并分别附上恳切的短信，请求两位先生指点。

赵合句、李殿荣接到论文后，都为杨良金的钻研精神而感动。他们认真看后，都是同样的感受，觉得论文的结构上和字句表述上存在一定的问题，但文中有大量来自田间的最真实最科学的数据。同时文章的观点也很鲜明，所以两人都不约而同地想支持这个敢想敢做、勤于思考的农民。为了鼓励杨良金，李殿荣接到论文后，当天晚上停下了一切工作，对文稿进一步审看，将文中有问题的地方用红笔标注起来，然后在另一张纸上附上修改意见，并对杨良金某些存在异议的观点做了自己的解答，然后回寄给了杨良金。赵合句同样对杨良金的稿子进行了修改，然后将稿子寄回给了杨良金。

受到两位老先生的点拨，杨良金又花了两个星期时间对论文进行了认真的修改完善，并分别打电话表示感谢。

修改后，他将两篇文稿分别寄到《湖北农业科学》《陕西农垦科技》杂志社，其中《湖北农业科学》由赵合句推荐，《陕西农垦科技》由李殿荣主编。虽然杨良金知道这两个杂志分别有两位先生关爱，但他也没期望就能被录用，因为发表论文毕竟是要凭实力的。但令他没想到的是，不到一个月时间，他就接到《湖北农业科学》的录用通知书。

当接到录用通知书时，杨良金比培育出"良金1号"还要兴奋。他激动地反复对妻子说："真没想到，我杨良金一个农民居然也真的会写论文了，居然还真的被这样的大杂志录用了。过去只是肖教授在我跟前说过论文，那时写论文在我的心中是专家教授学者们的事，我根本不知道论文是怎么回事。"

玉兰接过论文录用通知书，左看右看，也为杨良金感到格外高兴。她开玩笑地说："那段时间写论文，没日没夜的，我都跟着受了许多罪，这论文也有我的苦劳啊！"

几天后，《陕西农垦科技》的录用通知书也送到了他的手里。这可把他激动坏了，捧着通知书，十个手指控制不住地颤抖。

高兴之余，杨良金突然又有了一点担忧，这马上就要发表了，告不告诉肖本如呢？因为自己参加了课题组，如果告诉他，论文虽然完全是自己写出来的，但必须要以课题组的名义进行署名。自己拼死拼活搞出来的成果，而且是个很重要的成果，要挂上其他人的名字，心里有点难以接受——本能的自私心作祟起来，他矛盾着……

但就在一刹那，他做出了决定：做人一定要有道德，一定要在发表之前先告诉肖本如，因为他是课题组的主持人，没有和他的合作，没有他的引导，没有他提供的参考书籍，哪有自己的什么论文。

抑制不住内心的喜悦，第二天一大早，杨良金就乘最早的一班车赶到芜湖市肖本如的家。肖本如还没有起床，打开门一见杨良金这么早赶来，感到十分吃惊，以为是实验田里出了什么大事，说："你这个鬼东西，怎么这么老早跑来了，有什么大事吗？"

杨良金走了进去，肖本如招呼他先坐下，自己去刷牙洗脸。就在肖本如刷牙的时候，杨良金凑了上去，对他说："告诉你一个事，我写了两篇论文，想请你给指点一下，看能不能发表。"

杨良金压住自己的喜悦，不说自己的论文已被录用了，给肖本如先卖了个关子。

"什么，你写论文？什么时候写的？我怎么没听你说过？"肖本如惊讶地说。

杨良金从口袋里掏出论文的底稿，肖本如接过一看，非常高兴地说："嗯，不错，好，你这鬼东西想不到也能写论文了，写得还真不错呀！以后多写。"

接着，杨良金又给他递过另一篇，肖本如一看，很快皱起了眉头，说："你这鬼东西，这是写的什么东西呢？"

杨良金笑了笑，问："怎么啦？"

肖本如扯大了嗓子，毫不客气地批评说："你这是什么鬼论文？你这个是哲学分析啊！"

"怎么啦？"杨良金继续问。

"你写的这个，说白了就是张三不行，李四不行，就你行。你这个文章哪个杂志敢给你发表？"

杨良金偷偷地笑了笑，心里想：我的论文已经被录用了，你还这么说。

"你笑什么呀笑，我说错了呀，张三不行，李四不行，就你行。你这样的文章，责任编辑敢用？如果用了，出了问题，你是一个农民，没办法找你麻烦，编辑要惹麻烦的。"

说到这里，杨良金觉得到时候了。他将怀里的两份录用通知书不紧不慢地掏了出来，肖本如接到手一看，惊呆了，说："乖乖，你这样的文章也给你用了，两个老先生对你这么好啊！他们是为你担了风险呀！"

杨良金笑了笑，笑得很自信。

"不过话又说回来，老先生既然敢为你担风险，说明他们还是认可你的文章的。我知道这样的杂志完全靠关系靠感情也是不行的，因为文章如果真的有质量问题或观点问题谁也担当不起这个责任啊。"肖本如似乎有点后悔自己前面的话，平静地解释说。

"肖老师，能有这个成果出来，最要感谢的还是你啊。我一个农民，能加入你们的课题组，没有你是不可能的事，平时就是你的理论点拨，才让我有胆量写论文啊。"

肖本如对眼前这个农民更不敢小看了。他就像当年在杨良金家一样，对杨良金竖起了一个大拇指。

"肖老师，我这两篇文章能够发表，本身也是我们课题组共同的成果。我今天之所以这么早到你家来，就是想征求一下你的意见，你是主

持人，你看这个名怎么个署法？"

课题组本身就需要在这样的杂志上发表论文来支撑，杨良金能主动将这两篇就要发表的论文奉献给课题组，这是肖本如求之不得的大好事。肖本如一下从椅子上站起来，一把拉着杨良金的手，有些激动地说："老杨啊，这太好了，难为你有这么个情怀。课题组成立时间不长，你就为我们解决了一个大难题，我这里先要代表课题组向你表示感谢啊！"

"肖老师，你这说到哪里去了，我是课题组的成员，这样做也是应该的呀！"

1994年初，两篇论文先后发表，这不仅是杨良金个人的喜事，也是课题组的喜事，因为在这样全国权威的专业杂志上刊登论文，是课题组将来通过鉴定验收的重要依据。

油菜"超稀植"实验获成功

和安师大合作承担"油菜超稀植"重大子课题。6年中，杨良金采集科学数据10万个，成果获专家组评价为"国际先进、国内领先"

有了杨良金的两篇论文，肖本如对项目成果的理论支撑更有信心了。他特别高兴，鼓励杨良金说："老杨，你既然能写论文，又每天在田里干，我就交给你一个任务，你以后继续写，多写。从现在起你能写多少篇就写多少篇，你写了以后我来审看、修改，最后我们集中出个论文集。这样将来成果鉴定时，我们拿出来就更有分量，我们在论文这一块把工作做实。我还跟你说，你以后写了就不要再发表了，因为油菜超稀植有了发表的这两篇'压阵'就足够了，以后就没有人抢我们的'超稀植'成果了。"

肖本如说这个话有他的含义。因为他们这个课题组合作人杨良金虽然有了这个论文，但毕竟是个农民身份，没文凭没学历没职称，在桌面上摆不起来，自己虽然是个副教授，但不是油菜方面的专业研究人员，又没有什么科研院所的研究员身份，将来成果验收和鉴定是不讨好的。所以自己这个课题组只能凭更多的实实在在的理论成果来说话，来通过验收和鉴定。

杨良金满口答应了肖本如的要求，一篇又一篇初稿出来。而就在这个大好时候，肖本如遇到了人生中一件难以抉择的事，上级要调他到郎溪县出任分管农业的副县长。

学术研究固然能实现人生价值，但从政也确实有着吸引力。同时，上级要调他去从事行政工作，这也是组织对他的充分肯定和信任，是想让他到地方干出更大的一番事业。

肖本如非常纠结，因为他正在进行的这个课题处在攻坚阶段，而且进行得非常顺利，自己是主持人，如果放弃，整个课题可能就功亏一篑。他怕对不住杨良金，对不住那个每天泡在田里孜孜不倦，勤奋劳作，一个字一个字地撰写着论文的农民。

肖本如又不好和杨良金说，他知道如果说了，对杨良金一定是个精神上的打击。一连纠结了多日，肖本如痛下了决心，认定合作的精神更重要，科研的成果更重要，于是他谢绝了上级的调动。

肖本如一如既往地和杨良金紧密合作着这个科研项目，他觉得这个农民搭档很可爱，自己都有点离不开他了。多少日后，杨良金知道了肖本如要被调动之事，既感动又诚惶诚恐。杨良金从走上科研这条路以来，受到了诸多业内大家的关怀和帮助，朱耕如、李殿荣等先生不介意学术分歧，点拨他的思路，赵合句先生对他赞赏有加，为他提供展现自己观点的舞台。而肖本如教授，更是他志同道合的良师益友，一路鼓励、扶持他前行。正是这些虚怀若谷，不看低他出身的学术专家，正是国内自由平等的学术氛围，为他不断攀登学术高峰提供了不竭的动力。

接下来的日子，杨良金一边进行油菜种植，一边进行理论总结。一年四季，越是风霜雨雪，他越是要趴在地里、陷在泥里、冻在冰雪里进行观察分析，采集数据，了解油菜的生长规律。回去以后，他将本子上记的数据进行整理，一搞就搞到凌晨两三点才睡，有时一个理论点过不去，深更半夜还把电话打到肖本如的家里咨询探讨。正是这样，他写出的论文越来越多。不到一年时间，杨良金又写出了《安徽省油菜超稀植高产高效栽培技术的研究应用》《超稀植油菜栽培的行株距、施肥量及品种的比较选择》《施肥水平与超稀植油菜产量的关系》《超稀植超高产栽培油菜叶片的生长规律》《芜湖县冬油菜超稀植超高产高效栽培示范》等14篇论文。

1995年，课题组将杨良金的16篇论文和肖本如等人的其他4篇论文一并寄到了《中国油料》杂志社，没想到得到了杂志社的高度认可，其中杨良金在《湖北农业科学》《陕西农垦科技》发表的2篇论文成为亮点，杂志社决定为这20多篇论文出一个增刊。

《中国油料》是由中国农业科学院油料作物研究所主办的中国自然科学核心期刊、油料综合期刊。杂志增刊的出版也标示着课题组项目已交出一份很好的答卷，杨良金发表的2篇论文成为课题组20多篇论文中的压轴之作。

至此，从1989年到1995年，课题组经过长达6年的努力，采集科学数据10万余个，圆满完成了课题规定的各项研究任务。

成果出来后要通过鉴定才能得到认可。鉴定会前，参加工作的人员要来个排"座次"。整个课题参与人员有10余人，但杨良金是农民身份，原则上是排不进去的，即使他确实做了许多实实在在的事，那也只能排在最后面。但肖本如力排众议，将杨良金一下由初定的第10位排到了第2位，肖本如的领导以及他的一些学生都统统排在了杨良金的后面。关于这个排位，在一次会上有人提出异议，认为杨良金可以往前排一点，但排第2位太不合适了，怕他没学历没文凭没职称影响成果的鉴定。肖本如说："6年前我们已立约，搞这个项目我们不看身份，只看贡献，而且看实实在在的贡献。杨良金虽然是个农民，但他有实实在在的贡献，他最早在大刊上发表的论文，我们没有改过一个字，其中的'超稀植'是全国最新成果，你们哪个贡献比这个大呀？"

1995年5月7日至8日，在安徽省科委的主持下，经过成果鉴定专家组听取课题完成情况的汇报，观看技术录像，审阅有关资料，查看李桥大田实验现场，并进行典型田块的测产，项目最后顺利通过了验收和专家鉴定。

鉴定专家组肯定了以下四个方面成果：一是在油菜栽培理论方面，以亩产250公斤超高产量为目标，阐述了在亩栽2500—3500株的基础群体下，油菜的生理学基础、生态学依据、数学模型和栽培技术参数。二是在耕作制度方面，统一二熟和油稻三熟制油菜的播期，同时使三熟制能使用中迟熟超高产油菜品种，大大提高了粮油的产量。三是在多层高效栽培方面，在"超稀植"油菜行间套种绿肥（紫云英）或冬季蔬菜形

成油＋肥稻稻或油＋菜稻稻三茬四作新制度，使粮、油、肥同步增加，经济效益超出常规效益的2—3倍。第四，在推广应用方面，在长江中下游芜湖地区推广2.2万亩，平均亩产达210.3公斤，示范核心区257.4亩，亩产高达253.4公斤，辐射二十余个乡镇约35万亩。同时，这一技术已扩大应用到安徽省内南北长约400公里、东西宽约250公里的范围，包括淮北平原的宿州市、江淮丘陵的舒城县和淮南市、皖西山地金寨县等地区。

专家组认为：国内油菜栽培技术研究虽然围绕高产、高效曾提出不同生态条件下的各种理论和措施，但利用杂交油菜进行超低密度下的立体、多层次栽培理论和技术措施的研究还未见报道。该项技术选题正确，研究翔实，资料齐全，措施先进。利用杂交油菜杂种优势强的特点，研究超稀植，立体多层，粮、油、菜相结合的栽培模式，丰富和发展了油菜栽培的理论和实践，为油菜高产、高效、低耗创出了一条成功的新途径，是一个突破，具有独创性，居同类研究的国际先进、国内领先水平。该技术适用于在长江流域油菜产区和生态条件类同的地区示范推广。建议进一步抓好间套品种和控制病害的研究，尽快在适宜地区扩大推广应用。

3

第三篇
科技化雨润万村

杨老师的"粉丝"千千万

以帮助农民脱贫的初心，没有资历、没有资金、没有出差费的报销，开展义务培训。万千农民实现增收致富，亲切地称他"杨老师"

杨良金的农业成果越来越多，他也变得越来越忙，不仅忙于自己的实验和论文写作，还要培训讲课。特别是自1989年在南陵农技站长培训会上讲课以来，各地邀请他指导或培训的一个接一个。四五年间，他已在芜湖县23个乡镇办了几百期水稻、油菜栽培技术培训讲座。在芜湖县，农民几乎很少有不知道杨良金的。除了在本地给农民培训，他还受邀到宣州、巢湖、舒城、宿州、金寨、和县等地区开展培训，成了一个名副其实的农业讲师。

杨良金的口才越来越好，课讲得越来越吸引人。虽然培训讲课都是义务的，但他都认真对待。20世纪90年代，随着国家对农业工作的进一步重视和广播电视的大力宣传，广大农民科学种田意识有了大幅提升。只要听说杨良金来办培训班，农民们都争相赶到现场，并就自己遇到的问题直接提问。有一次，杨良金在金寨县开培训班的时候，许多夫妻俩同时去听，吃饭时轮流回家，唯恐听漏了内容。杨良金一般都是先在培训班上讲，然后走到大田或对着油菜现场讲解，或挽起裤脚拔起稻苗讲。在田里，围着听的农民越多，他讲得越兴奋，常常一讲就过了吃饭的时间。农民们也都忍着饿，直等杨良金离开才回家吃饭。杨良金的课不仅农民爱听，乡镇干部也特别爱听。在许多地方，他还专门为不少乡镇干部、党员开培训班。有一次在芜湖县火龙岗乡镇大礼堂讲课，人多得坐不下。那一场听课人员达1200多人。即便这么多人，因为是杨良金的课，会场内鸦雀无声。

　　杨良金讲课前，还将自己编印的油菜、水稻栽培技术资料免费发给农民。特别是花了多年研究总结出的水稻"控水落干"节水技术图册，他一印就是几千份，都免费发给农民。曾经有农民刘世清几次收了杨良金的技术资料后，觉得不好意思，硬要给杨良金10块钱资料费，杨良金坚决不要。刘世清说："听了你的课，参考了你的技术，我家一年节本增效一两千元。这资料费是小钱，但是我一家人的心意。"杨良金特别感动，说："你家节本增效了，我比获得一千块、一万块都高兴。我的资料永远是免费的，如果我收了一次钱，那就破了我的规矩，后面我站在讲台上性质就变了，就成为带营利性质的讲课了，那个时候我的课也讲不好了。"

　　由于杨良金的资料是从实践中得来的，实用性极强，不仅本县农民几乎家家有，外县甚至外省许多农民家也有。江苏、浙江、江西等省份的农民朋友常常特意赶来索要，就连许多相关部门也来人来信要技术资料。

　　为了提升培训效果，杨良金每天在家琢磨，将自己的栽培、施肥等技术编成顺口溜，便于记忆。

　　杨良金的培训每年有几个集中的时间段，其中三四月份是水稻培训的集中时段，在这些时段他往往一连几天都排得满满的。

　　1995年4月的一天，他在一个村里和往常一样，课一讲就讲到下午一点多钟。刚一走下讲台，无数的农民围了上来，问这问那。他嗓子有些哑了，肚子咕咕叫，但面对农民们那求知若渴的目光，他依然不厌其烦地一一讲解，直到下午两点多，才在村主任的一再要求下停了下来。他匆匆地扒了一碗饭，水还没来得及喝，背着背包就要走。因为他下午还要到清水镇的王拐村去讲课，那里的农民和他约的时间是下午一点半，他知道那里的农民早已在等着自己了，心里惴惴不安。

　　当他坐公共汽车一颠一拐来到清水镇王拐村时，已是下午两点四十多了。农民们见杨良金来了，散在室外的人纷纷涌入室内，嘴里说着："杨老师来了，杨老师来了。"

听到农民们这样说，他带着愧疚和不安，心里十分过意不去。

现场100多个农民似乎看出了杨老师不是故意迟到的，当杨良金走上讲台时，爆发出一阵掌声向他表示欢迎。他累了，但他挺起了腰杆，说："对不起，对不起大家，我迟到了，向你们表示歉意。"说完，他深深地鞠了一个躬。

随后，他就进入了正题，课堂里一片寂静。

一个多小时以后，杨良金感到浑身乏力。到了5点多的时候，他感到有些力不从心了，但仍然坚持讲完该讲的内容。

课一讲完，和上午一样，农民们又围了上来。杨良金讲课有个特别之处，从来都是站着讲。连续站了一天，他实在想坐下休息一下，但他走不出去，便继续一一解答，并给现场的人发自己编印的资料。

天已黑了，主持会议的人给他解了围。他走出人群后，忽然感到腹中一阵烧灼，随之一股热流直往上冲。他忍不住张开口，一口殷红的血喷了出来。

听课的农民们慌了，大声喊："杨老师吐血了，杨老师吐血了，我们赶紧送他到医院。"

几个农民一下将杨良金抬了起来，准备往附近的乡卫生院送。这时过来一个身强力壮的农民说："这样抬不好，我一个人来背。"

有农民开来了一辆三轮车，将杨良金送到了一家医院并经过医生抢救脱险。医生说，经检查未发现异常，完全是太累所致。医生建议杨良金一定要多多休息，杨良金答应了医生，但回到家后，他却停不下来，因为后面的课是连着排的。他没有告诉家人，第二天又拖着疲惫的身躯，步行十几里路，来到周皋乡南阳村讲课，接着又去永丈村讲第二堂课，讲完课已是晚上7点多钟了。当他从永丈村步行回到家后，已是晚上10点多。这一天，他实在太累了，往床上一倒，随即晕了过去，直到第二天下午才醒过来。玉兰看到他难看的脸色，以为他活不过来了，将几个孩子都叫了回来。玉兰一直掉着眼泪，儿女们急得不知所措。

继续睡了一天，杨良金的身体终于恢复了些许，在众人的劝说下，

他继续休息了两天后，又有农民到他家里来找他。家里人不让他去，他却怎么也坐不住，对家里人说："农民兄弟在等着我，我就是爬也要爬去。"

杨良金这么卖命地到各地办培训班，不仅是义务的，自己还要掏不少的路费，送不少自费印制的资料。有些人对此不太理解，但杨良金却觉得这是应该的。在他的心里，自己不是专家，就是一个农民，能为农民培训，这是农民看得起自己，自己要收费，那讲课就是交易了。杨良金常常对玉兰说："你想想，我一个农民，当上了劳动模范、人大代表、政协委员，这些荣誉要值多少钱啊。我给农民讲点课、送点资料，这算什么呢？"

每年的3月至5月和8月至10月，他上午一个乡下午一个镇，晚上还要去各个村讲课，日程安排得满满的。有人给杨良金算了一笔账，仅往返路费这一项，一年至少也得贴进去几千元。他自费印了五万多份技术资料，都是赠送，连同邮寄千余份的信函和材料，至少得要五六万元。有一次，杨良金在培训班上拉起家常时说："要是为钱，我根本不用这样干，就是每年兑换出去的水稻种子，我只要以低于市场的种子价收费，也早就发大财了。"

正是这样的奉献，杨良金收获了广大农民对他的尊重。千千万万的农民就像他的粉丝一样，杨良金到哪里，农民们就赶到哪里，亲切地称他为"杨老师"。

1995年5月，杨良金和肖本如开展的油菜"超稀植"课题研究通过验收并得到政府部门的推广后，芜湖县近半农民改油菜传统种植为"超稀植"。上门求技的络绎不绝。杨良金花了更大的精力开培训班集中培训，但却远远不能解决外省市农民的技术难题。杨良金分身乏术，常常面对远道而来的邀请又无法上门指导时，心里很苦恼。

有一天，杨良金遇到了肖本如，向肖教授谈起了自己的想法。他说："肖老师，我这样天天讲课，嗓子讲哑了，人累死了，也不能满足那么多农民的科技需要。我有一个好办法，能起到事半功倍的效果，想请您帮我参谋参谋。"

肖本如说:"你说说看,不知你又有什么好招。"

杨良金说:"今年油菜还没有开始播种,到整地的时候,就把电视台记者请过来,我们从整地开始,把整地、播种、施肥、间苗、定苗、除草、移栽、大田科学管理的所有技术环节,一直到收获的全过程拍下来,然后制作成科教片,在电视台播放。这样农民在家里从电视上不就能学到我们的油菜超稀植栽培技术了?这比我一个一个地上门教,一个又一个地开培训班省力,效果又好。"

肖本如一听,激动地说:"哟,这确实是个好办法,不过这一年四季过来拍,哪个电视台愿意来做呢?"

杨良金说:"这个没事的,只要您同意,我们俩一道去请呗。"

肖本如说:"这样的片子技术性很强,还要配解说词。解说词可是一个难题,我现在没时间,不然我来写。"

这时,杨良金拿出几张纸,递给肖本如说:"这个不用您操心了,我既然提出这个想法,当然已有准备了。拍摄提纲我已经写好了,您是大教授,现在就是请您过目,帮助我修正一下就行了。"

肖本如接过他递来的拍摄提纲,坐了下来,仔细地看了后,往桌上一丢,说:"你这鬼东西,怎么什么都会搞。你这提纲比我想的还周到,非常好,我就不用改了。"

杨良金又说:"我在想,要是我们科研院所研究的科研成果,都能拍摄成通俗易懂的科教宣传片,那农业科技成果转化应用率将会成倍增加。"

"油菜超稀植"课题实验刚刚通过验收,成果获得"国际先进、国内领先"的认定,肖本如也非常希望成果能够得到更大力度的推广,让更多的农民分享。两人一拍即合后,肖本如和杨良金专程来到了芜湖县,找到了芜湖县广播电视台的蒋文芳。蒋文芳时任芜湖县广播电视局副局长、芜湖县广播电视台台长,采编播样样擅长,而且特别喜欢做一些有创新性有挑战性的工作。他一听说这个事,特别兴奋,认为这既是

一个非常好的题材，又是一件有利于广大农民致富的大好事。于是他将此事上报到了芜湖县委宣传部，得到了县委宣传部的大力支持。接着，蒋文芳亲自出马，带上一名记者配合，从1995年8月底大田整地开始，播种、施肥、间苗、定苗、移栽、追肥、除草、腊肥等环节一个不落下，一直到第二年5月20日，往返杨良金的大田几十次，历时260多天，将主要技术节点全程拍摄了下来。拍摄完成后，杨良金写好解说词，蒋文芳又亲自制作、配音，精心完成了一个14分钟的科教专题片。片子在芜湖县电视台《田野风》栏目播出后，得到了广大农民的喜爱。随后，该片又被安徽省委组织部翻录过去，作为《安徽省农村党员致富100招》之"第一招"在安徽电视台播出。安徽电视台播出以后，省委组织部又将录像带分发到全省各个乡镇组织农民观看，同时还将该专题片推荐到中央电视台，在央视7套农业频道播出。正是这样，油菜"超稀植"技术在全国形成效应，近至江西、江苏、湖南、湖北，远至辽宁、内蒙古、四川、云南、贵州的农村，千家万户的农民种油菜都改为"超稀植"。杨良金收获了全国各地的农民"粉丝"。从1996年到1997年的两年间，他收到全国各地农民的来信1.2万封。这些来信大多是就技术上的问题进一步询问，杨良金基本做到来信必复。还有许多农民来信是热切希望杨良金能亲自到他们那里去指导。

杨良金不仅义务给广大农民培训，在培训的过程中，他看到家庭困难的人家还随时伸出爱心之手，点对点地帮助一些特困家庭走出困境。

有一天，他在本县赵桥乡讲课后，听说有位杨姓农民是个特困户买不起种子，心里特别难过，因为自己家曾经是多年的特困户，他太知道特困户的艰难了。

讲课结束后，他悄悄地到那位农民家看望。当他走进农民家里后，眼前穷困的境况让他一下回到了自己小时候的那个家。这家住的房子是危房，由于家庭极度困难，小孩也辍学在家。

看到这样的家境，杨良金鼻子一直酸溜溜的。他掏出一些钱给了杨家人。从他家里出来后，杨良金又悄悄地来到孩子的学校，找到了学校负责人，了解孩子的学习情况，并为小孩交纳学费，希望学校让孩子返回校园。

学校听说是来村里为农民培训的杨老师，被他的精神打动。校长激动地说："杨劳模，你不认识我，但我认识你，你那年油菜种得好，我还专门到你的田里去参观学习呢。这样，你的钱我们不能要，马上我们就开个会，给这样的困难家庭将学费免掉。"

杨良金说："我既然已把钱拿出来了，就不能收回了，这学期就让我帮他交。这是我的心意，你们学校一定收下，希望学校后面也能一直帮助这个孩子。"

回到家后，他又将自己培育的早稻良种给杨姓农民家送去，之后又多次上门指导他育秧、栽插、施肥和病虫害防治。

在杨良金的关心下，杨姓农民家当年早稻每亩产量都在500公斤以上。由于种子好，周围农民在田头就买走了杨家的稻子回去做种子，杨家仅水稻这一项收入就达6000多元。

为了帮杨家走出困境，杨良金还专程自费跑县里跑市里，直至跑到省民政厅，反映杨家的情况。杨良金的反映受到省、市、县各级领导的关注。随后，各级政府帮助杨家解决了一系列困难问题，房子也修缮好了。

像杨姓农民这样的受助者有好几位。芜湖县保丰乡远东村农民陶某某，一家六口人，小儿子在外打工，大儿子哑巴，儿媳跛腿，老伴常年生病，自己也是多年腰病，孙子又小，家里虽然有九亩田，但一年下来几乎没什么收成。杨良金在这个村为农民培训时得知情况后，为其送去油菜良种，并亲自帮他家播种育苗，指导施肥和防治病虫害。在杨良金点对点的帮助下，他家的生活逐渐有了好转。

荣获"全国劳动模范"称号

曹书记"三顾茅庐"相邀请，杨良金保沙开辟实验新战场

一个个科学成果的产生和日夜助农培训的辛苦付出，让杨良金又获得了无数的赞誉和肯定。1995年，他被评为芜湖市科技兴农先进个人，并荣获科技兴农多个项目奖。最让他激动的是，同一年他荣获"全国劳动模范"称号。这一年，他46岁。

全国劳动模范是由党中央、国务院授予各项建设事业中做出重大贡献者的荣誉称号，当年芜湖市共有5人获此荣誉，他是唯一一个农民获得者。

1994年前的全国劳动模范都是各省选一名代表到北京人民大会堂参加全国劳动模范和先进工作者表彰大会。1995年恰逢中华全国总工会成立70周年，当年被评上的全国劳动模范2000多人全部受邀赴人民大会堂出席大会。接受这样的荣誉，杨良金激动得难以言表。

图1 全国劳动模范证书

　　赴京的行程十分隆重，这一天，村里热闹异常，老老少少都赶来看热闹。由村里一直到省里，杨良金都受到了热烈欢迎。安徽省副省长杨多良亲自带团，携全省劳模乘专机抵达北京。在泥土里摸爬滚打几十年的杨良金从没有享受过如此隆重的待遇，特别是第一次以这种形式坐上飞机，他心潮澎湃。到了北京，当地又举行了隆重的欢迎仪式，并将他们送到了所在宾馆。

　　4月29日，"全国劳动模范和先进工作者表彰大会"在人民大会堂隆重召开，参加会议的达7000余人，其中受党中央、国务院表彰的全国劳动模范和先进工作者2877人。

　　江泽民等党和国家领导人出席了大会。时任中共中央总书记江泽民发表讲话。中央政治局委员、国务院副总理邹家华宣读了《国务院关于表彰全国劳动模范和先进工作者的决定》。全国劳动模范包起帆宣读了《争做"改革、发展、稳定"的模范》的倡议书。

　　会议结束后，江泽民等党和国家领导人还和全体人员合影留念。

　　4月30日上午9点，朱镕基总理给全国劳模作了长达两个半小时的报告，杨良金深受鼓舞。整个大会期间，杨良金就像做梦一样，没想到自己能享受到这一份荣光。

图2　全国劳动模范杨良金

杨良金被迎回到家里，那一路的激动还在血液里浮动。第二天，芜湖县的保沙乡党委书记曹登木和镇长等党政领导班子也上门道贺。说起曹书记的登门道贺，还得要从前面说起。

随着杨良金农业实验的拓展，需要更多的可供自由支配的农田，但杨良金家里只有六亩多田。这一点田让实验受到严重制约。为此，他多次找村里协调，但由于易太地区人多田少，一直没有协调成功。特别是随着自己农业研究范围的扩大，需要的田越来越多，至少需要五六十亩。他找到乡里协调也无果，有些无奈。

就在杨良金评上全国劳动模范即将赴京参加表彰会的时候，一个人找上门来，这个人就是保沙乡的曹书记。

保沙乡位居全县的偏远地区，别的地方的老百姓对农业科技的观念都有了很大的转变，但那里老百姓的思想观念依然保守，外面的新农业科技进不来，全乡的农业水平在全县一直处于落后地位，乡党委政府非常焦急。当他们得知杨良金当选全国劳模后，便抢先一步登上门来。曹书记一进门，握着杨良金的手，诚恳地对他说："杨劳模，您是全国劳动模范，又是农业专家，同时又是我们的保沙老乡，今天我和我们的镇长专程前来，以老乡的名义邀请您到我们那里担任农科站的站长，把您的农业新技术引进到我们那里去，为我们保沙乡的农业发展打开新局面，不知您愿不愿意给我们这个机会？"

曹书记打着老乡的旗号相请，可谓是诚恳之至了，但其实杨良金并不是保沙人。杨良金祖籍在陶辛，陶辛与保沙一河之隔，保沙有个杨村，所以曹书记就以为他的祖上在杨村。

曹书记接着说："我们也知道你们易太人多田少，您只有自己的几亩田，不能满足实验需求。我们正好有七八十亩田，是我们农科站的田，也是不错的良田，我们请您去，那田全部给您。"

曹书记所说的这个专用田一直荒芜着，不能产生效益，乡里想将这些田盘活，让杨良金的超稀植油菜和水稻新品种及新技术能够在保沙得以推广。

杨良金被保沙乡的盛情深深打动，但一直没有接话。曹书记看杨良金面有难色，接着又说："我们请您去，政府虽然没能力给您发工资，没能力给您科研经费，但我们政府会议也决定了，那田全部给您，您自劳自得，自种自收。只是我们有一点请求，您到时能为我们各村开展一些农技培训，能够及时为我们农民进行病虫情报和技术指导就行了。"

曹书记的诚恳不亚于刘备请诸葛亮出山，但杨良金深思一会后还是没有同意。这有三个方面原因：其一，杨良金是易太人，是易太水土养育的，自己的事业也是从这里开始起步的，想当年转了一个圈好不容易回来了，现在不舍得离开；其二，杨良金相信家乡迟早会给他想要的田，他想为易太农民做点贡献，表达对地方政府的感激；其三，他是易太人，跑到外地搞实验，怕当地人有看法。

杨良金委婉地表达了自己的意思，曹书记一行一听表示非常理解，只得走了。但没隔几天，曹书记又再次登门拜访，邀请杨良金到保沙去看看。杨良金盛情难却，便随曹书记到保沙农科站进行了考察。杨良金一看到那几十亩田，虽然特别动心，但最后还是没有答应保沙乡的请求。

这一次，杨良金从北京人民大会堂开会回来，曹登木早有耳闻，他作了精心的"部署"。

那个时候乡政府还没有专车，曹登木专门租来了一部小车，杨良金从北京回到家的第二天上午，曹书记就率乡党政府负责人一同将车开到了杨良金家门口，再次盛邀他到保沙做客。

杨良金再也没法推辞了，只得上车。当他们的车开到保沙乡政府的时候，杨良金看见乡政府门楣上方拉起一条横幅：热烈欢迎全国劳模杨良金前来我乡指导工作。

保沙乡的热情让杨良金的内心受到强烈的震撼，他再也没办法推辞，接受了保沙乡的用心之约。

农技站在保沙乡的高塘坝，实际田亩近80亩。为了不负使命，同时让自己的科研工作在这里真正发挥作用，杨良金将平时工作的伙伴也请

来了，常住于此。

随着杨良金的到来，80亩的荒地很快变成了金黄色的稻穗和金黄色的花海，光彩夺目。不一样的粮油种植模式，产生了显著的经济效益、社会效益和生态效益，吸引了全乡农民的目光。保沙乡的农业从此有了突破。

"神虫"不神科技神

一场"神虫"歼灭战转变了东笕村农民的观念，科学种田逐渐在保沙乡成为一种意识

根据约定，杨良金要为农民做些技术培训。为了了解实情，他没事就到各地的田里看看，到村里和农民聊天。

有一天，他走到一个偏远的田头时，远远看到一农民打着赤膊在稻田里走。杨良金很好奇，便快步走近，发现这个农民不仅上身光着，下身也光着，光天化日赤身裸体地在稻棵里穿行。杨良金看到以后，那个农民也不回避。杨良金不理解他在干什么，就站在田边看着。当那个农民靠近他时，他看到农民的双腿被稻穗稻叶划出了一条条血痕。

"老哥啊，你这是在干什么呀？"杨良金不解地问。

农民也没看杨良金，继续走了几步，停顿了一下，说："这是'鬼火烧'啊！"

"什么'鬼火烧'？"杨良金听不懂什么意思，继续问。

农民依然没看杨良金，只是嘴里说道："你看看这稻子都成枯草了，都是鬼火烧的。"

"那你这是搞什么呀？"杨良金又问。

农民不作声了，似乎杨良金破坏了他的虔诚，便不搭理他了。这时又走来一个农民，他也不认识杨良金，便对杨良金说："你不是本地人吧，你不懂，这稻子是遭女鬼了，女鬼害人，烧了稻子，所以要男人裸着身子在田里走，将女鬼赶走。"

杨良金一听明白了，知道他们这完全是迷信，但出于尊重，他没有说他们做得不对，只是委婉地说："呵，我不是保沙人，但我也是种田

的。你们可能不了解，这不是什么鬼火烧，是一种病害，叫'白叶枯病'。"

"什么白血病，只有人才得白血病，我从没听说过稻子有什么白血病。"对方觉得杨良金在瞎说。

"不是白血病，是白叶枯病。"杨良金一字一句地说。

"白叶枯，从来没听说过稻子还有这样的病，我们所有人都知道这是鬼火烧。"对方说。

白叶枯病，又称白叶瘟、茅草瘟、地火烧、鬼火烧。这种病是我国水稻的三大病害之一。水稻染上这种病，开始时叶片上呈现暗绿色病斑，重者全叶呈青灰色或灰绿色，如开水烫伤状，随即纵卷青枯，病部有蜜黄色珠状菌脓。

杨良金笑着解释说："是的，这个病有许多名字，确实有个名叫鬼火烧，但那是俗名，不是真的有鬼火来烧，更不是什么女鬼。它还有几个名字叫白叶瘟、茅草瘟、地火烧。这种病是水稻三大病害之一。"

"什么茅草瘟、白叶瘟，你说的这个我更不懂了。"杨良金的一番解释就像白说了一样，身边的农民根本就不相信，说完就走了。

田里的农民继续裸身走着，口里默念着。杨良金在田埂上随着农民向前方走去，并对他说："老兄弟，你听我的，这不是鬼火烧，是水稻的'白叶枯病'。"

农民就像没听到似的。杨良金怕再说会激怒那个农民，只得扫兴走了。

白叶枯病如果不及时医治，会损失惨重。杨良金生怕这个农民家有损失，过了几天，他特意找到那个农民，告诉他那稻子得了"白叶枯病"，应该怎么治。没想到那个农民十分傲慢地说："哦，我想起来了，你就是乡政府边上那个农资店卖农资的吧。你不懂啊，别瞎逞能。"

杨良金知道落后地区农民的思想顽固不化，对农民说："老兄弟，你看，我给你带来了一种药，叫'川化018'，是专门治水稻白叶枯病的新型药。你马上按照我的要求喷药，一刻也不能耽误了。这药喷了三天以后，白叶枯病就能得到控制。"

"我知道，难怪你那天站在我家田里好长时间不走，原来你是想卖药给我。"农民脸色不好看地对杨良金说，"我不要，我做了法了，还要你那什么东西。"

"你误会了，这个药我现在分文不收，你先用用看，你的水稻白叶枯病如果治不好，我不收一分钱，如果治好了，你只要给我宣传，我也不要钱。"杨良金笑着说。

那个农民依然不相信，转身走了。看到这个情景，杨良金理解曹书记为什么要这么隆重地请自己到这边来了。原来这里的农民不仅科学种田意识淡薄，还特别迷信，特别固执。杨良金感到自己到保沙来得值，一定要帮助这里的农民破除掉迷信思想。

在保沙乡，乡里不仅无偿将80亩地给杨良金自主经营，还将农科站的一个农资经营店也无偿交给了杨良金自主经营。由于这个经营店是乡里唯一一个农资经营点，家家农民都要过来买农资，于是他便将这个点作为和农民交流，向农民宣传农技的一个重要平台。他带来了许多自己编印的科技手册，只要有人来，他就送人一份。农民只要有疑问，他都不厌其烦地讲解。

这一天，一个农民前来买农药水。一般店主，你买什么只要给钱，他就卖什么，但杨良金不一样，他就像病人到他这里来看病一样，要问清人家用在什么农作物上，用于哪个方面，然后再指导农民对症下药。杨良金问："你买这个药水干什么用？"

农民说："你不要问了，就买这个。"

"你买这个是干什么用的？"杨良金还是问了一句。

农民不耐烦地说："打豆子用的，啊哟，老子那个豆子上的虫子怎么打都打不死，这种虫子就是我们当地的'神虫'啊！"

"你是哪个村的？"

"东筦村的，我们那大滩上今年真是出了鬼，几百亩的豆叶都给虫子吃了。我们家家户户打药水，可就是打不死，村里的老人都说是'神

虫'。我都打了几遍药水了，一点效果都没有，今天过来想买点最后再试一回看看。"农民说。

一听说出了"神虫"，杨良金很好奇，他从事农业科研这么多年，什么样的豆子都种过，但从来没遇到过什么"神虫"不"神虫"。于是他对面前的农民说："这样吧，既然打不死，你暂时别买了，别把钱浪费了，我马上随你去看看。"

杨良金随这个农民来到了东筻村。村里有的人认识杨良金，知道他是乡里请来的农技人才，便纷纷说道："杨老师，真是'神虫'，从来看不见虫，豆叶子一长出来就被吃个精光，药水加倍打都打不死。"

"我们这个大滩上种豆几百年了，老祖宗传说过有'神虫'，这次神虫又被我们这一代人遇上了。"前来围观的村民说。

"我家老头子天天到老坟园里烧香拜祖宗，还有一些人家天天对着佛像拜，什么方法都用尽了，虫子就是灭不掉，今年是灾年啦！"另一村民说。

听说杨良金来了，更多的村民围了过来，说出许多稀奇古怪的现象。他们一致认为是"神虫"，说白天很少能看到虫。

"你们村里书记在吗？麻烦你们带我到村委会去一下。"杨良金知道村民们迷信，跟他们说不清楚，想到村委会，向村干部了解一下真实情况。

当他来到村部的时候，村里的班子都在。杨良金不认识他们，但他们都认识杨良金。

村里崔书记知道杨良金是乡里请来的农技专家，但他们也不相信他能解决好这一难题。崔书记说："我们也到县城请了农技人员，但没有人能解释清楚。我们想了各种办法，但都没有效果，老百姓都说是'神虫'，可能真的不假呀。哪有豆叶被吃了，豆棵上从来看不见虫子影的呢？这不仅在我们东筻很少见，就是在保沙乡、芜湖县也从来没听说过有这样的事。"

书记的话一说完，村里一个小学老师接着说："真是'神虫'，打不死。"

杨良金见他们说得神乎其神，说："你们的大滩在哪里，能不能带我去看一下？"

"到大滩还要过渡船，去了也没用。"崔书记对杨良金也不抱希望，懒得折腾过去。

"世界上没有什么'神虫'。你们要相信我的话，带我过去看一下，我看看如何能解决这个'神虫'问题。"杨良金为了能一探究竟，夸下了海口对村班子说。

崔书记知道曹书记对杨良金看得重，只好说："那好吧。"

杨良金随他们来到了大滩。他走近豆田，发现一棵棵豆秆上只剩下一些茎条，叶片上剩下的也只是茎杈，叶子几乎被吃光了。杨良金蹲下身来，趴在地上，仔细地看，但没有看到任何虫子。他又走到另一块地里，同样没看到一条虫子。他也感到好奇了：这怎么可能呢？光见叶子被吃，不见虫影。杨良金是搞科研的，只信科学，不信鬼神。但半天他也琢磨不出怎么回事来。

"杨老师，别看了，我们回去吧，这是谁也解决不了的事，就是神虫，神虫只有老天来治啊！"天都快黑了，一个村干部有些焦急地说。

杨良金不想走，问道："今年这个地方是不是发生过什么？"

"这里呀，今年水大，发生了水灾，大滩被淹了很长时间才退水的。"一干部说。

"那你们一般是什么时候打药水？"杨良金问。

"药水肯定是早上打，最迟上午就要打完的。"一村民说。

听到这话，杨良金大脑里突然有了想法，是不是虫子白天钻到地洞里去了，晚上出来吃的。对了，他曾经遇到过这种情况，地面长时间被水泡，土质松软，虫子会钻洞。他越想越断定是这么回事。

于是他就笑着对崔书记说："老书记呀，其实哪有什么'神虫'呢？你们不知道，由于今年遭了水灾，这土很松，和往年不一样。你们白天打药水，等到太阳落山时，药水的药效几乎挥发了。虫子就白天钻进土

里，晚上从洞里钻出来吃叶子，吃饱了白天就折回洞里休息睡觉去了。正是这样，虫子和你们打着'游击战'，豆子被吃光了，虫子却一个也打不到。"

一听到这话，老书记也豁然开朗，说："那有什么办法对付呢？"

这时，田里围观的人越来越多，大家都在看着杨良金。

杨良金站起来，胸有成竹地对大家说："你们不是说'神虫'吗？其实根本不是什么'神虫'。这样吧，明天我带药水来，你们按照我的要求来做，一定能将'神虫'灭掉。"

村民们都将信将疑。杨良金说："这虫子其实就在地下的土壤里。他们白天在洞里睡觉，晚上出来吃豆子，那么我们晚上过来打，家家户户同时打药，一定能将它们一网打尽。"

村民一听，也都明白过来，齐声表示愿意按照杨良金的要求去做。

第二天傍晚，太阳落山前，杨良金将农药水配好，村里一百多村民，每人身背喷药器，一字排开，展开了一场"灭'神虫'战"。

全体村干部现场指挥，大部分村民远远地围拢在一边，场面十分壮观。

太阳就要落山了，杨良金早就蹲在地里密切观察着。天暗了下来，果然，地面一些地方开始松动，一会儿，地里的虫子从洞里探出头来，机灵地左右看了看，便迅速钻了出来，动作十分敏捷地就蹿上了枝头，开始吃起叶片。

杨良金一看，站起身来，用手一挥，全体人员立即开打。很快所有的田都打下了药水，不留一个死角。由于豆叶上有细毛，喷雾器一喷，药水都滞留在上面。这时，村民们都看到"神虫"们成群结队地从地里出来爬上枝头，兴奋地张开夹剪，吞食着残存的叶片。不久，它们一个个殒命，掉在了地上。一场伏击"神虫"的战争全面胜利。第二天，第三天，村民们又过来看，果然所有的豆叶再也没有被吃了。

这一场制伏"神虫"的战争，让杨良金的威望在村民的心中骤升，农民们齐声欢唱："'神虫'不神科技神！"

"神虫"被灭以后，为了不至减产，杨良金又经常到滩上去看，并教村民如何做好田间管理，新的豆叶又逐步生长起来。收获的季节到了，东筦村这一年的大豆产量不仅没有减产，而且由于管理科学，产量还略有提升。

《芜湖日报》记者金昌龙得知杨良金治"神虫"的消息后，立即赶了过来采访。采访中他对杨良金说："你真是个神人，我这个报道一定能上《芜湖日报》的头版。"不日，《芜湖日报》头版果然登出了这一报道，标题是《"神虫"不神科技神》。

杨良金治"神虫"的消息不胫而走。这一天，之前那个坚信"鬼火烧"农民匆匆赶到杨良金的经营站，伤心地说："你是杨良金吧，那天在我田边的就是你吧，我不知道你是乡里派来的专家。那天要听了你的话就好了，我稻子就有救了，怪我死头脑，损失了上千斤稻子啊！"

杨良金的农资店从此成了农民茶余饭后休息聊天、交流病害治理、了解农技信息的地方。这个乡的科学种田意识不知不觉地深入人心。

回易太服务乡邻

面对夏书记诚挚的目光，他和夏书记约法三章，答应到农技站工作，但不当站长，只负责技术，站里不走人

就在杨良金在保沙干得有声有色的时候，一天，易太乡政府接到芜湖县委办公室的电话：芜湖市委副书记谷德昌上午要到易太看望全国劳模杨良金。刚调到易太乡才几个月的易太乡党委夏书记一接到这个信息，便紧张起来，因为他知道杨良金现已不在易太而是去保沙了。情急之下，夏书记立即派人把杨良金从保沙接回易太来。由于时间紧，夏书记要求镇长用乡里唯一的一辆小吉普亲自过去接，确保以最快的速度把人接过来。

不到两个小时，杨良金匆匆回到了易太，这时谷德昌已经到了易太走马沟附近的一个汽修厂，在等候杨良金了。

杨良金一下车，匆匆地迎了过去。谷德昌伸过手来，与杨良金热情握手，见他从外地匆匆而来，就问他在哪里工作。

杨良金是易太人，是从易太走出来的全国劳模，本应被易太重用，在易太工作，有工作基地，服务于易太，而他现在却在保沙，到外乡去了，算是人才流失。如果如实回答，会让现场的夏书记面子挂不住。因此，杨良金一时不知如何回答是好。他于慌乱中嘴里小声嘟哝了一下，没有做出回答。

夏书记反应特别快，立即抢过话头，说："他在乡农技站工作。"

"是的，我在乡农技站工作。"杨良金顺水推舟地说。

"好，好，全国劳模，农技专家，对口啊！乡里对劳模一定要重视，要切实让他这样的人发挥出能量，发挥好作用，服务于家乡！"

在领导面前把场面圆过去了，杨良金松了口气。市委都对杨劳模这么重视，谷副书记这么亲自交代，夏书记决定无论如何要将杨良金再从保沙挖回来。

谷德昌走后，夏书记把杨良金单独叫到办公室，对他说："杨劳模，你是我们易太走出来的全国劳模，是我们易太的人才、易太的农业专家，能到人民大会堂参加表彰大会，能见到党和国家的领导人，也是我们易太人的荣耀，所以我希望你还是回易太来。我已想好了，你回来后到庆太村工作，搞行政工作。"

当时的庆太村经济比较落后，加上其他一些原因，积弊严重，工作被动，夏书记想让他去改变经济落后的局面。

夏书记突然的这一番话让杨良金受宠若惊，但他心里又不安起来，因为保沙那么盛情地将他请过去，时间不长又回来，这是对人家的极不尊重，也不道义。沉默了一会后，杨良金说："夏书记，谢谢您对我这么器重，但我了解我自己，我不适合行政工作。您可能不知道，我家祖祖辈辈当生产队长的官都没有，我的性格不适合从政，搞得不好反而没法对您交代。"

夏书记不仅反应快，而且做事果断，听杨良金这么一说，就说："那这样吧，你到镇农办来工作吧！"

杨良金见书记说话这么果断，这么恳切，他一时无法找出拒绝的理由了。他犹豫了一会，说："夏书记，这样吧，您给我三天时间考虑一下，我再给您答复。"

"怎么说呢？"夏书记就想马上能得到肯定的答复。

"夏书记，我在保沙投入那么大，回来最起码要让我的老婆孩子知道，要商量一下，更重要的是还要和保沙那边进行沟通，才好做出决定。"杨良金恳切地说。

"好，三天，我等你回话。"夏书记说。

杨良金回到保沙后第三天，夏书记就安排镇长亲自开着乡里的小吉普到保沙去接人。杨良金也信守诺言。其实，这一天一早，他就骑自行车回易太了。就在小吉普要出发的时候，迎面碰上了骑车来的杨良金。镇长立即停车，把杨良金一把拦停。杨良金从车上一下来，镇长就将杨良金的自行车急急地推进汽修厂，拉着杨良金说："快，快上我车，到政府去。夏书记本来要到县里去，现正在办公室等你回话呢。"

杨良金到了乡政府，夏书记开门见山就问："三天时间到了，你考虑好了吗？"

"考虑好了。"杨良金回答得也非常干脆。

"有什么要求？"夏书记问。

"三点要求。"杨良金说。

"你讲。"夏书记说。

"第一点要求，到农技站，我不担任站长。"杨良金说的农技站就是夏书记说的农办，农技站和农办是两块牌子一套人马，农技站站长兼任农办主任，既承担行政职能又承担农技推广的工作。

"为什么？"夏书记问。

"因为农技站有站长，我来当站长不合适。现在的钟站长是从行政上过来的，虽然不懂技术，但还是他当站长，我绝对支持他工作。如果我俩关系搞不好，责任是我的，您叫我回家，与他无关。"

"好，这个我答应你。那第二个是什么？"夏书记继续问。

"第二个是我不参加乡里的中心工作。"杨良金回答。

"为什么？"夏书记不解地问。

"夏书记，你知道，由于工作的需要，到村里难免要开展涉及村民利益的工作。我是省人大代表，假如到时候老百姓找我讲话，我是参与者，这不是很尴尬吗？我站在什么立场好？"

"好，你说得有道理。第三件呢？"夏书记问。

"第三件，我来了，我们农技站人不能减少。"杨良金知道，农办有编制限制，自己来了，一定有人要退出去。不管怎么说，他不愿意成为这样的一个角色，所以杨良金这么说。

"这话怎么讲？"夏书记问。

杨良金说："夏书记，我顺便提一点个人看法，农技工作是看不到的事，如果墨守成规，天天没什么事，可以天天当甩手掌柜，但如果想干事，就有干不完的事。我既然来了，就不能过来吃空饷，享清福。来了，我肯定要把许多事情干起来。我们乡里有十几个村，农技站也只有这么几个人，真的将工作全面开展起来，人手其实是不够的，所以我希望我来了，添人不减人。"

"好，你说的前两点，我答应你，没问题，但第三点不能答应你。为什么呢？因为我们昨天开的党政联席会，研究决定王绪民提前退休。我们已通过了，怎么满足你这一条呢？"夏书记说。

王绪民是站里的老农技干部，专业技术很好，如果自己来了，将他挤走了，杨良金觉得这个事怎么也不能做。他听到夏书记这么一说，心里非常纠结。

夏书记看杨良金接受不了，说："这样吧，我们会议已定了，我们不能自己打自己嘴巴。你如果认为农办需要人，你聘我认可。"

本来杨良金提出三点要求，也是托词，没想到夏书记全都答应了，自己也只得答应了夏书记的要求。

夏书记说话干脆，杨良金也雷厉风行。他迅速和保沙进行了妥善的交接，很快就来到乡农技站上班。

上班的第一天，他并没有急着投入工作，而是对钟站长说："老钟啊，我跟你汇报一下，今天是我第一天来报到，按理说要立即投入工作，但我觉得还有更重要的事要做。你是站长，我想请你陪我一道到王绪民家去一趟。"

钟站长和杨良金是一个村的，几年前钟站长在村里任书记的时候，杨良金申报安徽省劳模到村里盖章，不知出于什么原因，钟迟迟没给盖，致使两人有些隔阂。这次夏书记叫杨良金到站里来的时候，本意是让杨良金干站长，但他却直接提出不干站长。正是这个原因，本来和杨良金有隔阂的钟站长心里一下对杨良金产生了愧意，觉得有负于杨良金。这时，钟站长见到杨良金请他一道到王绪民家去，便不解地问过去干什么。

杨良金说："你想想看，老王已退休了，我到农办来了，他对我肯定有误会，一定认为是我杨良金找关系把他拱走了。我杨良金不是这样的人，因此，我必须要过去一下，和他将前前后后说个明白，这样他不会怪我，我后面干起工作来也没有精神负担了。另外也是根据夏书记的意思，到他家里征求一下他的意见，如果他愿意回到站里来工作，我们给他下聘书，乡里承认。如果他不想再回农技站，他想开个什么农药化肥店，做点服务，我们支持他。"

钟站长一听杨良金这么说，满口答应。王绪民家住殷港村，离乡政府有段距离。当他们来到王绪民家时，王绪民虽然迎他们进了门，但脸一直是绷着的，似乎真的以为是杨良金找人挤走了他。看在老钟的面子，王绪民才泡了杯茶，但把茶杯端到杨良金跟前时，也不正眼看他。

杨良金知道王绪民果然对自己有意见，心里有委屈。坐定以后，他对王绪民说："老王，我和老钟一道过来，一个是来看望你，第二个是跟你说明一个问题。我杨良金你也应该了解，是个直肠子人，不会拐弯抹角说假话，我就实话实说，不是我把你拱掉的，我要和你当面讲清楚，否则你心里始终对我有个结怨，这个对你对我都不好。如果你还认为我讲的是假话，你可以去问问夏书记。当时夏书记叫我进站里时，我就向他提出三点要求，第一点就是我不搞站长，老钟继续搞站长，如果我不支持老钟工作，我回家，责任全在我。"

杨良金做事很细，说话也很细，这话其实也是有意说给老钟听的，以便于日后能与老钟更好地合作搞好工作。接着他又说："第二点是我不参加中心工作。第三点我想到的就是你。我说我到农技站来，人只能增加，不能减少，王绪民不能走。我还对夏书记说，农技工作如果真的干起来天天有干不完的事，老王是个有技术专长的人，你最清楚。"

说到这里，王绪民绷着的脸平静了下来。

看到老王心里有了松动，他的心也定了下来，继续说："今天来，我和老钟是征求你的意见的，你现在是想继续回到站里工作，还是回家创业？如果你想回农办工作，我打个报告，再返聘你回来，这是夏书记答应了的条件。如果你想回家创业，我们也支持你，并给你提供一定的便利条件，你考虑好了。"

一听到这些话，王绪民的心结打开，一下激动起来了，说："中午你和老钟都别走了，就在我家吃饭。"

杨良金的心也放松下来，王绪民接着说："杨劳模，我跟你讲真话，既然要我退休了，我再回去也没意思了。我还懂点技术，也不想退休了就立即丢掉，你们支持我，我就在殷港搞一个农资服务部，既能搞点效益，也能服务群众。"

杨良金一辈子对农业特别有感情，一听到王绪民的这个话，心情激动起来，说："好，老王，你有这个情怀，太好了！你搞农资服务部也是支持我们的工作。"

杨良金转而对钟站长说："老钟，你是站长，老王能有这个情怀，我想我们必须支持他，满足他。我建议我们俩今天就在这里把板拍了，到时候他办营业执照之类的事，我们站里全力支持。"

不久，一个乡镇农资服务部在王绪民的住地设立了，服务部挂靠乡农办，在农办的指导下经营，为易太的农业发展发挥了积极的作用。

见到袁隆平

袁隆平对杨良金说，你的发言鼓舞了中国人的斗志，中国人的粮食问题只有靠自己

第二届中国国际农业科技年会于1997年4月22日至25日在北京国际会议中心举行。此次会议由中国农学会、农业部农业司、中国种子集团公司、德国拜耳公司、法国全国种子苗木协会、美国密西根州立大学共同承办。会议以"种子工程与农业发展"为主题，主要有两项议程，即举办"国际种业博览会"和"国际种业学术讨论会"。

自从参加了西安的全国油菜学术会议以及到北京人民大会堂参加盛会以后，杨良金的眼界更宽了。得到国际农业科技年会的消息，他非常渴望参加，希望能进一步开阔视野，在农业科技上大展身手。根据要求，参加这个会议一是必须是农业科技工作者，并具有一定的工作经历；二是提交一篇专业论文，并得到评审通过。

第一个条件，杨良金完全具备，主要是得按时提交一篇论文。说也凑巧，不久前，他看到美国世界观察研究所所长莱斯特·布朗曾发出"谁来养活中国？"的惊人之问。布朗以我国人口将达到16亿，人均每年粮食消费400千克为测算依据，算出我国在21世纪30年代，每年粮食总需求量约7亿吨，每年总供应量为3.6亿—3.7亿吨，从而预测中国粮食缺口将超过3亿吨，进而得出"谁也养活不了中国"的言论。杨良金看了之后非常生气，认为是一个谬论。他来了灵感，结合自己先前的研究，写了一篇题目叫《四茬五作超高效栽培技术探讨》的论文。这篇论文正好符合会议所提出的论文要求，于是他决定就用这篇论文投稿，并想利用此次国际年会的契机，给布朗一个严厉回击。杨良金重新摊开

论文，又根据会议精神，花了几天时间，对论文做了进一步的修改，提交到了大会组委会。没想到，论文一提交过去，不到半月，他就收到了出席会议的邀请函。

再一次来到北京参加国际性会议，虽然是自费，但他的心里特别满足。会议安排在著名的体育中心亚运村举行。本届中国国际农业科技年会共有来自世界29个国家的专家学者参加，杨良金和参加西安会议时一样，几乎是唯一的农民科技代表。

杨良金到达会议中心报到时，还是最早的一批。当他报到完毕正要离开去宾馆时，突然看到一个有些熟悉的面孔。这个面孔他在报纸、电视上见过。

"这莫非是袁隆平先生？对，他像是袁隆平。"杨良金默念着，心中一阵阵激动，但又不敢确认。袁隆平是他心中的偶像，他崇拜袁隆平在农业科技领域不断探索钻研的精神，崇拜袁隆平的杂交水稻为中国农业乃至世界农业做出的巨大贡献。这是个好机会，自己一定要抓住，哪怕和他打个招呼也是人生快事。于是他凑了过去。

袁先生看上去十分朴素，只是系了根银灰色的领带，估计也是为参加这样规格的会议出于礼貌系上的。他的后头跟了三四个中青年人，看起来像是团队成员。当他们健步赶到报到点时，一个青年走到他的跟前要过他的身份证，接着又要过其他几位的身份证，然后统一去报到。

他是不是袁隆平呢？名气这么大的人怎么没有人和他打招呼呢？为了确认，杨良金想趁年轻人用身份证报到时，凑上去看身份证上的名字，但由于人多，他没有看到。

报到完毕后，他们就一同离开了。杨良金不死心，立即追了上去，问："请问您是袁老师吗？"

"是的，我是袁隆平。"袁隆平说。

确认了是袁隆平，杨良金不知有多激动，他怎么也没想到自己居然在这里见到了自己的偶像，自己的精神导师。第二次到首都他很激动，但怎么也不如见到袁隆平激动。

袁隆平看杨良金模样像个农民,便停了停脚步,很亲切地问:"你是……?"

"我也是来参加会议的,我叫杨良金,来自安徽。没想到能在这里见到您,太高兴了。"杨良金眉飞色舞地说。

"你也是参加会议的呀,你是研究哪个方面的呢?"袁隆平一边慢走一边问。

"在您面前,我哪敢谈什么研究呢,我只是种水稻、种油菜之类,只是有一点点实践经验而已。"

"你也是搞水稻的,那你是哪个大学毕业的?"袁隆平见到面前这个人带着尚未脱去的泥土味,既有些亲切,又有些疑问。

"哈哈,袁老师,不怕你笑话,我没有上过大学,只是小学毕业,是个小学生,一直种田,是个农民。"杨良金回答得很朴实。

"什么,你是农民?"袁隆平一辈子泡在农业实验田里,听杨良金说自己是个农民,更亲切了。在大厅的一拐角处,袁隆平停下脚步,说,"你是农民,参加这样的会议要论文的,你写了论文吗?"

"写了,也写了。"杨良金有些不好意思地回答。

"你真了不起,种地还能写论文。参加这样的国际性会议,论文的质量还不能低呀。你一个小学学历有这样的能力,让人佩服呀!"袁隆平很惊讶地说。

"袁老师,刚才我为什么那么冒昧地上前和你打招呼,是因为20年前我种过您的杂交水稻,那水稻太好了,您太伟大了。"

听到杨良金说到"伟大"二字,袁隆平表现出一丝羞涩:"不不不,没有多少人敢称伟大,我和你一样,我也是半个农民,其实就是个农民,搞水稻的,也没做出什么事来。"

"袁老师,先上房间去吧。"随同的年轻人看他们聊的时间有点长,就催促了一下。

"20年前你就种过我的杂交稻,那时我的杂交稻才刚刚搞出来,许多人不敢种,你敢种,你太了不起了。"

"老师，电梯门开了，上楼吧。"年轻人又催了起来。

"好吧，到时候我要听听你对杂交水稻的意见，后面还有时间，后面再聊吧。"袁隆平满面笑容地上楼去了，没有一点架子。

杨良金回到宾馆的客房，翻看了报到时领到的一些会议资料。翻着翻着，他看到了袁隆平的信息。

袁隆平时任国家杂交水稻工程技术研究中心主任、中国工程院院士，同时还担任湖南省政协副主席，也是重要的领导干部。他还受聘为联合国粮农组织国际首席顾问，是世界级的农业知名人士，但在杨良金这样的农民面前，却一点没有派头，只是一位和蔼可亲的前辈。这让杨良金更加肃然起敬。

大会连续召开了四天，杨良金抓住一切机会多次主动找到袁隆平，向他请教有关问题。两个照面一打，袁隆平和杨良金就像好朋友一样，他既回答杨良金的问题，有时还向杨良金请教起一些生产中的实践问题来。

由于杨良金和袁隆平都是研究水稻类的，所以分组会议也有一次碰在一起。

杨良金在会上做了发言，发言的内容就是论文中提出的"四茬五作超高效栽培"与粮食安全方面的话题。

提到"四茬五作超高效栽培"，与会人员都很感兴趣。但当他才打开话题的时候，有一位来自江西的代表插了一句话，"四茬五作超高效栽培"理论上成立，实践上行不通，而且在时序上是矛盾的。

"四茬五作超高效栽培"是杨良金从实践中摸索出来的。他胸有成竹地说："'四茬五作超高效栽培'方式中，为了解决早稻茬口紧的矛盾，采取春前育苗、立春移栽的措施，苗床生长期达70多天，既有利于冬季集中管理，又为'四茬五作超高效栽培'方式换茬提供了30多天的宽松时间，不但全年纯利润比传统密植'三熟制'提高了4倍左右，而且解决了早稻茬口紧的矛盾，既巩固了我国农民的'米袋子''菜篮子'，又确保了'油罐子'。'四茬五作超高效栽培'实验结果表明，我国农业资源虽然短缺，但农业科技尚有巨大的潜力可挖。2030年，保证人均粮食达到400公斤，我国粮食总产达到7亿吨的目标一定能够实现。只是由于此项技术实验时间短，应用面积小，作为栽培模式应用，仍需进一步充实和发展，但总体上理论上成立，实践上也是成立的。"

杨良金的一番话，特别是精准的数据让疑问者无话可说了，其他人也听得很认真。

接着杨良金将话锋一转："前段时间，我在报上看到美国人布朗先生写的一篇文章叫《谁来养活中国人？》，作为一个农民，我非常有信心说，这个布朗说的就是谬论。我们中国人既有聪明才智，又有勤劳的双手，加上我国还有得天独厚的气候资源，我们一定能自己养活自己，还能帮助更多国家的人！"

会场里出现了一片热烈的掌声。袁隆平平时不太鼓掌，但杨良金的话一结束，他也鼓起掌来。

散会时，袁隆平对杨良金说："你的发言鼓舞了中国人的斗志，打击了美国人的傲气。中国人的粮食问题只有靠自己。"

会议结束了，杨良金觉得最大的收获是见到了袁隆平先生。他觉得自己20多年来搞水稻稀植、油菜"超稀植"搞出了一定的成就，其灵感就是来自袁隆平。

回家后，他被邀请参加全县的一个农业会议，他在会上发言时再次就袁隆平杂交水稻发出感慨："袁隆平先生的杂交水稻打破了中国几千年的水稻种植传统，稻种从一亩三五十斤减到了2斤。袁隆平虽然从来没有说过自己的杂交稻是稀植，但从用种量上必须是稀，只能是稀。"

后来，不管在一些重大会议上，还是在培训班上，他都反复强调水稻稀植的重要性，提出一连串的反问：稀植省粮，一亩田省三四十斤稻种，全国上亿亩，要省多少稻种？稀植高产，全国又多产多少粮食？稀植省工，全国又有多少劳动力能得到适度解放？稀植通风透光，病虫害少，从全国来说，又能减少多少农药用量？水稻品质能提升多少？而且还减少了农田面源污染。他每每都铿锵有力地说："我们不能只是认为袁隆平先生培育了杂交水稻，是个培育种子专家，这是对他的贡献评价的不公。袁隆平先生研究的最重大意义在于他的杂交水稻实实在在地改变了我们原有的种植方式，让我们向科技兴农迈出了坚实的一步。"

水洼田变实验田

考上事业编，初心不移，不转农业户口，永远是农民，成为乡农科站的"农民站长"

易太圩是个锅底形的圩口，四周高中间低，因此这个圩区基本都是低洼田。在这些低洼田中还有一个最低洼的田区呈三角形，三边临水，约50亩。三角形中最长的一边临水，对面是芜屯公路，另一边是易太最有名的沟——走马沟，第三边是一条小沟。

正是因为这样的地形，这里成为易太乡有名的低洼田，常年内涝，没人种而抛荒。乡里就将此田收归乡农技站，要求农技站将它利用起来。但是一些农技干部怕困难，这里就一直闲置荒芜着。杨良金搞实验，正好需要田，他觉得既然荒着，不如自己协调过来用。一两年前，他曾和村里、乡里都交涉过，但由于种种原因，均未得到同意。易太本来人多田少，该田靠在芜屯公路边上，来来往往的人多，一直荒着给乡里带来一些负面影响，所以这里成了乡里的一个"烫手山芋"。

杨良金进入农技站工作后，夏书记就将这块水洼田"送"给了杨良金，并笑着对他说："听说这个地方你早就盯上了，现在就成全你的梦想，正式交给你，作为你的实验田，同时给你特殊的政策。至于怎么搞，全听你的，我们不干预，也相信你。"

低洼的田地，对别人来说是个"烫手山芋"，但对杨良金来说却是个宝。因为做农业试验，本身就需要不同特质的田。

接管田地以后，杨良金花了几个晚上，对其做了规划。因为田是乡里的，杨良金合理布局，将这50亩田划分为若干区域，然后以出租的形式交给农民种植各类经济作物。为了提高农民种植的积极性，保障农民的利益，他拿出了一套"农民+农办"的合作模式：第一，每个地块种什么、什么时候种、如何种，都由农办决定，所有的管理和技术指导都由农办提供，农民主要提供劳动力。第二，乡里出资架设专门的排涝设施，电费等各种费用均由乡里负担，产生的利润全部给农民，乡里只收租金。

为了确保农民获得效益，杨良金在村里寻找了一些对经济作物有兴趣的人来承租，让他们来带动，引导农民发财致富。

规划好后，杨良金首先从安徽省农科院引进了"秀丽西瓜"进行种植。"秀丽西瓜"也叫"带花西瓜"，是一种西瓜新品。这种瓜瓜体小，但皮薄，瓜瓤甜脆好吃，价格高。这种瓜还有一个最大的特点，就是同时开花，同时结果，同时成熟。同时成熟即可同时出卖，这便于土地利用率的最大化。

"秀丽西瓜"在芜湖也有少量种植，但在种植方式上都是按照省农科院指导的传统种植方式，瓜蔓平铺在地面，西瓜也都是长在地面上，西瓜个体小、产量低。而这片田地势低洼，常有积水，不利于这种瓜的生长。善于思考的杨良金在外地考察一番后，别出心裁，独创了一种特别的种植模式——立体架养。

立体架养模式是用三根竹竿撑起一个架子，让瓜蔓朝高架上生长，向空中拓展空间，西瓜结了以后吊在架子上，这样既避免了低洼田的局限性，也让单位面积的地面上长出的蔓更多，结的瓜也更多。

"秀丽西瓜"一般一个2斤重，外地产量一般是一亩1200斤，而立体架养产量是它的3倍，实现了高产、高效、高品质。

当西瓜挂满架的时候，安徽省农科院园艺所张其安所长，也就是这种瓜的培育人闻讯赶来。他一看到这种独特的立体架养模式能产出这么多的西瓜，连连称赞："真没想到，真没想到，同样的一亩地能有这么大的产量。我这个培育人都没想过。杨代表，你真是奇思妙想，瓜种得太好了。"

这一年，村里承租这个田的张发子一下子发了不小的财。

在种植"秀丽西瓜"的同时，杨良金还根据时令分别从浙江等地引进了新品种冬草莓、黄秋葵以及日本水晶菜等。特别是冬草莓，一亩田能收3000斤，价格高达一二十元一斤，一亩田收入达3万—5万元，比种常规水稻收益高出好几倍。

正是由于这些新品种的引入，这里一年四季瓜果飘香。村民们都说，过去的水洼田现在变成了金土地。一开始，杨良金找村民到这片水洼田承租，大家听到就摇头，现在许多人都想去承租。

杨良金到农技站后，易太的农业经济搞得有声有色，全乡粮食产量显著提升，病害治理在全县搞得最好，尤其还搞起了特色经济，这引起了芜湖县委书记的特别重视，杨良金也迎来了人生的一个好机会。

20世纪90年代，中国农业发展进入关键性历史阶段。中央提出，按照建立社会主义市场经济体制的要求，深化农村改革，加强农业科学研究和技术推广，带动农业向"高产、优质、高效"方向发展。继续组织农业综合开发，利用荒山、荒坡、荒水、荒滩、荒沙等农业后备资源，提高农业综合生产能力；优化农村产业和经济结构，大力发展创汇农业，使农业逐步走上"面向市场，利用资源，优化结构，提高效益"的道路；实行"种养加""贸工农"结合，开拓农村新兴产业，促进农林牧渔业与第二、三产业协调发展，增加农民收入，实现小康目标。中央农业指导方针特别强调了农业科学研究和技术推广。杨良金正是这个指导方针中提到的新时代农民。县委书记特别重视农业发展，对农技人才更是特别重视。

1997年，农业部等国家七部委下发了一个文件，要解决部分农技人员的身份问题。给在农业一线达到一定工作年限和一定年龄，并做出一定成绩的人一次参加考试的机会，通过考试，就能成为事业编农技干部。芜湖县共分配了7个名额。芜湖县是个农业大县，县委书记根据有关精神，在常委会上做了一个提议并取得常委会一致通过。这个提议就是特批芜湖县2个特殊人才免考转为事业编农技干部，杨良金是其中之一。

芜湖县农技推广中心陈主任得到消息后，第一时间跑到杨良金家里向他报喜："书记对你真是太关心了，全县仅2个名额免考，其中1个就是你。"

杨良金听到这个消息，非常感动，但感动之余，他突然又担忧起来。这么好的一个消息，却看见杨良金没有像常人一样兴奋，陈主任感到十分纳闷。

杨良金对陈主任说："请你为我转告书记，我特别感谢他对我的关心，给我这么好的机会，但我要参加考试。"

"你真傻。你想想，你是到了人民大会堂开会的全国劳模，作为特殊人才，按照规定也是有这个机会的，你还不要，非要考试，你一定就能考得上？考不上怎么办呢？"陈主任无法理解面前的这个杨劳模。

"陈主任，我一定要参加考试。"杨良金坚定地说。

"考场如战场，那么多人考试，竞争很激烈，风险很大呀，谁都不敢说自己一定有把握，你还是别太较真了。"陈主任劝解道。

"陈主任，跟你讲真话，其实我的兴趣还是在农田里当个农民，真的考不上，我种田，同样能吃饭，但我为什么要考呢……"杨良金说。

"你讲为什么，说出来我听听。"陈主任很好奇。

"陈主任，我是个农民，又刚到农办来，按照条件，考试的资格都没有，只要能给我考试，这已经给我天大的机会了，我就感激不尽了。你想想，我如果不考，7个名额免试一个给我，那个考了第7名的会骂我一辈子：要不是那个杨良金，我就考上了。你说是不是？我杨良金就怕听到这样的话，也不愿做那样的人。我如果考了，考上了，人家就没话说了。"

陈主任没想到世上还有这样的人，但看来是拗不过他，就将消息带到书记那里去了。

书记一听，更觉得不可思议："世上还真有这样的人，也有人找我开后门，但不符合条件，我一句话就把人家回到十万八千里外了。杨良金是我们常委会定的，他却不接受，真是个奇人，难怪他当上了全国

劳模。"

书记犹豫了一会儿，说："那好吧，尊重他的意见，让他参加考试。"

机会永远是给有准备的人。到考试只有几天的时间了，也就是说所有人都没时间准备考试，杨良金也一样，但令人没想到的是他的成绩是全市老龄组第2名，他名正言顺地考上了。

考上以后，要转户口，成为非农业户口。但谁也想不到的是，杨良金坚决不同意转户口，依然要保留农民身份。

当时，非农户口是人人羡慕的，在农村，只有考上大学，才能农转非，鲤鱼跳"农"门。而杨良金有这么好的机会，却"赖"上农业户口不愿转，整个乡里几乎没人不说杨良金傻。为这事，玉兰和子女们也和杨良金闹得不快，但杨良金就是坚持自己的意见，其中最根本的原因是，杨良金的心中永远装着对农业、农村、农民的深厚感情，因为转了户口，家里属于自己的田就要被收走了，他怎么也舍不得自己的田，哪怕是一分田。杨良金觉得，虽然现在自己在乡农办工作，服务全乡的农业工作，但自己的灵魂永远在农田里，在稻田禾苗之间，自己要永远当个农民，没有了农田就没有了一切。

乡里上报到县里，县、乡两级尊重了这个全国劳模的决定。正因如此，杨良金成了乡里正式的农技干部，但身份依然是个农民——这就是杨良金的初心。

1998年，钟站长正式从站长位置退了下来，杨良金凭着自己的贡献，没有任何异议地接任了站长。杨良金成为全县唯一一个"农民站长"。

杨良金和钟站长，生在同一个村。本来有隔阂的两个人，这两三年来，亲如兄弟，无话不说，工作中配合默契。老钟离开的时候，两人紧紧握着手不放。

杨良金任站长的时候，站里已加入了一些新鲜血液，进来了几个大学、中专毕业的学生，都是年轻人。

　　杨良金作为站长，又是长者，将站里的年轻人当作自己的子女一样看待。每天早上他都是第一个到办公室。到了以后，他将开水烧好，地拖好，所有的办公桌椅擦好。工作上杨良金更是带头干，年轻人见杨站长毫无怨言地做这么多工作，都非常感动，对杨良金特别尊重，工作上也是争先恐后地做。正是这样，易太农办工作很快在全县领先，不仅易太乡的农技服务做得特别好，许多农民跟着把副业搞得红红火火，致富增收发了财，杨良金的农办为乡里实现了创收。与此同时，由于杨良金在外的影响力，他还连续给乡里争取到几个农业大项目，其中一个是省财政专项拨款的水稻项目，项目资金20多万元，另一个是蔬菜方面的项目，也有20多万元的专项资金。在当时，一个乡里能搞上一个三五万元的项目都是大新闻了，杨良金连续带来两个20多万元的农业大项目，让书记、乡长走到哪里，腰杆子都挺得笔直。

　　虽然工作上打开了新局面，但杨良金的心里始终有一根弦在绷着。他觉得自己虽然到了政府上班，成了一个政府干部，但自己永远是个农民，自己的生命就是和农田捆绑在一起的，乡里虽然也给了自己农技科研方面特别好的政策，但毕竟是在政府，要遵守不少条条框框的规定，这些制度和繁琐事务还是束缚了他的手脚，他不能像在家里那样自由自在地做试验搞栽培。

　　就在这个时候，芜湖县撤乡并镇，干部多了要分流。他抓住这个机会，主动提出提前退休，终于又回到自己的实验田。嗅着熟悉的大地泥土的芬芳，他的心里又充满新的希望。

4

第四篇
大国农匠背影

飞来"横"财

独创的油菜"轻简化"立体种植模式带来"连环经济"，一季白萝卜给家里带来10万元的意外收入

和肖本如合作完成国家八五农业项目以后，杨良金感到自己已真正走到科研这条路上来了。杨良金善于结合社会发展需要去开展科研工作，一方面增加自己的收入，另一方面也能带动周边来使用自己的研究成果，让老百姓共同富裕。

20世纪90年代末起，国家开始实施"菜篮子"工程，各大中小城市周边纷纷建立了一批蔬菜基地，但大部分蔬菜基地只是单纯种植蔬菜，品种单一，既浪费土地资源，又容易滋生病虫害。就在这个时候，杨良金看到一个报道，说是国外开始进行油菜套种，利用油菜根茬中的硫疳开展病虫害防治，同时在套种中可以把油菜茎杆作为绿肥，既能增加土壤肥力，又能防治土传病源真菌。

有了这个启示，他对套种产生了兴趣，并开始寻找实践的方向。经过一段时间的思考，他决定将自己的油菜种植研究方向从过去省肥省种省工的"超稀植"，转型到适应劳动力紧张状态下的城郊型油菜"立体化"种植模式。这种模式就是以油菜为主栽品种，进行油菜套蔬菜再套早西瓜等作物立体种植，同时采用油菜免耕直播栽培，实现油菜田的温、光、肥、水资源集约高效利用，达到省工、省力、节本和超高效的栽培目标。

杨良金选择这种模式是立足当前社会现状的。20世纪80年代末到90年代初，农民纷纷进城打工，到了90年代中后期，农村里的年轻人越来越少，使得大量田地抛荒。杨良金在几年前推广油菜"超稀植"的

时候，还能请到帮工，但现在已经特别难请了，即使请到了，要么工钱特别贵，要么就是六七十岁以上干农活能力有限的人。城郊型油菜"立体化"种植模式正好解决了当时城郊区剩余劳动力的就业问题。

1996年，杨良金在农科站工作的业余时间里，在自家试搞了几块田的立体种植试验，取得了很好的成效，不仅解决了"超稀植"油菜冬季田间漏光问题，产量不减反增，而且收获了大量的经济作物，其中白萝卜达一万多斤。这种白萝卜品质好，比别人家同期长出的好吃很多。杨良金把这些白萝卜一吃二送三卖，不仅一些亲戚朋友享受到免费的白萝卜，品尝了他的成果，而且他还获得一笔不小的经济收入。

白萝卜的大量收获还带来另外一个收效。杨良金家里养了五六头猪，一些不宜吃、送和销售的白萝卜以及肥美的白萝卜缨叶成了几头猪的最好青饲料。自从白萝卜上市以来，他家的猪就没有吃过猪糠了，这样又节约了一笔猪糠成本。吃了这些饲料的猪长得又快又肥。由于饲料吃不完，杨良金又新增了几头小猪进行饲养，家里的猪从五六头增加到十多头。玉兰在杨良金的指挥下，越干越有劲，家里日子越来越滋润。杨良金常常自豪地对玉兰说，这叫"良性循环经济"——既解决了冬季油菜田间漏光问题，又增加了油菜籽的产量；既增加了经济效益，又减少了物化成本；既发展了养殖业，又减少了化学肥料和农田面源污染，一举多得。

由于猪吃新鲜的青饲料，肉质特别好，杨良金的猪肉到市场上被抢着买，价格比人家的还高一些。

既然有这么好的经济效益，1998年，杨良金又将家里猪的数量一下增加到18头。由于去乡农科站上班，原来的小区试验停了下来，田都空出来了，这么多的猪要吃更多的青饲料，杨良金便将全部的田都套种了白萝卜。

平时老百姓种白萝卜是稀植，缨叶长出来后都是稀稀拉拉的，白萝卜最后只能长到那么一点大，缨子也少。这一年，杨良金突发奇想，反其道而行之进行密植。按常规，一亩田撒2斤萝卜籽，他将每亩增撒到了5斤籽。

令人意想不到的是，这一年的12月底开始，江南地区连续出现高寒天气，气温连续多日低至零下10摄氏度以下。高寒带来的严重后果是农田里的蔬菜半成以上被冻死，许多人家的经济作物几乎绝收，这也导致当年的蔬菜极其紧俏，价格大幅上涨。

别人家的蔬菜被冻死，然而同在江南的杨良金的油菜套种大田却安然无恙。他的田里由于白萝卜籽撒得密，高高的油菜冠下一片碧绿，硕大的萝卜缨叶紧紧挤在一起，特别茂密。那些高高的油菜冠，像守护神一样保住了温度，而这些茂密的白萝卜及其缨叶不仅增加了土壤温度，同时油菜和蔬菜相互保温，也保护了油菜的根茎免受冻害。白萝卜和油菜两者可谓是相互守护，相互取暖，相依为命，抵御了严寒的侵袭。

由于蔬菜紧俏，白萝卜成了抢手货。平时一斤的价格只有一毛多最多不到两毛钱的白萝卜一下飙升到一元多。杨良金家的白萝卜由于太多了，人手不够来不及摘，连着泥带着缨，一送到市场上就被高价抢空了，每天一早·出去就是一两百元的收入回来，玉兰每天的心里比鲜肉炖出来的白萝卜味儿还要美。

几亩田的白萝卜，每天拔出来的太多，来不及卖，考虑到别的人家蔬菜少，杨良金便向左邻右舍赠送。一段时间后，白萝卜要全面上市了。太多的萝卜也让他们犯了愁，因为家里几个人根本忙不过来。就在这个时候，肖本如过来了，他看到杨良金有这么多新鲜白嫩的白萝卜，回到学校就和安师大食堂对接上了。临近寒假，安师大食堂正需要腌制大量白萝卜以备来年用，正苦于市场上白萝卜紧缺，价格高。杨良金来到安师大和食堂一谈，一锤敲定以低于市场价的价格出让。

白萝卜要用三轮车运送。由于三轮车白天不允许进入市内，杨良金一家人，再请上一两个村民帮忙，于头天晚上将萝卜起出来，简单地将缨叶和尾巴须子削掉，第二天凌晨两点开始装上三轮车。就这样，每天满满三车运送到安师大食堂。到了食堂，把萝卜往大磅秤上一称，再倒到指定地方便完事。每天卖完三车回到家里也只有早上5点左右。

　　杨良金家里种了接近5亩田的白萝卜，保守计算每亩产量2万斤，总计约10万斤，总收入近8万元。加上先前的销售收入，和他家养猪带来的效益，这一年总收入达到10多万元。

　　当时芜湖县的月工资水平只有五六百元，芜湖县城的房价也只有五六百元每平方米。这个收入相当于一个人十几年的工资收入，能买到一两套百余平方米的房子。

　　有了这一笔意外的财富，杨良金的心里更踏实了，因为他更有经济能力来进行最后这段保留他的农业试验，自费参加各类会议了。

参加国际油菜大会

在北京不舍得买一套西服，穿着褶皱的中山服，带着莫名的遗憾，漂洋过海，寻求人生更高的境界

1999年9月，一个国际性的会议——第十届国际油菜大会在澳大利亚召开。澳大利亚远在大洋彼岸，科研院所的专家想参加都是比较困难的，何况一个普通的农民。但杨良金得知这个消息后，下定了决心，排除一切困难也要参加，因为他要去见识见识。

由于杨良金拓展和推广了李殿荣先生培育的"秦油2号"油菜品种，李殿荣对杨良金格外器重，认为这个农民不是一个普通的种田人，是个很有智慧善于思考而且敢于作为的新型农民。1993年4月，杨良金在西安参加全国油菜学术会议期间，李殿荣曾将杨良金叫到自己的房间，和他进行了一次深入交谈，向他介绍国内外油菜发展现状。能当面听到全国杂交油菜之父、全国最著名的油菜专家的讲授，杨良金眼界大开。

在当天的交流中，李殿荣还给他介绍起1995年他参加国际油菜大会的情况，这更引起了杨良金的兴趣。

李殿荣说："国际油菜大会每四年召开一次，到目前已经开了九次了。遗憾的是前七届我们中国没有一个人参加，到了第八届才有上海农科院的刘后利先生参加了。我是第九届参加的，参加了那个大会，我才真正感受到我们在油菜栽培上与人家还是有一定差距的。所以我们虽然近年来也取得了一些成绩，但还得要负重前行啊！"

通过这些年的实践、试验、思考和会议交流，杨良金对国内的油菜培育和学术状况已基本掌握透彻了，特别是自己的许多成果都是国内领

先，所以他非常渴望能打开另一个全新的视野。

接着，李殿荣还特意表扬了杨良金："你虽然是个农民，但你也真的让我们这些专家教授刮目相看啊，我一个搞密植的，你能反其道而行之，研究出了个'超稀植'，这在国际上也是超前的啊。你要再接再厉，什么时候也能到外面看看，同时拿出你的成果，也是为国争光啊！"

先生的一番鼓励让杨良金百感交集，更加坚定了他要有所作为的决心。他有了一个理想，自己有一天也会和先生一道参加国际油菜大会，不辜负先生的一片期望。

杨良金激动地说："李教授，我是一个农民，今天能听到您的教诲，真是三生有幸。我今天听到的是我从农田里、书本上、其他任何地方都学不到的东西啊！李教授，您是我的恩师啊！"

杨良金记下了李殿荣的电话，西安会议结束以后，他一遇到难题就向李殿荣请教。李殿荣也从不嫌弃，总是非常耐心地给他解答。李殿荣爱农业事业，更希望国家有更多的人才从事农业科研，让我们的农业早点强大起来。在他的心里，中国能多出一个热爱油菜事业的人，不管他是什么人，都是油菜事业的一份重要力量。

有一天，杨良金问完问题，在电话里激动地说："李教授，我以后就不称呼您教授了，这样很别扭。按照学生对老师的尊称，我就称呼您'李先生'，这样更亲切"。

"不不不，那样叫我更别扭了。以后你就叫我老李，我叫你小杨，这样最好。"李殿荣说话一点没有架子。

正是这种相互尊重，让两人虽然远隔千里，但信息常通。李殿荣得到消息，第十届国际油菜大会将于9月在澳大利亚召开，他便立即打电话告诉杨良金，问他是否想参加。杨良金接到电话，激动地问："李先生，特别感谢您告诉我这个消息，我确实有这个梦想，但我这条件真的能参加得了吗？"

"我以前就和你说过，这样的国际会议只问你学术成果。从你的情况来说，完全可以报名。如果要参加的话，就要写一篇高质量的学术论文，在国际上既要有创新性，又要有新颖性，而且必须是论文的第一作者。你写了那么多论文，只要把你的一些实践成果进行加工，上升到理论的高度，形成一篇论文，还是能立得住，有看点的。我既然打电话给你，就是对你有信心。"

杨良金听到李殿荣这番鼓励的话，坚定地说："李先生，那我一定报名。"

不过他说完这句话后，心里突然又有点虚了起来，因为过去从来没有参加过国际会议，而且是在那么遥远的国外，自己从没出过国，不知道要花多少钱遇到多少困难。他又怯怯地问了一句："李先生，我还是要问一下，这样的会议总共大约要多少费用？"

"4万元吧，至少要这么多，费用没问题吧？"李殿荣问得似乎有些轻松。

但杨良金一听说这么多钱，心里还是咯噔一下，但话既然已说出口了，只能咬着牙继续说："我报名，我参加，费用没问题。"

其实对杨良金来说，费用还真是大问题，因为别人都是科研院所或有单位的，再多的钱都能报销。自己虽然在农科站工作，但一个小乡的农科站是压根儿拿不出什么钱的，何况是出国，何况是几万元。因此，他要去，时间上倒没问题，因为当初夏书记请他回来时有言在先，尽量不影响他的科研，但经费完全得自己支付，一分钱都没地方报销。

杨良金挂断了电话，心里还是有点不舍得，因为4万元在易太能盖一套一两百平方米的房子，在县城也能买大半套房子了。他把这个事说给玉兰听，玉兰平时一分钱都节省，但没想到对这个事倒是很爽快："既然李先生给你这么个好消息，你又有这个意愿，具备参会条件，你就去，不就4万元嘛。我们前头一年不就挣了10万元，你就当这个钱没挣到，心里不就平了嘛。更何况那是出国，想当年住牛棚的能出国，这也是给我们老杨家长脸啊！"

夏玉兰这么一番话让杨良金如拨云见日，心里一下通了。其实杨良金和玉兰差不多，平时不该花的钱哪怕一分钱都吝啬得要死，但花在有

兴趣的事业上面，他出手并不吝啬。他之所以要问问妻子，是想征求一下妻子的意见，试探一下妻子的态度。

有了妻子的大力支持，他的另一个任务就是写论文，好在他早已有了许多积累，再经过几个月的苦战，他就将论文稿子完成了。

因为是国际学术会议，稿子完成后还要翻译成英文，然后寄到组委会，经过组委会的审核通过，才有资格参加。

国际油菜大会，由于其国际声誉高，影响力大，对参会人数进行了控制，每届只邀请600—700人。虽然对人的身份不做要求，但参加的基本都是各国油菜领域顶尖的科学家和国际知名油菜种子生产及产品加工公司负责人等。杨良金虽然有强烈的参加意愿，但论文依然是决定他能否参加的关键。

文章写得好，翻译也很重要，现在找谁来帮助翻译呢？杨良金拿着一万多字的论文，首先找到了肖本如。肖本如当时已调任芜湖市农业局副局长，不在安师大工作了，但仍然一口答应了杨良金的请求，说："老杨，祝贺你呀，越走越远了，我为你能参加这个会议而特别高兴。这个事你放心，我一定到我们安师大给你请最好的英语老师。"

不到几天，肖本如果然就帮他请到了安师大英语系的周教授。肖本如约好了周教授和杨良金，并招待他们俩一起吃饭。饭间，周教授满口答应了杨良金的这个事情。但当杨良金掏出论文手稿，周教授接过一看后，不一会儿，脸色有点变了，眉毛皱了起来。杨良金一看有点不对劲儿，还以为论文有什么错误，心里一愣一愣的。

"老杨啊，这个我翻译不起来呀。"周教授看完前几页以后低沉地说。

听到这个话，杨良金就像被当头浇了一瓢冷水。他还以为眼前的这位教授是故意刁难一下，想要一笔钱，连忙说："周教授，是这样，我知道这个翻译是很辛苦的事，到时候这辛苦费该是多少我必须要给的。"

"不是的，老杨，你别误会，我不是要钱，我既然要给你翻译，又是肖教授介绍，我怎么能收你钱呢。你这个我是实在翻译不出来，你要是让我给你当翻译官，见人讲话什么的我都行，但是你这个论文专业术语太多了，这个我真翻译不起来，比如'秦油2号'，我是实在不知道怎么翻译。"

听到这个话，杨良金的心一下凉透了。这安师大是芜湖最好的大学，周教授是这个大学里最好的英语教授，他都翻译不起来，还能找谁去翻译呢？

杨良金满怀信心地来，非常失望地回去了。一路上，他坐在汽车上，心情失落到了极点。

回到家里，他整日愁眉不展。他非常渴望自己的成果能到那个大殿堂里去展示，如果自己的论文能通过，自己的梦想就实现了。但现在论文搞出来了，却没人能翻译出来，这可怎么办？

就在杨良金闷闷不乐的时候，夏玉兰看出了他的苦恼，对他说："你为什么不去找找李殿荣先生呢？"

杨良金把手一摆，说："你能想到的，我早就想过了，你不知道李先生每天有多忙，这个事我怎么好意思让他来帮呢？另外，'天高皇帝远'的，这个忙他怎么帮呢？"

"既然你这边实在没办法，你就试试看呗，也只有这一条路了。"夏玉兰说。

又过了几天，杨良金还是不能解决这个难题，干其他事都漫不经心，但是参加这个大会的好机会一定不能失去。在无可奈何的情况下，他硬着头皮拨通了李殿荣的电话。没想到李殿荣一口答应了，对他说："你这个事情，早跟我说呀，你把它寄过来我来给你翻译。"

听到李殿荣的这句话，杨良金感动得眼泪在眼眶里打转，他觉得这个老先生对自己真是太好了，不知怎么才能报答。随后，他就将稿件寄过去了。

李殿荣对这个千里之外的杨良金十分看重。收到稿件后，他把手边一些重要的事都放下，从百忙中抽出时间来，一个字一个字地将文稿认真看过，并进行修改，同时附上修改意见，将改后文稿和意见一并回寄

给了杨良金。

杨良金看到老先生寄来的信件，打开稿纸看到上面的一句话时，激动地手直颤抖。李殿荣在信中谦虚地说："文稿上面有些问题我根据国际油菜大会的要求帮你做了修改，你看行不行？"

看到这句话，杨良金感到先生之所以在油菜领域能取得这么大的成就，与他这种一丝不苟的精神和虚怀若谷的心性是分不开的，自己一定要把老先生作为自己的终身榜样，向他学习，为中国的油菜栽培事业做出更多贡献。

杨良金看完李殿荣的修改后，立即打电话过去，向他表示由衷的感谢。

李殿荣在电话里告诉他："国际上发表文章特别强调论文观点的新颖性和成果的社会贡献率，你的文章写得不错，被选中应该没问题。"

杨良金根据李殿荣提出的要求又对文稿进行了仔细修改，然后再寄回给李殿荣。李殿荣接到定稿后，又亲自一字一句地将论文翻译成了英文。这篇论文叫《城市近郊混合作物》（*Spatial Mixed Intercrops on Outskirts of City*）。

李殿荣帮他将论文译好后，又帮他将投稿、注册、机票等一系列他能办到的事情都帮他解决了。最后，他又打来电话询问杨良金要不要带翻译。

"哦，还要专门请翻译呀，只是我这边也请不到啊。"杨良金原以为到了那边自然有翻译协助，一听李殿荣说要带翻译，他心想，这一出去十多天，专门请个翻译，那要多少钱啊。他心里没底，又不好问，情急之下，只得咬着牙对李殿荣说："李先生，我也请不到翻译，您要是能请到，还是麻烦您帮我请一个吧，多少钱，我来出。"

"要不这样吧，我来安排我们的小张——张博士给你当翻译，你到时不管到哪里，他都跟着你。"李殿荣说。

李殿荣的团队里基本都是博士。为了能最大可能地帮助这个农田里走出来的，对油菜有着特殊情感的农民走出去看看，满足他的心愿，李殿荣免费给他安排了张博士作翻译。

一切准备就绪。1999年9月，秋高气爽的日子，杨良金要正式出国了。

这一天，他从南京坐了20多个小时火车赶到了北京。当他到北京的时候，李殿荣和两个翻译已提前到了北京的宾馆了。

在首都再次见到李殿荣，杨良金百感交集，疾步走上前去向先生问候。两人寒暄了几句，李殿荣对杨良金上下打量了一番，突然说："小杨啊，你穿这个衣服不行。你第一次参加这个国际会议，是出国呀，要买一套西服，也是代表我们中国人的良好形象啊！"

李殿荣虽然与杨良金交流很多，但他一直以为杨良金也有科研单位，是代表单位出去的，经费可以报销，所以对他提出了这一建议。

杨良金当时穿的是一件已经穿了多年的中山服，皱巴巴的。对他来说，这件衣服还是不错的，是平时重要场合穿的。他知道先生的一番好意，但又不好和先生解释说自己是私人掏腰包，显得十分尴尬。

"这样吧，张博士，你陪杨老师到商场去买套西服。"李殿荣说。

李殿荣这么说了，杨良金更没退路了，他知道在北京买一套西服一定很贵，但只能咬着牙答应了。出了宾馆，张博士手一挥，打了一辆的士，绕到了一个高档商场。

这次出行之前，根据会务要求，包括机票、吃住等所有费用，杨良金已经花去了3.8万元了，这次出来他只带了8000元作为备用金。如果动用了，到了国外可能就要囊中羞涩了，所以张博士陪他的一路上，他的心里特别矛盾。

在商场，张博士陪杨良金从一楼跑到二楼，挑来挑去，选了一件合适的，一问价格，6000多元。杨良金吓了一跳，想都不敢想，更别说买了。但在张博士面前，他又不好意思说价格贵了不买，只得设法找了个理由拒绝了。

张博士似乎看出了杨良金的心思，便想帮他找了一件价格便宜一点儿的。他又带杨良金从二楼跑到三楼，从三楼跑到四楼，从四楼又跑到

五楼，但看中的衣服价格一个比一个贵，杨良金都一一找理由拒绝了。张博士已完全知道杨良金是嫌价格太贵了，舍不得买，于是又不厌其烦地陪他找到了七楼、八楼，终于选中了一件，但一问价格，还是要4700多元。杨良金根本买不下手，不好意思地对张博士说："我们还是再找找看吧。"

张博士已看出眼前的杨老师是个很朴素舍不得买好衣服穿的人，虽然两腿跑得酸胀乏力了，但还是继续耐心地陪他找。杨良金从第一家开始就拿出了一些钱捏在了手心里，可一直到结束都没舍得松手。其实当他看到张博士这么不厌其烦地陪自己找的时候，心里也很过意不去，想着如果能遇到一个两三千元的就大胆地买了，但在这样的商场压根儿就没有这个价格的西服。当他看到衣服价格都是一万多的时候，便顾不得面子了，对张博士说："张老师，我真的不想买了，这个商场是高档商场，最便宜的四五千元，贵的一万多元，我实在买不下手。"

张博士非常理解，只得和他一道回去了。当他们回到宾馆的时候，李殿荣便问杨良金："西服买的什么样的？"

"李先生，我……我没买。"杨良金很羞愧地说。

"我专门派人陪你去买，你怎么没买呢？"李殿荣话里面似乎带着一点批评的意味。

李殿荣从来都和蔼可亲，杨良金从未见老先生和自己这样说话，不得不说实话了："李先生，我跟您说，那商场里最低档次的衣服4000多元，档次稍微高一点的一万多元。我一百斤稻子才卖几十块钱啊！"

"那你不能报销吗？出国代表了国人形象，买套好点的衣服，单位应当会支持的。"李殿荣不解地说。

杨良金苦涩着脸，低声地笑着说："我……我没地方报呀，我回去只能找我爱人报。李先生，您可能不知道，其实我没有正式的科研单位，我的科研单位就是我家里。不仅这个衣服买了没地方报，我来回的车票等一切都不能报，都是要我自己掏的。"

"啊，是这样啊，那算了吧。"李殿荣叹了一口气。

杨良金内心很惭愧。他回到自己的房间，仿佛觉得做错了事，心里更觉辛酸。他知道李先生是一个很节俭很自律很善解人意的人，如果不是很必要，他是绝不可能这么要求自己的。他越想越觉得自己让先生失望了。只是为了开个会，为了赶个集，为了心中的一个愿望，自己让一行人都这么为难。他也恨自己没出息，虽然五六千元的买不起，但四千多元的还是可以先买了再说。

带着失落，第二天下午3点多，杨良金跟随其他三人登上了北京飞往澳大利亚的航班。当飞机不断上升时，杨良金有了强烈的失重感，心都要跳出来，没想到自己半百之年能够出国。就在这一刹那，他心中的失落和忧伤一下烟消云散。随着飞机飞上万米蓝天，他百感交集，当年饿肚子、吃马兰头、村头要饭、住牛棚、求学、哭坟头的情景就像电影一样在他的大脑里闪过。他眺望着舷窗下面茫茫的白云，想起了那命运悲惨的父亲、辛劳一生的母亲，抑制不住内心的悲伤，眼泪不由自主地流了出来，只差哭出声来。

"小杨，怎么流泪啦，激动的吧？"李殿荣侧脸看了看杨良金问道。

听到李殿荣的话，他抹去了泪花，支支吾吾了几句，和李先生攀谈起来。三个多小时后，飞机到了香港经停。傍晚时分，飞机再次起飞，前往澳大利亚。万米高空，万里之行，飞机就像一艘飘摇的船儿一样在云端慢慢徜徉。杨良金看腻了舷窗外的云天后，又看了看自己身上陈旧的蓝布中山服，在心里自嘲起来——这样的人也来到澳洲做学术交流了。

20多个小时后，澳洲时间的中午时分，飞机到达了澳大利亚首都堪培拉的上空。飞机进入近空盘旋，杨良金迫不及待地通过舷窗眺望大地——一个完全不一样的地方。

9月在中国是金秋时节，而在南半球的澳洲，却是春暖花开的时节。

下了飞机，走出机场后，别样的异国风情扑面而来：处处是鲜花美景，荫荫草坪绵延不息，感觉随处都可以坐下躺下。特别让杨良金感到惊讶的是，堪培拉，一个国家的首都，居然没见到一幢高楼大厦，最高

的只有五层，大多数都是二三层的房子。

杨良金刚住进宾馆，还陶醉于刚刚所见的人文风情时，客房里的电话响了。杨良金一接，对方说的居然是汉语，陌生的语言环境里，熟悉的乡音让他一下放松下来。打电话的是易太的老乡张云，这更让他感到无比的亲切。

张云的父亲是杨良金的朋友，在杨良金出行之前，老张特意赶到他家里来为他送行，并委托他给儿子带点东西去，同时告诉杨良金，他会让儿子在澳洲接待他。

果然，他们一住进宾馆，张云的电话就来了。他十分热情地邀请杨良金一行到他家里做客。由于这边有统一的安排，杨良金说："我们刚刚到，后面要开会，等我们会议快结束时，我来询问一下我们带队的李殿荣先生看看怎么安排。"

澳洲见闻印心间

　　澳洲油菜的现代化，世界各地的新思维，让杨良金大开眼界；不一样的天空，多元文化的碰撞，带给他不一样的见闻与启示

　　会议于第二天如期隆重举行。本届国际油菜大会定在澳大利亚，是因为澳大利亚是世界油菜生产大国。当时澳大利亚油菜籽的年总产达240万吨，占该国当年油料作物产量的66%，是澳大利亚最主要的油料作物。

　　澳大利亚油菜生产历史较短，1967年从加拿大引进油菜品种"Target"后，短短5年时间，1972年产量便达到高峰。到了90年代，油菜的生产和加工业更是取得了长足的发展。澳洲油菜生产能够快速发展除了得天独厚的气候条件，还因为国家对油菜生产的高度重视。

　　有数据显示，1998年，中国油菜种植面积达666.9万公顷[①]，每公顷产量1240.5千克，总产达827万吨，面积和总产都远高于澳大利亚。但与澳大利亚相比，中国油菜主产区偏重精耕细作，机械化程度却较低，种植手段的现代化仍与澳大利亚有一定差距。

　　澳洲油菜生产的特点体现在以下几个方面：一是品种"双低"[②]化，大多为甘蓝型。除新南威尔士州南部有极少数的非油用双高油菜外，澳洲其他地区都种植"双低"油菜。农民生产的商品油菜籽要求芥酸含量低于2%，硫苷含量低于30微摩尔/克，含油量大于42%，水分含量一般在6%左右。二是集中连片种植。澳洲农场规模平均在1500公顷，大型农场上万公顷，小农场800公顷左右，一般雨量充沛的地方农场规模小，雨水欠缺的地方农场规模较大，西部农场规模大于其他各州，主要

---

　　① 公顷，面积单位，1公顷为0.01平方千米。

　　② 双低，指油菜籽中芥酸含量在3%以下，菜籽饼中的硫苷含量低于30微摩尔/克。

作物为小麦、大麦、燕麦、羽扇豆和"双低"油菜。每个农户选择一个"双低"油菜品种集中种植。三是机械化操作。澳洲土壤西部为砂壤土，东南部为红壤，但黏性不大，适合机械化作业。农田一般3—4年才深翻一次，大多年份耕地、播种、施肥、施药一次性完成。油菜为窄幅条播，播量在3—5千克/公顷，不间苗。收获在黄熟期，先用收割机割倒，10天后用脱粒机在田间脱粒。油菜生产全程机械化。四是广泛应用化学除草。油菜播种后除施肥时取得中耕除草效果外，一般不专门除草，在整个生育期喷施2—3次化学除草剂来除草，除草效果很好。五是种子生产质量高。澳大利亚尽管没有统一的种子法，但实行的是谁推广谁负责的制度，品种来源主要是有政府支持的科研单位和私人育种公司，品种在推广前要参加多项田间实验，对黑胫病抗性鉴定要有独立的田间实验，转基因品种还要进行安全性评价。六是商品率高。澳洲油菜籽90%以上出口，主要出口到中国、日本、墨西哥、印度等地。

学术会议议程主要分三大块：

一是主题学术报告。组委会安排了一些近年来在油菜方面成果最受世界关注、最有影响力的权威专家做报告，场次不多。

二是学术成果海报展示。每一个参加学术会议的专家都要将自己的成果通过海报的形式在大厅里面展出。根据油菜的栽培、育种、土壤、肥力等不同的门类，海报分成不同的区域进行展示，便于集中交流。杨良金的海报展示主题是栽培，所以他这个区域都是栽培类的海报。正是在这个海报区域，杨良金在张博士的帮助下，和许多外国专家进行了面对面交流。让他没想到的是，还有很多外籍华人专家也参加了会议。杨良金意识到，原来中国在海外仅仅油菜研究方面就有这么多优秀的华人专家。这些专家都非常客气、非常友好、非常谦逊。正是这种友好的交流，让他不仅获取了在国内无法获悉的知识，同时还深切地感受到了学术交流面前的相互尊重，人人平等。

三是外出实地参观考察。在组委会的带领下，他们先后来到瓦加等两个农场参观。

这两个农场各有特色，一个农场从事种植业，规模化面积达到了一万多公顷，机械化的水平特别高，采用的都是很先进的大型设备。特别有意思的是，这里的农场主专业素质特别高。他们都是大学毕业后，再学习三年职业技术，也就是要有两个毕业证书，其中一个必须是相关专业的，才有资格去申请土地，才能当农民。这些农场主不但文化水平高，专业水平也很高。他们拿起锄锹是农民，放下锄锹就是专家。

另一个农场从事养殖业。这个农场主一家爷孙三代共有14口人。当参观团一行去了他们家后，全家人列队欢迎，温馨的仪式让参观人员留下深刻印象。他们把家里所有好吃的、好喝的事先摆放在一张长桌子上，让参观人员自己动手，爱吃什么就拿什么，爱喝什么就品尝什么。吃完了喝好了，农场里还表演地方特色的节目给大家看，每个节目都别有风味。一开始是牧羊犬的表演，牧羊犬赶羊进入流水线进行机械化作业。牧羊犬表演结束后，他们一家人还自己表演，现场气氛特别欢快。表演结束后，大家一同正式就餐，品尝羊肉。李殿荣、杨良金一行对羊肉宴很不适应，但一家人的盛情让他们终生难忘。

会议议程井井有条，活动丰富多彩，但整个会议期间，对他们来说有一个最不能忍受的地方，那就是每天的主餐完全不能适应，整天饥肠辘辘。

会议期间每日五餐，其中三个主餐，加两个中间茶点。早餐一杯牛奶加一杯咖啡，再加一小片面包。上午和中午之间有个上午茶。上午茶是一杯咖啡加一点糕点和饼干。从饮食习惯来讲，这些还算是可吃的，但分量少得可怜，根本吃不饱。中餐在早餐的基础上再加一份羊肉。中国人也吃羊肉，但这里的羊肉只有两成熟，刀子一割，血就滋出来，还是鲜红鲜红的。杨良金一看闻都不敢闻，更别说吃了。李殿荣和两个翻译也是一样，他们虽然肚子饿得咕咕叫，也只是你看看我，我看看你，随后相视一个苦笑。中午和晚餐之间有个下午茶，下午茶和上午茶几乎一样。晚餐是一个不大的马铃薯，外加一小杯奶酪，再加一小杯洋酒。正是这样的一日五餐，让他们每天晚餐结束后，就迫不及待地冲进宾馆的房间，拆开方便面，还没等泡好，就狼吞虎咽地吃起来。他们有的一包吃不饱，就再拆一包甚至两包一起泡了吃。这是他们在澳洲十多天来最"丰盛"的第六餐。

这些方便面真是"救"了他们的命。说起这方便面，还是归功于李殿荣先生的远见。他经常出国，知道情况，来之前，特意准备了四箱方便面从国内随机托运过来。

但这样的五餐制，参加会议的其他国家的人绝大多数都能适应，只是以五谷杂粮为主食的中国人不能适应。

李殿荣是一个生活很简朴的人，虽然他有经费报销，但他从不奢侈消费。有一天，有人向李殿荣提出到华人街的中餐馆去好好吃一顿，好好填填肚子。李殿荣也是每天饿得非常狼狈，也想到外面的中餐馆吃一顿，但他知道，华人街的中餐特别贵，他一直不敢去吃。这时其他几个人一致同意要吃一顿，李殿荣说："好，就依你们，去吃它一顿！"

这一天，他们兴致勃勃地来到了华人街。这里虽然是中餐馆，但品种与家乡的也是天壤之别。左看右看，他们发现这中餐馆的菜简直贵成了天价。最终他们拣了一个最便宜的餐馆坐下来。拿到菜谱，他们对着菜价又是左选右选，最后选定了一个类似中国蛋炒饭的主食。这个已经是最便宜的了，但也是200元一份。

杨良金看到价格，悄悄地和三人说："我们那里在政府上班，月工资只有194元，这一份蛋炒饭就吃去了一个多月的工资啊！"

"既然来了，就吃一下奢侈一回吧，也算没白来中餐馆。"李殿荣苦涩地说。

学术会议结束的那一天，张云准时开车过来了，将杨良金他们一行四人接到了自己的家中吃晚餐。张云知道他们这些天来吃得不习惯，这个晚餐他很用心，准备了地地道道的中餐，按照中式习俗，搞了十碗八碟满满一桌菜。

闻到了纯正的中餐味，他们一个个迫不及待地就吃了起来。这是他们在澳洲十多天来吃得最痛快的一餐，一碗碗白米饭将肚皮都要撑破了。

第二天，张云带他们逛首都堪培拉。张云是20世纪80年代的大学生，之后到澳大利亚留学，最后定居那里。他的爱人是合肥人，岳父母都是教授，现在一家人都来到了澳大利亚定居。张云对澳大利亚文化很熟，一路上给他们介绍着澳大利亚的情况。

听张云介绍完，李殿荣说："我们国家现在改革开放，各个方面都在快速发展，什么时候你也回家去看看。"

这句话一下子牵动了张云的心，他来到澳大利亚这么多年，却始终忘不了家乡的一草一木，觉得自己的根在中国。这次他盛情接待杨良金一行人，也是借与家乡的亲人多交流来缓解自己的思乡之情。

在澳洲期间，杨良金不仅接触了很多学术界的专家，在油菜栽培等方面大大开阔了眼界，而且在其他方面也得到了很多意想不到的启示。他为澳大利亚农业的高度机械化、农民的专业化深深震撼，也更坚定了回国继续科技兴农的决心。

一棵油菜到底能长多大？

为了油菜超极限研究，付出了超极限的辛苦。苦尽甘来，创造了世界油菜史上的两个"破天荒"，种出了世界上最大的"油菜王"

由于农村地区科技不发达，农民常常信奉祖辈经验，做事往往循规蹈矩，比如淮河以南地区，一代代沿袭下来的白菜型油菜播种时间为10月20日以后，甚至11月以后，那么老百姓大凡也就在10月20日以后才播种。播种时间只有推后，没有人敢提前，因为传统的经验认为如果提前，油菜就没收成。而善于独立思考的杨良金在第一次搞"超稀植"的时候，不仅在"稀"上有了重大突破，同时还在另一个方面打破了传统：他将油菜的播种时间前移到9月1日，足足提前了40多天，油菜不仅长势良好，甚至取得了世界性高产。当然其中的原因可能与"稀"有很大的关系，但至少证明了油菜并不是老祖宗传下来的必须在10月20日以后才能播种。

为了证明油菜9月1日可以播种，他和肖本如进行"八五"超稀植课题项目合作研究时，在方案中直接将播种时间定在了9月1日至5日。这种做法，没有任何学术指导意见和参考资料作为依据，但肖本如欣然接受了，因为他相信杨良金的实践经验。经过几年的前移实验，杨良金更得出一串科学的数据，由于杂种优势强，"秦油2号"完全可以提前播种。

这个杂交品种按照杨良金设定的2000株的超稀植标准，其杂种优势没有得到最大化的发挥，能不能再稀一点，最大化的"稀"会怎样呢？油菜播种时间既然能前移40多天到9月初，那能不能再往前移呢？可前移到什么时间点呢？油菜前移后的温度高低与产量有什么关系呢？一棵油菜，如果在施肥、光照、栽培时间上给它最大化最优化，它的杂种优势究竟有多强？它最大到底能长多大？它的单株产量到底能到多少斤？

这个课题虽然缺乏实际应用性，但却是一个很有价值的课题，于是他决定来做这个实验。他觉得这是一个没有人做过的事，这也是一个专家们可能觉得没价值做的事，自己不妨一试。

为了能获得更科学、更准确的数据，他还引进了其他4个品种来同时做实验，包括"秦油7号""黄杂2号""油研7号""史力丰"等。

品种引进后，就在要动手之前，杨良金还是向几个油菜专家请教了这样的实验能不能做，有没有成功的可能性。结果所有的回答都是一致的：过早地播种一定过早地开花，这个实验不可能成功。大夏天，气温那么高，油菜一定长得快，生育期有可能还缩短，怎么可能会高产。

采纳专家的意见，还是继续下去？很快他就下定了决心：既然这样的实验缺乏实践，那我就来实践。

这个实验一做要几年，杨良金只有一个人，其工作量、其复杂性、其困难的程度是难以想象的，而且这样的实验没有任何经济上的回报。这一点杨良金心里十分清楚，但他没有退缩，没有畏惧。

淮河以南的油菜种植在冬至是一个临界期，冬至之前叫营养生长期，冬至之后叫生殖生长期。杨良金从多年的实验中已发现一个规律，油菜属于"无限花序"，在营养生长期，叶片、分枝的多少与时间长短和光照有关系，冬至以后的生殖生长期，叶片、分枝等与时间和光照基本没有关系。

根据杨良金掌握的知识和经验，他认为油菜超极限生长须满足三大条件，一是充分的光照，二是充足的水分，三是充足的养分。也就是说，要让接受实验的每个品种在光照上不受任何遮挡，在水分、肥力、肥效、上最大化得到满足。首先每个品种他分别种5棵，共计25棵。这25棵横向迎着东方，也就是朝阳一方，确保白天只要有太阳，两面都能接受最长时间的日照。每两棵之间间隔4米（传统是0.4米），确保每棵侧面也能接受最长时间的日照。这样的布局确保了每棵油菜在日光和温

度上最大化利用。

1998年第一次实验，杨良金将播种时间从原先的9月初一下再提前近3个月，也就是6月10日。在江南6月种油菜，这是闻所未闻的。杨良金在耕作、播种时，村民们来看热闹。有的说："杨良金是想当科学家想疯了，9月份能种出油菜，只提前个把月，还有可能，这6月份如果能种出油菜，那这几千年来的经验咱们都白学了。"

杨良金不管别人怎么议论，仍然专注于实验。江南6月的天气已十分炎热，火一般的太阳让他的汗水混着种子一同播下。除了一些粗活偶尔有别人帮帮忙外，绝大部分的体力活都是他独自承担。杨良金也是年近50岁的人了，但对科研的兴趣让他早已忘记辛劳。种子播下后，每两三天他要去进行施肥、浇水等田间管理，同时每5天要进行一次数据记录。

汗水洒下去了，然而让他没想到的是，他的第一次实验失败了，播下的种子根本长不出苗来。这正应了村民们的风凉话，随之而来的是一些村民的一片唏嘘声。杨良金不受此影响，决定每10天进行一次实验。于是他于6月20日继续同样的实验，但20日的实验又失败了。他依然没有气馁，继续于6月30进行了第三次同样的实验，可还是失败了。

一个多月来的重复劳动让他筋疲力尽，连续而来的失败让他承受着无尽的压力。夏日的酷暑让他晕倒在田头1次，到乡卫生院吊水2次。妻子担心他做实验不成，把身体累垮了，为了叫他别干了，和他顶起了嘴。儿女们也到田里劝阻，让他停止实验。几乎所有人都认为，炎炎夏日不可能种出油菜。然而，他定下的事，外在的阻力再大也不能让他回头。坚强的意志和执着的性格让他继续下去。7月10日，他又进行了第四次实验。由于气温高，田间的地老虎、菜心虫、黑毛毛虫等比前几次更多了，它们就像一群"黑帮"一样成为叶片的克星，好不容易长出来的叶片刚一出头就被它们一扫而光。特别是有一种害虫专吃菜心，把生长点吃了。虽然杨良金因时制宜，但第四次实验又失败了。这一天，杨良金长叹了一口气，扛着锄头，毫无力气地回到了家中。他搬起家里的茶壶，将一壶水一饮而尽，然后躺倒在凉床上，紧紧地闭上了眼睛。

外在的阻力又来了，妻子要求他先放下实验搞"双抢"，干家里的"正活"。

在这个家里，杨良金不仅要搞实验，同时还是家里的第一劳动力，兼顾着家里的农业生产。

面对着阻力，他在表面上投降了，但心里始终不甘心放弃。他想着既然已失败了四次，那还要再失败下去，一直失败到9月初，自己才心甘情愿。

7月20日，田野里金灿灿的水稻一望无际，有的村民已进入"双抢"的忙碌之中。杨良金却放下了所有的事情，再次来到田里进行着他的第五次实验。虽然他大清早就来到了田里，但不到九点钟，太阳就像个火球，室外温度高达40摄氏度以上。他的这个实验是无遮挡实验，周边都不能有一片树叶。这样的天气，加上反复的失败，又没有一个人来给他帮忙，他仍然咬牙坚持。他戴着一顶黑斑斑的草帽，帽绳深深地扣进他的下巴里。他一锹一锄，弯腰弓背，熟练地操作着。不久，妻子夏玉兰还是来了，给他送来了盐开水，给他擦去了脸上、身上的汗水。儿女们也来了，帮他干起活来。

凭着执着的毅力，这一次的实验他成功了。这一天，杨良金看到苗壮的幼苗，高兴得一屁股坐在了实验田里，享受着成功的喜悦。他的眼里长泪滚滚，就像当年从南中失学回家一样。只不过那次是伤心的泪水冲击着他的心，这次是喜悦的泪水滋润着他的心。

25棵幼苗被完整地移栽进大田后，他精心地管理，悉心地呵护着。他不间断地应对虫害，每5天进行一次数据采集。

这样的实验最大的风险还是暴风骤雨等意想不到的灾害，因为25棵幼苗，只要一棵有了闪失，都可能导致整个实验付之东流，数据也可能因此而不完整。因此，杨良金几乎是没有白天没有黑夜地进行守护。

8月、9月、10月、11月、12月……从高温酷暑到天寒地冻、雪花飘飘，他就像一个守岁的老人，守着这25棵一天天长大的新生命。一

百多天里，油菜每新发一次嫩芽，每新生一片绿叶，每新透出一棵枝子，每伸出一截花冠，他的心里都是沉甸甸的喜悦。他每天看着它们成长，像看着自己的几个子女成长一样幸福。

江南的冬天是最难熬的，难熬在数据采集这项工作上。数据采集一是叶龄记录。叶龄记录方法是自定苗开始编号，用竹签标记，每隔5天记录一次叶片数，并用木刻图章在叶片上印上编号，直到主茎叶片全部长完为止。二是主茎有效分枝记录。这个是记录出现在主茎叶片的叶位，从下向上按顺序编号，最早出的分枝为1号，依此类推，直到记完为止。三是生殖生长进程的调查。这是调查不同播栽期的苔蕾期、始花期、盛花期、终花期和黄熟期，了解各个不同播栽期杂交油菜的生长规律。

由于越到后期叶片、分枝越多，仅前两项工作就是一个十分浩繁的工程，而这样的工程，只有他一人来做。因为每一个数据都必须要经过他的确认。

这一年的冬天早早到来，一场大雪过后，冰雪结集在每一片枝叶上。枝叶被冰寒包围，但定期定时的数据采集却不能停止。下大雪的时候，村民都坐在火桶里烤火，而杨良金却没有心思烤火。和往常一样，这一天早上8点，他准时踏进实验田里。这时冬日的太阳还没有出来，格外寒冷。杨良金一进实验田就心疼起来，因为一些枝叶被冰雪压到下面去了。由于这些枝叶受到寒冻，如果用工具操作，极易导致叶片破损。他只得蹲下身子，用双手慢慢拂去冰雪，然后小心翼翼地将枝叶扶正，接受光照。两个小时后，他的双手冻得麻木后发热，发热后又麻木。太阳早就出来了，但直到11点才能感受到太阳的温度。花冠上的枝叶也被一些冰雪包裹着，根本做不了记录。他只能用自己的双指捏着枝叶，同时将嘴凑过去，呵着热气，将冰雪融化后再一一盖上图章，进行编号。他的手指紧捏住花叶的那一刻，冰寒刺进他的心脏，但他全然忘记寒冷和刺痛，只为新增的一片叶子、一个枝芽感到无比兴奋。

冬去春来，在杨良金的精心呵护下，大田里的25棵油菜从苔蕾期到始花期，从始花期又迎来盛花期，不断成长，显示出完全不一样的生长优势。这25棵油菜就像25棵婆娑的树木高高地立在大田里。几乎是从苔蕾期这25棵不一样的大油菜就吸引着无数的人前来观看。在这25棵油菜品种中，"秦优7号""秦油2号"长势最为突出。到了终花期，9个参观者伸开双臂都合抱不过来。参与测围的人一个个称赞这些油菜为油菜王，是奇迹。

过去传统的白菜型油菜，特别是12月上旬播种的油菜，虽然密植几万株，但产量低，亩产不超过100公斤。从外形上看，每株油菜都是一根纤细的主茎，只有寥寥的几个分枝，每个分枝也只结上寥寥的几个角果。而杨良金的超极限油菜从根部起，一出土面就有大分枝，而且这些大分枝都比青年男士的胳膊还要粗。到了角果结籽期，由于枝叶过于繁茂，结籽过多，一些大的枝干承受不住，杨良金还需要采购来一些大竹竿，为枝干打起撑子，周围再用绳子围起来，确保万无一失。

到第二年的5月20日黄熟收割时，经过长达10个月全过程为304天的生长，成果终于出来了。经过初步测产，"秦优7号"各项生长指标最为突出，单株主茎平均叶片数达80多片，总分枝数近千枝，总角果数达2万以上，最高单株产量在1.8公斤以上。其他4个品种单株产量也在1公斤以上。

在7月20日播种的实验过程中，杨良金还于同一年的8月上旬、中旬，9月上旬进行了连续播种实验。从这个实验中他初步得出一个结论：营养生长期越长，产量等各项指标越高，这也验证了他实验之前的推想。

有了这样的实验结果，杨良金心情好极了。1999年，他舍弃了6月份的三次实验，从7月10日开始进行第二个年度同样的实验，结果7月10日依然失败，7月20日实验仍然成功。到了2000年和2001年，他又舍弃了7月10日的实验，从7月20日起开始实验，全面成功。

根据连续4个年度的实验，杨良金得出结论：他所实验的5个品种均可以从7月20日进行播种。同时他还分别对比了8月上旬、中旬和9月初3个时间点播种的油菜叶片、枝叶的生长情况和产量。

最终，他得出两个重要结论：一是油菜可以提前到7月种植，二是营养生长期越长，产量越高，而且是高出几倍。这两个结论成为世界油菜史上的"破天荒"。

之前的几年，由于处于实验阶段，杨良金一直没有将实验情况与外界沟通。2002年3月底，也就是实验的第4个年头，杨良金决定要将实验情况向赵合句先生做个汇报，同时想邀请他过来看看自己的实验情况，看看他对自己的实验满不满意。

当杨良金将他的实验情况告诉赵合句后，赵合句在电话里就激动起来。他对杨良金的汇报结果不相信，十分震惊地说："小杨，我搞了一辈子超极限实验，种的最大的油菜单株也只有7两籽，你怎么可能搞出3斤多籽？你是不是搞错了？"

赵合句知道杨良金是个诚实稳重的人，不会信口乱说的。这时的赵合句虽然已经退休了，但作为油菜领域的权威专家，他听到杨良金的这个结果后，坐不住了，第二天就率领三个专家——一个是土肥方面的，一个是植保方面的，一个育种方面的——一行四人来到杨良金家里。

从武汉到芜湖，行程千里，年近70岁的赵合句带着对油菜事业的一腔热情，要一探究竟。当他风尘仆仆地赶到芜湖易太时已是下午了。杨良金见到油菜界的名人再次到自己家里来，倍受鼓舞。他怕老先生辛苦，便先将他们安排进了殷港小镇的一个宾馆。这时天突然下起了大雨，赵合句到了这里，心情更是十分兴奋，放下行李后，等不及雨停便要求到田里去看看。

"下这么大的雨，怎么看呢？您今天就好好休息休息吧，等明天雨停了再看吧。"杨良金劝说着。

"不行，都到了点上了，马上就去看。"赵合句对这样的事，似乎一刻都等不及，急切地对杨良金说。

杨良金只好听从，立即跑到附近买来几把雨伞。赵合句接过雨伞，还没完全撑开，就冲进了大雨之中。他来到田里后，走了几步，只看了一眼，面部表情一下收紧起来，内心大为震撼。杨良金用手引着方向，意思是继续往前走，再到前面看看。但赵合句却突然停住脚步，定定地立在田埂上，睁大眼睛望着眼前用一根根杆子撑起的高大油菜冠。半天，他开口说话了，语气中充满激动："小杨，你电话里跟我讲这油菜收3斤籽，太保守了，你这油菜单株产量估计要达到4斤以上。"赵合句是全国最知名的油菜培育方面的专家，看油菜的产量一眼一个准。杨良金也相信他的推测，因为自己跟赵合句汇报时，确实有意保守了一点。

"讲真话，来之前，我怎么也不相信的，因为我种的油菜单株产量只有7两多。小杨你做事踏实，说话低调，所以你电话里跟我一说，我就来了，换其他人我不一定这么快就来的。"

赵合句眼见为实，作为一个油菜培育方面的顶级专家，虽然自己都没能做出这个产量来，但他能见到这样的科学奇观，打心里激动。

全国油菜培育的顶级专家来杨良金的油菜田里现场参观，电视台记者也冒雨赶来，采访赵合句。赵合句感叹地说："我搞了一辈子油菜研究，当时培育的最大油菜王只打了7两籽，杨良金同志这棵最大的油菜要超出4斤籽，这是我一辈子也没有做出来的事。这是个奇迹，这个奇迹是出自一个农民之手的杰作。我为中国油菜事业的成就而感到高兴，同时也对小杨同志不畏艰难的探索精神表示敬意。"

记者又问："您作为中国顶级的油菜专家，此时最想说的一句话是什么？"

赵合句说："我最想说的是，杨良金为我们培育出了世界上最大的油菜！"

有了赵合句这么高的评价，杨良金更是激动万分。晚上他高兴地邀请赵合句一行到饭店吃饭。饭桌边一坐下来，赵合句就对杨良金说："小杨，你这个要申报基尼斯世界纪录。世界上目前没有这么大的油菜，你报一个准能行。"

杨良金从来没听说过什么基尼斯，更不知道怎么申报。赵合句看杨良金对申报基尼斯一脸茫然，便说："这样吧，你接下来先考种，到时候一切申报工作，我来教你怎么搞。"

"秦优7号"油菜获基尼斯认证

杨良金的实验成果为油菜超低密度高产、高效栽培提供了宝贵的科学依据

有了赵合句先生的点拨，杨良金决定申报大世界基尼斯纪录，让自己的油菜王定格在世界的历史长河中，不负自己这些年来的辛苦付出。

考种通俗地说就是测产，这是一个非常专业的工作。杨良金专程从芜湖职业技术学院请来了两位具备专业资质的教授前来考种。由于工作量大，两位教授还带来了8个学生参与工作。

这一天，李桥村成了芜湖的新闻热点地，来自省市县的各级各类媒体记者齐聚在杨良金的油菜田里，见证世界上最大油菜的考种记录。来自多地农业部门的人士也赶了过来，远近的村民更是不计其数。

参与考种的众人在杨良金和一些专家的指导下，小心翼翼地将几棵最大的油菜从地里挖起，一棵一棵抬上大板车，再用长绳将其一一捆起来，防止掉落。

一车车装着巨无霸油菜的车缓缓地行进在弯弯曲曲的马路上，记者们前前后后围着摄影摄像，忙得不可开交。

经过连续4天的紧张考种，最后准确的数据出来了，"秦优7号"各项指标高居榜首，其中单株主茎平均叶片数87.2片，总分枝数1012个，总角果数25346个，单株产量2059.6克，正符合赵合句先生单株产量4斤多籽的估计。

当这个数据出来时，两位考种教授目瞪口呆，其中一位不禁感叹地说："真是奇迹，世界奇迹。杨老师，你真伟大呀，你做出了我们想都不敢想的事！"

"7月里能种油菜，颠覆了人类几千年的认知。"一位参与考种的学生这样说。

在现场，每出来一个数据，大家都是一阵欢呼，为每一棵油菜的超极限生长而喝彩。

"秦优7号"单产4斤以上，是5个品种中产量最高的。

杨良金种出这种超级油菜和他要申报大世界基尼斯纪录的消息不胫而走。这5个品种中，产量最低的品种单产也有2斤多籽。有一天，与该品种培育相关的一位博士专程来到芜湖找到杨良金，向杨良金的成功表示祝贺，也为自己的常规品种能在杨良金的超极限生长培育下长出2斤多籽表示感谢。

随同博士一同前来的还有一位某省农林厅厅长。对于两人的到来，杨良金非常高兴，热情地招待他们吃饭。

饭间，他们谈得非常投机。就在杨良金向他们介绍自己超极限油菜实验经历时，博士突然打断他的话："杨老师，这次来，我还特意请来了我们省农林厅的厅长一同过来。实话实说，这次来主要是想和您谈一个合作。"

"我们怎么合作？您说。"杨良金淡淡地说。

"您培育的几个品种中，虽然我们这个品种产量比其他品种略低，但除了您培育的其他几个品种，它就是目前世界上产量最高的品种了。您马上要申报大世界基尼斯纪录，不如申报我们这个品种吧，一定也能报中。后面的合作我们可以继续谈。"博士认真地说。

听到这里，杨良金恍然大悟，知道他们过来的真实意图了。

"当然了，您投入了这么大的精力，付出那么多，我们都是搞科研的，太知道其中的辛苦了。这样，我们这边给您5万元补助。"博士恳切地说。

听到这里，杨良金心里已经有些不快，面无表情。博士觉得杨良金脸色不对，以为开价开少了，立即改口说："5万元如果少了，10万元也行，甚至还可以多一些，您说个价。"博士就像个生意人一样，急急

地说。

2002年的10万元可以在芜湖市中心地带买一套漂亮的房子了，在杨良金家不远的清水镇可以买3套房了。但杨良金看到眼前这个人，莫名地产生反感，他感觉眼前的这个博士根本不是搞学术的博士，而是一个生意人。他觉得这个人把科学当作了交易。甭说5万元、10万元，就是50万元、100万元，他也不可能答应这个合作的。

杨良金调整了一下心态，不动声色地说："博士，你既然话都说到这个份上了，我也就实话实说了，你是一个搞科研的，搞科研首先要尊重科学，在我培育的这5个品种中，你的这个油菜不是最大的。既然不是最大的，你让我当作最大的去申报，这不是违背了科学，违背了良心，违背了道德吗？我虽然是个农民，没有你们的高学历，但这5个品种都是出自我一人之手，就像家里5个孩子一样，你非要让我把老大说成老二，老小说成老大，我怎么能说出口呢？"

"杨老师，我理解您的心情，您顾虑太多了。您还可能不太了解行情，现在科技界这样的事也不少见，我们从事这一行的，既要尊重科学，同时也要讲究生产力和经济效益嘛！"博士耐心地说。

这时，同来的农林厅厅长也表示，如果能合作好，将来自己省这一块也能有相应的项目支持。

虽然有如此的诱惑，但杨良金依然下定了决心，决不能为一点利益毁了自己一生的信仰。他断然地说："博士，厅长，感谢你们的一番好意，能看得起我这样一个没有什么学历的农民。我虽然思想认识不高，但你们给的钱再多，我也不能违背科学，昧着良心去申报你们的品种。我实在做不到，只能说非常抱歉。"

杨良金的这个话说得博士一时接不上话来。过了一会儿，博士还是不甘心地说："杨老师，我理解您的心情，我前面说过了，科学是科学，现实是现实。要不这样吧，反正不急，我们先谈到这儿，您再考虑考虑。您先把您的汇款地址告诉我，等您同意了，您说个价，我就将钱汇给您。"

话已经说到这份上了，杨良金也不再多说。一餐饭结束后，杨良金没有给出自己的汇款地址。不仅如此，杨良金觉得这个人的人品有问题，不值得继续交往下去，后来博士的电话他也不再接，从此两人也就结束了交往。

回到家中，杨良金将事情经过说给了玉兰听。玉兰开涮说："上次那个项目你放弃了10万元，要了一个带不来一分钱的成果。现在这个博士的10万元你又不要，非要申报一分钱没有的'秦优7号'。我要是说到外面，鬼都不会信的，你真是个为科学不为金钱的'大佛陀'啊！"玉兰所说的为了要项目成果放弃了10万元，是杨良金的又一个故事了。

"你不懂，搞科研，就是要尊重科学。如果我要了10万元，那就出卖了我的良心了。即使申报成功了，那也是伪科学。这事就算别人能做得出来，我杨良金永远做不出来。"杨良金说。

回绝了博士的要求，在赵合句的帮助下，杨良金的"秦优7号"顺利参加了大世界基尼斯之最的申报。

经过严格的申报程序，杨良金培育的这棵高2.29米、重36.6千克、根颈围粗43.5厘米、主茎总叶片87片、总角果数25346个、产量2059.6克的"秦优7号"大油菜荣获大世界基尼斯之最。

消息传来，杨良金又一次流泪了。虽然大世界基尼斯只是一个荣誉，没有一分钱的奖励，还要倒贴申报费，但这是对他多年来醉心田间，坚守初心的肯定，也是对中国农业事业蓬勃发展的认可。

为了让这一研究成果成为理论，欣喜之际，他将所采集的大批量的数据进行了整理，并撰写了一篇7000多字的论文——《杂交油菜超极限生长栽培技术研究》。

杨良金的这一成果丰富和发展了油菜栽培的理论和实践，特别是杂交油菜播种时间超前移的实践为油菜的高产、高效、低耗创出了一条具有良性循环的成功新途径。杨良金发现，营养生长期内，平均每延长4天，就能多长出一个叶片，每多一个叶片，生殖生长期就能多0.7个分枝，这样算来，7月下旬播种，总共提前七八十天，就要多长出20个叶

片、14个分枝，那么因此而增加的角果数就不可想象了。这一成果在世界油菜栽培史上是一个里程碑式的突破，是对油菜栽培观念的一个颠覆，具有历史的独创性，对杂交油菜的生产实践和科学研究具有重要的指导意义，也为油菜超低密度高产、高效栽培提供了宝贵的科学依据。

温家宝：我代表党和国家感谢他！

温家宝说，杨良金同志精神可嘉，他解决了农民迫切需要解决的科技问题，我代表党和国家感谢他！之后，温家宝又回信杨良金，希望他继续努力，在农业科研上取得更大的成绩

2003年1月，杨良金作为芜湖市人大代表出席芜湖市第十三届人民代表大会。休会期间，市委的一位领导手里拿着一封信件向杨良金走来，欣喜地对他说："杨代表，向你祝贺，温总理给你回信了。"

说完，他将信件递到杨良金的手里。杨良金接过信件，看到邮戳，激动得双手颤抖，热泪盈眶，他怎么也没想到总理居然真的给自己回信了。温总理时任国务院副总理，信是通过安徽省委办公厅转到芜湖市委办公室，由芜湖市委办公室转过来的。信的内容是这样的：请太华、金山同志阅，请省委办公厅转达我对杨良金同志的问候，希望他继续努力，在农业科研上取得更大的成绩。落款时间是2002年12月18日。

杨良金得以收到总理的回信，还得要从5年前说起。

1997年11月25日，时任中央政治局委员、中央书记处书记的温家宝来芜湖县调研"三农"问题。

"三农"问题是指农业、农村、农民三大问题。这也是当时党中央最关心的问题。随着改革开放的逐步深入，城市现代化进程加快，第二、三产业不断发展，城市居民生活不断殷实，而农村的进步、农业的发展、农民的小康相对滞后。2000年3月，中国民间"三农"问题研究者、湖北省监利县棋盘乡前党委书记李昌平写信给朱镕基总理，反映当地"三农"面临的问题，引起中央对"三农"问题的关注。当时社会上还流行一句话：农民真苦，农村真穷，农业真危险。

温家宝同志代表党中央到芜湖县调研，点名要见7个农民进行座谈，时长半小时。

座谈会上，来自全县的7个农民坐成一排，杨良金坐在正中间，正对着温家宝。

温家宝首先问杨良金："你叫什么？"

"我叫杨良金。"杨良金回答。

由于每个被接见对象都有一个书面简介放在温家宝的桌子上，温家宝看到杨良金是全国劳模，便亲切地问："你是全国劳模，做了哪些贡献？"

怕温家宝听不懂方言，杨良金尽可能地操着普通话一字一句回答："我谈不上贡献，全国劳模这个荣誉是党和人民对我的关心和鼓励。"

"你干什么？"温家宝的问话很简练。

"我家祖祖辈辈种田……"杨良金正要往下说，话被打断了，因为整个时长只有30分钟，温家宝就没有继续问杨良金，而问起了杨良金右侧的农民。

温家宝问："家里种了几亩田？"

农民回答："6亩。"

温家宝紧追着问："你的6亩地产值如何？"

"纯利润18000多元。"这个农民估计是因为见到这么大的领导，便有意将数字往大了说。

在来芜湖县（现为湾沚区）调研之前，温家宝其实已对"三农"问题做了深入的了解，他一听对方的回答，感到很惊讶，追问对方："那你种什么？"

"种烟草。"这个农民突然感到自己说大了，后面圆不起来了，便随口瞎说了。

"就是种烟草，纯利润也达不到亩产3000元。"温家宝不解地问，"那你种多少烟，一斤杆烟卖多少钱？"

没想到温家宝步步紧逼，而且问得很在行，这一下更把这个农民问懵了，显出一脸的紧张，汗都出来了。看到对方的表现，温家宝就知道他说了假话，可还是继续问："你还有什么收入？"

"我还养猪。"农民回答。

养猪不是经济作物，是副业，是另一回事。温家宝再问："你还有什么？"

"我还在一个厂里打工。"温家宝明显感到对方越回答越离题，于是就不再问了，立即转向了下一个。但问完其他农民后，温家宝没问到一点真实的东西，有些扫兴。考虑到时间关系，他立即又调过头来再问杨良金。

"你家种几亩田？"温家宝问。

"我种6亩田。"杨良金回答。

"现在农民种田收益如何？"温家宝问。

"现在农民种地采取传统的耕作制度，也就是'油-稻'两熟制，投入产出比1：1左右。如果采取科学的办法，采取'油-稻-稻'三熟制，投入产出比大约1：1.5。"杨良金不慌不忙地说。

"你采取什么方法种地？"温家宝问。

"我种田是自己探索出来的科学方法，采取'三茬四作'或'四茬五作'高效栽培模式，投入产出比达到了1：3以上。"杨良金认真地回答。

"你怎么能做到1：3呢？"温家宝有些好奇。

"之所以有1：3，一是一年中我比别人多搞一茬或两茬，二是我采取了科学方法，节本高效，我的利润肯定高一些。"杨良金不紧不慢地回答。

看到温家宝同志很感兴趣，不同于之前的扫兴，在场的人也松了一口气。杨良金接着又将自己从事油菜、水稻科研，控水落干技术运用以及办培训班带动农民致富等情况简要做了汇报。温家宝越听越满意，觉得很真实。会议结束时，温家宝先站起身来，主动向杨良金伸过手去，和他握手，说："我代表党和政府感谢你，你为农民解决了迫切需要解决的科技问题。"

温家宝和杨良金一并走到室外时，他突然饶有兴趣地对杨良金说："来，我们俩合个影。"

当温家宝和杨良金站到一块准备合影的时候，旁边一位地方领导立即笑着说："温总理，我们基层领导都想和您合个影。"

于是，各位基层领导都一一而上，温家宝没有推辞，大家一起照了个合影。合影结束后，大家以为温总理就要走了，但没想到温家宝又专门找上杨良金，将杨良金拉到一边，说："我们俩再单独合个影。"

所有人都知道温家宝的本意了，他是完全认可了杨良金这样扎根农田又懂科技的农民。单独和他合影，是对他的鼓励，希望他再接再厉。

受到这个厚待，杨良金激动得连礼让都忘了，留下了他内心永远不会忘记的合影。

当天下午，温家宝在芜湖市政府召开安徽调研情况座谈会时，再次提到了杨良金，对于杨良金默默从事科研，解决农民迫切需要解决的科技问题给予了高度肯定。

温家宝还特别要求地方政府要关心支持杨良金的农业科研工作，鼓励杨良金在农业科技示范园里一展身手，尽快使农业科技成果发挥经济效益，带领农民致富奔小康。

温家宝的调研结束后，有人将他的话告诉了杨良金。杨良金激动得一连几夜都睡不着觉。从此他更加努力，以回报党和国家的期待。

2002 年 11 月，中共十六大召开，杨良金每天都看新闻联播，了解国家下一步的农业政策。

十六大报告说：必须尊重劳动、尊重知识、尊重人才、尊重创造，这要作为党和国家的一项重大方针在全社会认真贯彻。要尊重和保护一切有益于人民和社会的劳动。不论是体力劳动还是脑力劳动，不论是简单劳动还是复杂劳动，一切为我国社会主义现代化建设做出贡献的劳动，都是光荣的，都应该得到承认和尊重……要形成与社会主义初级阶段基本经济制度相适应的思想观念和创业机制，营造鼓励人们干事业、支持人们干成事业的社会氛围，放手让一切劳动、知识、技术、管理和资本的活力竞相迸发，让一切创造社会财富的源泉充分涌流，以造福于人民……统筹城乡经济社会发展，建设现代农业，发展农村经济，增加农民收入，是全面建设小康社会的重大任务。

杨良金看到这些内容的时候，感觉仿佛都是在鼓励自己一样。他明白，农民已经摆脱了旧社会身份低微、挨饿受欺的命运，在全新的时代背景下，农民的温饱、健康，农民家庭的富裕，农村的繁荣，农业的蓬勃发展，就是国家的希望，是国家进步、社会发展的最大动力。

后来，杨良金时时想到温家宝和自己握手时对自己说的话，对自己的期待和嘱托。他突发奇想，决定要向心中尊敬的温家宝副总理汇报一下自己这五年来的成绩，告诉他自己一直在努力，没有辜负党和人民的期望。杨良金想，自己以一个普通农民的身份或许也能进一步引起中央对"三农"问题的重视，这也不失为一件好事。

他把这个想法悄悄地告诉玉兰时，玉兰一下打断了他的想法："你真是异想天开做美梦，他能收到你的信吗？"

搞科研时，想到就要去做。这个事情上，杨良金同样如此，想到了就要去干。

为了写这封信，几天来，杨良金反复酝酿文字。完成后，他决定用电报的形式发过去，电文是这样的：

敬请中共中央办公厅转中央政治局常委温家宝

我是安徽省芜湖县农民杨良金，1997年，参加您的调研座谈会感触很深，您的关怀与鼓励，激发了我努力拼搏。

1998年，获得中共中央组织部、中国科协表彰。

1999年，赴澳大利亚参加国际油菜盛会，并发表了学术论文。

2000年，荣获"全国农村优秀人才一等功"。

2001年，参加中科院承担的国家"十五"科技攻关重点研究课题。

2002年，种植的"油菜王"获得基尼斯之最成果。

我用优异成绩真诚祝贺您当选中共中央政治局常委这一崇高职务，在领导全国人民走向繁荣昌盛的伟大事业中取得辉煌成就。

2002年12月11日

他的电文发出一个星期，温家宝真的回电了。党和国家对农民的真切关怀让他倍感温暖，更成为激发他不断前进的强大动力。

独立承担国家科研课题

没有团队，没有经费，一人独撑来之不易的国家重点攻关子专题；不要金钱不恋财，我的成果我的爱

在进行油菜超极限生长研究的过程中，杨良金还承接了一个国家"十五"科技攻关重点子专题研究。这个课题始于2001年，承接后也促使着他从一个农民向一个科学家转型。

这一年的春天，湖北武汉的中国农科院油料研究所研究员张春雷博士接到上级交给的一个国家"十五"科技攻关重点研究课题，这个课题中有一个关于油菜立体种植的子专题。张春雷是中国农科院油料研究所栽培学组组长，但他是研究小麦方向的，对油菜研究不专业。他接到这个任务后，一时陷入了困境。他在全国多方寻找，也没有找到一个自己满意又具有一定学术研究能力的合作单位。就在这时，他的老师，前任栽培学组组长赵合句给他提出了一个方案。赵合句说："小张啊，我给你推荐一个'单位'。他这个'单位'虽然不是科研单位，实际上只是一个人，但我觉得这个人应该是你最合适的选择了。这个人名叫杨良金，是安徽芜湖的一个农民，在油菜栽培方面特别内行。"

"什么，一个农民？他没有团队？"张春雷不解地问。

"没有，他实质上就是一个人，不过你可不要小看他一个种田的农民，他一个人做出了许多一个团队也不一定能完成得了的事。他已和安徽师范大学进行了两次合作，其中有一个课题成果主要就是他完成的。你要搞的这个子专题他实际上已搞了好几年了。我帮你对接一下，你再亲自到安徽去找他。"

张春雷听老师这么说，当然相信了。不久，他就坐大轮来到芜湖。

因为是赵合句引荐的，杨良金特别重视，亲自赶到芜湖码头去接。回易太的一路上，两人一路交流。张春雷见杨良金说油菜栽培起来头头是道，完全不是一个普通的种田农民具备的知识和经验，便深感老师说的果然没错。一到李桥，杨良金就带张春雷到他的田里进行了参观。一趟还没走下来，张春雷就打定主意了，主动向杨良金寻求合作。能参与到这样的国家项目中，杨良金当然也非常高兴，虽然自己的超极限项目正在实验中，精力有限，但他还是欣然表示愿意合作。

晚上，两人就合作事项进行进一步交流。张春雷开门见山地说："老杨，你是赵老师向我们推荐的，既然是合作，我就直截了当。这项课题，你就是主持人，我不分享你的成果。但如果你不在乎这个成果，我们课题也可以给你10万元买下来。"

杨良金见他这么直截了当，沉思了一会，也直来直去地说："既然这个课题由我来具体承担，我当然而且必须要成果。"

杨良金参加过这样的课题和成果鉴定，他知道，一个项目下来，劳动付出除外，成本至少要好几万元。如果接手这个项目，10万元经费也是必需的。虽然他缺钱，但这个项目本身及成果对他来说却更有吸引力。他觉得自己毕竟是个农民，要想在农业这块搞出点名堂，还得需要跟科研院所的这些项目有合作，既想要成果，又想要利益是不可能的。让杨良金感到自信的是，这些年自己种萝卜、养猪也挣了一些钱，家里也不缺这些钱来生活，所以，他毅然选择了要成果。

"好的，那我们给你补助8000元。"张春雷立即敲定具体数字。

杨良金一口同意，两人当即签下了协议。课题名称叫："双低"油菜立体种植与超高效益研究与应用。

张春雷带来的这个子专题能成为国家"十五"科技攻关重点研究课题，有着当时的国内外独特背景。

20世纪70年代以来，国际上一直把优质菜籽作为参与国际市场营销的重要保证，因此世界发达国家均以市场为导向，以效益为中心，以提高油菜产品市场竞争力和降低生产成本为主攻目标，高度重视品种优选、优质高效生产技术的发明创造和集成转化，如加拿大自20世纪70年代育成世界第一个"双低"油菜品种后，政府就制定优惠政策，采取"公司＋私营农场"的集约方式，大力推进和发展优质油菜生产，不断改良国内食用菜油品质而且满足了畜牧业发展急需的蛋白质饲料，产品也几乎垄断了国际市场，每年获得数十亿美元经济效益。巨大的市场需求促进了该国油菜生产持续发展，油菜面积由1975年的2400万亩增加到2000年的7000多万亩，从而使该国由第二次世界大战后的油菜生产小国跃居世界第三大油菜生产大国。其后欧洲、大洋洲国家也于20世纪80年代相继实现油菜"双低"化。历史上不种油菜的美国，2001年油菜种植面积也迅速发展到1500多万亩。

世界发达国家实现油菜"双低"化后，把降低油菜生产成本，提高生产效益和保护生态环境作为新的追求目标，通过以私营农场为基本单元，大规模集约化种植、机械化生产，建立了病虫草害综合防治、水肥综合利用以及产、加、销一体化的生产技术体系，高效率地综合利用油菜产品及其相关设备和技术，提高了劳动生产效率与资源利用率，减少了生产成本和化肥及农药用量。

在我国长江流域，油菜是农民开春以后收获的第一季"现金"作物。我国食用植物油一半以上来源于油菜。畜牧业的发展，也有力地拉动了菜籽饼粕的消费。为了适应农产品国际竞争和满足国内市场对油菜籽及其制品的强劲需求，大力发展油菜生产是长江流域冬季农业结构调整的必然趋势。但是，同加拿大等油菜生产大国相比，我国油菜生产中劳动力投入过多，加上农资涨价等原因，种植油菜的生产成本高，油菜籽及其产品的价格没有优势，在国际市场上缺乏竞争力。农民种植油菜的实际收益有所下降，挫伤了农民种植油菜的积极性，油菜种植面积下滑，一些地方出现了冬田抛荒现象，阻碍了我国油菜生产能力的提升。

此外，20世纪八九十年代，我国人口增长速度快，交通建设、居民建房和城市发展占用耕地面积较大，"人地矛盾"突显，特别是城郊接合部的土地占用量更多，这也对我国的油菜生产能力产生了相当的

影响。

基于以上背景，中国农业科学院油料作物研究所开展了这一次的油菜立体化种植和套种项目研究，以发展我国的油菜高效产业，降低生产成本，提高资源利用率，保护生态环境。

杨良金正好是研究立体化和套种的。这样一个有利于国计民生的国家级课题能找到自己，能让自己为社会做贡献，为老百姓做贡献，他当然不会计较金钱。

没有经费，自己从家里拿；没有场地，自己的田是实验基地，自己的家就是办公室；没有团队，自己的妻子、儿子、女儿都是自己的课题组成员。杨良金的女婿夏晓进是学农的，在当地的政府机关工作，所以自己的女婿也被"重用"，成了他的得力助手。

经过三年的艰辛探索和研究，李桥村形成了一个以亩产250公斤超高产油菜为核心，兼顾粮食和经济作物双效益的实践体系。在油菜多层栽培方面，杨良金创立了"三茬四作"和"四茬五作"的立体高效农业新耕制。

在项目实施过程中，杨良金创造的这些成果在当地形成了强大的磁场示范带动效应。他在安徽芜湖的四区三县、马鞍山的当涂县、湖北的武穴市和当阳市分别建立了核心试验基地4个，面积2万亩。通过试验示范，累计在当时安徽芜湖市的芜湖县以及马鞍山、池州、巢湖、宣州，江苏徐州，湖北武穴、当阳等地累计推广种植34.8万亩，辐射面积达56.7万亩。这些地区"双低"油菜平均产达201.3千克，比传统栽培法的高产水平定点田块增产25%以上。核心示范区千亩示范337块田，面积达1213.2亩，平均单产达216千克，典型高产田块达252.1千克。当涂县乌溪镇2004年统一种植"双低"油菜品种"秦优7号"，在9月上旬播种，10月中旬移栽，连片种植面积为1.47万亩，油菜平均单产达218.8千克，比传统栽培方法增产51.68千克，增产40%。南陵县三里镇在9月10日育苗，10月下旬移栽，连片种植1500亩，油菜平均单产达219.7千克，比传统栽培方法增产70千克。除了油菜高产以外，套种的蔬菜西瓜等也获得丰收。通过油菜田的立体套种，农民每亩增收超过1400元。

此项目直接经济效益还体现在：

一、省工、省力、省肥、省药。油菜和水稻每亩节省约239.57元。

二、高产。双季晚稻直播（撒播或点播）采取科学施肥控水落干、化学除草、激素调控等技术，两季达到1000千克的高产目标，两季稻增产达120千克左右。油菜超低密度立体种植方法，使单产达到200—250千克高产水平，增产达50千克以上。

三、高效。套种在单位面积土地上能多增加一季收入，按套种一季苗菜收入计算，可增加纯利润487.93元/亩。

四、社会效益。油菜套种蔬菜不但提高了复种指数，缓解了"人地矛盾"，为国家粮油安全提供了技术支撑，实现了粮、油、蔬菜产量同步提高，而且减少了化肥和农药的投入，减少了农田的面源污染，有利于保护水体。立体种植模式与科学施肥方法起到了显著的种地养地的生态效益。利用农田生物的多样性，减少了农药用量和施药次数，不但降低了生产成本，而且提高了农产品的品质，同时有利于保护农田环境和农业的可持续发展，是一项环境友好的栽培模式。

成果鉴定会

一人独撑成果鉴定验收会，独创的高效新耕制、环境友好的栽培模式和具有学术定位的专业术语，是他从农民向科学家转型的标志

从事科研，其成果最后必须要经过相关部门的鉴定才能宣告这项研究在理论和实践方面的成功。实验过程中，杨良金精心完成了一篇成果鉴定论文，题目是《"双低"油菜立体种植与超高效益研究与应用技术报告》，共计2.1万字，包含国内外油菜栽培发展现状、项目简介、主要技术创新点、项目研究详细内容、"双低"油菜立体种植关键栽培技术、发表论文和学术交流情况等六个方面。

下面将杨良金论文中关于实验部分的记述摘抄如下：

实验1："双低"油菜超低密度与高效施肥实验

"双低"油菜品种以"秦优7号""中油杂2号"等为主，在9月1至6日播种，亩播种量为0.3千克，培育大壮苗主茎叶片达13片以上；在10月中下旬移栽，规划田3.6亩田，实栽油菜为8232株，占3.6亩的70%；大田亩施肥量以10千克纯N为宜，N∶P∶K为1∶0.6∶0.4，运筹方法基肥∶苗肥∶腊肥为5∶3∶2分3次施完，施肥省工50%。基肥占总施肥量的50%，将14%磷肥25千克+尿素14千克+油饼25千克+硼肥0.5千克肥料混合均匀，深施在穴内。苗肥在11月下旬施，占总施肥量的30%，亩用碳铵9千克+磷酸二铵4千克+钾肥2千克兑水浇施。如在四棵油菜中间打一洞深施，洞深约20 cm，将9千克碳铵改为3千克尿素，其他肥料品种与用量不变。腊肥在元月底2月

初施，占总施肥量的20%，其中亩施碳铵6千克+磷酸二铵2.0千克+钾肥5千克+人畜粪10担兑水浇施，若遇雨天撒施必须将6千克碳铵改为尿素2千克，其他肥料品种与用量不变。这样可以确保油菜在5月16日至18日收获。6年平均单产为206.8千克。按几年平均价3.70元/千克计算，油菜籽单项收入为765.16元。扣除生产成本和全年农业生产费用381.25元，纯利润为383.91元。

实验2：油菜田立体套种芫荽实验

油菜定植前一天，将芫荽浸种，于油菜移栽当日用干草木灰和菜油将芫荽籽搓匀，撒播在油菜行间，加盖土杂肥，播种量1.0—1.5千克/亩。待芫荽在出苗后20天施一次苗肥，亩施尿素5千克+磷酸二铵8千克+钾肥2千克兑水浇施，最好选择下雨天撒施。6年平均单产为168.3千克。按平均价4.10元/千克计算，芫荽单项收入为690.03元。扣除生产成本121.40元，纯利润为568.63元。

实验3：油菜田蔬菜收获后套早西瓜实验

套种西瓜品种选择"华密8号""西农8号"等品种，在3月初采用营养钵育苗，4月初油菜终花前移栽西瓜苗于油菜行间。移栽西瓜前按每亩油饼100千克+磷酸二铵10千克+硫酸钾10千克作西瓜的基肥，而后按株距0.5米标准每亩栽600株西瓜苗在收获后的蔬菜畦垄上。地膜覆盖，提高地温和保墒，再加盖小拱棚防寒。油菜收获后再按每亩20担追施一次人畜粪，再将油菜畦合并成宽瓜垄。6年平均单产为3890.5千克，按平均价1.40元/千克计算，西瓜单项收入为5446.70元。扣除生产成本313.00元，纯利润为5133.70元。

实验4：后茬双季晚稻稀植实验

后茬双季晚稻品种选择威优64、金优77等杂交品种或生育期较短的早熟品种为宜。一般在6月中旬播种，7月下旬移栽，亩栽1.1万穴，每穴1粒谷粒苗，施纯N 8千克/亩，N∶P∶K为1∶0.4∶0.6，加1千克锌肥，采取稀播壮秧、全耕层混施基肥、"控水落干"节水和病虫害防治等技术措施。6年平均单产为503.6千克，按平均价1.52元/千克计算，双季晚稻单项收入为765.47元，扣除生产成本187.50元，纯利润为577.97元。

综合实验1至4，周年三茬四作种植模式累计年度总产值为7667.36元/亩，扣除全年度生产成本1003.15元，纯利润达6664.21元。传统油稻稻（CK）三熟制年度总产值1662.00元，油菜生产成本和各项费用431.00元+早稻213.10元+双季晚稻237.60元，累计投入881.70元，纯利润为780.30元。三茬四作模式年度总产值约为传统（CK）的4.6倍，纯利润约为传统（CK）的8.5倍，全年复种指数达383.3%。

看到这样的论文，如果不是从事专业研究的很难看出眉目，因为其中夹杂了大量让人看了眼花缭乱的数据。而这些数据只是杨良金这个子课题中的冰山一角，三年来，他共计获得科研数据10万个。

这篇论文杨良金花了近四个月的时间完成。杨良金没有一个专业助手，除了女婿夏晓进在文字梳理上帮了点忙，其余一切都是他独自一人用心血凝成的。在完成这篇论文的过程中，通过大量阅读、思考，他在学术理论上、科研境界上也有了一个质的提升。这也是他从一个农民向一个真正的科学家转型的重要标志。

杨良金完成了这篇论文，回想着上千个日日夜夜的付出，他深深地舒了口气。

"丑媳妇总要见公婆"。论文完成，成果得要经过验收和鉴定才算得到业界认可，才能合法地为社会造福。

就在课题验收和成果鉴定的不久前，有人提出了一个意见，研究所有一位领导要加入课题组，将自己的大名纳入功劳簿，排进"座次"之中，并且位次还要靠前。他无奈地说，这也是出于方方面面的原因。杨良金接到这个指令，心里很是不快。学术上的事，杨良金总是非常敬畏，但学术界也可以"空手套白狼"，这是最令人不齿的。

成果验收和鉴定除了论文这个重头戏之外，还有很多其他的材料和繁琐的事务。杨良金没有团队，除了家人的帮助，他一人几乎承担了所有工作。

2004年6月初，他连续熬了几个通宵，终于将大批量的资料和其他各项事务大体整理好。成果验收鉴定会于6月9日在合肥举行。6月7日这一天，他和夏晓进提前来到合肥。安排好会务工作后，他又根据专家的要求将有关材料连夜进行了修改。连续五天，杨良金几乎没怎么睡，精力还是非常旺盛，但夏晓进却吃不消了。最后一个晚上，他怎么也挺不住了，夜间，他随意往床上一倒就呼呼大睡了。第二天早上夏晓进一觉醒来，看见杨良金没合一下眼。杨良金看到终于睡了一觉的女婿，开玩笑地说："你还没你老爸战斗力强啊！"

参加过两次这样的成果验收鉴定会，杨良金已有了一定的经验。这次由于自己准备得充分，他满怀信心，认为一定能顺利通过验收和鉴定。

这一天，合肥的天气有些阴沉，但没有影响杨良金激动的心情，他自己主持的项目终于要正式接受全国专家的验收和鉴定了。虽然几个晚上没有睡好觉，但他依然步履稳健。

他一走进会场，就有人指着他和另一个人交流："今天的成果验收就是他的，是一个农民。"

另一个人说："什么？农民？农民也搞科研了？"

他们说话的声音很小，但敏锐的杨良金在离他们几米远的地方还是隐约听见了。杨良金对自己的成果非常自信，他们的话，他一点没放在心上。

正常的情况下，这样的会议有专门的主持人，有专门的答辩人，还有辅助答辩人，同时还有会场工作人员。但杨良金只有自己一个人负责所有一切，既当课题组主持人，又要全场答辩，女婿只能作为会场工作人员帮帮忙。尽管如此，上午的验收会还是顺利通过了。

下午是鉴定会，杨良金也是不慌不忙，一一回答了七个专家的不同提问。

答辩进行到后半段，个别专家的问题有些打破砂锅问到底的意味。好在这课题的确是杨良金亲力亲为的心血，专家再怎么询问，杨良金都是对答如流。

但几个问题答辩下来，杨良金也是手心冒了不少汗。有位专家问："什么叫'田间漏光'？这是不是你个人臆想的专业术语？你怎么解释？"

面对专家的质疑，杨良金回答说："社会是发展进步的，许多专业俗语和谚语一样，随着社会的发展和人们的新发现而产生。这个'田间漏光'是我本人新的发现，虽然我不是专家教授，但同样也有发现的权利……"

杨良金接着说："传统的油菜密植有几万株，同样的单位面积中哪怕每株达到2—3片叶，土壤便被全部覆盖了，而我的课题中油菜实施的是'超稀植'，同样的一亩地才2000株，每株哪怕是5片叶，田间也有很大的空隙。每株之间的叶片连不上，就产生了空间，这个空间光线就能进入，这就是我说的田间漏光。"

专家感到他回答得条理清晰，继续追问："那漏光的好处在哪里，坏处又在哪里呢？"

杨良金越来越镇定了，说："田间漏光，单位面积的每棵油菜吸收的营养要多些，这就是它的好处。如果冬季干旱，稀疏的种植方式导致土壤保温差，保湿也差，这就是它的劣势。套种就是回避它的劣势，增加它的优势。套种作物生长期短，施的肥用不完还能留给油菜生长用，这样就减少了油菜施肥量。更重要的是，这种套种模式在干旱年份能保湿，冻害年份能保温，所以立体种植能确保田间不漏光，发挥它的超高经济效益。油菜有个最大的特性就是怕冻，不是叶片怕冻，而是根茎怕冻，根茎一冻，容易脱皮开裂，一开裂病菌就从开裂处侵入。而套种的另一个重要好处就是油菜能保护蔬菜，蔬菜又能保护油菜的根茎不受冻害。所以我的这个油菜套种最有力地保护了油菜，促进了超稀植油菜能保持高产。"

杨良金刚一回答完，又一个专家问道："在你的报告中，土地利用率达到333%，这个复耕指数是怎么来的？"

杨良金镇定地回答："我的'三茬四作'模式早稻的土地利用率是100%，双季稻的土地利用率是100%，油菜的土地利用率是100%，'三茬三作'就是300%。因为我是'三茬四作'，其中在油菜中套种蔬菜，这又是一作。因为油菜这一作占地面积至少是三分之一，所以蔬菜这一作土地利用率至少是33%，333%就是这么来的。"

一连串专业的术语和娴熟的答词，也让专家十分满意。接着，又有专家分别就"什么叫三茬四作""什么叫四茬五作"等一些基本问题进行了发问，整个鉴定组对农民研究出的课题成果还是格外谨慎的。

最后，中国农业科学院油料作物研究所的赵合句先生建议大家进行表决。

整个专家鉴定会继续进行，由于杨良金的这个课题是他脚踏实地干出来的，成果充实，材料充分，整个技术规程和内容他都了然于胸，专家组最终一致通过并形成了安徽省科学技术厅专家鉴定意见书。鉴定意见如下：

一、芜湖良金高效农业研究所等单位完成的"'双低'油菜立体种植与超高效益研究与应用"课题研究锁定长江中下游地区油菜亩产200千克的高产目标，优选出适合立体套种的油菜品种4个，适合套种的蔬菜品种8个，并创新了7种以油菜为主栽品种的立体高效种植模式，以全年"三茬四作"为主体，其复种指数提高到300%以上，对于巩固和提升油菜生产能力，

实现农田资源高效利用和农民增收探索了有效途径。

二、该项研究针对7种立体种植模式研究配套了关键栽培技术，尤其是优选品种、油菜超稀植、合理肥水运筹、病虫草害综合防治、间套操作等技术，可操作性强，具有重要的推广应用价值。

三、目前该技术已在安徽省芜湖县、湖北省当阳市等地累计推广18.8万亩，油菜平均单产200千克，并辐射到周边马鞍山、宣州等地区达45万亩，累计创经济效益1亿多元，每亩纯收入比当地传统的"油-稻-稻"和"油-稻"两熟制成倍增长。

综上所述，该项研究选题正确、研究资料翔实、配套措施实用，研究抓住立体种植、科学接茬、合理稀植、科学肥水搭配等关键环节，实现了高效益，为种植油、稻为主的长江中下游地区农民，在稳定粮油的前提下，增加经济收入提供了一条有效途径，丰富和发展了油菜田立体栽培的理论与实践，为油菜的优质、高效创出了一条具有良性循环的新途径，具有创新性，居国内同类研究的领先水平。

成果成功通过鉴定会，杨良金现场似乎并没有多激动，但回家的路上，他的泪水却突然涌出来了，这是激动的泪，同时也是委屈的泪。

这项成果的通过，也是饱经风霜、扎根农业科技的杨良金从农民走向农业科技工作者的起点。

"三巨头"联名致信

赵合句、李殿荣、张春雷：他是我国油菜栽培史上一位杰出的农业专家，他所获得的科研成果和为农民无私奉献的美德，成为我国乡村田野上的杰出典范

国家"十五"科技攻关油菜子课题项目从立项到通过成果鉴定，共计花费10万余元，杨良金获得的补助经费只有8000元，其余9万多元完全由杨良金从家里"报销"。

有人问他："人家承担课题，所有经费都有出处，参与人员还能得到经济上的回报，你这样自掏腰包得来的成果又不能变现产生效益，值吗？"

面对人家的问题，杨良金笑着说："我杨良金从小住牛棚，没的吃，没的穿，上不起学，如今我不愁吃不愁穿不愁住，还能从事农业科学研究工作，特别是还能把我的科研成果推广出去带动那么多农民发财致富。你帮我算算，我的这个回报有多大呀！"

鉴定会后不到一个月，杨良金收到了一封来信，这封信又让他前段时间的憋屈转为喜悦。这是中国油菜界的"三巨头"联名写来的。这三人就是中国农业科学院油料作物研究所顶级栽培专家、研究员赵合句，中国农业科学院油料作物研究所博士、研究员张春雷，陕西省杂交油菜研究中心研究员、"世界杂交油菜之父"李殿荣。信的标题是《对杨良金同志取得卓越成果的评价》。因其中与前文的鉴定意见有重复，故摘录部分如下：

杨良金同志9岁丧父，12岁辍学务农，只有一张小学文凭，家庭世代依靠种田为生，家徒四壁。就是在这种坎坷磨难的生

活中，他努力拼搏、刻苦求知。他把求知当作空气、阳光、水分、食物。"扑在书上自学，像饥饿的人扑在面包上一样"。硬是凭着这股"韧性"，自学读完了从小学到大学的文化知识，此外还阅读了上千册当代科技书籍，使自己的谋生能力增强。他不但善于学习，而且善于发现，勇于挖掘，抓住和利用各种机会去更新、升华和进一步充实最初获得的知识，使自己适应不断发展的世界。他将学到的知识应用于实践，大胆地引进新品种，进行油菜超低密度立体种植模式化栽培，改变了传统的理念。他在取得了显著的经济效益时，又无偿地毫无保留地自费培训农民，打印24万多份技术操作规程和"明白纸"，赠送给广大农民，将成果转化为第一生产力，使自己人生更加充实、完美。他参加研究的油菜超稀植高产高效栽培技术，1995年5月8日，由安徽省科学技术厅组织专家鉴定。专家认为：居同类研究的国际先进，国内领先水平。2001年他又承担了国家"十五"科技攻关子专题"'双低'油菜立体种植与超高效益研究与应用"项目。

他从1993年开始到2004年，仅用了10余年时间，撰写或与他人合著自然科学研究论文达41篇，先后在国内外有关权威学术刊物上发表，有多篇获自然科学优秀论文一、二、三等奖；撰写科普性文章达300多篇，60多万字，先后在国家、省、市有关报纸杂志上发表。像他这样的学历能三次走上国际学术殿堂，参加三次全国性学术交流，得到温家宝总理亲切关怀和国内外有关专家的高度关注与支持难能可贵。他从童年至今，辛勤耕耘农学半世纪，执着追求科学真理。

…………

他在农学领域勤奋耕耘，取得了丰硕成果，他的论文既有浓厚的理论基础，又有丰富的实践经验，既有理论上的科学性，更具有生产上的实用性，他是我国油菜栽培史上一位杰出的农业专家，他所获得的科研成果和为农民无私奉献的美德，成为我国乡村田野上的杰出典范。

二〇〇四年六月十日

赵合句、李殿荣、张春雷是中国油菜界的权威人士。读了这封信，杨良金的心中又升腾起一股自信的力量。他觉得，还有什么比这更贵重呢？

夜间，他突然来了灵感，立即起身，写下一篇《君子爱财 取之有道》以自勉。文章如下：

我认为，钱就好比土地里生长出来的稻子，而经商的人只知道稻米可以赚钱，他们却不知道稻米是从土地里长出来的。所以，在旧社会一种是财主们认为，只要成为土地的主人，那就拥有了无尽的财富。而另一种就是权贵们认为将权执之在手，天下的财富便会自然地向他们聚拢。他们所谓的聚财之道，便是以权谋势，以势谋财，以财壮势，甚至认为操国之重器，掌天下之权柄，驭万民、操亿金，才是运财有术，生财有道。这类敛财者，终究成为"钱魔"。

我认为：虽然"身无分文"，但可以"无中生有，生财有道，财能通神"。

我说的"身无分文"就是，人穷志不穷，人对钱应该有一个正确的态度，应该怎么去挣钱？怎么去用钱？人越是贪恋于钱财，越会跟钱纠缠不清，一朝聚在你手，他日也会散去，如涓涓河流，汇入江河，而江河湖泊最终也会流入大海，守之若狂，爱之若痴，似是钱主，实为"钱魔"。智者理应拿得起放得下，方是正道，身无分文，心有天下。

我说的"无中生有"讲的是钱的用处，鸿蒙之初，无农无桑，人狩猎为生，群居为家，等到货物繁多，流通不畅，原本

无谷，原本无钱，皆为惠民利世，钱之为物，实为普利万民。

　　我说的"生财有道"就是"君子爱财，取之有道"。道在何方？道就是"诚、信、义"。要有"利世利人"之心，散财于四方，百川归去还复来，终成汪洋大海。有了生财之道，应当在聚散之间，运用之妙，存乎一心。我将挣来的钱，用于全国各地传播农业科普知识，造福于民。

　　我说的"财能通神"就是挣钱和用钱的神妙方法。财各有主，非予勿取，巧取豪夺，自遭横祸，天患不均，人患不平，朱门酒肉臭，路有冻死骨，必遭人祸，钱通万物，唯患不均。为富仁则为贵，家贫勤则为康。

给老区农民培训

科技助力，精准扶贫，杨良金的培训足迹踏遍红色老区和贫困山区，将水稻、油菜新品种和新技术播撒在大江南北

杨良金在从事科研的同时，还有一个重要的任务就是从事农技推广工作。从20世纪80年代末起，他的培训就一个接一个，有的日子里一天要讲几场课。十几年来，他光义务培训就做了上千场。不管哪个地方的农民，只要找到他，他甚至连手中的科研都暂时放下，先帮人家将难题解决掉。由于他为农民解决了大量的棘手问题，时任芜湖县委书记魏道斌有一天专程到他家里来慰问他，并给他送来了一件特殊的礼物——大哥大。魏道斌笑着对他说："你给我们农业局解决了许多解决不了的事情，为我们的农业科技传播做出了特殊的贡献，我也送你一件特殊的礼物。你天天在外面跑，在田里泡，固定电话对你不起作用，有了它，移动电话移动服务，希望你再接再厉，继续为我们农民做出更大的贡献。"

当时大哥大还很稀奇，这个礼物真是太贵重了。本来杨良金就有心要帮农民致富，如此一来，他更感到传播农业科技是自己一个神圣的职责、一个不可推卸的义务了。

杨良金的培训更注重实践，注重在大田里手把手地现场教学。有一天，他到安徽泾县，前后跑了5个乡镇进行了8个场次的培训，解决了农民许多的实际问题，一直到晚上9点多钟。当地人将住的地方安排好了，叫他第二天再回去，但他坚决当天晚上要回去，因为第二天芜湖县的红杨、花桥两个镇已经安排了他的课程。最后他连夜赶回芜湖县，两个乡镇一连进行了7个场次的培训，下午又赶到芜湖市的火龙岗、方村

两个镇为农民讲课。一连两天十几场的培训，他累得精疲力竭，嗓子发哑。

回到家后，他又赶紧到自己的实验田里忙碌。这一天，下起了春雨，但实验数据不能不采集，他穿着雨衣在油菜田里工作。雨越下越大，他不得不暂时停下来，往家里跑。就在他小跑的时候，由于路面湿滑，一跤跌到了一个深沟里，还喝了一口污水。由于身心交瘁，他陷在水沟里一时爬不出来。好在这时有人路过，将他拽了上来。他一屁股坐在田埂上，好一会儿才爬起来。他拍了拍身上的泥水回到了家，玉兰见状，大叫一声："你怎么又摔了一身泥回来了？"

杨良金苦笑着说："这有什么奇怪的，常在水边走，哪有不湿身的。"

吃过饭，雨停了，他带着农具又到田里去了，因为数据采集不等人。天黑了，他一手打着手电筒，一手扒开油菜采集着数据。一直到晚上十点多，才完成全部要做的事情。回到家，他突然一阵眩晕，倒在了门边上。这时小女儿正好过来，一把扶住了他，摸了摸他的头，惊叫一声："爸，你都发烧了，烧成这样了，怎么还在田里干活？"

女儿将他扶到床上休息，并为他叫来了村医，给他打了针用了药。医生对他说："你看你的嘴唇都发紫了，别这么累了，一定要多多休息，不然你这身体会垮的。"

夜间，杨良金咳嗽起来，一咳就是一夜。第二天，医生又过来给他吊水，并告诉他至少打三天吊水。杨良金说："那怎么行呢？这时正是春季油菜生长的关键期，我除了要采集数据，还要出去讲课啊。"

"你这身体要紧，还是讲课要紧？"医生严肃地说。

"这是关键时候，我一场课就能给一个村的老百姓带来了几千上万的收入，不讲我心里过不去啊！"

医生笑笑说："我知道你的心情，但你想，就算没有你的这堂课，老百姓就没收成了？老百姓就不种油菜了？"

杨良金不好多说了，只得答应着。但就在这两天，他大哥大的铃声一个接一个响起。每一次都似一把锥子锥进他的心里，每一个回绝都让他感到痛苦。

第三天，他实在推托不了，水也不吊了，到政和乡的一个村做培训。他一边讲课，一边大声咳嗽。听课的农民都十分心疼，叫他停下来，他像没听到一样。因为他下午还有另外的课，这边不讲完，就不能走。邀请他的村委会干部知道他这两天上午在吊水，怕影响了他的身体，就叫来了村医，要给他吊过水后再讲，他怎么也不同意。他讲课还有个习惯，为了表示对听课者的尊重，讲课都是站着讲，从来不坐。但杨良金的咳嗽一声比一声厉害，最后村里书记过来了，在书记的强烈要求下，他同意坐了下来，一边吊水一边讲，直到他感觉讲明白了为止。

长期的义务培训也让杨良金的名气越来越大。2006年3月的一天，杨良金又接到一个聘书，是中国科协农技协的聘书，聘请他为中国科协"科技助力 精准扶贫"进红区培训专家团专家，参加江西红区的培训活动。接到这样的聘书，杨良金倍感荣耀。

这一天，他带着一身的劳累按时坐上了火车，向老区奔去。一路颠簸，下午三点多钟赶到了江西省会南昌。这里是全国进红区培训专家团专家集中的地方。在这里参加了一个简短的动员会后，各专家根据统一安排分别被前来的不同地、市、县的相关领导接回本地。杨良金被安排到永新县。

永新县隶属于吉安市，位于江西的西部，罗霄山脉中部，毗邻湖南，南连著名的井冈山，是当年井冈山革命根据地的重要组成部分，也是著名的三湾改编、龙源口大捷发生地，是个最典型的红区、最著名的"将军县"。该县下辖23个乡镇，2100多平方公里，人口39万。

能到这样的红区发挥自己的作用，杨良金的喜悦之情自不必说。第二天，他在永新县有关领导的带领下，向一个最偏远的镇出发。一路上，所到之处，几乎都是高山和丘陵，山路曲折，峰回路转，只能在一些山冲之地见到一些农田。

快到目的地的时候，一个农技干部前来迎接，并上了杨良金的车引

路。见到农技干部，杨良金感到格外亲切，便和他交流起来。几个问题下来，杨良金发现这里农技干部的科技知识十分贫乏。

车左转右转，杨良金终于到了目的地。这里是个镇，经济上在永新县算是中等以上。然而杨良金下车步行一段时间后，看到村庄，看到房屋，看到其他的一切，发现这个地方依然是让人难以想象的落后，可以用相当贫困来形容。

杨良金心里想，难怪中国科协这么重视，要在全国各地调来专家千里迢迢过来培训。他终于理解了科协的一番苦心。这时他更觉得自己来得值了，一定要好好为这里的农民培训。

这一天下午，杨良金被安排在一个小宾馆里。为了讲好课，为了更具针对性，为了不让农民失望，吃过晚饭后，他独自来到附近农田里做调研。这时田里水稻已经收割，剩下的是一棵棵稻根桩。他蹲下身子，一棵棵地仔细观察稻根桩和稻茎包衣情况，并将包衣一层层剥开，看看下面的几个节长没长毛须根，然后又拔起稻根桩观察根系情况。通过这一观察，他看出许多问题。他一连走了好几块田，找到了共同存在的问题。田里看完后，他又跑到一些农民家里，和农民聊天，了解他们的生活情况和水稻、油菜的种植情况。

培训班被安排在政府的一个大会议室里。这一天早上七点来钟，会议室里就挤满了农民，足有两三百人。窗外也围的都是人，居然还有一位青年农民一边输液，一边候在会议室外。

农民们的热情如此之高，杨良金感到非常意外。看到这样的场面，杨良金也更加有了讲课的激情。培训一开始，杨良金还没讲几句，突然有农民站起来问："老师，我们家的水稻为什么容易倒？"

这问题正是杨良金昨天所看到的，他说："其实这有个重要原因，就是大家没弄明白灌水的原理。这不仅在你们这里，在各个地方都存在同样的误区。种水稻，掌握灌水问题至关重要，灌得太深，不仅水稻容易倒伏，影响产量，而且还容易带来病虫害……"

一番深入浅出的讲解，让许多农民连连点头。这一堂课，杨良金一连讲了两个半小时，指出了这里种水稻的几个问题，并提出了解决办法，这都讲到农民心里去了。有农民悄悄地问旁边人："他是安徽人，离我们那么远，怎么对我们这里的情况这么清楚？"对方回答说："昨天晚上那么晚了，一个外地人到我家问这问那，今天过来一看，我才知道原来就是今天给我们培训的人，所以他这么清楚。"

杨良金知道，这个地方由于信息闭塞，农民完全沿袭着千百年来的传统种植方式。因此，不仅要教给他们实实在在的技术，更重要的是要启发他们的思维，改变他们的理念，提升他们科学种田意识。于是他在讲了一些关键的技术问题后，以讲故事的方式传达了他要表达的理念。

课一讲完，农民们一阵欢呼："讲得好，讲得好！"大家拼命地鼓掌，掌声持续了很长一段时间，主持人一再挥手才停下来。

杨良金还没从讲台上走下来，农民们比安徽的还要热情，一拥而上，问问题的问问题，要资料的要资料。

有的农民直接拉着杨良金的手说："杨老师，您讲得太好了！我长这么大，种这么多年田，不知道种田还有这么多科学道理，您要是早来给我们讲就好了。今天您就住到我家去吧，在我家吃饭，晚上再好好给我讲讲。我们这里穷就穷在不懂科学种田。"

还有一个农民抢着说："到我家去，给我再仔细讲讲水稻、油菜超稀植，我们也来学学种油菜。您能给我们提供种子吗？今年我就想种。"

那个吊水的农民看人家都在问问题，要资料，他便叫医生拔掉针头。医生劝他不要拔，他心里一急，自己将针头拔掉，跑进了人群。

看到农民这么认可，杨良金心里美滋滋的，恨不能在这里继续多讲几天，但他的日程都已安排好了，只能作罢。

在中国科协的组织下，一年来，他随专家团先后来到四川仪陇、湖南湘西以及宁夏、甘肃、江苏、重庆、湖北、安徽等地的贫困地区、革命老区讲课，每次都很受当地农民的欢迎。

在这些地区，由于农村有一定文化和能力的都外出经商、创业了，年轻人到外地打工，在家种田的大多是老年人、妇女和低文化程度的农民。为适应这些人群的理解能力，杨良金设法将先进的理论转化为通俗易懂的"傻瓜技术"传授给农民，并将央视摄制的油菜"超稀植"高产高效栽培技术光盘免费送给需要的农民。几十年来，杨良金光赠送技术资料就达230万份。培训后他还常常给需要的农民免费寄出油菜、水稻、蔬菜新品种种子。杨良金的付出有效解决了新品种、新技术的推广难题，为科技成果的有效转化起到了推动作用。

图3　杨良金到田间地头传授农业科普知识

芜湖贡米　中国一绝

　　从"要吃饱"到"要吃好"，从生存性消费到绿色保健性消费，"芜湖大米"凤凰涅槃，杨良金用他培育的"天然富硒米"给社会带来新的粮食财富

　　美丽的江南，天然的鱼米之乡，安徽芜湖和江西九江、江苏无锡、湖南长沙因米而成为长江流域的骄傲。可惜的是，到了清末之时，芜湖传统的优质稻米越来越少，而后战争不断，旧政府更无力恢复这些曾经的优质水稻生产。随着时间的推移和人们的忘却，到了20世纪七八十年代，这些水稻濒于绝迹。"麻壳籼，两头尖，一个人吃饭两个人添"，慢慢地已成了极少数老年人的记忆，乌嘴糯、小红稻（燕口红），这些昔日的优良品种也消失殆尽了。芜湖贡米、芜湖米市也只有在志书中才能找到零星的记载了。

　　后来，人们的目光都聚集到招商引资、工厂企业，再没有多少人对遗失的品牌水稻有多少遗憾。但对水稻有特殊情感的农民杨良金，却将此时时挂在心上。多年来，他在进行科研的同时，付出巨大代价，将麻壳籼、乌嘴糯、小红稻等几个最能代表芜湖大米品牌的稻种抢救性地保留了下来。种子虽然留下来了，但都有一定的育种期限，时间过长会丧失育种性。在他的心中，这些就要失落的种子是无价之宝，决不能让这些水稻品种消失。这是一份责任，更是对芜湖历史文化的交代。

　　留下来的这些种子虽然米质好，口感好，但毕竟是传统的稻种。从事科研的杨良金，早已看到这些种子在品质上还有进一步培育改造的潜质。

　　21世纪的新时代，人们从过去的"要吃饱"过渡到了今天的"要吃

好"，越来越追求品质。因此，粮食"质"的问题成了中国粮食的新瓶颈。他认为，芜湖大米天生品质优良，如果对这些种子进行再培育，汲取其精华，就能让这些种子以更加优质的品质重返千家万户的大田之中，造福时代——这也是杨良金迫切从风生水起的油菜研究重回水稻研究上来的最主要原因。

在他抢救性保护下来的麻壳籼、乌嘴糯、小红稻等五六个品种中，经过筛选实验，其实具有再造潜力的品种也只有两个，一个是麻壳籼，一个是小红稻。

2005年，56岁的杨良金，饱经风霜，头上早早地生出了根根白发。为了让这两个孤种重新焕发生机，他计划把后面的时间都用来攻破技术难题。

考虑到农民希望可以直接做种的需要，对这两个种子的培育，杨良金选择的是两系育种法。两系育种法相对于三系育种法要简单一些，同时育出的种子稳定性要强一些。

两系育种法首先要寻找到优质的母本。杨良金没有自己的科研单位，价格昂贵的母本他是没有的。但为了心中的理想，他奔波全国各地寻找，并最终在一个科研单位以高价寻到。

找到母本，只是完成万里长征的第一步，接下来的育种更需要精力、耐力、信心和决心，同时还要舍得资金投入，因为这是一个烧钱且难有回报的事。

两系育种法是将母本稻种和父本稻种同时种在实验田里，当母本稻穗长到未莠出之时，手动将穗子剥出来，再用剪刀一粒一粒地将每一个穗子上面的三分之一穗头剪去，之后稻壳张开，再将待育父本，即麻壳籼或小红稻的种子花粉用手敲进母本穗子里，然后用牛皮纸将整个母本稻穗套起来。这样，父本和母本受精结出的稻子就是要培育的新品种。

这个过程说起来简单，做起来十分繁杂，每一个步骤都得小心翼翼，不能马虎大意。杨良金没有助手，全凭自己的一双手和一双眼来完成。这样的流程完成以后，还要循环几年才能培育出所有的新品种。

经过精心培育，当年两个品种均给他带来了惊喜。麻壳籼原亩产只有250公斤，经过培育改良后的新品种达到600公斤，产量翻了不止一番。小红稻由原来的亩产100公斤提升到500公斤，产量更是翻了几番。不仅如此，经过培育改良后的品种都完好地保留了原品种的品质，口感也好于以前。

两个杂交新品种培育出来后，他积极向农民推广，周边只要有人来，他就免费送一些种子让他回家种。一天，一个农民从外地过来买种子，杨良金说："我的这个种子现在还处在实验期，只送不卖。"

外县的一些农业部门也慕名前来求种，杨良金不仅送他们种子，谈得高兴了还请他们吃饭。

消息传到了宣城市下面的一个县里。这个县农科所的一个退休老干部听到消息后给杨良金打来电话，邀请杨良金到自己那里去看看他培育的红米。老干部是该县的水稻育种专家，在育种行业有一定的成就。

杨良金知道这个人很自负，一般人都不放在眼里，到他家后便非常谦虚地称他老师。

退休老干部将杨良金带到南陵县的一个种子公司参观。这个公司经营了退休老干部培育的一个红米水稻品种。他告诉杨良金，他的这个红米品种含硒，并建议杨良金选他的品种，到芜湖县推广推广。

面对老干部的自傲，杨良金对他不敢深信，没同意用他的种子，但这次出行他却得到一个重要的启示。杨良金想，宣城和芜湖距离很近，退休老干部的红米含硒，自己培育的两个品种是否也含硒呢？或许芜湖这一带的大米千百年来本身就含硒。

回去以后，杨良金决定要给自己的宝贝"体检"一下。他将两个"宝贝"寄到了农业部稻米及制品质量监督检验测试中心进行检测，让他没想到的是，他的"宝贝"果然也含硒。这个天大的好消息让杨良金欣喜若狂：原来芜湖的大米不仅口感天下一绝，而且还含硒，这不就是自己苦苦寻找的绿色健康大米吗？

这个事实也证实了杨良金多年来的一个重大猜想：芜湖大米千百年

来能受到那么多的喜爱，其中一定有深层原因。现在他找到了答案。

为了进一步证实，杨良金又带着自己的大米专程赶到杭州，拜访硒专家王美珠女士。

王美珠，1935年10月出生，浙江瑞安人，1958年毕业于南京农学院，浙江农业大学土化系副教授，享受国务院政府特殊津贴。1989年浙农大在全国高校中成立首家硒素研究室，她任研究室主任，主持8个关于硒的研究课题，在本学科领域首次提出我国高硒土壤母质出现在古生代二叠纪和寒武-奥陶纪的硅质页岩和碳硅质页岩的论点，同时对我国低硒土壤成因进行了研究，并提出形成我国低硒土壤的主要母质为第四纪沉积物和冲积物的论据。

王美珠是杨良金在2003年参加国际油菜大会上认识的。70多岁的王美珠见到含硒的水稻也特别兴奋，她告诉杨良金：“中国有最大的富硒带，就在中国的石台到高淳一带，而且靠近江南一带。”

石台隶属今天的安徽池州，高淳隶属今天的江苏南京。石台至高淳正属长江沿线，约300公里，这一线路从西向东包括了铜陵、宣城、芜湖几个地区。

硒在自然界的存在方式分为三种：无机硒、酵母硒和植物活性硒。其中无机硒一般指亚硒酸钠和硒酸钠，从金属矿藏的副产品中获得，而富硒酵母是在酵母培养过程中，将硒加到培养基中进行培养，从而将无机硒转化为有机硒，以便将来在人体内有效地转化为有利的含硒有机物。后者是通过生物转化与氨基酸结合而成，一般以硒蛋氨酸的形式存在。

20世纪七八十年代以来，硒作为人体内无法合成的一种微量元素，其营养研究已成为世界各国，尤其是欧美亚各国微量元素营养研究最受关注的热点之一。

王美珠在杨良金的邀请下，还专程来到芜湖，就所产稻米进行了实地考证。

杨良金培育的稻米含硒，得到了芜湖县及芜湖市政府的高度重视，经过官方媒体的宣传，消息传到各地。然而硒在普通老百姓的心目中只是一种化学元素，当地的人们一开始听说杨良金搞出硒米，都不以为然。等到了解到硒米的保健作用后，纷纷前来询问。一些人吃了他的含硒大米后发现特别好吃。

有了王美珠的点拨，杨良金更是充满好奇心，决定要做一件更有意义的事情，他要在石台至高淳300公里沿线布点，从实践上验证这一地带土壤硒的存在状况及水稻对硒的吸收情况。他分别在池州（石台）、铜陵、宣城、南京（高淳）和芜湖五个地方选择了五个实验点进行实验。

这项工作本来只有专业的科研机构才能做到，而且需要相当的经费。但这个事情杨良金以一己之力承担了起来。

在这个实验的过程中，杨良金和一些地方农业界人士发生了观念冲突。一些人认为，芜湖大米根本就不存在硒元素，所谓富硒米都是无机硒转化的，这种实验是在自我炒作。

就在杨良金在五个点来回奔波进行实验的时候，农科院某领导来到芜湖县调研。调研过程中，时任芜湖县委书记的张士军告诉他，芜湖县有个全国劳模搞出富硒米。这位领导听后也不以为然。他说："现在全国范围内，只要是搞硒米的都是无机硒转化的，是用亚硒酸钠喷出来的。"

张士军说："不是这样的，他确实没有喷任何东西。"

"不可能，不喷怎么能搞出富硒米呢？"农科院领导肯定地说。

领导走后，有对杨良金不屑的人直接将他的评价转告杨良金："一个堂堂的农科院领导都这么认定，杨劳模你再有水平，难道还能超过他吗？"

领导的评价虽然让杨良金受到一些打击，但并没有影响他对硒的探索。

谋事在人，成事在天。杨良金的功夫没有白费。农业部测试中心的化验测试，对他各个实验点的数据给出了最权威的结论：其一，石台到

高淳这一带土壤确实含硒，王美珠女士的结论进一步得到了验证；其二，实验田产出的水稻均含硒，只是含硒量不等，以石台为最高，芜湖中等，高淳最少，过了高淳就没有了。

杨良金的这个实验从实践上证实了长江这一带土壤中硒的存在，证实了部分水稻与硒吸收的关系，这样的结论在全国还是首次。

完成了这个实验，杨良金心中欣喜，一是他个人完成了别人没完成的事情；二是更加激起他对家乡这一带粮食品质的自豪感。但做到了这一点，他还不满足，石台到高淳是中国硒土壤所在地，别的地方真的就没有硒了吗？于是他又有了更大胆的想法，要在全国布点，了解全国硒土壤状况和水稻与硒的关系。他选择了云南、河南、江苏和自己的家乡芜湖四个点继续做实验。最后他得出一个重要的结论，芜湖的硒最符合国家富硒标准。有了这个重要结论，他便将由小红稻培育出的新品种叫"富硒红"。

硒，少了对人体没作用，多了对人体有害有毒。国家富硒标准是每公斤0.003毫克。目前中国的硒有三种：第一好的硒是天然有机硒，这种硒所有的植物都可吸收。第二好的硒是酵母硒，如北大富硒康就是通过发酵产生的硒；第三好的硒是无机硒，无机硒转化忽高忽低，不利于吸收。各种水稻对土壤中硒的吸收具有不同的敏感性，芜湖这个地方不是所有的水稻都能吸收硒元素，成为富硒米。

富硒大米具有米粒洁白细长、口感清香、营养丰富等特点。富硒大米为改善贫硒地区人们的健康状况提供了重要保证，食用富硒大米给人体补硒是最经济有效的途径，为人类的健康提供了保障。

经过几年的重复实验，杨良金的富硒米品质稳定，成为当地一个品牌。

就在这时，农科院那位领导再次来到芜湖县，并对杨良金的富硒米给予了高度评价。

当年他一口否定了杨良金的富硒米后，突然觉得很后悔，因为毕竟自己没有调研，显得很冒失，有悖科学精神。那次回去后，他悄悄带着四个博士来到杨良金的实验田里走访。过了几年，他再次前来"暗访"，最后完全打消了先前的怀疑，改变了自己的认识。

这一年，他再次来到芜湖县调研时，要求县里请杨良金参加座谈会。会上，他见到杨良金，感慨地说："杨劳模，几年前你们的书记给我介绍你搞富硒米时，说实话，我是一点不信，认为你一定是用了无机硒，所以当时我都不愿到你那里去看。但本着科学谨慎的态度，我后来专程到你的田里去看了两次，才知道你确实没有喷任何东西。"

领导所说的"喷"指的是用亚硒酸钠喷洒水稻，这种所谓的"硒米"是无机硒米。当时，人们知道硒对健康的重要性后，各种硒产品应运而生，有的商家将亚硒酸钠喷在蔬菜上，就叫"富硒蔬菜"，喷在水果上，就叫"富硒水果"。还有的将亚硒酸钠拌在鸡饲料里喂鸡，吃这种饲料的鸡生出的蛋就美其名曰"富硒蛋"。实际上，这些喷出来的硒产品往往对身体是有副作用的。

领导接着说："我在农科院工作，全国这方面情况我比较清楚，中国搞富硒米的很多都是转化米，是喷出来的。我们经过认真调查，你确实没有喷施任何硒元素，你的富硒米是中国一绝！"

听到这句话，杨良金突然想到吴越王钱镠说过的那句话：芜湖大米，天下一绝。这更令杨良金为家乡粮食的品质感到自豪。

会议结束后，农科院领导又当着众人的面对随同前来的魏博士说："以后我们过年买米吃，就买杨老师的富硒米。"

农科院领导的认可，增强了杨良金的信心，他决心要把自己的富硒米进一步推广开，让老百姓都能吃上绿色健康米。

2007年春，保沙乡北胡村的种粮大户崔大春了解到富硒米，非常感兴趣，登门找到了杨良金，说："杨老师，我家有个莲塘，是个低洼田，我想在你这里买点你培育的富硒稻种，不知那样的田能否种得起来？"

崔大春想种富硒稻，增加创收，但他又很担心种不好，好田不敢种，便承包了村里的一个莲塘改造成低洼田，准备用这个试试水，真要是失败了损失也不大。他把自己的这个想法如实地告诉了杨良金后，杨

良金非常高兴，随即跟他到保沙去看了看情况。现场一看，杨良金告诉他："完全可以种，到时候有什么问题随时跟我说。"

"那太好了，我这里有30多亩田，该买多少种子？"崔大春问。

"我从来不卖种子，只要你愿意种，我不仅种子送给你，还包你技术指导。"杨良金说。

崔大春特别感激，30多亩全部种下后，在杨良金的指导下，到了七八月，水稻长势非常好，崔大春心里美美的，认为自己具有超前意识，种下绿色富硒稻，今年一定会大赚一笔。

天有不测风云，2007年是个多灾之年。9月9日，一场强台风从上海登陆，随之向安徽芜湖席卷而来，各地的常规水稻倒伏一片，接着9月底，第二场强台风"韦帕"又接踵而至，狂风暴雨的侵袭对常规水稻又是一个重创。两场台风的降临，焦虑万分的崔大春却是喜忧参半，忧的是自己其他田里的水稻同样遭受很大损失，喜的是低洼田里的水稻却安然无恙。他觉得太神奇了，这个稻子抗倒伏性居然这么好。

低洼田刚刚躲过了两劫，天气预报让他又紧张起来了。10月7日，一场12级以上超强台风"罗莎"已从浙江、福建沿海登陆，安徽将受严重影响。面对这次强台风，党中央、国务院都高度重视，就台风防御工作做出重要批示。

这个消息让崔大春更加焦虑，他认为这30多亩稻子再也躲不过去了。

不到两天时间，"罗莎"带着狂风暴雨汹涌而来，芜湖各地的双晚粳稻和单晚稻都严重倒伏，而同在一个地方的杨良金的实验田里却完全是另一番景象，这里培育的接近成熟期的"金黄稻穗秀枝头"的麻壳籼实验品种却像没有经历过台风一样，几乎毫无损伤地直立在田间，只是经过暴风雨的洗礼，变得更加清爽透黄了。

事实上，这次暴风雨袭来，杨良金的心里也是怦怦直跳，认为前面两次台风自己的稻子顽强地抗住了，这次估计顶不住了，但让他没想到的是，暴风雨过后，实验田里的稻子依然屹立不倒，就像常胜将军一样，向他展示着傲人的风姿。

就在这个时候，杨良金的手机响了。电话是20多公里外的保沙乡崔大春站在田里打来的。他十分激动地说："杨老师，杨老师，我真要特别感谢你啊。今年幸亏用了你的稻种啊，三次大台风我们这边所有的稻子都倒了，只有你的稻子一点没倒，连最后一个超强台风'罗莎'都刮不倒啊。你这个稻子还没取名吧，我看就叫'罗莎'，用这个名字非常有纪念意义。"

"罗莎，罗莎，对了，人家都倒了，只有它们抗罗莎而不倒，就叫罗莎，罗莎！"杨良金本来一直想为这个新稻种取个适合的名字，但一直没有灵感，真是得来全不费工夫。他默默地念叨着："太好了，这个名字既好听，又有纪念意义。"

三个强台风挺过去了，但没想到就在这一年，台风过后却又早早地来了一场大雪。这场突如其来的大雪，让30公里外的十连乡老鹳嘴的种粮大户朱根火急得在家里直哭起来，因为他也种了30多亩水稻，稻子正好成熟在田，但还没收割。种田人都知道，一旦大雪覆盖，田里都会是一片倒，机器就没办法收割。朱根火的稻种都是杨良金的"罗莎"，情急之下，他就把电话打给了杨良金。

杨良金镇定地告诉他："你不要急，我这稻子株秆粗硬，叶片也硬，台风都刮不倒，正常情况下，这样的雪应该没事的。"

大雪一停，杨良金就风风火火地赶了过去。当他来到田里时，朱根火早已在田里。看到杨良金过来，他笑脸相迎，说："杨老师，真没想到，下这么大雪也没压倒这稻子，真的让我没想到。"

杨良金一看，周边都是一片倒伏的稻子，而这里却安然无恙，他的心也定了。10月下大雪，这在江南是罕见的，这或许是老天有意给杨良金的"罗莎"进行一次检验。

这里的村民听说杨老师来了，一个个唉声叹气地跑过来，有的还对着杨良金哭哭啼啼，向杨良金诉苦，因为他们家都遭受了重大损失，纷纷后悔自己没有种"罗莎"。村民们对杨良金说："今年真是个大灾年，

杨老师，还是你这个稻种好，明年我家也栽这个稻子。"

就在这一年，杨良金自己种的"罗莎"也有了丰收。

"罗莎"作为杂交单季稻，相比其他水稻，不仅含硒，还具有以下优势：一、产量高、米质优、口感好；二、茎粗秆硬，根系粗壮，抗倒伏能力强，抗病害能力强。为了能更好地开发这一品种，在有关人士的建议下，杨良金将这个品种申报了发明专利。2008年10月，喜讯传来，他申报的发明专利得到正式确认。这是他人生中第一次申报，也是第一次获得发明专利。

2009年11月，由全国农业技术推广服务中心、中国农业技术推广协会主办的第八届中国优质稻米博览交易会在武汉召开，来自全国27个省、自治区、直辖市的农业生产、农技推广、科研教学等单位的500多名代表带来自己的科技新品种前来参展评比。退休后的杨良金也带着他的"罗莎"和"富硒红"赶到武汉。在新品种评比中，他的"罗莎"以其富含硒的特有品质，过五关斩六将，一举拿到了博览会"金奖大米"。

合作社风云

将最先进的插秧机引进农田，用自己的一颗爱心，一手扶着
"王大胆"走上了千万资产的"发财路"

富硒稻虽然有着特别多的优势，许多农民也自发种植，但还是零星的，不成体系。为了让其得到大面积种植，惠及广大群众，杨良金想到了种粮大户，想到了合作模式。他经过多方周折，成立了芜湖市第一个合作社——芜湖良金优质稻米专业合作社。

2000年以来，中国农业机械化进程不断推进，全国一些农业发达地区已零星出现了农机服务专业合作社，提供农业机械化服务。2009年，芜湖市农机局决定成立一个农机服务专业合作社。正是因为杨良金成立了芜湖市第一个合作社，有了专业合作社的成功经验，加上他在农业方面的影响力，市农机局决定第一个农机服务合作社就设在芜湖县，并由杨良金牵头发起成立。

对农业科技情有独钟的杨良金，早就对农业机械化特别感兴趣，他高兴地接受了这个任务。不久，芜湖县诚信农业服务专业合作社便顺利成立，杨良金为合作社起草了章程。

合作社成立后，大家一致推荐杨良金为理事长，但他推辞了。他表示，根据合作社法，自己已经是良金优质稻米专业合作社理事长，就不能再同时兼任第二个独立的社团理事长了。杨良金推荐了六郎镇农民周能为为理事长。周能为是杨良金帮扶的对象，他精明能干，口才也好，特别是农业技术很好。杨良金的提议得到一致通过。为了更好地推动合作社的发展，让农业机械化早日在芜湖县时兴起来，杨良金不仅没有接受理事长的职位，也没有入会。因为不成为会员，与自己没有利害关

系，反而更能放手帮助合作社。在这些新组成的农民团队中，杨良金是他们心中的偶像。杨良金既不当理事长，又不入会，会员们便公推他为名誉社长。

安徽池州市东至县大渡口镇有个种粮大户叫唐震武，承包了5000亩土地。半年前听了杨良金的课后，便聘请杨良金作技术顾问。当时的东至县比较保守，农业机械化程度不高。作为种粮大户的唐震武在各个生产环节中，几乎还是采用传统的人工作业方式，杨良金给他引进了先进的露天育秧模式进行育秧，但插秧还是人工，生产效率非常低。杨良金想通过他将机械化插秧率先引入东至。

当时最先进的插秧机是"井关PZ80-25"坐式高速插秧机，是日本进口的，这只是在中国发达地区刚刚引进，价格昂贵。杨良金当时想引入的是手推式插秧机，即便这样的机械在农村也是很少，东至是一台也没有。当地的农民总觉得机械化离自己很遥远，习惯于面朝黄土背朝天的人工模式。唐震武本是个做企业的，对农业比较外行，但他相信杨良金。杨良金对唐震武说："发达国家农业发达，靠的就是农业现代化、全程机械化，我们农民的几亩田暂时不便操作，但我们的种粮大户具备这个条件，一定要转变观念，只有观念走在了前面，效益才能走在前面。率先搞机械化，效率高，才能越做越大，才能挣更多的钱。"

唐震武还是有些犹疑，因为他听说，这种手推式插秧机虽然效率高，但没有人工栽得好，有的不能落棵，会飘起来。杨良金说："你聘我当技术顾问，就要相信我。"

在杨良金的强烈建议下，唐震武先拿出600亩田进行机械化插秧。

那边说服成功了，这边芜湖县诚信农机服务专业合作社正好成立，杨良金牵起红线，将这个业务介绍给了新生的合作社。

一下接到600亩的机械化插秧业务，这在当时的芜湖县是从来没有过的，以周能为为理事长的一帮人特别高兴。

由于当时合作社的资金不足，还没有来得及购买插秧机。就在大家非常苦恼的时候，合作社成员王大财发挥自己的能力，以个人名义在外租来8台手推式插秧机。

王大财是芜湖县湾沚镇王嘴村农民，家里非常苦。他一进入合作社，就对杨良金说："杨老师，我听过你的课，你的课讲得好，开阔了我的眼界，让我对农业技术感兴趣了。以后，我就想跟在你后面学点东西，学种田。"

只要家庭条件不好的人，杨良金都想帮助。看到王大财对机械化插秧这么积极，他非常高兴。考虑到600亩田的业务量比较大，为了将这个好事促成，杨良金将自己租来的2台手推式插秧机也提供给了合作社。

机械终于备好了，它们就等着一声令下到东至战斗了。就在这个时候，王大财又意外地在繁昌新岭接到一个100多亩的机插秧业务。这是一个个人接的业务，穷怕了的王大财接到这个肥差，激动地要把它"吃"到嘴。于是，他便将10台机器先搞到那里去了。

这样一来就有可能耽误了东至的业务，其他人虽然想阻止，但又不好强制他，因为这些机械大多是他以个人名义租来的。

但杨良金听到这个消息，立即找到王大财阻止他，并对他说："繁昌那个地方是个山冲地，是黄染土。'天晴一块铜，下雨一包脓'，根本不适用机插秧作业，这个业务根本不能接，千万不能把机器搞过去，到时候你搞不起来要亏本。"

但王大财比较固执，加上挣钱心切，杨良金的话他没有听进去，依然将10台机器搞了过去，并叫了家里的兄弟们一起去帮忙作业。结果不出杨良金所料，那个地方的田根本不适用机械化。王大财不仅自己累得半死，10台机器还搞坏了6台。

这一下就炸了锅了，池州那边600亩的作业就要开始了，等着这边的机器过去。当时由于插秧机稀少，他们想尽了一切办法也租不到，只得将剩下的4台机器搞了过去。

这种手推式插秧机一台一天只能插三五亩，600亩，本计划十来天就能完成任务，但现在再快也要三十天才能插完，将大大延误农时，这

是不可想象的。面对这种意外情况，临时招农民工根本招不到人，也来不及，唐震武心急如焚，找到杨良金。杨良金作为唐震武的技术总指导，觉得非常对不起唐震武。他心里窝着一把火，但在这个节骨眼上又不能发。

眼看600亩的业务不能如期进行，合作社一班人一个个急得像热锅上的蚂蚁，不知如何是好。这是一笔超大的业务，如果搞砸了，丢了这个大业务不说，耽误了人家的插秧时间，还要承担违约责任，这可不得了。

作为理事长的周能为是第一责任人，不断埋怨王大财犯下的错误。他和王大财你一言我一语，两人就搞出矛盾来了。

周能为一气之下，找到杨良金，愤愤不平地说："杨伯伯，这个王大财太气人了，把我们害成这样，他自己接的业务，我们要一亩扣他10块钱。"

杨良金心里虽然也因为王大财的不听劝阻而不快，但看到这种局面，考虑到毕竟是自己引来的事，所以他强制自己冷静，说："能为啊，我理解你的心情，你说得也有些道理，但你要知道，王大财也很惨了，他在繁昌要价60块钱一亩，价格本来也很低，也挣不到10块钱一亩，你再扣他钱，他搞什么啊，你站在他的角度想一想，他的错误已经犯了，我们就不能再揪着这个不放了，我们还是想想其他有利于解决问题的办法。"

但是想来想去，也没想到什么好办法，反而周能为、王大财还包括其他几个人闹得矛盾重重，整天你说我一句，我说你一句。

好事变成了这样，杨良金感到十分寒心。他实在忍不住了，怒气冲冲地说："你们都是我带来的，要吵嘴打架到芜湖县去，别在这里丢丑。你们有理回去讲，现在已经是这个局面了，我们在这里更要一心一意，团结一致，看看如何解决问题，给唐总将事干好。"

杨良金这么一通火总算平息了大家的争吵。其实杨良金的内心里比他们任何一个人都要焦急，因为他的担忧更多，一是一旦插秧时间延误，给唐总造成大的损失，他没办法交代；二是好不容易成立起来的农机合作社，眼看就要破灭，他于心不忍；三是自己心心念念的机械化推广之梦落空了，而且造成了负面影响，实在令自己灰心；四是自己在唐震武面前的诚信也失去了，后面还怎么让人家相信自己，还怎么去给人家指导。

就在无可奈何之际，杨良金大脑里突然闪出了一个更大胆的火花，因为他得到最新信息，合肥可以买到"井关 PZ80-25"坐式高速插秧机。情急之下，他果断地对周能为等一帮人说："现在只有一条路了，我们想尽一切办法，即便把家当全部卖了，也要抓紧买一台高速插秧机。"

日本进口的井关高速插秧机，一台要十几万元，一般人想都不会想。合作社的一帮人都是农民，家里经济能力都不是很好，根本买不起。

但事已至此，大家也只有听杨良金的了。在杨良金的协调和运筹下，所有人各自想办法筹款，杨良金也积极为他们筹款，同时帮助寻找农业政策，运作付款方式，最后终于在最短的时间内以合作社的名义买来了一台高速插秧机。

这样先进的插秧机在当地几乎是第一例。这台大机器下田的时候，整个池州市内外成千上万的老百姓都过来看热闹。

先进的东西就是先进。这种高速插秧机的插秧速度是手推式插秧机的 10 倍以上，一天能插三五十亩，插出的秧苗也明显比手推式规范，坏棵率低得多。不仅如此，这种机器，人可以坐在上面操作，既不累，身上又溅不到泥。

危机总算化解了，东至的业务顺利完成了，杨良金也松了口气。这种大型插秧机一直是杨良金向往的，想一睹它的风采，没想到就这么不经意间被他引入了大田，这也算歪打正着。杨良金每每想到这里，心里倒有些快意。

东至的 600 亩业务给他们合作社带来了第一桶金，本来是天大的喜

事，但众人心中的矛盾依然没有化解，加上其他一些原因，合作社陷入涣散状态，最后不欢而散，高速插秧机并给了王大财。

王大财有了高速插秧机，杨良金不计前嫌，继续帮助他发起成立了一个新合作社——芜湖县惠农机械服务专业合作社。王大财任理事长。

惠农合作社渐渐地承包了不少土地，购置了许多先进的农业机械。杨良金像往常一样继续在技术这一块给予全力指导。王大财的业务有了起色，但很快又出问题了。

本来王大财的种子引进都要在杨良金的指导下进行，这一年，他挣钱心切，未听取杨良金的意见，独自从合肥引进了18000斤种子，准备发一笔财。由于王大财不了解其中行情，这批种子引入后，只销售了9000斤，还有9000斤未销售完。这批种子不像其他的种子，今年卖不掉，放入冷库中，只要不超过15摄氏度的温度，第二年还可以做种，可以重新卖。可这批种子是包衣种子，只能当年用。此外，别的种子第二年不能做种，还能作粮食吃，但这批种子里面拌了东西，不能吃。

9000斤种子滞销，40多万元的损失，这对创业伊始的王大财来说是个不小的打击。但这还不算，几个月后，一个又一个让他备受打击的坏消息不断传来。他所销售的种子产量低，农户们打电话投诉，到处反映。

王大财受到相关方面的调查，一时惊慌失措，不知如何应对。

接着，南陵县农业执法大队、芜湖县农业执法大队的电话还打到杨良金这边来，了解其中情况。考虑到是王大财的失误，杨良金作为这方面的权威，他帮其解释了其中的缘由。

这一天晚上，王大财十分狼狈地推开了杨良金的家门，寻求杨良金的帮助。

杨良金见到王大财，气不打一处来："王大财，你现在要改名了，你别叫王大财，你干脆叫王大胆。你胆子多大，你搞的这种子，在芜湖县试了吗？就是我搞实验到现在，没试过的种子，我也不敢推广。你倒好，胆子比天还大，为了钱什么事都敢做！"

"我错了，杨老师，全怪我当时一时冲动，没来听听您的意见。现在我遇到这么大的麻烦，没人会帮我，也只有您真正把我当自己人，您再帮帮我吧，看怎么弄，都听您的。"

看到王大财的惨状，杨良金心软了下来，他觉得王大财毕竟是个农民，没有多少法治意识，并不是故意坑害其他农户。于是他决定继续帮他，让他重振起来。

杨良金找到了合肥那边经销商的有关负责人，希望他们能承担给农户带来的各项损失。这个负责人和杨良金非常熟悉，知道杨良金是省人大代表，又是农业专家，所以不敢强词夺理。后经过协商，经销商同意赔偿相应的损失。

农户的损失得到了赔偿，但未销售出去的9000斤种子对王大财来说还是一个巨大的损失。如果不能退，王大财同样也会从此陷入困境。对此，杨良金进一步要求经销商收回9000斤种子。

对于这个事情，经销商坚决不同意。杨良金对负责人说："你们这么大的一个公司，几十万元对你们算不了什么，而对于一个种田的农民来说，几十万元就是倾家荡产的事，很可能还要出人命。你们考虑好了，这一旦出了事，你们公司形象受损不说，还要吃官司，甚至一些人都可能受牵连。"

"种子是他买去的，我们都有合同，是公平买卖，公平交易。他没能卖出去，我们怎么能承担这个损失呢？杨老师，你是专家，知法懂法，你说我能当这个冤大头吗？"负责人反问。

见经销商这么说，杨良金不得不掏出底牌了。他说："你既然从法律的角度来说事，那我就对你说，这个种子卖不出去又不能退，不是王大财的责任。"

"怎么说？"负责人不解地问。

"王大财是外行，他不知道这个种子是包衣种子，不知道这个种子第二年不能做种，是个不知情者，而你们是内行呀，却向王大财隐瞒实情，不告诉他第二年不能再卖。你们这种行为，说得不好听，有欺诈性

质在里面。"

这一席话说得对方无言以对，甚至有些战战兢兢。

最后，公司决定同意收回王大财的9000斤种子。王大财激动得眼泪汪汪，一个劲儿地感谢杨良金。

这次风波过后，王大财对杨良金彻底服了，他成了杨良金真正意义上的徒弟，再也不胆大妄为，潜心向杨良金学习，凡事都征求杨良金的意见。杨良金一面指导他技术，一面还教他如何成为一个诚信的人。王大财曾对杨良金说："杨老师，如果不是你，我不知道还要犯多大的错误。"

王大财也是个十分聪明的人，这次思想上的认识升华让他在后来的脱贫创业路上越走越好。

他主持的惠农机械服务专业合作社从2010年4月发起成立后，发展社员118人，带动农户1380户，拥有大中型农机具268台（套）。其中大中型拖拉机43台，秸秆粉碎还田机、开沟机30台，烟草起垄机、油菜小麦播种机、收割机、插秧机96台，碎土机、育秧流水线6台，流转土地面积3000余亩。2014年合作社实现经营收入1864万元，按作业量返还社员1588万元。合作社先后被授予"芜湖县农民专业合作社示范社""芜湖市先进农民专业合作社""全省农机合作社示范社"。王大财先后荣获"安徽省农民创业带头人""安徽省农机大户十大标兵"等荣誉称号。

寻求"富硒稻"的推广人

志同道合人难求，"富硒红米"待闻中。杨良金煞费苦心，寻求一个将"富硒稻"推广到生产中的合作者，然而事与愿违

芜湖大米这个历史品牌在杨良金的培育下，得到了传承和升华。几年来，除培育了"罗莎""富硒红"两个富硒水稻品种外，杨良金还培育了富硒品种"金香优"。这三个富硒品种对水稻业是一个突出的贡献，似乎也是杨良金人生的升华，是他几十年奋斗的回馈。

2009年6月22日，60岁的杨良金完成了这个品种的培育。60岁是人生的一个重要节点，一般人到这个时候，都是步入儿孙绕膝，颐养天年，享受天伦之乐的时候，但杨良金却没有停下来，因为他停不下来。在他的心中，富硒水稻培育出来，只是成功了一半，还要让它真正地传承下去，大面积地进入大田，造福社会，造福人类。

杨良金的一生大多是单打独斗搞科研，每每研究出来的成果，转化都是个难题。过去他的"良金1号""油菜超稀植"等都是在特定时间，在以农业为主导的小农经济时代，农民自发地户户相传，以种换种，从而形成了强大的带动效应。但步入工业化时代，大家都把目光聚焦到招商引资，发展工业经济上，农业受到冷落。一个好的水稻品种出来，必须要有社会力量的支持，这就是杨良金科研模式的一个短板，这个短板在这个时候显得更加突出。一个好的东西，一旦在一定的时间内不能推广开来，它的未来就堪忧，那么多年来的研究也就功亏一篑。想到自己的三个水稻品种的命运，他一点儿也不轻松。

根据我国相关法律法规，一个新品种问世，首先要通过审定，至少要通过省一级审定后才能进入市场，否则种子的推广就是违法的。

想到"审定"这两个字，杨良金的心一下就揪了起来。因为他依然是个农民，依然没有学历，依然没有光鲜的科研机构头衔，这依然是他通过审定的一个最大障碍。另外，审定要请专家，需要高额费用，这都是个人承担，其中的难处他体会得太深刻了。这条路对他来说有难以想象的艰难。

没有通过审定的种子，如果不进入市场买卖，农民自发种植也可以。令杨良金感到有信心的是，自从"罗莎"获得国家级金奖后，也有一些人找上门来寻求合作。

这一天，浙江湖州的胡总找上门来。他说自己是冲着杨良金的名气来的，又自称是芜湖的一个领导和一个专家介绍过来的。

有人主动要合作，这是杨良金非常高兴的事，便盛情款待。然而经过一番交谈，杨良金发现胡总是搞富硒苹果、富硒蛋系列的。他很清楚时下的所谓富硒苹果、富硒蛋，凡是用亚硒酸钠喷出来的，都是假的。而且在和胡总交谈中他发现，胡总所做的行当都是违背科学、违背良心、违背道德的，他的目的性太强，是想利用杨良金的"罗莎"品牌借鸡生蛋，最后以假充真，实现自己的利益梦。

根据胡总的合作计划，杨良金也可能获得丰厚的经济回报，但已进入退休之年的杨良金把金钱看得更淡了。他只是想寻求一个志同道合，真正做实事的人或企业来共同开发，不求能挣多少钱，带来多大经济效益，只求社会效益的最大化。富硒米是健康米，是绿色米，是新时代健康消费的需求。在他的心中，如果是对路的人，他将自己的品种奉献出来都可以。杨良金断然拒绝了这次合作。

此后，安徽芜湖、安庆，浙江台州等地都有人找上门来寻求合作，但通过交谈，杨良金都不满意。因为这些人基本都是冲着眼前的经济利益来的，有的甚至直接冲着赚"黑心钱"而来的。其中一个寻求合作者看到"罗莎"极有商业价值，舍不得放弃这个机会，在无计可施的情况下，借用一个领导的名义来谋求合作，杨良金和他搞得非常不愉快，对他说："你不要硬搬领导关系，再大的领导也不能让我违背良心。"

志同道合者难求，富硒红米待字闺中。两年多来，杨良金没有遇到一个真正的与自己价值观一致的合作者。2011年的一天，安徽池州一位搞大米加工的企业老板李总又找上门来，还带来了一位农学院的专业人士。

李总看上去很务实，通过交谈双方最终达成合作意向，由杨良金提供稻种和技术服务，企业推行示范片，免费将稻种提供给示范片农民种，然后包收购，企业自担风险，条件是给杨良金一定的技术服务费。

为了慎重，杨良金又专程到池州进行了考察，感觉该企业实力确实不错，并且李总还比较实诚，做的和先前说的没什么出入。这样一来，杨良金的心就定了。

第一年正式合作，杨良金特别高兴，给他提供了1000斤"罗莎"种子，并表示是免费提供。李总也特别讲信用，一切都按协议履行。第一年的示范合作相当成功，池州、安庆、铜陵等地示范点都建立起来了。

杨良金非常满意，为了表示感谢，这一年全国科普带头人申报时，杨良金当了李总的推荐人。

然而到了第二年，情况就发生变化了。由于"罗莎"是两系杂交品种，种子第二年是可以留的。李总的那个农学院参谋是个内行，通过和杨良金一年的合作，相关的技术也掌握了。他知道"罗莎"可以留，心里的算盘就打响了。他们知道如果按照协议，有杨良金的存在，他们不能放开手脚，寻求利益的速度太慢了。他们一合计，就不声不响地把杨良金撇开了，根据市场需要想怎么干就怎么干。

杨良金被撇开，起先心中还有些疑虑，但由于路远，加上事务繁多，他只是电话里和李总进行沟通，自以为这样也减少了自己的奔波之苦，渐渐地没有多过问了。

到了第四个年头，杨良金突然接到外地电话。他一听是池州的一个农民打来的。平时农民打电话来都是客客气气地寻求帮助，但这个农民接通了电话后，开口就带着埋怨的语气："你是杨老师杨良金吧，你这稻子产量怎么不高，而且一年比一年低？"

　　杨良金接到电话，心里一惊，因为已经过了两三年，他几乎和李总没有什么联系了，得到的信息是李总已转行，他也就把和李总合作的事忘掉了。这个农民一说起来，他才想起来是不是和李总合作的事有关。

　　杨良金问："我的稻子？你种了我的稻子吗？你的稻种是从哪里搞的？"

　　"我们是示范片里的农民，李总说这稻种是你的。几年前你在我们这里搞了培训班，我还听了你的课，当时你还说过'罗莎'富硒稻的，本以为很好，没想到这两年一年不如一年。"

　　杨良金一想，确实没错，当年他办培训班时，还给他们留了电话。没想到两三年过去了，这个李总的示范点并没有停，还在继续。接到这个电话，他的心里生起一股无名之火，才知道自己一定是被他个姓李的给骗了，把自己的种子资源骗去以后就把自己甩开，闷声发财去了。

　　杨良金从事种子培育一辈子，这样的事见得太多了，没想到到了退休的时候还是被欺骗了。至于农民反映的产量一年比一年低，杨良金一听就知道他说的肯定是事实，因为任何种子，每年都要提纯复状，才能保持或提升产量，而一般从事水稻种植的人员都不会提纯复状技术，以为有了稻种就可以年年一样，因此出现了池州农民反映的问题。

　　杨良金接完电话后，本来想直接打电话质问李总，可转而一想，这个问题不是小事，还是哪天抽时间到池州去看一下，看看到底怎么回事，到时候再说不迟。

　　接了这个电话后不久，安庆又有几个农民打来电话，反映同样的问题。

　　一气之下，杨良金放下手中的事，立即把池州、安庆、铜陵等几个地方悄悄地跑了一遍，让他气愤至极的是，李总的示范点根本没有停，都继续在搞，只是他从老百姓的口中得知，稻子产量确实一年不如一年了。

　　几个地方看完后，杨良金拨通了李总的电话，故意问："李总啊，今年你'罗莎'搞了多少面积呀？"

李总接到电话，一阵紧张："啊……啊……第一年搞了后，由于其他原因，就没搞了。"

杨良金一听，更是气不打一处来，这真是把人家当孬子了！他不客气地说："李总啊，你是真的没搞还是假的没搞？你不要把人都当孬子，别以为我不知道，安徽就这么大，你在铜陵搞了多少，池州搞了多少，安庆搞了多少，是不是要我把数字给你报一报！"

李总见杨良金这么说话，知道他一定过来调查了，就东扯西拉起来。

杨良金越听越生气："李总，你是聪明反被聪明误。我告诉你，任何种子第二年、第三年都要提纯复状。你不提纯复状，一年会比一年减产，老百姓电话都打到我这里来了，这责任你承担还是我承担？"

李总无言以对，杨良金继续说："这几年来，你给了我一个已不再继续的假象，我也没过问了，没想到你是这样的人，坑了老百姓，还坏了我的名声。当初我们合作，我就有话在先，我同意你追求利益，但不能害人，你现在害了老百姓，看你怎么收场！"

这次合作以后，杨良金感到阵阵心寒，从此他再也不轻易相信这些合作者了。

5

第五篇
最美不过夕阳红

平凡中的不平凡

　　用自己成长的故事和一颗感恩的心，娓娓引导小学生，一粒米、一滴水、一度电、一分钱，有追求、有理想、有信仰。一个小学生用一封书信表达对杨爷爷的敬重

　　杨良金耕种出来的富硒米在周边各地普遍受到欢迎，许多家庭都上门来求购。杨良金在收回成本的基础上，对上门者半卖半送。这一天，芜湖县西河镇一所小学的一个老师慕名前来求购，杨良金对从农村来的教师特别尊重，坚决不要钱，送了他两袋。但老师一定要给钱，两人一阵推拉后就有了交情。这个老师对杨良金走上农业科研之路非常感兴趣，他们从粮食聊到了教育，聊到了当今小孩节约粮食的问题。老师说："现在的学生不像过去那样节约意识强，一碗饭吃了一半随意一丢就不吃了。这种现象十分普遍，实在让人痛心。"

　　这个话题正好触到杨良金的痛点上了，于是他就谈起了自己幼时如何没得吃，以及后来为什么一辈子与水稻、油菜打交道的经历。老师听得差点掉了眼泪，便说："杨劳模，您这么好的经历，真是太感人了，这要是能给我们的学生上课讲讲，对学生多有教育意义啊。我回去跟我们的校领导请示一下，邀请您到我们学校上节德育课，不知您同意不同意？"

　　"我怎么能不同意呢？"想到孩子们，杨良金就想到自己的童年，自己以优异成绩考上中学却不能上的情景仍历历在目。他坚定地说："如果给我这个机会，我什么事不干，都要过去。"

　　这个老师回到学校后，向校长一汇报，校长特别高兴地答应了，并召开会议，重点布置此事，要求全校师生都参加。

这一天，学校里就像过节一样。学校大门楼上，高高悬挂着大红色的横幅：热烈欢迎全国劳模、农民科学家杨良金爷爷莅临我校作报告。由于是全体师生听报告，学校里没有那么大的会场，就把报告地点设在了校外操场。整个校园气氛热烈，孩子们都戴着红领巾，早早等候在操场上。

杨良金在学校领导的相迎下进入了学校，学校隆重的场景让杨良金感到无比激动，同时也有些不安。他报告的主题是《珍惜粮食，节约光荣，浪费可耻》。报告中，他用自己3岁随母要饭，8岁父亲去世，11岁辍学务农以及自己如何通过自学走上科研之路的故事来激励学生刻苦学习，奋发向上，同时通过自己小时候饿肚子的经历让孩子们懂得节约既是一种光荣，更是一种责任。他告诉孩子们，厉行节约要从我做起，要从节约一粒米、一滴水、一度电、一分钱做起。

当他讲到自己幼年和母亲要饭时受人欺负，吃马兰头差点死去的经历时，许多孩子们都掉下眼泪。

杨良金说到痛处，自己也禁不住掉眼泪。有人给他送来纸，他擦了擦眼睛，缓缓地说："同学们，我想问你们一个问题，你们平时做一道最难的数学题，最多要多少步？"

沉默了一会，有同学站起来回答："老师，最多要十几步。"

学生坐下后，杨良金说："那么我再问你们一个问题，你们知道一粒粮食要经过多少道程序才能变成香喷喷的米饭吗？"

会场一片沉默。

杨良金缓缓地说："你们知道吗，一粒粮食要经过晒种、浸种、催芽、播种、拔秧、插秧、灭虫、治病、追肥、除草、收割等110多个生产环节，150多天的辛勤劳动，才能变成稻谷，才能变成香喷喷的米饭。"

学生们一片长嘘。

杨良金说："同学们，农民伯伯生产粮食，需要经过这么多生产环节。只要有一个环节出了问题，粮食就要减产。稻谷还需要经过很多劳动环节，才能变成香喷喷的米饭。唐朝诗人李绅，为了教育后人珍惜粮食，写出了千古传诵的诗句：'锄禾日当午，汗滴禾下土；谁知盘中餐，粒粒皆辛苦。'同学们，你们跟着我大声朗读一遍，好不好？"

现场所有人异口同声："好！锄禾日当午，汗滴禾下土；谁知盘中餐，粒粒皆辛苦。"

共同读完后，杨良金接着说："现在，我们很多人既不知道珍惜粮食，更不知道我们的长辈生产一粒粮食的艰辛，把吃不完的饭乱倒，把农民伯伯千辛万苦种出来的粮食无所谓地浪费掉。同学们，你们知道节约一粒米的意义吗？"

会场一片沉默。

杨良金又问："请问同学们，你们有谁知道我国14亿人口，每人每天节约一粒米，能养活多少人吗？我现在教同学们算一笔账。一粒大米，重约0.02克。全国14亿人，每人每天节约一粒大米，每天可以节约28吨大米。按每人每天吃250克米计算的话，可以供11.2万人吃一天。也就是说，如果我们每人每天节约一粒大米，可以节约28吨大米，可以让11.2万人吃一天。"

杨良金讲到这里，同学们现场发出一阵惊叹，这让一些年轻的老师们也都受到了教育。

在一阵热烈的掌声中，杨良金接着说："下面我再给同学们讲一个故事，一个节约粮食的故事，你们说好不好？"

"好——"孩子们回答。

杨良金娓娓道来："小时候，我记得爷爷给我讲了一个节约粮食的神话故事，我至今记忆犹新。从此以后，我舍不得糟蹋一粒米。

"爷爷说，在很久很久以前，有一个大财主家的儿媳妇，她认为家里家财万贯，金银珠宝多得用不完，所以，每天就把吃剩下的饭菜倒进水缸里。久而久之，灶神爷实在看不惯她这种任意糟蹋粮食的行为，将此事上告到玉皇大帝那里。玉帝听了非常生气，立即命令天兵天将，第二天午时三刻下凡，到财主家查看实情。如果情况属实，就让她的全家

人受到五雷轰顶的惩罚。

"仁慈的观音菩萨听到这个消息，想给财主家的儿媳妇一个改过的机会。当天晚上，观音菩萨就托梦给财主家的儿媳妇，叫她把倒进水缸里的饭菜捞起来吃掉，不然，一家人要遭灭顶之灾。儿媳妇睡到半夜醒来，记得观音菩萨对她说的话，大吃一惊。她立即起床，把水缸里的剩饭捞得干干净净，再把这些剩饭用清水淘洗干净，让全家人当早餐，吃得一粒都不剩。

"到了第二天，正当午时三刻，晴朗的天气忽然变得狂风暴雨，电闪雷鸣。三声震耳的炸雷在她家的屋顶炸响，天兵天将下凡，在她家的水缸里仔细查看，一粒米饭也没有找到，无奈，只好回到天庭，向玉皇大帝复命。

"从此以后，这个大财主家的儿媳妇不但勤俭持家，而且用自己在平常生活中糟蹋粮食的行为要受到惩罚来教育子孙后代不要浪费粮食。

"同学们，习近平总书记号召全国人民要厉行节约，它包含着节约一粒米、一滴水、一度电、一分钱。这些都是社会紧缺的资源，这都要从小做起，从我做起。我们要把习近平总书记'厉行节约'的指示深深植根于脑海中，体现在生活的方方面面。

"同学们，我希望大家听了我的故事，能受到启发，从小就养成勤俭节约的好习惯。我更加希望你们能成为珍惜粮食的模范，能影响身边更多的人，节约更多的粮食，为社会做出更大的贡献。大家说，好不好？"

"好！"孩子们的掌声经久不息。

报告结束后，五年级一个叫王自超的小学生一回到家，就兴奋地写了一篇心得，第二天交给了老师。老师一看，觉得写得非常好，便将文章发到了一个网站上。这篇文章情感质朴，有一定的见解。文章的名字叫《平凡中的不平凡》。

王自超在文章中激动地写道[①]：

---

① 书中为节选收录。

　　杨良金爷爷的童年让人心酸。他9岁便失去了父亲，和家人住在一个不满8平方米小房子里，因为家境困难，他承受着别的孩子不会有的艰苦，12岁便辍学，虽然有好多好心人帮他，但好景也不长啊，好不容易考进了南陵中学，却只读了27天的书便离开了他一直向往的学校。谁又知道，一个孩子，那晚他的心有多痛。伴着蒙蒙细雨，杨良金爷爷的脸上已不知是泪，还是雨，这个在朦胧夜色中离开的孩子，并没有被残酷的生活给打败，他那股坚韧不拔的劲儿，就是他打败困难的最好武器。

　　他开始自己买大量科技书学习，对于新的事物，他总会去尝试学习。他曾说："读书不必讳言功利，就是为了使自己的谋生能力更强，使自己短暂的人生更加完美充实。"在他的世界里，知识"侵占"了他，学无止境在他的身上毫无遗漏地呈现出来。在那种几乎可以让所有人绝望的情境中，杨良金爷爷表现出了一种超乎常人的精神——坚强。

　　功夫不负有心人，杨良金爷爷取得了巨大的成就。他与别人合作写了一本《油菜高效栽培理论》，还把油菜培育到比人还高。他培养的油菜王入选大世界基尼斯纪录，还有44篇论文在国内外权威刊物上发表……谁能相信如今这个全国著名的农民科学家的背后，有着这样艰辛的经历。

　　现在，杨良金爷爷不断出现在国家各大重要会议上，还和国家领导人见面，他的成就是靠自己不怕艰辛的韧劲儿一步一步走出来的。这条路有多难走，只有他自己知道。

　　这位平凡的农民，创造了一个不平凡的奇迹，而这位现在不平凡的农民科学家，以前也和我们一样平凡。我对他肃然起敬，发自内心地敬佩。伙伴们听了杨良金爷爷的介绍，也都沉默了，他们也一定都敬佩起他了吧，是啊！一个农民，这样的成就，实在令人敬佩。

　　……

　　杨良金爷爷的事迹在我的心中留下了深刻的印象，尤其是他坚强不屈的精神。我要和杨良金爷爷一样，遇到困难，绝不往后退，人要往前看，路要往前走。

　　今天的所得，会使我一生受益。

　　文章在网站上发出后，学校还专程将孩子写的文章寄给了杨良金。杨良金当天忙完事务后，已是凌晨一点了，但仍然打开了孩子的文章仔细阅读起来。他看着看着，流起泪来，觉得这孩子真是写到自己心里去了，也很有见解。

　　夜色沉沉，只听见窗外些许的秋风声声。花甲之年的杨良金触景生情，又想起了自己的童年，突然之间有了冲动，决定给这位小学生回一封信，勉励孩子。静谧的夜晚中，他提笔写了起来，一直写到凌晨四点。他在信中说：

　　自超同学：

　　我是3岁跟随母亲讨饭，8岁父亲逝世，11岁辍学务农，童年经历了九死一生、令人难以置信的苦难人生。我能走到今天的路上，是因为我曾经无路可走。

　　我从小目睹了农民缺少知识，缺少文化，缺少科技才导致的贫穷落后。所以，我辍学至今，每天早上4点钟起床，晚上到12点才休息。我小时候，明星亮月时就在月光下看书，到了夏天就提一桶水，把双腿放在水里防止蚊叮虫咬，到了冬天，就用干草木灰取暖。直到现在，我的内心深处仍然有着一种说不清的痛苦。这种痛苦，使我思想上无法得到解脱，就像浮士德的痛苦一样，催促着我不断追求卓越。也正是这种对卓越的追求，才能使我忘却痛苦，得到思想上暂时的宁静。我很想找一位作家，把我的坎坷经历、对人生的深切感悟，以及我对社会的爱心，写成一部真实的故事，教育我的子女，教育更多的后人，让他们刻苦自学、自强自立、不懈奋斗，勇于探索创新、乐于奉献。

知识能改变人生命运，"要治穷，先治愚"。常态中的生命，需要焕发，需要激活。石激水起浪，石激石生火；不激不出上品，不激不出奇味。我认为，别人行，我也行，没有一个人命中注定与成功无缘，只要自己充满信心，就一定能够实现自己的愿望，取得事业的成功，甚至于取得辉煌。人生在世要有勇气、有毅力，善于发现，勇于开拓。时时点亮心中的蜡烛，希望之火将绵延不息。

80年代初，我带了6个徒弟，在农村木工手艺也很好，但我放弃了高薪，走上了一条从事农业研究之路，研究优质水稻新品种与油菜立体种植粮、油多熟制栽培技术。实验有波澜曲折，人间有冷暖严寒。这些年来，我为农业实验、示范、推广奔走，宣传科学技术，得到了专家、领导的支持与厚爱，同时也遭到一些人的诽谤与嫉妒。对于前者，我由衷地表示感谢，自觉自爱，不断迈出坚实的步伐，做出成绩，报答他们的一片爱心；对于后者，那些不理解和流言蜚语，我忍，我让，并将此化为奋进的动力。

一个人，如果没有丰富的想象力，也就没有创造性，就做不出什么有意义的事。世界上没有干不好的事情，只有干不好事情的人。

科学在于积累，在生活中积累，在社会中积累，在学习中积累，在实践中积累。科学技术只有转化为生产力，才能产生经济效益。先进的技术只有被广大种田农民掌握，才能产生巨大的社会效益。我深知种田农民没有文化学技术的艰难，更加理解农民求知的愿望。我把理论化为实践，化为实用技术，让他们一听就懂，一听就会，一用就能增产增效。

钱不是重要的，重要的是我的知识价值得到了社会的认

可，得到了专家的肯定。我办培训班，个人虽然贴了一点钱，但能为农业增效、农民增收出点力，能为社会创造出更多的财富，我认为值得。

一个农民用面朝黄土背朝天挣来的血汗钱，坚持长期为农民培训，为农民宣传科普知识，无偿地赠送农民技术资料，到田间地头指导服务。

一个普通农民，从事新品种与新技术研究。我研究的油菜高产高效栽培技术，在中央电视台7套播出后，被省委组织部列为"农村党员致富100招"，在全省范围内宣传。我要为农业增效、农民增收，为社会主义新农村建设尽自己的微薄之力，做出应有的贡献。

以前，论文这个词对于我来说，听都没听过，更不用说写……一个只有小学文凭的我，多次参加国内外学术会议，发表了四十多篇自然科学论文，完成了一部32万字的专著《油菜高效栽培理论》，承担了芜湖县和芜湖市市重大科研项目、安徽省"八五"重点项目、国家"十五"科技攻关课题中子专题项目，我还主持了2004年和2010年两项国家星火计划项目。

一个不从事经营，全靠农田收入和家庭养殖业收入，全靠平时省吃俭用的我，汶川大地震时捐款捐物价值6.5万元。

一个小学学历，破格晋升获得了高级农艺师职称的我，当选为中国农技协常务理事、专家服务团副团长、安徽省农技协联合会副会长。

一个农民，指导安徽师范大学、河海大学、南京师范大学硕士研究生写毕业论文。陈涛撰写的《"土专家"的傻瓜技术及其效益》，是江苏省推荐到国家的唯一一篇论文，并获得了2007年"挑战杯"全国大学生课外学术科技作品竞赛二等奖；我的良金高效农业研究所成为南京师范大学、河海大学研究生实践基地，我被聘为客座教授。

　　一个农民，获得了全国劳动模范、全国优秀科技工作者、全国农村优秀人才一等功，得到了国务院、中央组织部、中央宣传部、人事部、科技部、财政部、农业部、中国科协等部门的137项表彰。

　　一个普通农民，获得了这么多、这么高的荣誉，得到了国务院总理温家宝的关怀，得到了国内外权威专家的高度评价，离不开领导和专家们的关心，更离不开各级党委和政府的支持。我应该珍惜这些来之不易的荣誉，一切从零开始，百倍努力、为民服务、惜时如金，用自己的实际行动报答党和人民。党和政府给我的荣誉太多，我要是不把自己掌握的农业生产技术传授给广大农民群众，我就愧对于党，愧对于我的父老乡亲。

　　"国以民为本，民以食为天，食以质为先。"这是我最后的梦想。"夕阳无限好，何惧黄昏早。"我虽然年过花甲，但要尽最大的努力，选育出有营养价值的有机富硒水稻品种，让更多的人吃得放心，吃出健康……

　　总而言之，刻苦自学、自强自立、不懈奋斗、勇于创新、乐于奉献的精神，是我们中华的美德。

　　自超，你很优秀，你的心得写得感人肺腑，我希望你能像我一样，心中也有一个追求卓越的远大理想，你一定会立志、成才，成为国家的栋梁之材。

杨良金

2012年11月6日

　　时人不识余心乐，将谓偷闲学少年。王自超小同学写了1100多字，杨良金兴奋之余，认认真真回复了2100多字。这封回信，让杨良金仿佛回到了童年。字里行间是在向一个孩子诉说着自己的成就，激励着孩子健康成长，其实也是在诉说着内心几十年来的田园辛酸。

　　第二天上午，他认真地到邮局将信寄给了孩子。

285　·

为"土壤保护立法"大声疾呼

　　一亩田居然用到90公斤化肥，他为越种越瘦的"毒土壤"而心碎。
他奔走呼号：给土壤一个恩惠！让粮食更安全！

　　2013年的一天，杨良金应邀到安徽无为的一个平圩区给农民培训。培训过程中，当他和一些农民交流化肥使用量时，农民的一句话让他感到万分震惊。

　　杨良金从事农业一辈子，对土壤太熟悉，对农田太有感情了。在和农田打交道的五六十年中，虽然他在农业科研中成就卓著，但近十多年来，一个重要的事情让他一直高兴不起来，这就是农田里无机肥的施用量越来越大，越来越多，普遍高达七八十公斤一亩，以至逐渐完全取代了有机肥。当年的良田一年不如一年，今天的良田更几近"毒土"。

　　看到农田里化肥施用量节节攀升，杨良金一直急在心头，痛在胸口。他每每在培训班都要告诫农民不要盲目过量施用化肥，因为这将是土壤的灾难。但令他没想到的是，这次培训班，一个农民告诉他，他家每亩一季化肥用量要90公斤。听到这个数据，他开始不大相信，认为农民把数字搞错了，他又连续问了其他几个农民，他们一致说，至少要90公斤。杨良金听后，仿佛听到一声炸雷。更让他难受的是，这些农民说用90公斤时显得很若无其事。

　　说到化肥，首先要理解无机肥和有机肥的区别。两者一是来源不同。有机肥的原料主要为各种动物、植物残体或代谢物，也有人把它叫作绿肥，来源比较广。而无机肥是指用化学合成方法生产的肥料，包括氮、磷、钾等复合肥。二是效果不同。有机肥使用之后见效快，很容易被植物吸收，但是肥力不够持久，而无机肥施肥之后见效比较慢，但是时间比较持久。一般来说，在农村地区会选择无机肥。三是影响不同。无机肥施用过多之后由于土壤团粒结构被破坏，土表容易变得干燥板结，造成水土、矿物质缺失，土壤会变得更加贫瘠，缺少很多营养物质。而有机肥料所含的营养元素多呈有机状态，能改善土壤结构，有效地协调土壤中的水、肥、气、热，提高土壤肥力和土地生产力。另外，有机肥料含有多种糖类，施用有机肥增加了土壤中各种糖类。有了糖类，有了有机物在降解中释放的大量能量，土壤微生物的生长、发育、繁殖就有了能源。而无机肥在化学合成过程中，需耗用大量能源，污染环境，而且过量施用会造成浪费并污染水质，还易引起"泛塘"①。今天，几乎所有的沟塘都有各类水生植物消失，水体污染严重的问题，与农田大量无机肥的流入有着十分密切的关系，也可以说：水污染，无机肥是罪魁祸首。

正是由于化肥是速效肥，使用方便，近几十年来，无机肥的施用呈泛滥之势。农田一公顷使用量能高达 1.5 吨，而且连续施用随心所欲。当我们的农田施用到每亩七八十公斤的时候，杨良金有一次讲到土壤危害时，哭的心情都有。

无为农民一亩田施用量到 90 公斤，一个不懂土壤科学的人可能对此没有什么感觉，因为不同的施用量长出来的水稻等作物看起来差不多，而对于一个对土壤十分了解又充满情感的人来说，这个数字无疑令人揪心。这样的化肥量再用下去，土壤最后的结果就是变成真正的"毒土"。土壤中的重金属通过食物进入人体，将是一件十分可怕的事情。

就在无为之行后，一位省领导建议杨良金到某地的一个农场，承包一万多亩土地进行农科实验。杨良金一直在寻求富硒稻的推广办法，拥有一万多亩大田，这对杨良金来说，是一个天大的好事，因为他能将自己的富硒稻带过去，进行一番作为。随后，他就到该农场进行了考察，当他去过以后，他更是担忧倍增。经过检测和了解，那里土壤的化肥施用量比无为还高，居然高达每亩 100 公斤，而且是长期施用。富硒稻是

———
① 泛塘，指当养殖水体中溶氧量低于其最底限时，引起鱼类大规模窒息死亡的现象。

健康粮，最忌讳的就是高化肥。这样天文数字般的化肥施用量，何以能引进富硒稻，杨良金只得兴叹而归。

正是这样的化肥施用现状，让杨良金更重视化肥施用量了。随后，他每到一地培训，都要通过农民了解土壤施肥的真实用量。每每听到农民们传给他的信息，他都感到揪心、痛心。他通过广泛的调查发现，近二三十年来，有机肥似乎已被人淡忘，化肥几乎取代了有机肥，农民们用惯了化肥后，即使有的农民家里有鸡屎猪粪之类，也不会弄到田里代替化肥了。因为化肥使用起来方便，而无机肥又臭又脏。

杨良金每到一处讲课，农民们都热情高涨，他的内心却极不平静。他在培训班上除了讲授一些农业知识以外，每次都要重点呼吁，希望大家能留一口饭给子孙后代吃。

在一个培训班上，他拱起双手，发自肺腑地对农民说："我们国家一公顷施肥量要达到一吨半，你们知道这是一个什么概念？这是一个要让良田成'毒土'的概念，希望你们每一个农民一定要从自己做起，宁愿少收一点粮食，都要减少化肥施用量，给土壤一个恩惠。"

杨良金接着又说："这样的农田里收出来的粮食我们自己种自己吃，这是我们自己害自己。今天的我们少吃一口饭饿不死，但多撒一斤化肥，我们的农田就要多一滴眼泪。"

杨良金虽然见到农民都说，但他又深知，让农民改掉这用惯了的东西，比登天还难。本来施100公斤能保证产量，现在叫农民施90公斤，然后减产，农民断不能接受。

杨良金感到仅仅向农民呼吁，不会有什么效果。他觉得必须向官方呼吁，加强土壤立法才行。

从2008到2018年，在杨良金当选安徽省第十一届、十二届人大代表期间，他有了更多的机会进行调研，调研结果每每让他难以入眠。不仅农民施用的化肥对土壤造成巨大危害，工矿企业的危害同样触目惊心。

在有一年的"两会"上，他递交了《关于要求制定"安徽省耕地质量保护条例"的议案》。

他在议案中大声疾呼："民以食为天，食以土为本，万物土中生，有土斯有粮。耕地是人类生存的基础、发展的载体，耕地质量关系到粮食安全、农产品质量安全、农业可持续发展以及国民健康。土地是我们赖以生存的根本，然而这些年来，土地的质量每况愈下。

"首先，一些工矿企业在发展的同时不注重环境保护，已对我国土地造成了很大伤害。根据中科院生态所研究，在全国范围内，受镉、砷、铬、铅等重金属污染的耕地面积近2000万公顷，约占耕地总面积的1/6，全国每年因重金属污染而减产粮食1000多万吨。对土壤污染严重的还有农膜。中国科学院植物研究所研究员蒋高明说，目前我国每年约有50万吨农膜残留于土壤中，残膜率达40%。农膜在农业生产中大量使用却不考虑其降解问题，令我国生态环境付出了沉重的代价，严重影响了耕地质量。用'白色恐怖'来形容农田里残留的白色塑料膜一点不为过。

"其次，由于缺乏可供遵照的耕地质量管理法律法规，导致在农田水利建设、土地整理、中低产田改造、非农建设占补耕地等项目验收中，难以对耕地质量进行把关。

"最后，也是令人非常痛心的是，现在化肥、农药等大量使用，漫灌、浅耕等不科学的耕作方式，使土地越来越板结，越来越贫瘠。在城市化进程加快、农业效益相对低下的大环境下，一些农民与土地之间情感疏离，盲目投肥、投药，已到掠夺性经营的地步。污染加剧，良田渐成'毒土'。"

杨良金指出，在农业生产中，由于土地质量下降，养分失调，作物病虫害频发，农户为了应对又投入过量农药，使得土壤的生态环境更陷入恶性循环。如某地的土地整理后耕地关键地力指标全面大幅度下降，有机质、速效氮和有效磷含量的下降幅度达80%以上。这样的养分水平使得土壤无法保持正常的团粒结构，出现板结现象，缺乏蓄水和保肥功能。时任农业部副部长危朝安在2011年7月的全国土肥工作会议上指

出，目前各地补充耕地与被占耕地的质量一般相差2至3个等级，生产能力不足被占用耕地的30%。初步测算，近十年全国因耕地占优补劣导致粮食生产能力至少减少120亿公斤。

杨良金说，土地的质量，直接关系到中国农业的未来发展，单纯的耕地数量红线，是无法保障粮食安全和农业可持续发展的。关于如何解决这一问题，杨良金强烈呼吁：要积极推进耕地质量管理立法，实现"依法管理、依法建设和依法使用"，不断提高耕地质量管理水平。同时，积极探索建立耕地质量保护基金，对提升耕地质量的予以奖励，对破坏耕地、造成耕地质量下降的，予以处罚。鼓励多种主体参与耕地质量建设，拓宽投入渠道，加大投入力度，建立稳定的耕地质量管理建设投入机制。

杨良金还指出，农业是基础产业，也是弱势产业。我国在大力发展农业的同时，已经开始注重对这一产业的政策倾斜，开始补贴农业，有了粮食直补、农机具购置补贴、良种补贴等，但补贴还不够多，农民生产的积极性仍不太高。从长远来看，还是要逐渐使农业生产维持在合理的收益水平，才能调动农民惜地养地，慎用化肥的热情，提升耕地质量，实现农业的可持续发展。

2013年，他在省人代会上发言说："根据国土资源部统计数据，我国良田每年减少1000多万亩。商务部统计数据表明，我国每年进口粮食数量剧增，突破了8200万吨，'80后'不愿种田，'90后'不会种田，农民种粮积极性没有了。这对中国农业来说，都是危险的信号。"

2016年底，杨良金在安徽省"两会"期间讨论政府工作报告时，又结合农业供给侧结构性改革，针对土壤问题，就我国粮食总量与质量安全问题做了一个深刻的发言。

杨良金说，根据国土资源部统计数据，良田每年以千万亩的速度减少，复耕农田质量差，不能种稻谷。根据商业部统计数据，到2016年10月底，我国进口粮食已经达到了9255万吨；根据民政部统计数据，2016年1—9月各类自然灾害共造成全国1.9亿人次受灾，全国31个省的

2800多个市、县受到不同程度自然灾害影响。种粮大户普遍存在掠夺性经营、广种薄收和季节性抛荒等问题，很多地方国库粮食收购数量不足，农民家中普遍不存余粮。

关于粮食质量问题，杨良金指出，首先是化学肥料施用过多。农业部统计数据显示，2011年，全国施化肥5460万吨，而且是折纯的量，30年增加了百倍，国际公认的化肥施用安全上线为每亩15公斤，我省多数农民每亩达到80公斤，是5倍之多。我国农药年产170万吨，按照18亿亩耕地计算，亩用量达到了1公斤，另外还有许多地下工厂和进口产品不在其中。大量的化学品严重地威胁到食品安全、粮食安全。农药、化肥、除草剂、添加剂等有毒物质成为现代农业的"常规武器"，耕地中的有毒物质最终都要回到人体"安营扎寨"。

杨良金一次次的泣血呼吁，可谓振聋发聩，在代表中引起了相当的反响，也得到了省领导的高度重视。

有一天，杨良金接到省人大的通知，邀请他参加一个环保方面的人大调研。杨良金参加这个调研是时任安徽省人大常委会副主任沈卫国点名的，原因是杨代表敢说，而且对环保问题有研究。

一听说是环保方面的调研，与土壤有关，杨良金兴奋起来，因为他觉得这是一个自己可以有所作为的机会。

调研的地点在安徽某市，调研的主题是企业环境污染。这次参加调研的只有3人，沈卫国带队，调研的对象是几家企业。在当地，他们分成两个小组，沈卫国单独一组，另外一组由杨良金和另外一位汪代表组成。

当天下午被调研企业名单已提交到杨良金这一组，当地一直示意杨良金和汪代表告诉他们具体挑选了哪几家企业，他们好做些准备。汪代表把杨良金拉到一边商量怎么办，杨良金说："沈主任干事认真，他是想了解省内的一些真实情况。既然如此，我们就不能提前告诉他们，提前告诉了，他们一准备，我们还能看到什么真实的东西呢？"

正是如此，一直到了第二天早上他们也没有提供被调研名单，当地

的领导焦虑万分，但也没办法。直到上车出发时，杨良金才在车上临时勾选了三家企业，显然这个时候他们已没办法准备了。

每到一个点，杨良金都看得特别仔细。在一家企业，杨良金深入每一个死角检查。在一片荆棘区，杨良金欲进去，陪同人员关切地说里面不安全，不要进了。杨良金就像没听到规劝一样，双手扒开荆棘，径直地钻了进去。进去一看，果然看到一片草地都死了，令他心痛不已。回来时，他的裤子都被刺破了。

实地调研结束后，座谈讨论时，杨良金发言。他如实说："我们企业环保达标工作不能讲一套做一套，我们所看的3家企业，有关指数都超标，没有一个达标的……"

这是一点没给面子，当时在座的市主要领导坐立不安，也只得听着。接下来，杨良金的发言同样一点不留情面，并就受污染地方的田块受污指数和对土壤的影响进行了现场通报和说明。最后，他又提出自己的观点，希望土壤保护尽快立法。

敢说真话的杨代表

杨良金直言不讳地对厅长说，这影响了我们安徽的科技创新，追加经费刻不容缓了

不忘初心的杨良金，不仅为土壤保护立法进行强烈地呼吁，还通过各种渠道为与老百姓生活密切相关的问题发声。他参加过各种类型的官方会议，总是本能地为农民代言，为弱势群体发声，为国家的文明进步贡献良策，仅2014年、2015年、2016这几年，提出建议和整改意见20余条。

杨良金在基层，深知基层人员科研经费短缺之苦，导致许多创新研发工作开展不起来。在一次人代会上，他提出《关于要求增加安徽省科普经费的建议》的议案。这个建议提出后，省财政厅十分重视，多次电话与杨良金沟通，并给了他答复，但杨良金觉得现有政策仍不能满足基层科研的需求。当时的安徽省人大常委会副主任任海深知道后，亲自做了批示，转财政厅领导重新办理。于是省财政厅罗厅长亲自上门征求杨良金意见。罗厅长告诉他，省里收到杨代表的建议后，高度重视，已同意将经费增加到200万元，但鉴于时间等方面的因素，当年的经费审批已来不及了，要等到第二年。

财政厅的领导亲自登门，一般人听到这个意见，也就"理解万岁"了。但杨良金却把不满意挂在脸上，直言不讳地说："罗厅长，我已经当了四届不同级别的人大代表，您不要忽悠我，这里面的情况我也懂一些，我想您所说的虽然是实情，但都不是延迟的理由。"

杨良金也不管厅长高兴不高兴，继续说："罗厅长，我之所以这么较真，是因为这些年来，我们安徽省的科普经费比起中西部省份都是最

少的，这影响了我们安徽科技创新工作者的积极性。追加经费刻不容缓，不能找理由再推迟了。只要有关方面真的重视起来，是肯定没问题的。之所以基层科普经费一直短缺，说到根本上，还是我们省里对基层的科普不重视。"

罗厅长听到杨良金这么一说，省里也确实重视这一问题，便笑了起来，说："好，我们一定尊重你杨代表的建议。"

后来，基层科普经费果然按期下来了。第二年科普经费如期增加到200万元，第三年科普又增加到400万元，为安徽省基层科研提供了重要保障。

任海深在一次人大常委会上说："人大代表就是要敢说，如果我们有三分之一的代表像杨良金那样，敢向我们政府的主要职能部门连续说三个'不'，我们人大的权威就不一样了。"

农民种田成本高，影响了农民的积极性，2016年底，杨良金在安徽省"两会"期间讨论政府工作报告时，结合农业供给侧结构性改革和我国粮食总量与质量安全问题做了一个深刻的发言，对一些专家的不实议论进行了抨击。

食品安全是消费者关注的热点，杨良金作为一个在底层生活了一辈子的农民，对此痛心疾首，特别对农药残留、瘦肉精、畜禽养殖环节过量使用抗生素等十分严重的食品安全问题，他逢会必反映。在一次省人代会上，杨良金发言的时候，一针见血，对实质性问题进行毫不掩饰的猛烈炮轰。

他说，这几年，从"三聚氰胺"到"问题酸奶"，从"瘦肉精"到"速生鸡"，从"毒生姜"到"假羊肉"……问题食品频频曝光。国家对此也采取了一系列保障食品安全的举措，还成立了国家食品药品监督管理总局，但各种食品安全问题还是屡屡出现。仅2012年，就侦破食品安全犯罪案件9700余起。这些问题，全国各地都有，当然，我们安徽的问题也不少，有些问题尤为突出。

关于食品安全具体有哪些问题，杨良金一一起底。首先关于食品类，他一下列举了16个问题。

一、一些酸奶写着"好酸奶无添加剂"，内行人都知道，酸奶制作离不开添加剂。这样的宣传标识，一是欺骗了消费者，二是让如实标示添加剂的诚实守信企业在市场上很被动。

二、一些花生油标注着"非转基因"，但到目前为止，世界上还没有转基因花生。一些芝麻油为什么不香，因为其中有80%是菜籽油。

三、市场上所谓的"本鸡蛋"，大多是以次充好。

四、现在大家知道健康的重要性了，富硒类的产品也应运而生，但其实现在的富硒水果、富硒蔬菜、富硒米基本上都是用亚硒酸钠喷洒或用亚硒酸钠肥料生产的产品。一些利欲熏心的人用亚硒酸钠拌在鸡饲料里面，让鸡吃了，生出来的蛋就叫"富硒鸡蛋"。

五、激素无孔不入。又粗、又嫩、又白、又无根的豆芽菜，就含有5种危害人体健康的激素。

六、食品添加剂过多，危害了消费者的健康。

……

杨良金一口气列举了一连串问题，会场气氛一下严肃起来。

接着，杨良金又开始列举起水果类的11大问题。

接下来，杨良金又连问了几个问题：

一、不合格的餐具洗涤剂已明令禁止使用，为什么禁而不止？

二、针对无牌、无照小作坊，是否能进一步加大监管力度？

三、一次性餐盒的使用，是否应进一步加强监管，防止危害消费者身体健康？

……

杨良金列举了这么多问题，让会场讨论的气氛热烈起来。

随后，杨良金就提出的问题发表了多项切实有效的举措意见，也得到了省政府的重视，食品安全问题在安徽省得到进一步监管。

会后，有熟悉的代表开玩笑地对杨良金说："杨代表，真没想到，我们以为你只是一心扑在农业科技研究上，没想到你对社会问题还这么

关注，还这么敢说！"

杨良金一辈子扎根农田，对农技人员的待遇不足问题深感痛心，也一直希望能得到一定程度的改善，以激发农技人员更好地服务于农业发展的热情。他通过大量的调查，得出了大量的数据。在一次人代会上，他适时提出了《关于要求省人社厅重视加强基层农技人员补充的建议（2015年）》的议案。

他在建议中说："我省当前农技人员现状存在以下问题，一是人员老化严重。据统计，截至2013年底，我省县、乡两级农技推广机构实有农技人员16216人，50岁以上的4296人，占实有人数的26.5%，其中55岁以上农技人员1376人，占实有人数的8.5%。按此情况，未来10年，我省县、乡两级将退休农技人员4296人，其中近5年将退休1376人。此外，10年后，即到2025年，县、乡两级将有3974名农技人员年龄超过55岁，占当年在职人数的33.3%，农技人员老龄化问题十分严重，农技推广工作开展受影响严重。从芜湖县的调查情况来看，芜湖县、乡两级农技人员中50岁以上的44人，占实际人数的34.4%，其中55岁以上农技人员6人，占实际人数的5%。未来10年芜湖县农技人员将要退休44人，近5年将退休6人。10年后，即到2025年，芜湖县将有31人年龄超过55岁，占当年在职人数的37.3%。

"二是空编补充难。据统计，截至2013年底，我省县、乡两级农技推广机构实有人员比编制（18205个）少1989人，空编10.9%。芜湖县实有农技人员127人，比编制少14个，空编10%。

"三是现有农技推广人员严重不足。统计情况表明，2013年，我省县、乡两级农技推广机构实有农技人员16216人，人均服务耕地3870亩，比江苏人均服务耕地多1830亩，比江西多2610亩，比山东多2050亩，比河南多2070亩，比浙江多2830亩，安徽农技人员的工作压力很大。"

杨良金提出了自己的改进方案。他说，基层农技推广队伍人员不足、老龄化问题要引起高度重视，当前急需做好县、乡两级农技推广人员的补充工作，以确保农技推广事业持续稳定发展、农技推广工作有序开展，为现代农业发展提供支撑。

一要加快人员补充。要将补充人员列入计划落实，使补充人数与退休人员数基本平衡，保持农技推广队伍稳定。

二要扩大补充人员途径。首先在5年内毕业的大专及以上涉农专业毕业生中遴选，若大专及以上涉农专业毕业生遴选不能满足要求，建议从2016年起进行定向委托培养（定向培养的做法江西省已经开展，该省人社厅、编办、农业厅、教育厅联合开展基层农技人员定向培养计划，实行定向招生、定向培养、定向就业，五年定向培养3000人，五年后再根据情况确定委培计划），由编制部门列出计划，县人社、农业、教育部门和遴选对象签订聘用和委培合同，聘用期满正式列入事业编制。人员补充先在缺编和现职人员老龄化严重的县（市、区）进行，再在增编县（市、区）开展。此外，随着财政状况的好转，以及农技推广职能的增加，建议增加全省县、乡两级农技推广人员编制数，以适应现代农业发展的需要。

此外，杨良金还提出了《尽快出台设施农用地管理办法及用地标准的建议（2015年）》《关于要求省政府尽快恢复安徽省农牧渔业丰收奖的建议（2015年）》《关于尽快出台〈安徽省城市公共交通管理条例〉的议案（2015年）》《关于修改〈安徽省实施《中华人民共和国老年人权益保障法法（2015年）〉的议案》《关于要求保护青弋江水质资源的建议（2015年）的议案》《关于要求修改〈安徽省城镇生活饮用水水源环境保护条例〉的议案》《关于芜申运河开通后将对长江流域（安徽段）产生重大生态灾难的议案》等。

"再生稻"一种两收

粮食安全，国之大事。杨良金让失传的"再生稻"技术发扬光大，再生稻让农民种一季收两季

2015年9月底，正是金秋时节，芜湖县的单晚稻都已收割完毕，田园正处于休憩状态，而花桥镇东门村却有一片水稻长势良好，正处于收割状态。这一天，来自各地的农民和农业专业技术人员汇集于此。他们带着好奇观看这一片从来没有见过的晚生稻浪。这一片水稻既非传统的单晚稻，也非传统的双晚稻，而是"再生稻"。这一片田就是杨良金的再生稻实验基地，这个再生稻是杨良金经过几年栽培实验培育出来的。参观的农民们看到这个反季节的再生稻，一个个竖起了大拇指。有的称赞说："真是奇迹，水稻还能再生，我祖祖辈辈也没听说过，今天真是开了眼。"也有的说："我只见过水稻割了后，能长出极少的稻穗，但从没想过还能长出这么好的水稻。"更有人说："这个杨劳模真是个神人，我只听说过反季节西瓜，反季节蔬菜，没听说过反季节水稻。他真是有本事，让水稻反季节再生，还有这么高的产量。"

再生稻，亦称"稻孙子"，是利用中稻或早期收割后的稻茬，适当施肥灌水、中耕、除草，促使基节上的侧芽萌发分蘖而成。若气温适宜，萌发的再生蘖经20—30天即可抽穗，两个月左右成熟。通常第二季稻的颗粒要比第一季小一些，但是稻穗数要比第一季的多（原来一棵稻穗割完的地方一般会长出2棵以上的穗），因而产量也不少。两季总计通常比一季稻的产量要增加50%。再生稻对粮食增产有着重要意义。

再生稻是水稻种植的一种模式，在中国有着悠久的种植历史，可以追溯到1700年前。但这种种植模式和技术逐渐地消失，特别是近代以

来，再生稻技术更是少见。

21世纪以来，随着工业化进程不断加快，农民广泛成为产业工人，农村劳动力越来越少，农田耕种请帮工越来越难，人工工资越来越高，过去种双季稻的地方都改种单季稻了。从国家来说，粮食的减产，影响到粮食安全。更重要的是即使是单季稻，由于农民对粮食种植的忽视，粮食产量也不同程度地受到影响。对于对粮食有着特殊情感的杨良金来说，这让他心里不是滋味。如何既让农民外出打工挣到钱，同时又不让粮食减产，成了杨良金悬在心里的一个事情。终于有一天，他决定进行他的又一个有着特殊意义的实验——再生稻培育。

给予杨良金再生稻培育启发的是他小时候的所见所闻。那个时候他所在的生产队有一些低洼田，每到收割的时候，田里的水稻都被淹在水里。大人们只能坐在漂在水上的木盆里，将水稻收割后放入盆中。由于水深，这些水稻只能沿着稻秆三分之二的地方收割，剩下三分之一的稻茬。等到水退以后，剩下的三分之一的稻茬露出以后，不久又透出一些新苗。如果这些低洼田当年两个月不使用的话，这些新苗最后又会抽出一些稻穗，虽然不多，但这个现象植入了爱思考的杨良金的心里。对于世代耕种的农民来说，等到田再使用的时候就翻耕掉，从没人想过这些新稻穗的意义，但杨良金却经常在心里琢磨这个再生现象。后来杨良金一直进行水稻种植研究，从一些书籍中了解到，这种水稻叫再生稻，而且古人也已尝试过种植，只不过到了现代，这种种植方式没有延续下来。就在杨良金培育"良金1号"时，他也多次想进行再生稻实验，想把这种遗失的祖传技术传承下来并通过自己的研究发扬光大，但苦于自己的精力有限，一直未能进行，加上20世纪八九十年代芜湖地区双季稻种植一直广泛存在，意义不大，所以他就一直没有进行这个实验。但到了21世纪，特别是2010年以后，农民基本都种单季稻，而且效益越来越低，杨良金对粮食产量下滑的担忧，让他决定进行再生稻的实验，以期通过再生稻让农民一季实现两季同等的产量。

再生稻生产不仅要有适宜的温度、土壤环境，还要有适合的品种。

长江中下游一带传统的水稻种植包括四个品类，即早稻、中稻、晚稻、双晚稻。杨良金通过查阅资料和进行相关研究后认为，20世纪八九十年代之前的"399"中稻品种最适宜再生稻生产，但现在这个品种已失落了。于是他就到处寻找当年的中稻，甚至不惜劳苦跑到江西、江苏、湖南等地寻找，但没有找到。此外，他还利用到各地开展培训的机会，向参加培训的农民逐一询问，结果依然让他失望。杨良金的梦想陷入困境。

就在他感到绝望的时候，2014年，他从外地引进了一个新品种，叫"九两优黄花占"。通过试种，他发现这个品种再生亩产量可达200公斤以上，而且水稻品种也非常优良。他喜出望外，这一天，他从田里回到家里，一路走一路反复念叨着：找到了，找到了，终于找到了……

杨良金的念叨让老伴儿感到有些莫名其妙，问道："你又神神颠颠的，找什么找到了？都六七十岁的人了，你别把大脑搞坏掉了吧。"

一旁的小儿子慌忙补了一句："爸，我也担心，这些天来，你魂不守舍，是不是找到了那个什么'399'啊？就是找到了也不至于这么激动吧！"

他们的话杨良金似乎没有听到，依然自言自语着："找到了，找到了。"

找到了品种也只是第一步，接下来，他又发愁了，发愁的还是那个老问题，没有自己的实验基地。

杨良金每想到这个就十分难过，他不比科研院所，搞实验要地有地，要钱有钱，要项目有项目，而自己是孤军奋战，还得到处求着农民把家里承包的田给他做实验，但农民胆小，怕风险，还不一定给他机会。

杨良金认为自己再不能像以前了，要把这个涉及粮食安全，国之大事的好事做好，一定要有自己的实验基地，于是他决定投资征一片地，即使几十万元也要征。由于他对全国各地农田熟悉，很快他就和花桥镇东门村取得了联系。那里有一块200多亩的田，其实他早就看好了，便决定征用下来。为了取水方便，靠在田边的100多亩水面，他决定也租下来。

这一笔投资首付要30万元。杨良金一生都是付出多，家里也没有多少积蓄。杨良金虽然感到不小的压力，但他没有畏惧，觉得就是借债也要干下去。

由于资金问题，他把几个儿子女儿全部叫回家，开起了一个家庭会议。这也是杨良金的风格，虽然家里的主导意见他拿定，但涉及大资金的投入，他就要召集全家人开家庭会议，听取大家的意见。

当他将自己的想法和家里人说的时候，全家人几乎都持反对意见。老伴儿第一个反对："你折腾一辈子，怎么搞我都支持你，但这一次我不支持了。你要知道，你都快七十岁的人了，该折腾的也折腾完了。你征下这么多地，钱就是损失了我也不怕，但你累死累活，哪天累倒下了，你说怎么办？"

大女儿杨鑫莲的命是杨良金捡回来的，她也最疼爱父亲。她平时都支持父亲，但这次也持反对态度："爸，老妈说得没错，你搞实验搞了一辈子了，里面的辛苦你最清楚，人家六七十岁都在享福了，你也该歇歇脚了。"

杨良金到了这个年纪，倔强的性格依然如故，说："你们的心情我都理解，我向你们保证，这是我最后一个愿望了，后面你们怎么说我都听。"

家里人只好无奈同意。考虑到一个人精力有限，最后，杨良金找了一个合伙人，以良金合作社的名义将田征了下来，签了10年的承租期。

300多亩的田和水面顺利征用下来了。杨良金征用这个地，其实还有另外一个作用——他先前培育的两个富硒稻，也可以同步进行栽种。

杨良金的心越来越大，200多亩地征用后，为了机械化运作，他又花了血本，投入10多万元建了个育秧工厂。

为了与传统水稻种植时间岔开，便于找到劳动力，他将"黄花占"品种提前了一个月育秧。

这一年3月，还是春寒料峭的时候，杨良金的大田便机声隆隆了，多台拖拉机奔忙在田头。省、市、县的一些新闻媒体"嗅"到了再生水稻的新鲜味儿，纷纷赶来采访。一些农民也纷纷跑到田头看热闹。

由于错开了时间，杨良金一百多亩的"黄花占"秧苗很快就插入田里了。放眼望去，别的地方还是油菜一片的时候，这里已是一片绿色了。早来的青蛙提前进入大田，夜间叫得格外欢。

7月底8月初，又是一个农闲岔口时，杨良金的"黄花占"第一季要开镰收割了。"黄花占"似乎在鼓励这个老人，长势格外好，稻穗金黄密实。每天来往田头看热闹的农民们说，这稻子长得真是"堂灰"都撒不进去。

经过测产，"黄花占"第一季的亩产量达到700多公斤，这比杨良金预料的还要高出几十公斤。第一季结束以后，由于有前期的技术支撑，第二季只是简单地灌了一次水，撒了一点肥，不到一个月，新鲜的青稞苗就奇迹般地透出来了，而且生长力旺盛。两个月左右，也就是9月底10月初的时候，一片金黄的再生稻呈现在人们的眼前。

参观的农民看到这一奇迹，纷纷拍手叫好。通过测产，"黄花占"再生稻达到200多公斤一亩。传统的双季稻产量总量也只有1000公斤一亩左右，而这个"黄花占"两季同样达到了1000公斤左右。虽然产量差不多，但再生稻第二季节省了种子，节省了栽插的人工成本，同时还减少了田间管理成本，减少了化肥和农药用量。一笔账算下来，再生稻要节约很多成本。

杨良金非常高兴。他通过这一年的实验，感觉这是一个很好的可替代传统两季稻的生产方式，觉得自己找到了解决粮食安全问题的突破口。一时间他似乎感到自己的生命在年近古稀之时又获得了新的意义。

看到杨良金的再生稻，第二年，周边的农民也纷纷向杨良金取经，开始种起了再生稻。然而就在杨良金信心满满进行第二个年度再生稻种植的时候，矛盾开始出现了。这个矛盾出现在他和他的合伙人之间。

合伙人老冯人品不错，但思想比较保守。合作之时，杨良金和他说明了富硒稻的种植计划，老冯也没有反对。第二年，种完了再生稻后，预留下了三十几亩田，杨良金计划种植红米，老冯也欣然同意。杨良金满心指望自己精心培育的富硒米能在这里有所突破。

就在这个时候，杨良金到外地开会去了，会期好几天。杨良金走了以后，有人遇到老冯，劝他说："老冯啊，我给你提个建议，杨老师的红米虽然听起来非常好，但他的红米到今天一直没得到真正的推广，你知道什么原因吗？我想一定有问题。所以你要是听他的种红米，风险大，几十亩田到时候没产量，损失也不小的啊！"

这一怂恿，让本来就思想保守的老冯立马动摇了。他一冲动，趁杨良金不在家，机械下田，将三十几亩田全部种下了粳稻。

杨良金回来后，心情十分沮丧。他觉得，这个老冯人老实，但却和自己不是一路人，但考虑到合作的需要，他只得忍了下来。

其实这个田根本不适宜种粳稻，而且栽种时点也有问题，这一年，三十多亩的粳稻严重低产，只有100多公斤一亩，而且由于粳稻质量不好，到处都卖不掉，损失巨大。对此，杨良金依然没有说什么，只是想通过实践让老冯知道，不按照自己的计划和技术要求来，就会受到损失。

虽然出了个大篓子，老冯也十分心痛，但他还是不以为然。本来事先约定，种植计划和技术管理方面按杨良金的思路来，但老冯总是不合调。

又有一次，杨良金到外省讲课去了，临走前关于田里如何搞，他都做了交代。杨良金出去以后，许多农民纷纷打起了农药，老冯看到人家打农药，听人家一说，也自作主张地打起了农药。

杨良金出去以后，还是不放心，便打电话和老冯聊天。当他得知他打农药的事情后，心里十分失望。他知道这个老冯比较固执，自认为自己种田有经验，似乎对杨良金的技术不以为然。杨良金回来后，专门到农委请了两个专家一同过来做老冯工作，让他知道这次打农药的问题在哪里。

其中一个专家对老冯说："老冯，你在打什么药水？这是再生稻，和其他的品种不一样，杨劳模事先没有和你说吗？"

"噢，人家都在打，我们不打，到时候出了病虫害怎么办？"老冯不以为然地说。

杨良金听到老冯还是非常固执，生气地说："人家都在打是人家不懂，我没叫你打，你怎么自作主张呢？我事先都和你说了，要是该打我不叫你打，出了事责任是我的。你要知道，你打的是剧毒农药，我没叫你打，你非打，出了问题责任属于哪个的呢？"

老冯也不生气，笑了笑，说出一个口头禅："我们家就是这样搞的。"

杨良金对此气不打一处来，觉得跟这个老冯已很难合作下去了。

随后，合作中又出现了一系列让杨良金无法接受的事，他感到再这样下去，不仅自己的想法实现不了，还会将自己晚年有限的时间都搭进去了。无奈之下，仅仅合作了两年后，他不得不放弃了这个合作。由于是主动退出，根据协议，投入的资金不能抽回，他是"哑巴吃黄连"，只得认了一笔对他来说很大的损失。

基地，实验地，这个梦想再一次破灭了。

杨良金自己的再生稻实验虽然不能进行了，但他创制的再生稻种植模式却在全县各地得到了大面积推广。红杨镇团坝村种粮大户陶瑞云在杨良金再生稻就要显现成果的时候，把电话打到了杨良金这里："老师啊，你的再生稻长得那么好，你那种子是什么种子，是在哪里买的呀？"

杨良金告诉他是什么种子，以及购买地点。陶瑞云接着又问："老师啊，这个什么时候育秧，怎么管理啊？"

杨良金的再生稻得到别人的重视，他虽然得不到一分钱的利，但他的心里特别甜，一五一十地向陶瑞云介绍着。

就在杨良金的再生稻丰收的第二年，陶瑞云就种了几十亩再生稻。陶瑞云育秧、栽插时，杨良金主动打电话询问，并实地进行指导。之后，杨良金又担心陶瑞云管理上出问题，几次悄悄地跑到陶瑞云的田去看，看完以后回到家中打电话告诉陶瑞云还有哪些问题，需要怎么解决。

杨良金来回都是自己坐车或打车，费用全部是自己掏的，陶瑞云实在不好意思，有一次见到杨良金时说："杨老师，你悄悄地来，又悄悄地走，不吃我们一口饭，不喝我们一口水，自己还要掏腰包，我真是没见过你这样的'活雷锋'啊。这一次你无论如何都要给我个面子，在这里吃个饭，不然我的心里过意不去。"

但杨良金就是不肯留下吃饭。杨良金心里比谁都清楚，陶瑞云说的是真心话，但他认为自己就是个普通的农民，只有尽可能地帮助别人，才可能得到别人真正的尊重。

正是有这样的胸怀，才让许多种粮大户和普通农民得到了他周到的技术指导。再生稻正是在这样的精神孕育下，在芜湖大地次第相传种植，后来又得了芜湖市各级农委的高度重视，不到几年，仅芜湖县的种植面积就达到一万多亩。

再生稻成为农业上的一个新鲜事物，对粮食安全具有重要的意义，这引起了媒体的关注。一天，央视农业频道《金土地》栏目前来对杨良金的再生稻生产进行专题采访，并以纪录片的形式播出。片子播出后，全国各地向杨良金咨询的人不断。有一天，河南信阳、江西景德镇的两个人同一天来到杨良金家，寻求再生稻的种植经验。面对远道而来对再生稻有兴趣的人，杨良金热情地招待了他们，并悉心传授经验。两人越听越有兴趣，认为再生稻前景非常好，也是一个很值得开拓的事业，都有投资的意向。

杨良金便问他们那边条件如何。河南周女士介绍了他们那里的情况，没想到杨良金听完一口否决了她的想法。杨良金说："你们那里地租900元一亩，而你对农业这一行又不是很熟，不适宜搞再生稻。"

接着他又对江西的徐先生说："你那边可以搞，因为你们那边地租只有200元一亩，而且能租上千亩连片的土地，同时你们江西的气候条件比芜湖还好。"

　　杨良金的实话实说让两人都满意而归。事后，杨良金身边的一个工作人员问杨良金，为什么那么坚定地否定了周女士的想法？她那么老远专程赶来，为什么不能鼓励鼓励她呢？杨良金说："你错了，从内心里我何尝不想他们都搞起来，搞1000亩，10000亩，但搞农业搞的是科学，来不得半点含糊。她那边的条件根本就不适宜，我要说些虚而不实的话，回去后她真的干起来了，到时候一定会栽个大跟头，那样我就害了人家了，不仅害了人家，还会将我好不容易研究出来的再生稻的名誉给毁了。"

大地之子

杨良金受到汪洋接见。农业部用"百亿财富因他而生"作为颁奖词。央视送他楹联：田间地头，为乡亲探索良种良法；著书立说，携智慧普及科学知识。横批：金玉良言

2017年1月27日，是农历除夕。往年杨良金都是和家人守在一起吃年饭，迎新年。但这一年除夕，他不在家里，而是在遥远的首都北京，身处中央电视台七套《大地之子》栏目2016"全国十佳农民"揭晓仪式的直播现场。这个晚上，他是这里的座上宾。这个晚上，杨良金格外光彩鲜亮。

从2014年起，农业部每年都举行"全国十佳农民"的评选活动，每届遴选10人，2016年是第三届。这一年，杨良金凭借着他独特卓越的贡献，在全国亿万农民中脱颖而出，成为全国十佳农民之一。"全国十佳农民"是新型职业农民的带头人，是有技能、懂经营、会管理的佼佼者，是农村改革创新的先行者。该活动旨在在全社会营造关心农业、关注农村、关爱农民的良好氛围，当选者还可获得10万元资金支持。

央视宽大的直播大厅里流光溢彩。当厅内金色大门缓缓打开时，杨良金作为当选者中的第一位步入大厅。他西装革履，神采飞扬，笑容满面，充满自信。他高高挥起右手，向全国人民致意。

晚会开场后，每位"十佳农民"要将从家乡带来的土特产进行展示。杨良金带去的土特产是"锅巴"。锅巴圆圆代表团圆，锅巴白白像个玉盘。杨良金对主持人说，芜湖有这样一个习俗，就是平时做饭时锅巴能吃，但是大年三十的锅巴就不能吃。因为这个锅巴要留下来，挂在家里，到第二年再吃，这叫"饭根"。

杨良金展示的这个锅巴寓意很深：锅巴是当年的食材精品，家有锅巴代表家有藏品，家有饭根代表全家温饱，这就是老百姓的幸福。锅巴白白圆圆，象征着家庭富裕圆满，这是人民的美好愿望。

主持人问杨良金："您小学辍学后，为什么选择钻研农业技术这条路？"

杨良金说："这要从我15岁那年说起。我15岁第一次种棉花，不懂种棉花的技术，步行了100多公里去学技术，当年我的棉花丰收了，我人生中第一次盖到了新的棉被，这对我触动很大。我认为科技的力量太大了，科技能改变命运。"

主持人又好奇地问："那您开始钻研农业技术后，又把农业技术传播出去，您都是用什么样的方式传递给农民朋友的呢？"

杨良金说："安徽最有名的是黄梅戏，用黄梅戏唱出来也是一种传播方式。"

主持人说："那太好了，您能不能现场为我们唱一段呢？"

杨良金一激动，便清了清嗓，高声唱起了"黄梅戏"："清明早稻要播种，谷雨农田要深耕。芒种管理要及时，大暑丰收喜悦情。"

杨良金的唱腔虽然谈不上多专业，但江南一方的农家风情却溢满金色大厅。

主持人又说："黄梅戏是中老年朋友喜欢的，还有没有能让我们年轻人接受的方式？"

杨良金一兴奋，说："还有一种方式叫'喊麦'。"

于是他又以快板的形式说唱了起来："清明那个早稻要播种，谷雨农田要深耕。芒种管理要及时，大暑丰收那个喜悦情，喜悦情……"

杨良金快乐而轻松地展示着农业科技歌谣。主持人听到杨良金的说唱，激动地说："老杨老师不容易，年近七旬了，运用这么时尚的方式来传递我们的农业技术，可谓用心之至。过去粮食增产增收主要靠的是物质投入，现在靠的是科技的力量。据统计，我国农业科技进步贡献率已经达到了56%，这也标志着我们从过去靠资源要素的投入，进步到了依靠科技力量的投入，而像杨良金老师这样的农业科技人员功不可没。"

晚会为每一位"十佳农民"用楹联的方式送上揭晓词，并将他们的名字巧妙地融入其中。给杨良金的楹联是：

> 田间地头，为乡亲探索良种良法
> 著书立说，携智慧普及科学知识
> 横批：金玉良言

这副对联和横批，浓缩了杨良金几十年为农民科技扶贫的风雨沧桑路，展现了他帮扶农民的优良品德，对杨良金的评价可谓恰如其分。

随后，农业部用"百亿财富因他而生"作为给杨良金的颁奖词，农业部部长韩长赋给他颁发了荣誉奖杯。

韩长赋还发表了热情洋溢的致辞。他说，"十佳农民"是新型职业农民的带头人，用实际行动改变了农民的传统含义，是你们用实际行动让农民这一职业更有底气、有魅力；"十佳农民"是建设现代农业的排头兵，为调整农业结构、推动绿色发展、促进转型升级探索了新路子，是你们让农业这个产业更有活力、有奔头；"十佳农民"是农村改革创新的先行者，引领创造新产业、新业态、新机制，是你们让农村这方热土更有活力、更美丽，为你们对"三农"的贡献点赞，为你们的精彩人生点赞。

农田里的"赤脚医生"

日落西山霞满天，回家不见冒炊烟。古稀之年三农情，饭后已是三更天。夏日炎炎，田园"问诊"归来，突发重病，差点离开人世

2019年7月11日下午，杨良金正在一个培训班讲课，突然看到花桥一个农民打来的电话。他知道这一定是求救电话，便在中间休息时，立即回了一个电话。电话里传来焦急的声音："杨老师吧，您好，我是花桥的余朝和。今天我到田里的时候，突然发现稻子不知得了一种什么病，许多叶子干枯了，并且有许多倒伏，面积很大，真是急死人了。您能否马上过来给我看看？求求您了。"

杨良金一听就明白是什么病了。他深知盛夏高温期间这些病的严重性，也理解这个农户的焦急心情。他非常和蔼地对余朝和说："老余啊，你别急，现在我正在讲课，讲课后还有其他的地方要跑，今天实在没办法过去了，我最迟明天上午就到你那里去。"

按照平时，杨良金接到这样的电话，会在第一时间过去的，但这一天，他之前已一连接到三个求助电话，一个是湾沚镇三元村的农民葛良成打来的，另外两个是六郎镇强湾村和宣城养贤乡的两位种粮大户打来的。他们有的说自家的稻子抽不起来穗，有的反映自家的水稻花粉干枯，都焦急万分。

7月份，是芜湖最炎热的盛夏，也正是水稻抽穗期，同时又是水稻病高发期。这些打电话的农民反映的情况也都是他意料之中的常见病。这些病对他来说常见，但对这些种粮农民来说却无法应对。

20多年来，杨良金接到这样的电话是家常便饭。芜湖县以及周边县的农民都特别相信杨良金，都把他当成了水稻病防治的"神医"，因为

他比当地的农技干部来得快，治得准，而且不厌其烦。平时杨良金到各地举办培训班的时候，给每一个人都留电话。不管任何人，不管他再忙，他都会接电话。杨良金有个倔劲，越是贫困的农民，他越是关心备至，越是没见过的病虫害，他越是重视，如果遇到什么病没见过或没治好，他总觉得自己脸上无光，觉得对不起相信他的农民。他做这样的事从来不取人家的一分钱，还常常倒贴路费。

当天晚上，杨良金将第二天"出诊"的行程排好，并叫了一辆出租车。杨良金对自己非常节俭，平时他"出诊"都是坐公共汽车，但这一次他知道第二天要跑一大圈，没有个专车是跑不过来的。

多年来，杨良金形成了一个习惯，早上醒得很早。第二天早上4点出头，他就起床了，随便吃了点早点，不到5点就夹着一顶草帽从家门口坐着车出发了。

半个小时后，他来到了六郎镇强湾村的种粮大户家。他一下车，早候在田边的大户就满脸愁容地迎上来，一把拉住杨良金的手，激动地说："杨老师，你来了，就是救星到了，这几天我出门不在家，一回来到田里一看，就出现这样的情况，真让我眼前一黑。这几十亩地要是出问题，不知有多大的损失。"

杨良金二话没说，挽起裤脚就走进田里，他操起稻穗仔细看了看后，对大户说："别急，这不是什么大问题，也幸亏你及时打电话给我，要再迟个两三天，你恐怕哭都来不及了。"

杨良金不急不忙地从田里走上来，给了他一个详细的方案："你就按我的这个办法搞，几天以后，你再打电话告诉我情况，我再告诉你下一步方案。"

大户千恩万谢，要留杨良金吃午饭。"饭我实在没时间吃，马上我就要到花桥去，人家还等着我呢，他比你还焦急。"

大户见杨良金一大把年纪这么早就来给自己解决问题，饭都不吃，心里实在过意不去，说："那你把事情忙好了，回头过来吃饭。"

杨良金对他说："你的稻子如果按我的办法不出问题，我比吃了什么都快活。"

杨良金说完，把手一招，上了车就奔第二站花桥去了。他一到花桥，余朝和也早候在田里了。余朝和指着家里一片一片倒伏的稻子忧心忡忡地说："杨老师，这个病我从来没见过，我们村里也没哪个见过，这叫什么病，能治吗？"

杨良金见他焦急，为了鼓励他，便说："我来了，还有什么病治不好的呢？"

这个病其实也主要与水稻管理不当有很大的关系，杨良金一看，立即告诉他如何解决，说完便起身告辞。

这时已是上午八九点钟了，太阳像个火球悬在东方。杨良金全身湿透，一头钻进像烤箱一样的出租车里，又向宣城养贤乡而去。养贤乡是杨良金母亲的娘家，到这里帮忙他更是义不容辞。

车子到了养贤乡的指定路口，种粮大户叶天明也早就候在路边了。叶天明见到杨良金同样是高兴表现在脸上，忧愁装在心里。他领着杨良金循小路向他的田区走去。杨良金虽然顶着一顶草帽，但太阳比火还烤人。

到了田里，杨良金自然地脱掉鞋子，进入水田之中。他拔起一棵稻穗，剥去包衣，仔细察看，一时也没看出究竟是什么问题。他便询问叶天明使用的是什么肥，什么时候灌的水，等等。听完回答后，这次还真的把他难住了，他一时看不出究竟是什么问题导致的这种现象。找不到原因，这边看结束后，他又耐心地到另一个很远的田块去看，一路穿行在小田埂上，两边的稻叶划着他沾满泥土的双脚。

在田里来来回回走了几公里，他终于解开了问题之谜。这时，他兴奋地快速走上田埂，给叶天明也开了个"方子"，并告知他随时保持联系，好让他了解进展。

杨良金清洗了脚，准备回去。叶天明同样一把拉住他，留他吃中饭。杨良金坚决要走，告诉他还有两家在等着。

叶天明知道留不住他，心里怎么也过意不去，便掏出钱来给杨良金辛苦费。

杨良金笑着说："你这是干吗？我又不是做生意的，我在哪里做事都不会收一分钱的，何况在养贤。你非让我收钱，那不把我名声毁了？"

叶天明见他不收，就从包里拿出一条烟来，杨良金见到这个更是把脸一沉："老叶，你做做好事，别这么搞，我就是一个农民，大家相信，我能为大家帮点忙，这是我的福气。"

叶天明没办法，又拿出三百块钱给司机，说："这是杨老师的打车费。"

杨良金上了车，不动声色地向司机将钱要过来。叶天明以为他愿意收下了，就放心了。但等车一开动，杨良金将钱往车窗外一扔，走了。

一路上，司机不解地问："杨老师，你这么辛苦为人家做事，怎么连路费都要自己掏呢？你是不是能报销？"

杨良金笑笑说："是的，可以报销。"

司机又不解地问："你能报销，怎么每次都不问我要票呢？"

司机其实对他有所了解，知道他报销不了，便对他说："杨老师，我天天开车，也经常有人包车，不管是公事下村，还是私事帮忙，到哪里都是跟着吃香的喝辣的。从没见过你这样帮助别人，不吃人家的不喝人家的，打车还自己掏腰包的。"

杨良金说："人与人不一样啊，我是一个农民，比不上人家。"

司机也被杨良金的情怀打动，感叹地说："不管是什么人，你给人家帮忙，哪有白帮的呢？这世上估计只有你会这么做，除了你，我这辈子真的没见过第二人了。"

杨良金也感叹地说："感谢你的夸赞，人活着不容易，人的生命很短，在这很短的时间里能多为人家做点事是最重要的。这其实真的没多少损失，相反做了还有乐趣，有满足感。"

从养贤赶到湾沚镇三元的时候，已是下午两点了，这时的气温高达39度，杨良金到了的时候，已经饿得有点发晕了。他自己没有任何怨言，却对司机感到抱歉："今天真是辛苦你了，到现在都没有吃中饭。"

在三元，种粮大户葛良成首先安排他俩到一个小排档吃饭，他俩终于填饱了肚子。杨良金吃过以后，就要到田里去。葛良成劝着说："这个时候太热了，您一路颠簸过来，别把身体热坏了，稍微休息一会儿吧。"

杨良金也确实累得不行，也热得不行了，便同意休息一会儿。但休息了不到20分钟，他就急不可耐了，非要到田里去，因为后面还有人在等着他。

外面热浪腾腾，上午还有那么点微风，到了下午，一丝风都没有了，大地就像一个炙热的烤箱。

这一天下午，杨良金继续在三元、红杨的农田里奔波不息，一直到晚上10点才到家。当他跨进家门的那一刻，感到浑身僵硬。

就在这时，杨良金收到一个短信，是他下午去过的一个种粮大户发来的。这个种粮大户曾当过几年教师，看到杨良金不辞辛劳地在田里帮助治病，有感而发，送来一首打油诗，表达对杨良金奔忙一天的感谢：

日落西山霞满天，回家不见冒炊烟。

古稀之年三农情，饭后已是三更天。

这一天，老伴儿到女儿家去了，家里没有一个人。虽然是深夜，但依然闷热至极，杨良金听到短信声，也没有心情去看了，他一头钻进房间，打开柜式空调，然后将衣服一脱，背对着冷气吹。火热的身子迎着呼呼而来的冷气，让他感到特别舒服。他要吹走这一天来身上染的酷热。

身体慢慢清凉了下来。十几分钟过后，他突然感到有点儿不对劲，右背右臂有些僵直。他抬了抬右胳膊，感觉有点提不上来。他有点纳闷，但没有在意，继续吹着。一会儿，他又感到右嘴唇有点抿不起来，再接着他的右眼也有点闭不起来了。就在这一刹那，他察觉到是不是身体吹出问题来了。趁清醒之时他立即打电话给离家不远的小儿子杨鑫江，说："我一个人在家里，你赶快开车过来，送我到医院。"

接着他又拨通了住在芜湖市的大儿子杨鑫海的电话，告诉了他自己的情况。

鑫江接到电话后不到二十分钟就赶到了。他到时发现父亲说话已经口齿不清了。他迅速将父亲扶上车，匆匆地向市里的医院飞奔而去。他的车开出不远，就与鑫海的车接上了头。

鑫海是学医的，一看父亲情况，便估计是血栓之类的重疾。他明白情况相当严重，如不及时救治，轻则出现偏瘫，重则生命不保。

鑫江学的是中医，对中医治疗这种病有一定了解。他经过判断，决定将父亲送到弋矶山医院，因为他考虑到这个医院的不远处是芜湖市中医院。一边是西医，一边是中医，这样，在西医的急救处理后，如有需要，可及时用中医针灸，双管齐下。

当杨良金到了医院住进病房的时候，已是夜里12点多了。这时的杨良金意识模糊，嘴唇僵硬，说话已十分困难。

医生经过诊断，对鑫江一口气说出五大症状：高危高血压、多发性脑梗死、颈椎病、前列腺增生、特发性面瘫。同时，血压结果是舒张压110，收缩压高达200多。

医生摘下眼镜，表情冷峻地对鑫海、鑫江说："幸亏你们送得特别及时，这个病只要稍一耽搁，就可能危及生命。"

为了控制病情，确保不出意外，医生在征求了两个儿子的意见后，用上了激素类药物进行急救。经过医生的全力救治，到第二天凌晨4点多，杨良金的病情控制了下来。这一天，他从夜里12点多吊水一直吊到第二天早上8点多。由于面瘫较为严重，胳膊不能抬，到了下午，杨鑫江建议做中医针灸。主治医生也认可这个方案，他们便将父亲又送到市中医院做针灸。

针灸是中国的传统医术，但一般的针灸医生不敢顶着穴位扎。给杨良金扎针灸的这个医生是皖南地区最有名气的中医专家，针灸技术特别高明。他第一针就顶着穴位扎下去，随着针头的旋转而入，杨良金感到一阵酸麻，不到五分钟，后背一下松了下来，接着又是连续几针下去，他感觉不到扎针的疼痛，而是觉得身子快速地松了下来。随后，他的身上被扎得密密麻麻。

就在这个时候，三女儿鑫涛匆匆进入病房。她一看到父亲一动不动，身上扎得像个刺猬一样，心疼地哭了起来："爸，叫你别这么认真，你就是不听，你看看，你一辈子这么为别人做事，总有一天会把命搭进去的。"

经过几个小时的针灸治疗，杨良金全身松弛下来，但依然不能正常说话，胳膊也依然不能抬。

一阵针灸治疗过后，兄妹几人又将父亲送回弋矶山医院进行治疗，就这样中西医治疗交替进行，一个星期后，杨良金有了一定的好转，也能口齿不清地说几句话了。一家人的心情也缓了不少。

每年这个时候，杨良金几乎没时间待在家里，都是奔走在田间地头，帮粮农们解决各类问题，现在住进医院几天就有几十个电话打来。他没办法接，这让他的心里急得如乱麻一样，问医生："还有多久可以出院？"

医生说："我知道你心里急，但你千万别急，这个病至少要住院两个月。"

杨良金一听心里凉下来了。他知道那些打他电话的人有多焦急，自己顶着这个时间住在医院，真是急死人呀。

没想到这个中西医相结合的治疗方案还真奏效，杨良金一天好过一天。当住到第18天的时候，杨良金已基本能正常说话了。

他告诉医生，一定要出院，医生坚定地跟他说不能出院。但杨良金坚持要出去，因为8月12日要举行水稻"一种两收"现场会。这是他亲自主持的，早就计划好了的。

医生了解到杨良金的情况，对他说："你目前的情况是完全不能出院的，出了院复发的风险很高，一旦出了事谁也负不了这个责。这样吧，事情一结束，你还得回来。否则的话，出了事我和医院也负不了责。"

得到医生的许可，杨良金一口答应了。

医生同意了，天天守在这里的老伴儿却急了，哭着说："你这个样子，怎么能到田里去呢？你真的不要命啦！"

杨良金扩了扩胸，显得精神满满，笑着说："你放心，我干的是善事，阎王爷不会要我命的。"

老伴儿又哭着死活不让他走。杨良金说："玉兰，我不是不想要命，你想想，我是中国科协聘请的'科技助力、精准扶贫'专家，是中组部、农业农村部聘请的大学生村官教师，是市关工委旗帜报告团、县科教报告团成员。国家给了我这么多肯定，是对我的信任，更是对我的勉励，让我承担这样的责任，履行为农民服务的义务。你放心，我今天一定量力而行，办完了事我立马回来。"

8月12日下午，杨良金一踏上回家的路，电话就接个不停。医院离杨良金的家有三四十公里，他的电话几乎是从头说到尾。这些电话中，有许多是种稻的农民打来的，他们急切地期盼杨良金的帮助。由于身体原因，加上医生的一再嘱托，他本想拒绝，但说到口边的话又都咽了回去，因为稻田里每一株苗的病似乎比他自己的病还重要许多。他一一地答应了。

回到家，他忙完了现场会后，也计划着回去，但他一出去就身不由己，根本没时间再回到医院了。医生一个又一个电话催他回去，他每每只是周旋了过去。就这样，杨良金再也没有回到医院。

受到习近平总书记接见

为60万农民进行扶贫培训，带动农户千万户，增产粮食千亿斤，创造社会财富千亿元。杨良金作为基层科技工作者的杰出代表有幸在人民大会堂列席"两院"院士大会

科技装在心中，普及贵在行动。几十年来，杨良金默默地几乎把全部的精力都倾注到农业科学技术的研究和推广上，取得了丰硕的成果，创造的社会价值令人惊叹。1985年，他选育的早稻新品种"良金1号"成为芜湖县和周边地区的主栽品种后，延续20余年不衰。安徽共有耕地面积8300万亩，其中芜湖、马鞍山、宣城、安庆、池州、黄山、铜陵等地的耕地面积约2000万亩，在这些地方"良金1号"都是主栽品种。按50%的栽种面积计算，约为1000万亩。每亩按增产400斤计算，每年总增产约为40亿斤，再以20年计算，总增产约为800亿斤。这还不包括外省的种植面积。他还发明了水稻"控水落干"技术。这一项水稻水管理技术，可使每亩增产200斤，所有水稻品种均适用。安徽省优质专用水稻种植总面积达1800万亩，据安徽省农业农村厅的数据统计，这项技术在优质稻产区普遍适用，保守地按1000万亩面积计算，"控水落干"技术每年可使得粮食增产20亿斤，这项技术从20世纪八九十年代开始，历时40余年，保守地按照20年计算，总增产达400亿斤，这也不包括外省使用这项技术的面积。"良金1号"和水稻"控水落干"技术仅在安徽一省便增产粮食1200亿斤。他还无偿开办培训班和提供病虫害防治服务，带来更多的隐形增产。据初步统计，截至2019年底，杨良金足迹遍及江西、安徽、四川、湖南、湖北等全国21个省数百个市、县，总培训农民达60万人次，免费印发技术资料230万份。这项成果带来的粮食增产量是无法计算的，加上前面的1200亿斤，推动粮食增产至少有2000亿斤。有人帮杨良金将这项数据统计出来后，再进

一步打了个对折也有1000亿斤。这个数据作为个人贡献来说，也是一个天文数字了。

以上是水稻方面的贡献，油菜方面的贡献同样令人惊讶。1995年录制的《油菜超稀植高产栽培技术》科教片在中央七套等各级电视台播出，并被安徽省委组织部列为"农村党员致富100招"之第一招，推广至千家万户后，带动1000多万户农户采用油菜超稀植技术，推广辐射面积达2000多万亩，仅这一项为社会创造直接经济效益超过100亿元。

1000亿斤粮食按每斤1元计算，便是1000亿元，加上油菜的贡献，他创造的价值达到千亿元以上。

一个深居农村的农民创造出千亿元粮油的社会价值，这是常人难以想象的。

杨良金的付出和科技成果也赢得了社会的尊重和肯定。2018年5月28日，中国科学院第十九次院士大会、中国工程院第十四次院士大会在北京人民大会堂隆重开幕，习近平、李克强、王沪宁、韩正等党和国家领导人出席了会议。

"两院院士大会"是中国科技界最高规格的盛会，杨良金以百名基层科技工作者杰出代表的身份受邀列席"两院院士大会"，并聆听了习近平总书记的报告。

图4 杨良金在"两院院士大会"上

5月30日上午，杨良金又作为百名基层科技工作者杰出代表出席庆祝改革开放40周年、中国科协成立60周年百名科学家、百名基层科技工作者"双百"座谈会。中共中央政治局常委、中央书记处书记王沪宁出席会议并讲话。

"百名科学家、百名基层科技工作者"代表是由中国科协通过工业和信息化部、国务院国资委、中科院、澳门科学技术协进会等366家推荐渠道，广泛组织开展推荐工作产生出来的，其中百名基层科技工作者是从全国各行各业、各条战线上2900多名优秀科技工作者中遴选出来的。

2019年12月16日，又是杨良金最为激动的日子，全国离退休干部先进集体和先进个人表彰大会在北京举行，他又荣幸出席并受到表彰。这次大会上，习近平总书记亲切接见了他并和他握手合影。一同参加接见的党和国家领导人还有王沪宁、韩正、陈希等。

中共中央政治局委员、时任中央组织部部长陈希在讲话中对接受表彰的老同志致以高度的评价，要求大家牢记这些做出突出贡献的老同志的历史功绩，大力传承老同志的崇高精神，学习弘扬离退休干部先进集体和先进个人事迹。

能被授予这样的至高荣誉，杨良金十分激动。回家以后，他写了一篇日记和一首小诗。在日记中他用"尖""斌"两个字总结自己。随后，他应一个职业学院邀请做了一个以"励志"为主题的报告会，他向师生们感叹地说："'尖'是由'小'和'大'组成的，我把种田这件'小事'当成'大事'，从童年至今，每天坚持学习到深夜才休息。凭着一股韧性，阅读了几百本科技书籍，付出了比一般科研人员要多出数十倍甚至数百倍的汗水和泪水，终于将种田这件'小事'做成了'大事'。'斌'是由'文'和'武'组成的。普及科学技术，一定要'文武双全'，既要做给农民看，又要带着农民干；既要把在田间地头的实践写成心得教农民怎么做，又要把论文写在新时代中国大地上。没有'文'不行，但更为重要的是我还有每天穿梭于田间地头的'武'。和农民打交道，这样的'武'是最好的方法和基础。为农民普及科学知识，为他们更好地服务，对自己的要求就要能文能武、样样精通。"

他写了一首诗叫《回忆我成长的艰辛》：

祖传的一间茅草棚

不足八平方米

泥土锅灶

全家人一日三餐

三岁跟随母亲讨饭

是为了养活残疾的老爸

八岁父亲去世

丢下了身患重病的母亲

和一个支离破碎的家

我和妹妹、母亲相依为命

艰辛的生活

压得母亲气不能喘

十一岁的我

忧愁焦虑的是

生活缺少柴米油盐酱醋茶

我早早挑起了全家人生活的重担

在田间劳作

像一棵结满果实的驼背的小树

尝够了人生的辛酸

瘦弱的根根肋骨

像那算盘上的珠子清晰有痕

紫荆般的小手

至今永留着一道道痕伤

十六岁，还未成人

犁耙手耖无所不能

手握木犁

掀起田地春潮

春播秋收

期盼着一家人的口粮

晶莹的汗水湿透了衣衫

我瘦弱的脸蛋上

劳累过度的一道道皱纹

牵动着母亲的心房

大年三十的晚上

挤在八平方米的棚房

常听母亲讲家史的苦难

母亲生下儿女十三人

唯有生长在新中国的我和妹妹

得以幸存

熟睡在梦中的我

挂在眼角的泪水

像一颗发芽的种子

埋进了肥沃的土壤

我想改变祖传的命运

总在深夜闻到书香

遇到不解的难题

通宵不眠

直至曙光初上

只有在希望的田野上

才能让我见到光明

小时候家里穷

天天想长大

长大了辛勤劳动

就有饭吃了

小时候天天想过年

就有新衣穿就有鱼肉尝

小时候饿着肚子

日子却过得那么慢

如今已过古稀

走向杖朝的路上

天天想年轻

不愿意错过这美好的时光

现在不想老

我想活着

是因为美好的生活还没有尝够

只有活着

才能为社会多发挥一点余光

我不知道能活多久

今生今世党恩永远不忘

苦寻有机肥合作

人生最后一个梦想，解决有机肥问题，让土壤好起来，让老百姓吃得放心

2021年5月初，杨良金接到一个电话，打电话的人是芜湖市一家企业的总经理，叫张树华。他自称是经芜湖市一位领导介绍的，寻求有机肥项目的合作。电话里，他告诉杨良金，自己代理的有机肥项目一直存在一个棘手的问题，他代理的公司着急，他更着急，想请杨良金过去看看能否做些合作。

农田土壤无机化，通过杨良金的呼吁不仅没能改变，"毒土壤"现象反而愈加严重。杨良金觉得，光靠嘴说是不行的，只有找到一个更好的东西，能代替化肥，才能从根本上解决问题。所以多年来他一直在思考这个事情，潜心钻研土壤学和肥料学，探求有机肥的制作方法和可操作性强的有机肥推广应用措施，这也成了他退休以后的一个重要人生理想。

土壤无机化问题，其实国家也早就意识到了。近年来，国家也陆续出台新政，推动有机肥的生产，改善土壤生态环境。2016年，农业部印发了《农业综合开发区域生态循环农业项目指引（2017—2020年）》，要从2017年起，集中力量在农业综合开发项目区推进区域生态循环农业项目建设，总体目标为2017—2020年建设区域生态循环农业项目300个左右，积极推动资源节约型、环境友好型和生态保育型农业发展，提升农产品质量安全水平、标准化生产水平和农业可持续发展水平，确保4年内国家在生态循环农业项目至少投入30亿元。在一系列措施中，有一个项目叫"养殖密集区废弃物集中处理模式"，建设内容主要包括养

殖场粪污暂存设施、粪污转运设备、有机肥生产设施、污水高效生物处理和肥水利用设施等。

2018年6月，中央提出全面推进蓝天、碧水、净土三大保卫战，着力解决土壤污染危害农产品安全和人居环境健康两大突出问题，确保生态环境质量持续改善，有效防范风险，让老百姓吃得放心、住得安心。

2020年，国家有关部委又出台了关于有机肥生产和施用的奖补政策。一是对纳税人生产、销售（批发、零售）有机肥料，有机、无机复混肥料和生物有机肥免征增值税；对农作物秸秆、林业三剩物综合利用产品，实行一定比例的增值税退税政策。二是对企业新购入500万元以下有机肥生产设备、器具的支出允许在当年一次性税前扣除，等等。

正是在这些新政策的推动下，全国蕴含着现代工业技术的有机肥料厂也成批地应运而生，不到几年就发展出一定规模。

这些年来，许多有机肥料厂了解到杨良金的科研成果后，纷纷找上门来，寻求合作。但经过交谈，杨良金发现这么多的有机肥料厂几乎没有真正的有机肥，基本都是"挂羊头卖狗肉"。因为有机肥的基础原料是有机质，而有机质正是这些有机肥料厂的短板，即便一些全国知名的有机肥料厂也难说是名副其实的。这些厂家之所以都美其名曰生产有机肥，大多是打着有机肥的招牌奔着经济利益，奔着项目资金去的。

对土壤知根知底，饱含深情爱意的杨良金对这些现象看在眼里，急在心里，痛在骨髓。为了使自己的研究成果得到实际运用，杨良金一直想寻找一个真正有良心干实事的有机肥生产厂家。只要哪个厂家让他有点感觉对路子，他就不惜一切代价跑过去。几年来，他先后跑到安徽的蚌埠、金寨以及河南、江西、湖北、黑龙江等地，但终无所获，他甚至觉得当前找不到一家真正的可合作的有机肥厂家，能将自己的理想付诸实践。

正是基于这样的感悟，杨良金一接到张树华打来的电话，心里自然没了信心，没有任何兴趣，就想周旋几句应付了事。

杨良金聊了几句就要挂电话，不料对方说："杨老师，我在和您联

系之前，也对您作了较深的了解。我知道您是一个非常认真的人，对科学十分严谨，对土地对农民特别有感情，而且您也不是一个贪财恋名的人，这让我们很放心，否则我也不会轻易给您打电话。可您对我们不了解，可能不大信任，我们其实也是非常认真干事的人，只是想请您给我们几天时间，到山东走一趟，一切费用我们承担。到时候您如果没兴趣就当到山东来玩一趟。"

虽然对方说得这么诚恳，但杨良金还是没什么兴趣，只是应付了几句，便挂了电话。

杨良金以为事情过去了，没想到几天后，杨树华又登门拜访。来的都是客，杨良金看到人家很认真，也认真相待。这一次，张树华详细向杨良金介绍了山东的那家企业以及有机肥生产情况，又一再盛情相邀。杨良金有所触动，决定同意去看一看。

张树华所说的山东企业叫山东民和生物科技有限公司，在山东蓬莱，是一家上市企业，是农业产业化国家重点龙头企业、中国畜牧业协会禽业分会副会长单位，注册资本1亿元，厂域面积达1.2万亩，2004年入选"亚洲家禽企业50强"，为亚洲第一大养鸡场。2012年，公司总资产已达2亿元，2019年企业产值达33亿元，是国内最大的父母代肉种鸡笼养企业。

出发之前，杨良金又做了功课，专门在网上认真查阅了这个公司的基本情况。但听说的，查阅的，都是道听途说，他依然对此不抱乐观态度。

5月12日下午，杨良金与当过乡镇长、党委书记的友人范毓东在张树华的陪同下来到山东蓬莱。蓬莱是天下闻名的仙境圣地，是一座经海水洗涤的千年古城，处处可见传统文化深厚的印迹。千里之行，杨良金希望这座文化古城真的能给自己带来惊喜。

当他步入民和公司时，目光所及，确有一种强烈的震撼。这个企业规模确实不一般，厂区面积大，区内呈生态化布局，厂房、车间、办公楼和花木园林相间，像个大花园，非常漂亮。人行其中，无比惬意。特别让杨良金感到惊奇的是，当时正是5月天气，气温在20摄氏度以上，但这么大的养鸡场，却闻不到一丁点异味。感受到这样的企业形象，杨良金顿生好感。

公司总经理叫张东明，是张树华的同学。杨良金来的前一天，张东明计划到北京出差，听说全国知名的农业科学家这一天要过来，他临时取消了行程，亲自接待，一直陪同着杨良金参观，一边走一边介绍。

参观中，杨良金得知，这个企业很多年前确实就生产有机肥了，而且是货真价实的有机肥，但在有机肥生产的延伸上一直存在着解决不了的技术瓶颈，所以一直想寻找相关专家进行合作，解决技术难题。

当天下午，杨良金对企业的外观作了初步了解，虽然对企业的感觉相当好，但感觉他们还是以养鸡产业为主，从他们有机肥的生产上，却并没有看到有什么好的可合作的前景，他隐隐又感到一股莫名的失望。

第二天上午，他们又带杨良金参观养殖场的雏鸡生产流水线。该企业的雏鸡生产可谓了得，高度现代化的九曲回旋的流水线上，雏鸡一天24小时不间断地产出，每天100多万只，一年总销售量达3.5亿只。张东明向杨良金介绍说，为了保证鸡的市场安全问题，每一只小雏鸡只要出流水线，就打了疫苗。

杨良金不解地问："一天出这么多的雏鸡，这疫苗怎么打呢？是人工打吗？"

陪同参观的企业首席专家董泰丽回答："不是，人工打谁也完成不了这样的量。我们是高科技作业，是激光打疫苗。"

该企业的雏鸡天下闻名，42天就能达到5斤重，而且鸡的品质相当好。正是这样，市场上供不应求，预订的订单已排到了11月份。

张东明告诉他，他们有大量的不能产小鸡的"旺蛋"，每天几千吨鸡粪以及一些孵出后不能存活的小鸡，都是有机肥的原料。

随后他们又参观了企业的沼气发电情况。看到沼气这一块，杨良金忽然明白，这个企业有这么大量的鸡屎粪，整个厂区却没有一点气味，原来是因为他们将这些鸡屎粪科学地用于沼气发电。正是因为沼气发电，他们不仅将大量的鸡屎粪变成了少量的沼渣，处理了臭味，而且还产出大量的电，不仅自己整个厂区能得到充足的供应，还外销国家电网，产生相应的经济效益。另外沼气排出以后，留下的液体，企业又将其生产成了氨基酸肥料，这就是利用率非常高的现代化循环经济。

杨良金对这个氨基酸肥非常好奇，叫技术人员现场进行了喷花实验，效果非常好，杨良金特别高兴。

虽然大量鸡屎粪成比例地压缩成少量的沼气渣，但由于这个企业规模大，每天有几百吨的沼气渣出来，一个月一年下来也是堆积如山。这些沼气渣他们又作了无害化的处理，这就成了有机肥。但是由于他们在有机肥的处理上还是存在着技术瓶颈，浩大的沼气渣，他们不能全部转化成有机肥，长年累月，成了一个问题。

但当杨良金知道企业一年存留这么多的沼气渣时，他反而激动起来，因为这是他心中有机肥的源泉。

参观结束后，他们盛情邀请杨良金参加晚宴。晚宴是企业展示品牌的 "百鸡宴"。所谓"百鸡宴"，是由鸡的各个部位烹制的菜肴形成的宴席，这也是他们用以接待贵客的礼节。

席间他们进行了深入交流。杨良金直入主题，首先问了他们有机肥的生产、使用、包装、运输等情况，然后问董泰丽："你们过去主要是搞叶面有机肥的，现在也进入大田。按照你们的想法，你们生产出来的有机肥一亩田要用多少公斤？"

董泰丽带着自信回答说："我们一亩田要200至400公斤。"

一听到这个数量，杨良金不以为然，知道了他们有机肥生产存在的问题了，那就是专职技术人员和生产实践脱节。

杨良金虽然和他们初次见面，但因为谈的是技术话题，便毫不避讳地说："既然你们请我来是为技术的事，刚刚听了你们的介绍后，我就实话实说了。我们老百姓种田一亩田施用的化肥量不到100公斤，你们生产的有机肥虽然好，但一亩田要这么大的量，我想你送给老百姓，老百姓都不会要。"

这话一说，在场的从张东明到张树华，再到董泰丽，一个个神经都竖起来了。特别是董泰丽，她是这个企业技术团队里的第一人，搞鸡屎粪处理和有机肥研究长达16年，并搞出了世界上最大的鸡粪沼气工程，连续13年稳定运行，同时碳减排也做到了全国第一，在整个山东都是很有名气的，在民和更是难得的技术专家，更重要的是这个有机肥技术就是她主持的团队干出来的，是民和的骄傲。遇到杨良金这个突如其来的否定，她不免觉得脸上有些发烧，似乎有点不高兴，板着脸问面前这个发难的人："这话怎么说？"

大家的目光都聚集到杨良金的脸上了。杨良金见把问题点到他们的"穴位"上了，便夹起一筷子菜，吃了一口，然后不紧不慢地说："两位张总，董老师，我敢说这个话，原因在以下三点：一是这么大的量，请人运送到田里，运送的工钱也超过100公斤化肥的价格了，老百姓还愿意接受吗？二是一亩田要200到400公斤有机肥，光成本就要花400到800元了，这样的有机肥怎么进入市场？还有第三点，这个肥撒起来渣灰飞扬，一股臭鸡屎味，老百姓谁愿意撒？"

杨良金的三个反问虽然直来直去，硬邦邦的，但确实完全在理，对方一时也找不到反击的切入点。但他们心里还是有些不服，因为在董泰丽看来，目前在全国，他们是这方面做得最好的企业了。于是，董泰丽又设法找到一些问题向杨良金进行了反问，但每一个反问，杨良金的解答都切中要害。

董泰丽毕竟是个有技术专长的人，懂得技术上永远不要自以为是，世外永远有高人，于是她继续谦虚地向杨良金请教起来，想进一步看看眼前的这个人到底懂得多少。她觉得如果这个人真的有"东西"，那便是自己和民和寻找的合作人。

接下来的交流就像一个技术研讨，张东明越听越有兴趣，董泰丽也心服口服。谈到高潮时，她激动地站起来说："杨老师，您真来对了，您不愧是既有丰富实践经验，又有理论知识的专家啊！"

通过交流，杨良金也真正感受到了这个企业是真想做事，真对有机

肥有兴趣，同时也有着其他企业没有的有机肥生产基础。

晚上回到住处，杨良金十分兴奋，好像离自己的理想又近了一步。

深夜的蓬莱变得安静起来，一同而来的范毓东已睡着了。杨良金起身拉开窗帘，美丽的城市夜景让他陶醉不已。一阵海风吹来，他隐隐听到了海浪拍打海岸的波涛声。正是这雄浑的波涛声，给他送来了特别的灵感，一个多年来深思熟虑，蕴藏在心头的大田有机肥配方框架出来了。

他走到台灯下，思维格外清晰，思路格外通达，整整一夜没有合眼，一个完整的有机肥配方草案就这样完成了。

第二天早上 6 点左右，宾馆里开始听到有人行走、说话的声音了。这时的杨良金心满意足地靠在床上眯上了眼睛。他的眼睛里似乎已看到农民们正兴奋地在使用着他的配方，连连叫好的场景。

上午 9 点多，杨良金带着他的方案来到了企业，对张东明和董泰丽说："这是我昨天一夜搞出来的配方，你们按照我的这个配方，先生产 10 吨有机肥。"

按照正常情况，配方出来以后，要和企业就配方谈合作，谈价格，签合同，但急不可待的杨良金却顾不了这些，他毫无保留地将配方给了企业。

张东明激动地说："杨老，不是说回去以后再搞嘛，您怎么这么快就搞出来了，真是神啦！"

杨良金笑笑说："你们蓬莱是个仙境，我能这么快搞出来，是托了这里的神仙之力。"

一阵笑声后，张东明接过方案认真地看了一下，不住地称赞杨良金真是神人。随后他递给了董泰丽。董泰丽一开始还以为他们是开玩笑，但当她仔细一看，傻眼了，自己的团队中也不乏"高人"，但哪怕一个简单的方案都要反复打磨，千呼万唤才出来，没想到眼前的这个口口声声号称自己是普通农民的人，一个方案一个晚上就出来了，而且无懈可击。她真是佩服得五体投地。

　　杨良金见他们没有提出什么异议，随即提出几点要求："一要严格按照我的配方来，生产出来的有机肥先运到芜湖的实验田里用，如果用得好，就说明这配方成功了，如果还有问题，我再调整配方。二要制成颗粒状，便于施用。三要根据农民的要求，一亩田只能施用与化肥同等的量，并且要和化肥同等价格。"

　　回程之时，杨良金也格外兴奋。一路上，范毓东不解地问："杨劳模，我真不明白，这配方是你的心血结晶，你怎么能将配方这么轻而易举地送给人家了呢？这是你的专利呀，到时候他们假若不承认是你的技术成果，你怎么去找人家，怎么说得清呢？"

　　听到这话，杨良金激动地说："范部长，你知道，这些年来，我一直在找，终于找到了我有机肥的梦。你想我都70多岁的人了，还能活几天，只要他们按我的配方真的能将好的有机肥做出来，走进千家万户，走进一块块大田，能为土壤有机化做点贡献，就是他们真的把我踢到一边不认账，我也值了。不管如何，这是我的成果，只要你我心里有数就够了。"

　　范毓东出生在农村，见过的农民千千万万，和农民非常熟，但真正让他佩服的，除了眼前的这个杨劳模，实在不多了。他感慨地说："杨劳模，一个晚上你能搞出一个配方，我和你认识这么久，过去佩服你，只是佩服你的奉献精神，今天，我是更加佩服你了，佩服你肚子里真有东西。还有你能把专利看得这么淡，你是名副其实的全国劳模啊！"

　　民和企业果然也是一诺千金，十分诚信。一个月左右，他们就按照配方生产出10吨有机肥，取名"民和生物有机肥"，向芜湖运送。

　　杨良金将运来的有机肥用到了自己的田里，并分送了一部分给种粮大户和农民。他们用过以后，都觉得效果特别好，都特别喜欢。

　　最后，杨良金采集各方反馈后，得到的结论是：该肥除了不能适应飞机作业外，其他都基本符合要求。一亩田用量100公斤，预计市场价格比化肥略高一点，特别是施用的时候没有灰，也闻不到异味。

　　为了能够了解这种配方肥的肥力和防病虫害等效果，杨良金还分别

在普通田和虾塘田里进行了对比实验。

不到两个月，结果出来了，土壤的酸碱性得到明显改善，施这种肥的水稻长势明显好于施化肥的水稻，这种强烈的反差效果连杨良金本人也没有想到。他喜不自禁地打电话给董泰丽，说："董老师，你太伟大了，你们生产的那个肥效果太好了，你们赶紧过来看看。"

董泰丽一听也高兴不已，不久就率领团队过来了。他们对实验中长期施用化肥的三组土样进行检测分析，得到土壤的 pH 分别为 4.25、4.32 和 4.17，属于酸性极强的土壤，土壤有机质含量为 25.4 g/kg、26.8 g/kg 和 27.1 g/kg。对施用民和生物有机肥的同一块田间三组土样进行抽样分析，得到土壤的 pH 为 5.5、5.6 和 5.4，分别增加了 1.25 g/kg、1.28 g/kg 和 1.23 g/kg，土壤 pH 基本符合酸性标准。施用有机肥以后的土壤有机质含量为 27.7 g/kg、29.8 g/kg 和 29.6 g/kg，分别增加了 2.3 g/kg、3.0 g/kg 和 2.5 g/kg。

看到这一数据，董泰丽有点不敢相信。她说："提升土壤的 pH，哪怕只是一点点都是很难的，我们平时最好的只增加了 0.23，而这次只是用过一次肥，而且一亩不到 100 斤，就增加了一点多，真是令人不可思议。"

董泰丽顿时感觉这个老人真像个神人，一个晚上一个配方，有这么神奇的效果。一同前来的代理商张树华看到这个结果也是十分吃惊、中午吃饭时，他端起酒杯激动地说："杨老师，我请您真的请对人了，我和民和合作多年，这个矛盾民和一直不能解决，没想到您三下五除二就解决了，专业的人干专业的事，此方实在不虚呀！我敬您一杯，希望我们后面的合作更加顺利！"

9 月 28 日，江南正是稻花飘香的季节。张东明在张树华、董泰丽等人的陪同下亲自过来看现场，并要在芜湖召开民和大田有机肥现场会。这一天，来自各地的农业专家、农民以及省、市记者都来到现场，见证配方肥的实效。

现场会在当地的红杨镇团坝村举行。当与会人员下车步入稻田区时，发现脚下的一片稻田稻叶枯黄，许多稻穗发黑，像墨汁染了一样，同时田中还有一片片的倒伏稻。大家都感到奇怪，还以为这就是配方肥施过的实验田，心中正发出疑问时，有人说："这边的稻子是没施有机肥的稻子，你们再到前面看看施过有机肥的。"

大家又往前走了200米，突然眼前一亮。这里的稻子一片金黄，稻穗清爽，稻粒饱满，稻叶青绿，稻茎坚挺，稻株粗而高，呈现出旺盛的生命力。这就是施过有机肥的实验田。由于周边都是未施过有机肥的稻田，十几亩的实验田在秋高气爽的蓝天下格外显眼，即便对农业一窍不通的人走进田区，放眼一望，都能看出明显的差别。

图5 施用化肥田区（左图）与施用民和生物有机肥田区（右图）

张东明当时看到杨良金新鲜出炉的配方时，对杨良金的称赞还有客气的成分，这次他走进芜湖的实验田后，看到反差强烈的稻穗时，是发自内心地佩服杨良金。他感到，杨良金这个农民科学家的确名副其实。

现场会结束后，民和公司在湾沚区开元大酒店召开会议。

张东明在仪式上热情洋溢地说："我们民和公司在发展过程中，得到了各方领导的大力支持，但最要感谢的是杨良金先生。面对良莠不齐的有机肥市场，杨老本着严谨的科学态度，不远千里亲自到我们公司考察指导。从原料来源到工艺控制，从发酵环境到生物菌选择，每个环节都详加询问。杨老对民和生物的生产提出了很多宝贵意见，对我们工艺的改进和产品的改良提供了巨大的帮助，让我们在现有经济作物市场的

基础上，又踏入了大田作物的广阔市场。现在我代表公司诚挚地邀请杨老做我们公司的技术专家，为今后民和生物在大田作物的发展上掌舵护航。"

随后，张东明以隆重的仪式为杨良金颁发了技术专家聘书。杨良金脸上洋溢着温暖的笑容，现场为他送来一阵热烈的掌声。

接着，杨良金从技术层面就配方肥对比实验的相关情况向与会人员做了说明。

为显示施肥和不施肥的差异，在施用化肥和民和生物有机肥比较实验的同时，杨良金还对同一水稻品种分别用民和公司的生物有机肥和湖北某公司的生物有机肥进行了对比实验，同样是有机肥，其中民和生物有机肥亩用量为45公斤，湖北生物有机肥亩用量为150公斤。两种有机肥施肥的时间均为6月11日，机械化插秧时间均为6月13日，水稻品种都是"南晶香占"，其他管理方法均一致。实验过程中，他还邀请省级科技特派员专家，分别对两种有机肥实验区进行测产分析。结果是施用民和生物有机肥的田块比施用湖北有机肥的田块产量增加了8%，肥料成本减少了一半多，稻纵卷叶螟虫害发生概率减轻了550%。此外，他又通过"叁两优1813"同一水稻品种在虾稻田以生物有机肥亩用量15公斤与复合肥亩用量30公斤加15公斤尿素进行对比实验，分析产量与病虫害。经过专家随机抽样分析，施用有机肥的田块增产达到了19.6%，稻曲病发生概率减少了347%。

杨良金最后激动地说："我们芜湖在历史上是最适宜种水稻和油菜的地方，土壤本来的酸碱值是6.5左右，但由于长期使用化肥，我们土壤现在的酸碱值已降到4左右了。这是一个很可怕的事情，因为这样的土壤，我们已吃不到当年的健康粮食了。2015年，国家印发了《到2020年化肥使用量零增长行动方案》，这是拯救土壤有机质的一个时代之音。为了更好地响应国家的号召，我先后引进了十几种有机肥料。通过连续6年的实验，我认为山东民和的有机肥，是我多年想要的有机肥料。"

会上，安徽鸠润农业科技发展有限公司也正式成立，该公司的投资人就是张树华，公司的经营方向就是民和配方肥的研发、生产和运营。

现场会后，杨良金又和民和进一步合作，调配适合水稻、油菜、大豆、葡萄、西瓜、草莓等作物的系列专用肥。

经过测算，杨良金觉得如果能和民和合作成功，不仅能有效解决民和企业多年积压的难题，为它创造更大的效益，更重要的是能改善现有的土质环境，为社会做出特别的贡献。

他感到自己的生命得到了升华，他的价值再一次得到了展现，风雨数十载的农业科技研究之路没有白走。

为脱贫攻坚献计策

杨良金痛批形象工程"彩色稻"，为奎峰村脱贫攻坚出点子，设计全新的双优粮油模式，让千亩山区良田，成为一篇好文章

这次有机肥现场会，吸引了来自省内外的200多名农民、种粮大户、镇村干部、农技干部等相关人员。其中还有几位特殊的参观者，是杨良金特意邀请过来的。他们是来自宣城市泾县某镇以及该镇某村的领导班子，其中有镇党委书记、镇长、联系某村的副镇长、该村党支部第一书记及村两委其他干部。

杨良金之所以邀请这些人过来，是因为2020年8月，他曾应该村邀请前去指导油菜生产及村级经济发展。这一次，杨良金是想让他们见识见识有机肥的效果，以便助推该村的经济发展。

该村曾是个贫困村，为了脱贫，几年前，村里大力发展村级经济，引进了少量企业，搞了蘑菇种植，虽然于2020年实现了脱贫，但由于各种原因，村里的一些企业和蘑菇产业都不是很景气。为了响应国家号召，进行脱贫巩固，村里决定对原有农业种植模式做一些调整。但如何调整，他们一直找不到一个最好、最有效的办法，村书记非常着急。有一天，他的一个在南京工作的战友向他推荐了杨良金。战友告诉他，杨良金油菜种得好，水稻种得好，是全国劳模、农民科学家，在镇上还干过农技站长，在村级经济发展这一块儿很有经验、很有思路。村书记作为一个下派干部，本来对农业这一块儿并不是十分熟悉，听到这个消息后，在网上一查杨良金，非常激动，经过战友的引荐，当年的8月初，村书记登门拜访，请求杨良金指导油菜种植。但由于杨良金当时实在太忙，没来得及过去。随后，村书记又几次邀请，杨良金终于挤出时间前

往该村。

8月中旬，夏日炎炎。当杨良金到该村的时候，村里特别热情，镇党委书记听说最早搞油菜超稀植的农民科学家杨良金要过来，推掉了所有事务，专程到场迎接。

由于时间紧，杨良金一到村里，便要求直接到田间地头看看。镇党委书记和村书记便陪着他一边介绍一边看。没想到看着看着，他的心就揪起来了。特别是当他明白村里请他来的真正意图后，感到非常扫兴，立马有离开的念头。

泾县是一个山区县，该村坐落在这个县的山林之中。在整个镇乃至泾县，绝大部分地方都很难见到连片的三五百亩面积的农田区，而该村却有一个1000多亩的连片良田，这是山区特有的优势。但遗憾的是，这1000多亩连片的良田却一直没有得到有效的利用。特别是近年来，这本来可以种出优质粮油的农田却为了所谓的旅游经济，搞起"彩色稻"，被当作一个花瓶来用。

所谓"彩色稻"，就是根据要求，栽种不同颜色的水稻，长成后形成一个大型的图案或标语，以吸引人的眼球。但事实上，由于这个地方没什么鲜明的特色，这样的景区根本吸引不了游客，产生不了旅游经济效益。更严重的问题是，这1000多亩的水稻产量极低，而且只种一季，形成了良田的季节性抛荒。由于田是从农民那里征收来的，要给农民补贴，结果每年获得了20万元的文旅项目补贴后，还要倒贴很多，是一个严重的亏本"买卖"。

当杨良金经过这些良田时，一部分稻已经收割了，剩下的一些彩色稻还没有收割，那些图案、标语大体尚存，但已不成形了。对良田有特别情感的杨良金看到这个景象，心里像刀割一样难受。但村里的人却不知情，还是兴奋地向他介绍着，并表示从明年起不搞水稻了，搞"油菜花"，改种"彩色油菜"，请杨良金给他们搞到彩色油菜种子，并指导他们怎么种，怎么"出彩"。

杨良金一听到请他来是搞彩色油菜，心里更加郁闷，脸立马沉了下来。他停住了脚步，对着一脸兴奋的镇、村干部们，毫不客气地说："我实话实说，你们搞彩色油菜种植不合算，这个忙我也帮不上。"

杨良金突然冒出这个话，让场面一下变得非常尴尬。镇党委书记一头雾水，也不知是哪个地方冒犯了杨良金，不解地问："杨老师，这……这怎么说呢？"

杨良金停顿了一下，不改直率的秉性，说："这么好的千亩良田，你们的前茬作物水稻长期灌水，拖拉机无法旋耕，搞'油菜花'划不来！"

"那怎么办呢？"书记又紧接着问。

杨良金表情生硬地说："我不喜欢说假话。第一，彩色油菜种子太贵，1000多元一斤，搞个几十斤种子，就几万元了。第二，就是要搞，也得在上半年油菜还未收就要定，现在种子已没有了。第三，部分良田现在还不能种油菜，因为拖拉机无法耕整，就是种油菜也不要种彩色油菜……"

从彩色稻转型到彩色油菜，从村里来说，这是脱贫巩固的一个创新之举。一旁的村书记本来对此兴致勃勃，但杨良金的这番话似一盆冷水浇来，他感到面子有点挂不住，便急急地问："是不是我们的思路错了？请杨老师给我们点拨点拨。"

杨良金没有立即回答，向前走了几步，然后放缓生硬的语气："我先给你们算个账，你们看看有没有道理。如果认为有道理，我就继续说，如果你们认为我在胡扯，就算你们看走眼了，我立马走人。"

"杨老师您说到哪里去了，您说，您说。"村书记连忙说。

杨良金说："在你们山区，能有这么一大片的良田，真是天赐给你们村的礼物。但你们这1000多亩田却用来搞彩稻，加上长期深度灌水，我想平均亩产不过200斤，而且稻子都是瘪壳稻。你们知道，正常的稻子粒重是25克，你们这个我一看也就15克左右，是严重低产，特别是这样的瘪壳稻不仅特别不好吃，而且也进不了市场，很难卖。"

这段话可谓是一针见血，一下说到镇、村干部的心里去了。村书记想，这人果然专业，看得这么准，看出这么多门道来了。他脸上似火在烧，头上挂满了汗。

杨良金又说："凭这样的大片良田，如果正常种稻子，平均亩产要达到800斤，而且稻米品质还不错。现在你们一年估计要倒贴出去40多万元。你为了20万元的政府旅游项目补贴，损失了40万元，你们觉得值吗？"

"杨老师，您说得太对了，这个账确实值得好好算。"镇党委书记立即说。

杨良金接着说："如果我再来帮你们搞什么彩色油菜，也是同样的道理。这样搞下去，老百姓如果知道了是怎么回事，也要骂你们的。另外，从国家粮油安全的角度，你们也不能这样做，因为你们把这有大好产能的1000多亩良田给浪费了。"

镇党委书记立即问："杨老师，您果然是专家，一眼就看出了问题的本质，今天请您果然请对了，那您说该怎么搞？"

杨良金说："我说话可能不中听，但既然你们是请我指导，我就不能说虚话来唬你们。彩色稻也好，彩色油菜也好，那也要因地制宜，要搞就要搞出一个新的农业产业模式出来。凭这样得天独厚的天然良田，你们踏踏实实种庄稼，一定能为村里带来可观的经济效益，使村子成为名副其实的脱贫巩固村。"

杨良金的一席话似乎一下点醒了在场的干部们。镇党委书记激动地说："您说得对。只要能让老百姓致富，为村里带来经济收入，我们肯定就要去做。"

杨良金一看书记这么激动，便对他说："现在国家农业项目很多，根据你们这个条件，可以申报高标准农田项目，搞一个粮油生产模式，打造出全县的一个亮点。我想，这1000多亩地，全年粮油产值1800元一亩，一年也就是180多万元，加上补贴的20万元，一年村里纯收入至少有200万元。"

镇党委书记一听到农业项目，便似有后悔地说："杨老师，请您请

迟了，我们镇今年高标准农业项目也搞了1600亩，但不在这里，这里明后年才能报。"

杨良金笑了笑，立即反问："书记，目前已申报的项目实施了没有？"

"没有。"书记回答。

杨良金又笑了笑，说："既然没有实施，这里条件更具备，可以变更呀！"

一听到这话，镇党委书记立即反应过来，如果将部分项目转移这里，该村就可能成为全镇的一个经济亮点，能给村里带来很大效益，这是多么好的事。

40岁不到的镇党委书记头脑转得特别快，当场就打电话将分管农业的副镇长和农办主任叫了过来，并当场拍板，说："我们镇一直在农业上没有找到好的突破点，一直沿着老路走，农业上总是难有成就，今天我们十分荣幸地请来了杨老师，全国劳模，农业专家，给我们指点发展迷津。他给我们一点拨，就给我们的脱贫巩固带来了全新的希望。我们一定要解放思想，改变传统的观念，引入现代产业模式，把这个地方打造成全镇乃至全县的一个亮点。"

一旁的村书记激动不已，迫不及待地问杨良金："杨老师，那油菜今年就可以种植吗？"

杨良金见镇、村两级干部发展意识特别强，也真想干事，非常高兴，说："你们既然都有这么强的发展意识，那太好了，回去以后，我可以给你们搞两套优质粮油生产模式供你们选择，但今年搞已来不及了，因为你们这个田被长期灌水，拖拉机又把地旋耕得比较深，全面种油菜是种不起来了。不过你们今年要是特别想种的话，就在一些关不住水的高田里种，不求多，能种多少种多少，搞一个小示范片，就当是一个操练。"

杨良金回去不久，就给他们送来最优质的油菜种子。村里紧接着就按杨良金的计划实施起来。看到村里在实实在在地行动，杨良金结合村里实际为他们设计了一个"双优"粮油模式，即粮油优质化机械化集约化栽培模式。这个模式是优质油菜加后茬优质水稻，选择了目前世界上最好的品牌油菜"鸿油88"和"秦油杂7号"，不求高产，而是以高价营养油和健康稻米为立足点。这个模式还有一个优点，就是前期油菜的根、茎、叶、花、角果可还田成为水稻的肥料。种植的方向定下来后，由于用工难，杨良金又建议下一步全面实施工厂化育秧、机械化插秧和机械化收割。该村完全接受了这个方案，并决定于当年全面实施。

有机肥现场会结束后的11月16日，杨良金再次来到该村，帮助推进整个项目的实施。这一天上午10点半到村里的时候，杨良金又是不拐弯地直接到油菜田里去了。镇党委书记一听说杨良金过来了，又将一个重要的会议推掉，赶到村里，跟着杨良金在田里跑。

两个月过去，根据杨良金的指点，油菜长势不错，但由于请来的农民工都是当地的农民，几十年没有种过油菜，还存在一些疑问。杨良金要求村里将参与种植的农民工一起叫了过来。他首先就播种、施肥、除草等问题向这些参与耕种的农民工一一讲解，然后现场指导他们应该怎么做。

回到村委会，杨良金又举办了专场培训班，提出了一个"千亩花海，带动民俗旅游经济"的设想，得到了镇、村两级领导的高度认可。

杨良金出身贫寒，这个村的振兴发展激发了他的热情。他就像一个设计师，用心地为该村的未来绣出一张蓝图。

临走的这一天，他来到一座山坡上，仔细地察看着眼下的成片良田，以及正在生长中的油菜，心里甜滋滋的。他觉得村子有这么一班想干事的干部，一定能做一篇绿色生态的好文章。如此，自己又做了一件有意义的事……

"控水落干"原理大发现

一个千百年来的水稻科技大发现，一个"僭越"了传统耕作制度的大"叛逆"，一个获取水稻高产高质的精细化耕作新标准

2021年11月，杨良金主持起草的安徽省地方标准《水稻"控水落干"节水技术规程》获安徽省质量技术监督局批准立项。这个技术虽然率先由省级质量技术监督局发布，但也是中国千百年来水稻科技上的一个颠覆性的重要成果。

早在1992年，杨良金刚被评为安徽省劳动模范时，就接到芜湖县农委一个领导的电话。领导在电话里跟他说，三元乡一个农民和一个卖化肥的因稻子不长的问题在吵架，请他过去一趟，看看能不能帮忙处理。

当时杨良金正在田里做实验，一时抽不开身，在电话里愣了一下。打电话的领导立即说："杨劳模，我们当地许多老百姓都相信你，还是请你无论如何抽个时间过去一下，帮个忙。"

杨良金只好停下来，拍了拍身上的泥土，骑上了自行车匆匆赶了20公里。到了三元乡集镇，已有人骑着自行车等候在一个约定的地方，将杨良金接了过去。

矛盾事发地在一个农资店的门口，杨良金赶到时，架还没吵结束，周围聚集了许多村民。他们一见双腿还粘着泥土的杨良金来了，纷纷让开道。

卖化肥的人称老戴，买化肥的人称老吕。老吕听说过杨良金，见他来故意扯大了嗓门："你肥料就是假的，不然人家稻子都长得那么好，我家的怎么不长？"

店主老戴满脸气愤地高声说："我卖这么多年肥料，怎么可能卖假

肥料，我要卖假肥料我一家人都死光。"

老吕说："不是假的，怎么可能一个多月了，我的稻子还是像棵葱一样？"

老戴反驳着："你家稻子不长，我怎么知道怎么回事。同样在我家买的化肥，你们村老蔡，还有李秃子他们家怎么没问题？独独只有你家有问题，你让大伙儿评评理。"

老吕继续争辩："我种了一辈子田也没出现过这样的情况，肯定是因为假肥料。我不管人家在哪里买的，我家田里的稻子没长，这是事实呀！"

听完了双方的一番争吵，在村干部的介绍下，杨良金凑了上去，说："你们别吵了，肥料假的也好真的也好，我们先到田里去看看再说。"

由于杨良金在三元乡办过培训，一些农民认识他，知道他种田在行，便一起向田里走去。

老吕家的田在岗丘区，在一口山塘下面。杨良金看看田，田里已没有水了。他一下就明白了，便对着老吕说："我听人家叫你老吕，我也叫你老吕。老吕啊，我告诉你，这不是肥料问题，是你田里的水灌深了，关的时间长了，是这个原因导致稻子根系发黑，所以稻子不长的。"

老吕听后，立即蹦了起来，对杨良金大声嚷道："什么？我田里都是干的，田里有水吗？你睁大眼睛好好看个清楚……你不懂，别来瞎讲。"

杨良金见他这么急，朝他摆了摆手，不急不慢地说："老吕，你别叫，别激动，我要是讲错了，我杨良金来认你的损失，你不用找卖肥料的。我既然说你是长期灌深水的原因，那肯定有依据。"

老吕满脸不悦，气势汹汹地质问："你怎么讲？开店的老戴是不是你的亲戚，你是不是老戴叫来的？"

杨良金知道一些农民会耍赖，讲话一定要让他心服口服，切中要害。他当着众人的面朝老吕招招手，叫他蹲下来后，对他说："你看，

现在田里是没水了，但这稻茎上的黑印子就在这里，田里的水是刚放掉的，最多才两天，这印子你能赖得掉吗？你的稻子根系还是黑的。俗话说，'白根有劲，黄根保命，黑根送命'，你这是二十多天长期关水造成的。"

在众目睽睽之下，听到杨良金这么一说，老吕的声音一下小了。围拢看热闹的一个村民忍不住了，气愤地说："老吕，你就是贪心，山塘靠你家边上，你还生怕抢不到水，开个口子，天天放水到田里，把个田埂都淹了。你家稻子不长，搞得我们也受害，路都没办法走。"

老吕终于无话可说了，一脸的尴尬，但还是强词夺理说肥料是假的。杨良金把脸一沉，说："老吕，做人要凭良心，你要还说是假化肥，我马上把你家买的肥料拿到专门机构去化验。如果化肥是假的，你家的一切损失我个人承担，如果不是，你……"

杨良金这么一说，老吕终于不敢吱声了。

杨良金见他服了，就对他说："山塘靠你田边上，你就死放水，还说自己会种田，你连起码的水管理都不知道。秧苗一栽下去，田里一直满满的水，它怎么分蘖。土话说，'稻要发棵'，你这个发出的小蘖都给水闷掉了，稻子怎么可能长得起来？所以始终是一炷香一样瘦弱。"

杨良金怕他还是心有不服，继续对他说："你要是还不相信的话，那边低田里还有几棵稻子埋在水里，我马上拔出来给你看看，长期闷在水里，稻根一定是黑的。"

杨良金说完，挽起裤脚到田里拔了一棵出来，根果然是黑的。老吕更没话说了，再也不提肥料是假的了。这个时候，憋了一大口气的老戴大声地说："我真没见过世上还有这样的人，今天要不是杨老师来，我真是跳到黄河都洗不干净。"

杨良金按了按老戴的手，示意他不要说了，接着又对老吕说："我在你们三元也开过培训班，我只要一讲课就讲水管理，讲'控水落干'，讲'三黄三黑'，你们村里应该有许多人知道。常规的许多种植经验都是错的，一定要懂得'控水落干'的道理。像你这个田，秧苗移栽后一个星期左右就必须要将田里的水落干，连续三次。若连续七天田间有水就要放掉，否则就是现在这个样子。"

杨良金看他无话可说，知道他不得不服了，便好心告诫他说："老吕，我告诉你，你其他的稻子从现在起水管理做好了，还能补救，到时还是有产量的。你这田里的水快干了，过两天就可以看到白根了，尔后上水稻子就起来了。"

这时，围拢的人越来越多，老吕脸上火辣辣的，趁人不注意的时候溜走了。后来经过打听，原来这个老吕坏心思多，一星期前他听人说自家的稻子不长是因为关水的原因，心里非常后悔，于是立即将其他田里的水都放掉了。放掉后，为了弥补损失，便跑到卖化肥的家里吵，想让人家退他化肥钱，或赔偿损失。幸亏杨良金过来"降服"了他，否则他不吵出点油水来是不会罢休的。

老吕之所以服了杨良金，是因为杨良金独创的水稻"控水落干"水管理技术在当地已为大多数农民所知晓。这个技术是杨良金的一个重大独创，通过口口相传，已给广大老百姓的增产节效带来了巨大的实惠。而他的这个技术源自全国知名水稻种植专家陈永康的"三黄三黑"原理。

杨良金是个有心人，早在南陵种田的时候，他就发现了许多奇怪的现象，为什么有的田里稻子倒伏，有的田里不倒？在水稻从秧苗移栽，再到稻子成熟的过程中，为什么稻苗几次发黄？在收割水稻的时候，每每割到一些烂泥地，这里的水稻有效穗很少，稻子的穗粒数也少，且穗子瘪壳多，割到高一点的严重缺水的地块时，杂草较多，稻株同样少，并且有瘪壳，而大部分干爽地稻株最多，稻穗最壮实，穗粒也最饱满，为什么低洼地和高地不如干爽地呢？

当时只有十几岁的杨良金每每见到这一现象，心中就发起疑问。

有一次，杨良金向一有经验的老农询问个中原因，得到的答复是"稻子，就这样的东西"。他又询问过农技人员，农技人员被问得不知所措。杨良金怎么也找不到答案，这成了一个谜埋在他的心中。

有一天，杨良金在读陈永康的《水稻高产栽培技术》，读到"三黄三黑"时，眼前一亮，这不就是说的秧苗出现发黄的原因吗？他像发现新大陆似的欣喜若狂。

陈永康的"三黄三黑"指的是水稻在整个生长过程中出现的三次黄黑交替的过程。"黄"指的是秧苗变黄，"黑"是俗话说的"发乌或深绿"。陈永康认为，第一次黄黑变化发生在分蘖期，是在小暑期用发棵肥转变；第二次黄黑变化发生在节间开始形成到幼穗分化前，是在大暑期用长粗肥转变；第三次黄黑变化发生在稻穗发育期，是在立秋用抽穗肥转变。

水稻的青苗期应该是绿色的，变黄就像变枯一样，这是不正常现象，影响着水稻的健康成长。陈永康认为，三次变黄是因为缺肥，他的解决办法都是施肥，并将三个阶段分别确定为"发棵肥""长粗肥""抽穗肥"的三个施肥期。

陈永康提出的"三黄"从时间上来说和杨良金见到的现象基本吻合，但陈永康认为发黄的原因是缺肥，解决的办法是施肥，杨良金却心生疑窦。

有一次他带着问题和一个陈技术员争论了起来。陈技术员也坚定地认为"三黄"是肥力原因，杨良金却不以为然。

他反问陈技术员："缺肥一定是没肥。而第一个发黄期是在秧苗移栽到大田的时候，这个时候的大田刚刚犁平，施过80%以上的肥，其间没有被任何杂草吸收，肥力尚在，而且水稻刚到需肥期，怎么会缺肥呢？"

对于第二次、第三次发黄期，杨良金同样驳斥得陈技术员哑口无言。

同时，杨良金在割稻的时候，还发现一个问题，在低洼地当时种的两株苗，现在最多也只长出两个稻穗，而在正常地方却发了很多棵。看到这些现象，他突然有了灵感，这水稻生长的好坏是不是和水有着很大关系呢？

当杨良金又和一些人谈起水稻长势与水有关的时候，人人都对他嗤之以鼻。有一天，他被一个村民一顿数落："你杨良金认为自己懂点技术，就怀疑这个怀疑那个，整天神经错乱。"

杨良金不在乎这个，依然对发现的现象十分上心。他通过多年留心观察，特别是通过将正常年份和水灾年的水稻对比，最终大胆地推定，这水稻的"三黄期"一定与水有关，水稻长得好坏、产量的多少也一定与水有关。

1979年，杨良金回到易太后，家里分了责任田，他高兴极了。他一定要弄明白多年来存在心中的疑惑。带着疑惑，通过四五年的对比实验，他终于解决了这一问题。

他得出的结论是，陈永康提出的"三黄三黑"是在进行单季晚稻生产中提出的，在西南方稻区对于指导一季中稻，特别是中晚熟稻品种具有重要意义，但解决"三黄三黑"的办法确实错了，一切根源皆在"水"上。

杨良金认为，叶色的浓淡（黄黑）不仅直观地反映了叶片叶绿素的含量，还反映了植株体内的氮素代谢水平。叶色"黑"，说明较多的光合产物与氮素结合形成蛋白质以供器官生长建成，进行所谓扩大型代谢。叶色"黄"则氮素代谢削弱，功能叶的光合产物贮存较多，即进行所谓贮藏型代谢，使苗健壮而不过旺。

他认为，第一次黄黑变化发生在分蘖期。由于施用追肥，加上底肥的肥效，使秧苗生长旺盛，出现第一次"黑"。分蘖达到高产所需要的基本苗数后，开始晒田，出现第一次"黄"。一黑一黄的作用是促进适当分蘖、扎根、壮苗，黑得不够则分蘖迟缓，成穗不足。过黑不黄则叶片过大、组织柔嫩、分蘖不够健壮。所以，一黑一黄交替有利于建立高产的群体骨架。

通俗地说，第一个发黄期，不是肥力不够，而是土壤晒田晒得过了，粗壮的根系开裂断掉了，造成根系吸收水分和养分失调而发黄，所以晒田晒得过了，水稻自然出现因养分、水分不足而发黄的现象。因

此，第一个解决的办法就是科学晒田，待土壤表面出现许多白根，人走不深陷，晒田开微裂，立即灌深水控制无效分蘖。

第二次黄黑变化发生在节间开始形成到幼穗分化前，即在圆秆前。

晒田结束后开始复水，此时田间无效分蘖死亡，健壮的大分蘖迅速生长。叶色再度转绿出现第二次"黑"。但是晒田的时间较长，晒田期间复水落干，持续晒田期间叶色再度变淡，出现第二次"黄"。"二黑二黄"是为了使大分蘖长粗，促进壮株大穗，防止后期倒伏。其中"二黑"旨在促进光合作用，不出现"二黑"则植株茎秆细瘦，叶功能下降、穗短粒少。相反，如"二黑"过头不出现"二黄"，则茎叶生长过于繁茂，碳水化合物贮存少，不利于茎节发育。同时，由于窜高、披叶，导致光照条件不好，易引发病虫害和后期倒伏。

通俗地说，第二个发黄期是水稻的幼穗分化期。这个时候长期灌水，土壤通透性不好，形成黄根和黑根，水稻吸收不到大量养分，所以关键之处在于浅水，要让水自然干掉再灌浅水。

第三次黄黑变化发生在穗发育期间。复水后根据田间苗情施用穗肥，促进幼穗分化，促长大穗、多粒、大粒。施用穗肥后，叶色再次转浓，出现第三次"黑"。到抽穗前3—5天叶色褪淡，出现第三次"黄"。掌握好这次叶色交替变化有利于提高成穗率，增加穗粒数，提高千粒重，获得高产。杨良金认为这"三黄"的关键在水，用肥解决"三黄"的理论是错误的，特别是穗肥不但会导致水稻贪青迟熟、病虫害加重、倒伏，还会严重地影响稻米的品质和口感。

通俗地说，第三个发黄期同样也是不留水烤田。另外，当水稻有效穗达到18万进入无效分蘖期的时候，就要立即晒田。因为分蘖期达到18万穗是水稻最佳穗期，后面的无效分蘖期要上深水保持3—5天，以后浅水保持到抽穗。

杨良金在实验中发现，要想水稻不发黄，长势好，在整个水稻生长期要经过多次的深水、放水、浅水、干田等不同的控制环节。为了从理论上验证他的结论，他又查阅了大量科技资料。为了了解一亩田的用水情况，他还专程到中国农科院水稻研究所拜访水稻育种专家吕子同先生。他得出一个数据，一亩田从种到收最佳用水量为200吨，比通常用水节约近一半。

经过理论和实践，他得出一个方法，水稻从播种到"三叶一心"期，田间保持湿润，土壤保持不开裂，不发白。"三叶一心"到移栽期保持浅水不断水，移栽后灌深水为3—5厘米，让它自己干掉后，灌一次浅水，后面再同样重复两次，苗的有效穗达到了18万时，就可以烤田了。烤田的方法是田干到人从田间走能看到脚印，把稻株分开看土壤表层有许许多多的白根为好。田烤好了，立即灌深水，控制无效分蘖。深水最多不超过5天，以后一直到水稻抽穗保持浅水。水稻抽穗后立即把田间的水放掉，田间保持湿润，收获前10天田间就可以脱水了。

"控水落干"节水新技术在社会效益上是不可估量的。这种技术首先是节水，水稻从播种到收割用传统的方式需要370吨水，而"控水落干"节水新技术只需200吨水。如果那年天时顺的话，一季几乎不需人为抽水。二是省肥，三黄期如果一亩一次施肥10斤，那么一共是30斤，耗肥量巨大。三是省电、省工。四是提高了化学肥料的利用率，减少了化肥流失带来的农田面源污染。五是最重要的，实施"控水落干"节水新技术后，水稻增产效果明显，平均亩产要增加100公斤，实现了节本增效，同时由于减少了化肥污染，大米的品质也有了提升。

1986年，杨良金正式将自己的发现形成结论。在全国各地举办的培训班中，他都要将他的这个结论向农民讲解。这个理论理解和操作起来都比较难，为了让自己的理论通俗易懂，便于农民操作，杨良金总结出了一个"傻瓜式"的水稻"控水落干节水技术"顺口溜：

浅水落，深水活，干干湿湿把蘖促。

苗数到，把田烤，无效分蘖不可要。

看见稻，水放掉，保持湿润收好稻。

常常断水病虫少，保持湿润防衰老。

为了更直观，让老百姓一看就明白，他又根据以上顺口溜，做出了一个图：

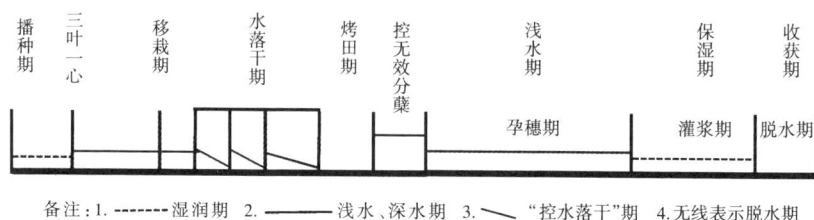

播种期　三叶一心　移栽期　水落干期　烤田期　控无效分蘖　浅水期　保湿期　收获期

孕穗期　灌浆期　脱水期

备注：1. ------ 湿润期　2. —— 浅水、深水期　3. ╲ "控水落干"期　4.无线表示脱水期

图6　水稻全生育期间"控水落干"节水技术示意图

杨良金的这项技术目前已被广大农民特别是种粮大户所运用，取得了巨大的社会效益。

2021年11月，一个好消息传来，由芜湖良金高效农业研究院提出，杨良金主持起草的安徽省地方标准《水稻"控水落干"节水技术规程》获安徽省质量技术监督局批准立项。

发文称，杨良金同志主持创立的水稻"控水落干"节水灌溉技术从2005年开始，进行了大面积的应用及推广。2020年，省农业农村厅公布数据，全省优质专用水稻种植总面积达1868.7万亩，"控水落干"技术普遍适用优质水稻节水生产。目前尚无水稻节水相关国家标准，"控水落干"节水灌溉技术根据安徽省水稻种植自然条件研究制定，与水稻栽培相关技术标准协调配套，符合《标准化法》第十三条规定。此项标准的发布实施，将为安徽省1868.7万亩的优质专用水稻种植提供有效的技术支撑。

为霞尚满天

古稀之年，温泉般的余热，用智慧的光芒和生命的启示，传播道德、信仰和价值追求

古稀之年的杨良金不仅一刻也闲不下来，反而更加忙碌。这时的他除了为新型农民作农技讲座外，还受邀为中小学生、大学生、大学生村官、企业员工、企业家、机关事业单位干部、老年大学学员、社区矫正人员等不同人员讲课、做报告。70岁的他更注重的是人生的心得体会，他讲做人、讲操守、讲信仰，传播的是精神力量、道德修养和价值追求。他的课已从纯技术性的层面转向了精神层面，许多话都闪耀着智慧的光芒和生命的启示。

安徽凤阳县小岗村是中国农村改革的发源地，有"中国十大名村""安徽省历史文化名村"等美誉，素有"敢想敢干，敢为天下先"的小岗精神。全国各省市经常组织大学生村官来这里进行集中培训，感悟小岗创业精神。2018年4月至9月，杨良金两次应邀到此，一次是给安徽省大学生村官做报告，一次是给贵州省大学生村官做报告。他讲了两个课题，一个是《农村是广阔天地，在农村大有作为》，另一个是《怎样才能把休闲观光农业做成精品》。

杨良金一生能取得丰厚成就，主要动力就是他敢为人先的科研精神，因此，他对小岗村也是情有独钟，在讲座中感慨地说："1978年，小岗村18户农民按下红手印，以托孤的形式立下生死状，签订大包干契约将土地承包到户，小岗人从此摆脱了饥饿和困苦，也由此拉开中国农村改革的序幕，推动农村和国家的发展进入快车道。我一生能取得一些成绩，也正是得益于这种精神的感召。"

他说，习近平总书记在视察小岗时指出："当年贴着身家性命干的事，变成中国改革的一声惊雷，成为中国改革的标志。"小岗人的伟大创举，凝聚成"大包干精神"，也就是敢闯敢试、敢为人先的创新精神，风险共担、艰苦创业的拼搏精神，解放思想、求真务实的求是精神，尊重民意、以人为本的民主精神。

他说，一个人的创业精神，不是用金钱来衡量的，精神境界高的人不一定有钱，有钱的人精神境界不一定高。

接着，杨良金又从精神讲到一个人应该如何安身立命。他说，人生在世，要承担许多责任。人活着，要尽心尽责，在家做个好子女、好父母、好丈夫、好妻子，在单位做个好领导、好下属，出外做个好公民，把自己做人、做事的责任做到位，让别人高兴、让别人满意，就尽到本分了。

他说，人一定要克服傲气，特别是有权人的傲气，有钱人的傲气，成名成家人的傲气。我们村官虽小，但也承担着为国家谋发展的重任，我们在言行中一定要克服傲气。"敬人者，人恒敬之"，你看不起别人，别人也看不起你，你尊重别人，就是尊重自己。

许多人在位有权、在家有钱、在社会有名，就有了傲气，甚至很霸道，看不起别人，德不配位，就要出问题。

杨良金转而又说，一个官员有精神，还要能控制欲望。"欲"为何意？欲的左边为"谷"，右边为"欠"，按会意字解释，欲就是"缺少东西"。人所要求的这些基本的物质条件，就叫"欲"。已经有了基本物质以后，希望占有更多的财富，占有更高的地位，占有更大的名望，还要为抬高自己、炫耀自己而与人攀比，这就叫"欲望"。"君子爱财，取之有道"，既要满足自己的"欲"，又要对他人、对社会不造成危害。"欲望"是无限的，如果自私自利，为了获得利益而互相攻击，就会使世界危机四伏。所以为官能"知足常乐"，工作就可以有更多的享受，而不必为"欲望"毁于一旦。

2019年9月，杨良金先后应芜湖县东湖学校和芜湖县二中邀请，给

3000多名中小学生作了两场报告，一场是《知识能改变命运》，另一场是《节约粮食从我做起》。

杨良金在报告中说："童年，留给我最深的印象，就是贫穷和饥饿。正是童年的磨难，让我坚定了'知识能改变命运'的志向。虽然我没有条件读书，但我刻苦自学从未放松。

"我长到15岁，没有穿过一件新衣服，也没有盖过新棉被。我想在自家承包的地里种点棉花，听农技人员说，棉花要摘除营养枝，保留结果母枝。打听到宣城有种植棉花的专家，我从南陵到水阳镇，步行60多公里，饿了吃点锅巴，渴了喝点河水，最终学到了技术。当年我种的棉花丰收了，人生中第一次盖上了新的棉被。这件事对我的触动太大了，我决心要学更多的知识，带更多的农民过上好日子。

"我从15岁至今，基本都是晚上学习到12点才休息，早上4点钟起床。遇到不懂的难题，就熬一个通宵，直到弄懂为止。有人说这是苦读，我觉得是一种快乐，是一种享受。

"通过艰辛的努力，我获得了一定的成就。同学们，我们每个人都是自己人生的作者，人生都是自己书写的。每个人的担子都很沉重，咬紧牙关也要挺住。当人生让你碰壁，碰得头破血流时，别害怕，没有这些挫折，怎能练就一身钢筋铁骨！树木结疤的地方，也是树干最坚硬的地方。我们遍体鳞伤的地方，到后来都成了最强壮的秘方。

"同学们，我没有雨伞，靠自己撑起了一片蓝天；我没有学历，靠自己拼搏出明天；我没有后盾，靠自己勇敢向前。

"岁月给了我坎坷，我还是乐观坚强；生命给了我打击，我还是灿烂向阳。

"我认为，科学在于积累，在生活中积累，在学习中积累，在社会中积累，在实践中积累。

"人生迤逦，风吹雨打。我唯一的信念，就是勤能补拙。凡事只要有恒心，就一定会出现奇迹。

"人生要学习，成功如果有捷径，那就是终身学习。纵观古今，那些取得非凡成就的人，无一不保持着终身学习的习惯。于我而言，学习不仅令人身心愉悦，而且是通往事业成功的捷径。"

最后他又就吃苦精神谈了自己的心得。

他说："什么叫吃苦精神？吃苦精神的本质，就是长期坚持为了干一个事业，聚精会神的能力。在坚持干事业的过程中，不仅要放弃娱乐生活，放弃社交，还要忍受整个事业过程中不被理解的孤独。吃苦精神其实还包括一种自控能力、自制能力、坚持能力、深度思考的创新能力。"

2018年8月，杨良金给安徽芜湖德力西企业员工做了一场如何提升道德素养的讲座。

他说："一个人心中要始终装着他人。心中有他人，这是做一个有道德的人最基本的特征。'仁'是儒家思想的核心，仁者爱人。心中有他人，才会设身处地为别人着想，才会顾及别人的感受，才会'己所不欲，勿施于人'。心中有他人，才会与人为善，与人方便，不给别人添麻烦。比如，不在公共场合吸烟，影响别人的健康，不在会场打电话影响别人听课，雨天开车尽量不让雨水溅到别人身上，上公共厕所要放水冲洗，说话、做事不让别人难堪等。从这些小事做起，从我做起，才是心中有他人。

"细节见真情，小善见大爱。有的医生在冬天看病时，自己把听诊器用手捂一到两分钟，再贴向病人的胸口；古代一个老人到邻居家借菜刀时，邻居把刀口朝着自己，把刀背朝着别人表示对别人的尊重；有的人走路，被石块绊倒了，爬起来把石块搬到路边，怕这块石头再把别人绊倒了；有个盲人阿婆，为方便路人就在屋旁装路灯。心中有了他人，纵然自己见不着光明，她的心里始终温暖亮堂。

"一个人心中有他人了，肚量就大了，就会变得无私了，就会想方设法去帮助别人、成就别人。'己欲立而立人，己欲达而达人'，意思是在谋求自己生存与发展的同时，也要帮助别人生存与发展。我自己靠勤劳致富，始终不忘那些不懂科技种田的农民，无偿地给他们传授技术。

由爱心、善心生发出慈悲心，我到现在还在帮助两个贫困学生，准备一直帮到他们初中毕业。只有把别人放在自己的心上，别人才会把你装在他的心中。"

2018年10月16日，他受安徽省农科院邀请，到安庆市给全省种粮大户作《如何改变粮农普遍存在的广种薄收问题》的报告。他在谈完技术层面的东西以后，着重谈了一些人生心得。

他说："能吃亏是做人的一种智慧。古人说：'吃得亏中亏，方得福外福，贪看无边月，失落手中珠。'能吃亏、不贪便宜的人，能博得别人的认同和尊重，肯定有良好的人际关系。始终见好处就捞的人，遇便宜就占的人，每占一分便宜，便失去一分人格，每捞一分好处，便失掉一分尊严。爱贪便宜的人，绝对没有好的下场。《红楼梦》中的王熙凤，那样的'聪明人'，最后聪明反被聪明误。"

他在报告结束时，朗读了自己的心得，是他自己写的一首打油诗：

> 三伏天气烈日炎，
> 暑来暑往昼夜连。
> 早稻割完忙插秧，
> 狂风暴雨干双抢。
> 起早贪黑下粮田，
> 面朝黄土背朝天。
> 种粮不是为了钱，
> 粮食安全做贡献。

2018年11月29日，在芜湖县"黄丝带"帮教行动中，湾沚镇司法所举行矫正人员集中教育学习大会。杨良金受邀给150多名矫正人员讲《如何做遵纪守法公民》的报告。

杨良金说："'种瓜得瓜，种豆得豆，种下菩提树，开出吉利花。'凡事有果必有因，有因必有果。

"人活着，就要追求幸福的生活，幸福是果，你的所作所为是因。所以，我们要做一个有道德的人，'勿以善小而不为，勿以恶小而为之'，每天做好自己该做的事，尽到自己的本分，心中有他人。'但知行好事，莫要问前程'，不仅能造福社会，还一定能成就自己幸福的人生。

"'良言本无价，其实值千金。'希望我的话能为大家带来一些启发。我们要学会感恩，感恩于社会，感恩于身边的人。优于别人，并不高贵，真正高贵的是优于过去的自己。"

他还说："做人要做到'九不要'。一、人与人要平等相待，不要乱发脾气。二、人本是人，不要刻意去做人。三、撒播美丽，收获幸福，不要小看仪表。四、帮助别人是一种崇高的境界，不要封闭自己。五、同情弱者是一种美好的品德，不欺负老实人。六、沉默是金，不要信口开河。七、注意言行就会养成习惯，不要轻易承诺。八、把别人当成自己，不要轻易地求人。九、生命的整体是相互依存的，不要取笑他人。"

2019年，他给一众企业家做了《高调做事　低调做人》的报告。

他说："人与人之间不需要花言巧语，实实在在就好。我选择厚道，不是因为我笨，因为我明白厚德能载物，助人能快乐；我选择善良，不是因为我软弱，因为我明白善良是本性；我选择忍让，不是我退缩，因为我明白，忍一忍风平浪静，让一让海阔天高；我选择宽容，不是我怯懦，因为我明白，宽容是美德，美德没有错；我选择糊涂，不是我真的糊涂，而是对误解、委屈和不公正，不愿计较；我选择真诚，有话就直说，因为我明白，违心奉承是应付，忠言逆耳是责任；我选择饶恕，不是没有原则，因为我明白，得饶人处且饶人；我重情义，不是我太执着，因为我总想着与大家相处的美好时光，割舍不了难得的缘分和情谊。"

2019年底，他受邀给一老年大学学员讲课。

他说："做人的最高境界，是舍；学习的最高境界，是悟；生活的最高境界，是乐；交友的最高境界，是诚；爱情的最高境界，是容；人生的最高境界，是静；人品不是钱，它比钱珍贵；人品不是金，它比金珍稀。"

杨良金这些充满人生智慧的讲课让无数人受到了高尚的精神熏陶。

最美不过夕阳红，晚年的杨良金夕阳依然美好。退休之后，杨良金仍然坚守在农业一线，他动情地写下了《我退休十五年》：

我退休以后，

没有谈少年的疯狂，

没有讲青年的理想。

没有去山中赏花，

没有去海边踏浪。

每天都穿梭在田间地头，

解答粮油生产者的迷茫。

走进了大学、中学、小学，

教育学生要奋发图强。

走进了乡村培训会场，

教会粮农节本、增产。

为乡村振兴发挥余热，

为粮油节本增效发挥我的一技之长。

青山不老我不闲，

忙忙碌碌不为钱。

我退休不忘本，

离职不离岗。

我的目的只有一个，

那就是终身报答伟大的祖国！

我的目的只有一个，

那就是感恩伟大的中国共产党！

附　录　杨良金所获成果、奖项、荣誉等

一、科研经历和成果

1964年，首次在家里的4分自留地中学种棉花，令收成提升3倍。

1981年，得知"甘蓝型"油菜产量高，就到浙江引进"中油821"油菜试种，亩产超过了150公斤，在芜湖县引起轰动，当地形成改种"甘蓝型"油菜热潮，一下蔓延至芜湖全市。

1982年，从"浙辐802"早稻品种中，选育了一株"变异株"，经过连续4年的选育，最高单产达597.9公斤，专家命名为"良金1号"，后在芜湖县三元、易太、保丰等乡镇示范种植面积达17万多亩，同时辐射到安徽多地。

1987年，实验成果"控水落干"节水技术，在省内外推广面积达200多万亩，每亩节约用水170吨。

1989年，率先引进杂交油菜"秦油2号"，亩栽2000株，亩产突破了250公斤。同年，参加了安徽省"八五"农业重点课题"油菜超稀植高产高效栽培技术"研究。

1997年，应邀出席了第二届中国国际农业科技年会，撰写的《"五茬五作"超高效栽培方式探讨》荣获国际论文证书。

1999年，应国际油菜大会组委会主席邀请，出席了在澳大利亚召开的第十届国际油菜大会。

2001年，主持了国家"十五"科技攻关重点课题中的"'双低'油

菜立体种植与超高效益研究与应用"子专题。

2002年，种植的"油菜王"被评为世界上"最大的油菜"，获得了大世界基尼斯之最。该"油菜王"株高2.29米，鲜重36.6千克，根颈围粗43.5厘米，主茎总叶数87片，总角果数25346个，产量2公斤多。

2003年，应国际油菜组委会主席邀请，出席了在丹麦召开的第十一届国际油菜大会。

2004年，国家"十五"科技攻关子专题由省科技厅主持专家鉴定，认定该成果居同类研究国内领先水平；承担了国家星火计划项目；与安徽农业大学合作，承担了"水稻油菜良种良法栽培技术配套"国家级项目。出版32万字专著《油菜高效栽培理论》。

2006年，创办"芜湖良金优质稻米专业合作社"，选育了159个优质水稻新品系。选育品种营养丰富，口感好。

2007年，应国际油菜组委会主席邀请，出席了在中国召开的第十二届国际油菜大会。

指导河海大学社会学系在读硕士陈涛完成调查报告和毕业论文《"土专家"的傻瓜技术及其效益》。该论文获第十届"挑战杯"全国大学生课外学术科技作品竞赛二等奖。杨良金创办的研究所成为河海大学社会系研究生调研基地。

2008年，南京师范大学江苏江医药超分子材料及应用重点研究室与杨良金合作，共同开发叶绿酸铁在各种农作物上实验示范工作，把杨良金的研究所作为研究生实验实践基地，聘请杨良金同志为首席科学家、客座教授。

2009年，选育的新品种"罗莎"荣获第八届中国优质稻米博览会"金奖大米"。

2010年，《优质油菜机械化集成技术研究与应用》被列入国家星火计划重大项目推广应用。

2011年，应国际油菜会议组委会主席邀请，出席了在捷克召开的第十三届国际油菜。

2013年，研究成果《一种富硒水稻栽培方法》获得国家发明专利。

2014年，实验种植的"芜湖大米"，入选农业部名特优新产品；天然富硒米在中国保健营养暨微量元素博览会上被评为"优质产品金奖"。

2015年，应国际油菜会议组委会主席邀请，出席了在加拿大召开的第十四届国际油菜大会。

2016年，研究成果《一种富硒水稻的栽培技术》获得国家发明专利。

2019年，应国际油菜会议组委会主席邀请，出席了在德国柏林召开的第十五届国际油菜大会。

2021年，主持起草的安徽省地方标准《水稻"控水落干"节水技术规程》获安徽省质量技术监督局批准发布。

二、培训和公益事业

1. 扶贫培训

以"科技装在心中，普及贵在行动"为原则，为广大农民无偿服务，在江西、安徽、四川、湖南、湖北等地累计培训农民57.96万人次，免费印发技术资料231.3万份。录制的科教片《油菜超稀植高产栽培技术》在中央七套播出后，被安徽省委组织部列为"农村党员致富100招"进行宣传，带动农户1000多万户，推广辐射面积达2000多万亩，创经济效益超过1000亿元。

2. 关心社会

汶川发生地震后，用技物结合的方式支援灾区，捐款5000元，捐赠技术资料4万份，价值2万元，捐赠有机富硒米2万斤，价值50万元。2020年2月，新冠疫情发生时，主动向芜湖县红十字会捐赠了2500公斤优质大米，支持全县疫情防控工作。

3. 帮扶困难户

从20世纪80年代起，帮扶困难户60多户。2000年起，结对帮扶贫困生7人。

三、荣誉和称号

1992年，荣获安徽省劳动模范。

1993年，当选为第八届省人大代表。

1994年，荣获芜湖市劳动模范。

1995年，荣获全国劳动模范。

1996年，荣获香港"如心农业奖励金"。

1998年，当选为安徽省第七届党代表，全国人大代表候选人。

获中组部和中国科协表彰的全国农村党员、基层干部实用技术培训工作先进个人。

2000年，获人事部和农业部表彰的全国农村优秀人才一等功。

2006年，被中国科协、财政部评为全国科普惠农兴村带头人。

2008年，当选为安徽省第十一届人大代表，全国人大代表候选人。

2009年，被评为"芜湖改革开放30年十大杰出人物"。

2010年，获中宣部、科技部、中国科协表彰的全国科普先进工作者、全国优秀科技工作者。

2012年，创建的芜湖县高效农业研究会和芜湖良金高效农业研究所被评为安徽省科普教育示范基地。

2013年，当选为安徽省第十二届人大代表；获农业部农技推广贡献奖；被南京师范大学聘为客座教授。

2017年，荣获2016年度"全国十佳农民"荣誉称号。

2017年，荣获芜湖市劳动模范新贡献奖、湖北省科技进步奖二等奖、"全国精准扶贫先进个人"。

2018年，列席中国科学院第十九次、中国工程院第十四次"两院"院士大会，聆听了习近平总书记的报告；被评为全国"百名科学家、百名科技工作者"杰出代表。

2019年，荣获安徽省"十大经济人物"、全国离退休干部先进个人，受到习近平总书记亲切接见，并合影留念。荣获中华人民共和国农业农村部"全国神农中华农业科技奖二等奖"；荣获中共中央、国务院、中央军委联合颁发的"建国70周年纪念章"。

2021年，被评为2021"心动安徽·最美人物"。

2022年，被评为"全国最美科技工作者""全国大美科技特派员""中国农技协百强乡土人才""全国文化科技卫生'三下乡'服务标兵""中国好人"，提名为中国"三农"人物候选人。

四、学术界赞誉

时任中国科协副主席陈章良到杨良金基地参观，听取汇报后赞扬他："不是专家胜似专家，不是教授胜似教授。"

中国农业科学院油料所研究员赵合句，中国农业科学院油料所博士、研究员张春雷，陕西省杂交油菜研究中心研究员李殿荣联名致言："他在农学领域勤奋耕耘，取得了丰硕成果，他的论文既有浓厚的理论基础，又有丰富的实践经验，既有理论上的科学性，更具有生产上的实用性，他是我国油菜栽培史上一位杰出的农业专家，他所获得的科研成果和为农民无私奉献的美德，让他成为我国从乡村田野上科学圣殿的杰出典范。"

中国农业科学院油料所研究员赵合句说："他为我们培育出了世界上最大的油菜，这是个奇迹，这个奇迹是出自一个农民之手的杰作。"

中国农业科学院油料所研究员赵合句先生为其专著《油菜高效栽培理论》作序。

后 记

我们曾听说过这样的一句话，有这么一类人，"拿起锄锹是农民，放下锄锹是专家"。在我们的身边，杨良金就是这样的一个人，而且是名副其实的这样的人，他至今仍是安徽省芜湖市湾沚区六郎镇李桥村农业户籍的一个农民，一生种田不间断，但他二三十年前就培育"良金1号"，开创油菜"超稀植"种植模式，发表学术论文，出版论文专著，数次出席国际学术会议，是一个成果和贡献莫大的农业专家了。

杨良金先生在农业界广为人知，我和他已认识20多年了。20多年里，我因工作关系，虽然和他有无数次的接触，但对他的了解并不深。这一次因为这本书的写作，有幸能和他深入接触。这让我深深地感到，不深入走近一个人，往往不能真正了解一个人。让我惊讶的是，在和杨良金先生的交流中，他的专业成果，他为农业科技所作的贡献，以及他的知识面、他的思考、他的语言表达，他的那些鲜为人知的辛酸经历，让我对他一下肃然起敬。我向来对专家、作家、艺术家这类称呼小心谨慎，但我感到这个被广泛称为杨劳模的农民杨良金，俨然不是一般意义上的农民，而是一个真正的值得敬重的了不起的专家。不仅如此，随着我与他交流得越深入，越让我惊叹于他的不寻常。本来，因为颈椎、腰椎问题严重，近年我是不会再进行长篇创作了，但我这次改变了主意，无论再大困难，都觉得非常有必要将他的超出常人的经历以及他身上的那些特有的精神、特别的贡献写出来。这似乎成了我的责任。

从杨良金先生的身上，我首先看到的是他有着一般人难有的毅力和坚守。他一生真正初心不移，以一个小学学历顶着他人另眼相看的压力，在农业科技这个独木桥上孤独地行走，他创造了令常人难以置信的丰厚成果。比如，"良金一号"、油菜"超稀植"、"控水落干"技术、

"秦优7号"油菜基尼斯纪录、天然"富硒稻"发明专利、再生稻研究、民和有机肥等，这些成果都是国内领先或者第一，有的甚至世界第一。这些成果中任何一项不仅为社会作出了巨大的贡献，而且还具有非凡的社会意义。比如，民和有机肥对当今受到化肥农药严重损害的土壤改良有着非常重要的现实意义；比如，"再生稻"的研究对于粮食安全有着十分重要的社会意义；比如，水稻"控水落干"技术从水管理上改变了千百年来人们对水稻耕作管理的局限性认识，具有颠覆传统认知的社会价值。杨良金先生的这些成果都是经全国相关顶级专家、专业机构、学术界认定认可的，是与他合作过的农业战线上的亲历者普遍见证的。中国农业科学院油料所研究员赵合句先生，中国农业科学院油料所博士、研究员张春雷先生，陕西省杂交油菜研究中心研究员、"杂交油菜之父"李殿荣先生联名致言，称他是我国油菜栽培史上一位杰出的农业专家。杨良金先生在国内外权威杂志发表了论文，并撰写《油菜高效栽培理论》，这让很多人都将信将疑。杨良金先生的论文都是他本人通过几十年实践中采集的大量数据，阅读了大量科技书籍，一个字一个字磨出来的。试想，他一个种田的农民，没有团队，没有经费，谁能作为他的助手呢？

杨良金先生给社会带来的最实实在在的成果，是他为社会增粮千亿斤。此前，有关媒体在新闻报道中的数字是增粮千亿公斤，关于这个"天文数字"，开始我也有质疑，由于要写于书中，我特别慎重，便认真地对数据进行了计算核实。通过核实，千亿公斤是比较靠谱的。但鉴于我掌握的数据统计来源可能还存在隐形的缺陷，严谨起见，故在这本书中，我还是特别保守地打了个对折，称千亿斤。但这已然是个天文数字，这贡献已然让我们足够惊讶了。

杨良金先生的第二个特征也是让我十分敬佩，这个特征是"特立独行、独立思考、敢为人先、甘于实践"。在农村，对于所有农民来说，日出而作，日落而息。田，老祖宗怎么种我就怎么种，村里其他人怎么种我就怎么种。但杨良金这个农民不这么认为。田边的一棵油菜，没有施肥为什么长得反而特别大；一棵油菜如果让它肥水、阳光雨露"吃饱喝足"，无限生长，它最大到底能长多大；稻田边上掉落的一粒稻种，没有施肥没有管理，为什么反而长得棵把更大，稻穗更多；油菜为什么只能在10月之后播种，9月、8月、7月，甚至6月、5月里能不能播种……这些没有几个人去思考，但作为一个同样种田的农民杨良金，每每碰到这些现象他都要在心里问个为什么。仅仅问了为什么也不足为奇，只要有了机会他还去实验去探索，而且乐此不疲地实验探索。我们知道，他是个种田的农民，不是科研人员，进行的不是科研院所的实验项目，他的实践实验没有任何经济回报，有的只是"烧"掉家里有限的钱，但他就是有那么一种执着，有那么一种与平常格格不入的"不理智"，其实，这种精神才是创造发明的精神，是一生专注于某一件事的匠人精神。

　　杨良金先生的第三个特征是，他的身上有难能可贵的价值操守。当今社会，有不少人会把自己的成就转化为经济财富。杨良金先生凭他的专研，凭他惊人的记忆力，凭他对事物的敏感度，凭他拥有的学术成果，要是想发财逐利的话，可以有可观的财富收入，然而，他一直没有偏离跑道，仍然坐在这一条冷板凳上，默默地坚守着自己的信念，在粮、油这一条研究之路上淡定、执着，每天为着农业技术研究上的精微进展而心满意足。2017年，农业部给予他颁奖词写道：百亿财富因他而生。其实，这只是从他在油菜上的贡献而说的。如果以他增产粮食千亿斤来算的话，他就为社会创造了千亿元价值。他默默地做出了这些贡献，然而，自己仍然过着简朴的生活。

　　杨良金先生的最后一个特征是他心中有着默默奉献的大爱情丝。他出生于极度贫困之中，两岁就跟着母亲要饭，幼时的饥饿感一生刻在心中挥之不去；年少时又寄人篱下，常住牛棚。贫寒的家庭，常常被人看不起，甚至无辜挨打。但当他通过自己的努力，有了农业技术知识，没有因此而自私自利自得起来，而是怀有一颗悲悯之心，热心帮助每一个需要帮助的农民提升粮、油产量，脱贫致富。所以，他一生一边做研

究，另一边就是奔波在田间地头，义务开展农技培训，为帮助了每一个需要帮助的农民而乐在心中。40余年，他的培训班不仅传播着农业技术，还播撒着特别的爱。

知晓了杨良金先生的这些常人难有的宝贵品质后，我暗自庆幸，我能来写这个人，这也是我的荣幸。但写作是艰苦的，尤其这种涉及专业技术方面的题材，写起来更为困难。农业技术这一方面，我是一个门外汉，从2021年初开始，我忍受着颈椎、腰椎的严重不适，历时一年多终于完成了这个任务。这本书总体上以时间为线索，从内容上来说，本着这样的原则：其一，既要写出杨良金先生的人生苦难经历，又要写出他如何从一个只有小学学历，通过个人奋斗，刻苦钻研，最后实现人生转型，成为一个科学家的人生经历。通过这一点，我也想告诉今天的年轻人，特别是孩子们，一个人的成就不一定来自光鲜的学历，而是来自终身学习，来自不带有功利色彩，终生执着于某一个点的定力。其二，在展示杨良金先生刻苦钻研农业科技的同时，尽可能地将他的科技成果作点粗浅介绍，以增强本书的科普性。

起初，我将该书的书名确定为"田园春秋"，认为这很贴近他寒来暑往，行走在春生秋长的田园之间的生活经历。后来，安徽师范大学出版社社长张奇才先生审看稿本后认为，"田园春秋"这个名字虽好，但对这样一个出生苦寒，却扎根农业，作出如此成就的人来说，还是有点意犹未尽，他建议以"大地之子"为名。我一听果然甚好，故取此书名。在此，特向张奇才先生以及安徽师范大学出版社对该书的重视、支持表示由衷的感谢！同时，对所有参与本书编、审、校、设计、印制而辛勤付出的领导和同志表示特别的感谢！

特别令人欣慰的是，中国科协原副主席、北京大学原副校长、留美学者、生物学及基因工程方面的著名科学家陈章良先生亲自为该书作序，这是行业界对杨良金先生的充分肯定，也是对基层农业科研人员的莫大勉励。在此，也特向陈章良先生表达由衷的敬意。

本书的创作，还得到芜湖市文联、湾沚区委宣传部、湾沚区总工会、湾沚区融媒体中心、湾沚区文联等单位的支持，也得到了芜湖市作协主席李莉莉女士、湾沚区文联副主席朱幸福先生，以及老作家王志凯先生的创作指导，在此一并表示特别的感谢。

崔卫阳

2022 年 2 月 20 日